实践导向型教师教育系列教材

师德与教师礼仪

Shide yu Jiaoshi Liyi

主编　李　黎　吕　鸿

高等教育出版社·北京
HIGHER EDUCATION PRESS　BEIJING

内容提要

“实践导向型教师教育系列教材”依据《教师教育课程标准》精神，贴近基础教育改革要求，注重理论知识和教学实践能力的整合，旨在提高教师教育教学水平和人才培养质量。本书是其中的一本，尝试在分别阐述教师职业道德和教师礼仪的同时，将两者作为一个整体来考虑，揭示两者之间的内在联系。内容涵盖教师职业道德和教师礼仪概述、教师职业道德规范、教师职业道德范畴、教师的教学道德、教师的交往道德、教师的评价道德、教师内在形象礼仪、教师外在形象礼仪、教师工作环境礼仪以及教师社交环境礼仪。

本书在体例安排上十分注重理论与实践的结合，每一章开始均采用引导案例引出主题，正文叙述过程中也注意与社会现实的联系，尽量引用最新的资料，广泛搜集不同的观点，以启发读者思考。每一章都有配套的思考题，帮助读者更好地领会正文的主要观点。本书可作为高等院校师范生培养的教学用书，还可以作为在职教师继续教育的教材。

图书在版编目(CIP)数据

师德与教师礼仪/李黎,吕鸿主编.—北京:高等教育出版社,2011.7

高等院校教师教育核心课教材

ISBN 978-7-04-031683-4

Ⅰ.①师… Ⅱ.①李…②吕… Ⅲ.①师德-高等学校-教材②教师-礼仪-高等学校-教材 Ⅳ.①G451.6

中国版本图书馆CIP数据核字(2011)第113894号

策划编辑 张忠月　责任编辑 张　力　封面设计 王　洋　版式设计 范晓红
责任校对 金　辉　责任印制 张福涛

出版发行 高等教育出版社
社　　址 北京市西城区德外大街4号
邮政编码 100120
印　　刷 北京市白帆印务有限公司
开　　本 787mm×960mm 1/16
印　　张 19.25
字　　数 300千字
购书热线 010-58581118
咨询电话 400-810-0598
网　　址 http://www.hep.edu.cn
　　　　 http://www.hep.com.cn
网上订购 http://www.landraco.com
　　　　 http://www.landraco.com.cn
版　　次 2011年7月第1版
印　　次 2011年7月第1次印刷
定　　价 28.30元

物 料 号 31683-00

实践导向型教师教育系列教材
编写委员会

总序一

我国的教师教育正处于改革和发展的关键时期。新中国成立60多年特别是改革开放30多年以来,我国的教育事业实现了跨越式发展,同时我国的教师教育体系从封闭走向开放,职前培养与职后培训紧密结合。随着基础教育课程改革的实施,教师队伍建设进入了由规模发展转向质量提高的新阶段,中小学需要适应新课程改革和实施素质教育的高质量师资。在新的历史发展起点上,教师教育工作面临着新形势和新任务,教育公平、教育质量等问题受到社会各界的极大关注。

教育大计,教师为本。在2010年7月召开的全国教育工作会议上,胡锦涛总书记指出,教育事业发展的关键在教师,要把加强教师队伍建设作为教育事业发展最重要的基础工作来抓,努力造就一支师德高尚、业务精湛、结构合理、充满活力的高素质专业化教师队伍。《国家中长期教育改革和发展规划纲要(2010—2020年)》明确提出,加强教师教育,深化教师教育改革,创新培养模式,增强实习实践环节,强化师德修养和教学能力训练,提高教师培养质量。这种改革思路可以理解为"实践导向"的教师教育,为当前乃至今后一个时期教师培养及教师专业发展作出了十分清晰的定位。

为推进教师培养模式创新,培养造就一大批优秀教师和教育家,从而培养能够担负起国家与民族未来发展使命的年轻一代,国家近年来采取了一系列重要战略举措。实行师范生免费教育政策,进一步形成尊师重教的浓厚氛围,鼓励吸引更多的优秀青年投身教育事业;启动实施"中小学教师国家级培训计划",旨在加强中小学教师特别是农村教师队伍建设;即将颁布的教师教育标准,涵盖教师标准、教师教育标准、课程标准及其评价标准四个方面,确立了"儿童为本"、"实践取向"、"终身学习"三大原则;"特岗计划"探索创新了教师的补充机制,加强、充实了农村师资力量。这些举措集中体现了国家对于教师队伍建设和基础教育发展的关注,取得了积极的成效。

创新、专业化、实践导向是当今教师教育发展的主流与关键词。各地教育行政部门和有关高校纷纷结合自身实际情况,在教师教育战略转型、机构设置、培养模式、课程建设、教学方式等方面进行了探索与创新。浙江省在教师教育改革方面也做了大量的工作,取得了显著成效。在教育行政部门的指导和推动下,浙江省依托省内本科高校教师教育院校,成立了10个省级教师教育基地,在整合全省优质教师教育资源、创新教师教育模式、构建培养培训一体化的教师教育机制方面形成了鲜明特色。在国内率先推行了师范生教学技能考核制度和高等学校师范生教学技能竞赛工作，组建了国内第一个教师教育省级教学指导委员会——浙江省师范教育教学指导委员会。在调整和优化教师教育课程结构、改革教学内容、改进教学方法和手段等方面取得了积极进展，形成了结构比较合理、规模比较合适、培养水平较高的教师教育体系。尤其是所倡导的"通识教育、专业教育、教师教育"有机结合的师范生课程体系和"见习、研习与实习一体化"的师范生实践教学体系，集中体现了浙江省教师教育改革注重以教师职业能力和教师专业实践能力培养为导向的理念。

教材是教和学的重要依据，是指导教师进行教学改革、课程开发的重要资源。由浙江师范大学校长吴锋民教授主持开发的"实践导向型教师教育系列教材"是浙江省教师教育基地建设工作的一个重要组成部分。这套教材集中浙江省教师教育的优势力量，进行大规模的协作开发，是借助教材开发探索区域内优质教师资源和课程资源共享的有效方式。从课程设置和教材开发的角度，试图打破脱离实际的过度理论化和学术化的教材体系，着力改造教育学、心理学等传统的教师教育课程教材，规划和建设教育研究与拓展类课程教材，加强建设教育实践与技能类课程教材，构建起一种从教师职业特性出发、注重教师专业实践能力培养的教材体系，实现理论有效地为实践服务，为解决教育教学问题服务。同时，我们也看到这套教材特别关注中小学教育教学实践，大量吸纳了中小学教育教学中的典型案例，不仅可以让学生熟悉中小学教育实际，也能利用这种方式有效解决理论与实践相结合的问题。

浙江省建设教师教育基地、创新师范生培养模式等做法是具有区域特色的推动教师教育改革和发展的有益尝试，具有较好的示范和借鉴意义。"实践导向型教师教育系列教材"体现了该省教师教育实践的创新成果，定会对各地深化教师教育改革、完善教师教育教材体系、提高教师专业发展水平起到积极的推动作用，为我国教育事业的发展和创新型人才的培养作出积极贡献。

顾明远

2010年7月25日

总序二

浙江省既是经济大省,也是教育大省,历来十分重视教师教育改革与发展,尤其重视师范生的综合素质培养工作。通过教育行政部门的有力指导和各师范院校的共同努力,浙江省的教师教育工作取得了显著成效,形成了结构比较合理、规模比较合适、培养水平较高的师范教育体系。教师培养已基本实现从关注数量规模到关注质量内涵、从关注单科技能到关注综合素质的转变。但是我们也应该清醒地认识到,完善教师培养体系,不断提高师范生的专业水平、教学能力和综合素质,是教师教育领域里的一项永恒主题。没有最好,只有更好;没有完善,只有改善。

浙江省各师范院校大胆实践,勇于创新,积累了教师教育尤其是师范生培养方面的大量经验。由浙江省师范教育教学指导委员会主任委员、浙江师范大学校长吴锋民教授主持编写的"实践导向型教师教育系列教材",改变了现有的教师教育课程结构,体现了浙江省在教师教育领域所进行的最新尝试,比较集中地反映了浙江省在教师教育改革和研究方面所取得的最新成果,对浙江省深化教师教育改革、创新师范生培养模式、提升师范生专业培养水平,具有重要的学术价值和实践意义。

该系列教材有以下几个特点:

第一,在教材内容及其编写方式方面有所创新,不仅取材独特、语言通俗,而且较好地体现了课程体系的完整性,所选案例符合主题要求,具有很强的可读性。教材中采用内容提示等各种辅助工具,很有创意,可以更好地帮助学生掌握要点和理解内容。特别值得肯定的是,这套教材致力于数字化、立体化资源建设,这对于充分发挥现代信息技术的作用、提高教育教学效果都是十分有意义的。

第二,教材较好地体现了以实践为导向的编写意图,特别注重理论知识和实践经验的整合。为突出师范生基本实践能力的培养,教材采用了大量的案例,强调"做中学"和协作讨论,引导学生主动参与实践活动以获得宝贵的经验,为他们有效地开展教学设计打下比较坚实的知识基础、经验基础和能力基础。

第三,编写者比较关注师范生教育教学能力的培养与基础教育改革之间的关系,引导师范生主动关注基础教育第一线的教改与教学,关注师范生未来职业生涯可能面临的各种问题与挑战。教材编写还特别关注到师范生对新课程改革普遍理解不深、体验不够的现状,在编写技巧和编写体例等方面作了适当的安排。

第四,教材编写选题恰当,体系合理。10本教材中既有重要的理论性、基础性教材,也有应用性很强的、注重理论与实践相结合的教材(如教学设计和教育研究方法),还有直接面向教育教学实践工作的指导性教材(如实习手册、课堂教学技能训练)。三个层次的教材构成了比较合理完整的教师教育课程体系,符合国内外教师教育课程改革的发展趋势。

总而言之,该套教材在教师教育改革和发展领域进行了一次很有意义的探索,既具有地方实践特色,也有比较深入的学术思考。希望这套教材的出版能够进一步推动浙江省乃至全国的教师教育改革与创新,为深入贯彻《国家中长期教育改革和发展规划纲要(2010—2020年)》作出积极的贡献。

浙江省政协副主席
浙江师范大学原校长 徐 辉

2010年7月

前　言

教师教育改革和创新是教师培养的永恒主题，也是国内外教育界一直十分关注的问题。国内相关学者和教师培养高校从理论研究、培养体制创新、教师准入以及教学实践等方面开展了多角度的研究与实践，初步形成了我国教师教育改革与发展的新局面。在浙江省教育行政部门的指导和推动下，浙江省成立了10个省级教师教育基地，在国内率先推行了师范生教学技能考核制度和高等学校师范生教学技能竞赛工作，组建了国内第一个教师教育省级教学指导委员会——浙江省师范教育教学指导委员会。“实践导向型教师教育系列教材”就是在该教学指导委员会的组织和推动下，联合浙江省各教师教育基地协同攻关，经过近两年的研究积累而推出的重要成果。

教材是教和学的重要依据，是指导教师进行教学改革、课程开发的重要资源，这也是浙江省师范教育教学指导委员会成立之后将注意力首先集中在教材开发上的原因之一。本系列教材的开发主要是为了适应教师教育发展和基础教育改革的需要，建立适应教师教育课程标准基本要求和高师院校实际教学需要的学习与教学资源；同时也是为了解决现有部分教材中存在的理论性偏强、内容过于空泛和材料陈旧等问题。为此，我们将本系列教材设计和开发的重点放在改善学生教学实践能力的培养和训练上面，突出教材在引导学生自觉提升教学实践能力和教师专业技能方面的作用。

依据本系列教材开发的目的和对未来教师所需要的教育教学能力的认识，我们从教师教育课程整体设计层面上系统分析与研究了课程体系及内容框架，确定了首期规划出版的10本教材：《教育学基础》、《心理学基础》、《教育研究方法》、《班级管理实务》、《教育实习手册》、《课堂教学技能训练》、《教师口语艺术》、《发展与教育心理学》、《教学原理与教学设计》、《师德与教师礼仪》。这10本教材既包含了师范院校现行的教育学、心理学、班级管理等内容，也将教育实习、研究方法、教学设计以及师德、礼仪等内容正式纳入教师教育的课程之中。在这个课程体系中，教育学、心理学作为基础理论必不可少，教学设计、研究方法、师德与礼仪、班级管理等内容通过案例与实践的结合，形成开放的、以教育教学实践问题解决为导向的实践性理论体系；实习手册、口语训练以及课堂教学技能训练则是直接指导学生开展实际教育教学工作。可以说，这样的设计不仅突破了师范院校长期以来“老三门”的课程体系，也反映了当前教师教育课程与教学改革的基本趋势。

本系列教材不仅从教材构成上力图有所创新，在每本教材的框架结构、内容选取和编写体例上也都力求做出特色。系列教材要求理论阐述必须通俗易懂并辅以案例、小提示、拓展资源等来帮助理解，引导学生借助所学理论解释教育教学现象，进而形成自己的观点。例如将发展心理学与教育心理学合为“发展与教育心理学”，虽不是首创，但是我们特别强调教育教学必须依据学生心理发展规律来实施的原则，把两个学科内容有机地整合在一起。实习手册更是突破了常规教材的呈现方式，采用活页形式，提供大量的量表，引导学生主动积累和建构知识，发展创新性思维。同时，该教材将学生的见习、实习和研习等活动以一种全新的形式展现出来，实现了教本、学本的完全统一，也给实习评价提供了新的形式。本系列教材在数字化资源建设方面进行创新性构建，拟在初步建成优质文本教材的基础上，配套建设支持教学的网站和数字化资源，使之成为有效促进教师教研和学生学习的重要支撑体系。

教材体系和内容的变革、教材形式的创新要求学生的学习和教师的教学都要做出相应的调整。首先，本系列教材的文本部分提供了开展学习和组织教学的线索，是基本材料而不是唯一材料。教材的编写考虑了不同培养层次的要求，教师应该根据学习和教学情况适当增删内容。其次，本系列教材设计了一些辅助性工具，比如边白、小提示、空白页等，师生应该研究如何有效地根据学习情况来使用这些辅助工具。第三，本系列教材十分强调教学实践能力的培养，因此教师应特别注意对学生学习方法的指导和引领。第四，数字化资源支持平台的建设需要教师和学生的积极应用和创新。我们特别提倡使用本系列教材的教师和学生能够共同来建设和完善各种网络资源，建立网上学习社区。

本系列教材各册主编和编写人员是由浙江省各高校推荐、经过省师范教育教学指导委员会认真协调后确定的，他们在各自的领域均有着深入的研究和丰富的实践经验，从而保证了教材的编写质量。

浙江省教育厅师范处、高教处大力支持本系列教材的开发，不仅将本系列教材作为浙江省教师教育基地建设的重要内容，也将其列入了浙江省重点建设的系列教材。高等教育出版社教师教育分社的领导和编辑对本套教材作了精心指导和出版安排，在此一并致谢！

当然，限于水平，本系列教材肯定会存在不少的问题或缺憾，敬请各位同仁和同学在使用过程中多提宝贵意见，以便将来有机会修正和完善。

浙江省师范教育教学指导委员会主任委员
浙江师范大学校长　吴锋民

2011年5月

目　录

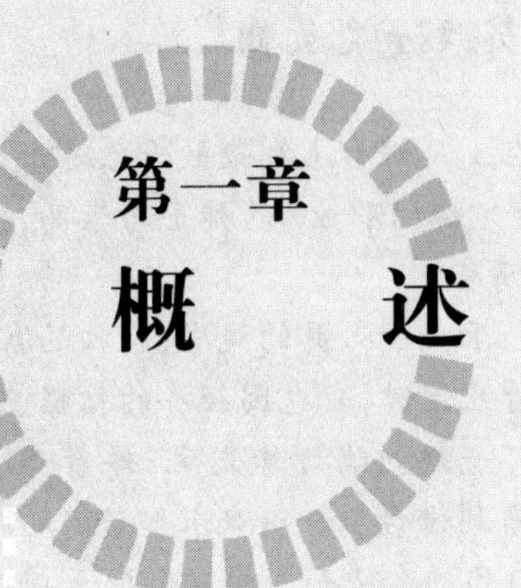

第一章 概述

学习目标

通过本章学习,你应该能够:

□ 了解教师职业的产生及特点。

□ 理解教师职业道德的内涵和要求。

□ 理解教师礼仪的内涵和要求。

□ 掌握学习教师职业道德和礼仪的意义。

引导案例:面对清贫,我无怨无悔[1]

时光若白驹过隙。不经意间,在三尺讲台上挥鞭鼓舌已是十个春秋。十年里,我感受了"太阳底下最光辉的职业"的神圣与崇高,也深切体会到了教师这一职业的艰苦与清贫。

教书育人确是苦乐参半的差事,乐之于心灵的纯净、精神的富足,苦之于物质的贫乏、工薪的微薄。曾几何时,我也因经济的拮据、生活的清贫发出过无奈、沉重的叹息,可一想到陶行知先生"捧着一颗心来,不带半根草去"的铿锵话语,一看到讲台下一双双求知若渴的眼睛和一张张生动活泼的面孔,我就为自己的念头而羞愧,聊以"天将降大任于斯人也,必先苦其心志"自宽自慰,心亦波澜不惊。

清贫的日子,我与书为伴,晨诵唐诗宋词的雄丽、清婉,夜读中外名著的精深、宏博,与大师对话,和先哲沟通,足可游目骋怀,物我两忘。此之谓"朝饮木兰之坠露兮,夕餐秋菊之落英",岂不快哉!

清贫的日子,我以笔耕为乐。抒己壮志,赋我豪情。酸甜苦辣,喜怒哀愁,尽在其中;功名利禄,荣辱得失,皆抛脑后;不问收获,但求耕耘。是谓"达则兼济天下,穷则独善其身",夫复何求!

淡泊明志,宁静致远。不戚戚于贫贱,不汲汲于富贵。面对清贫,我无怨无悔!

社会的文明,人类的进步,教师起着重要的作用。教师要顺利完成社会和历史所赋予的重任,必须努力提高自己的各方面素养,这其中就包括提高教师职业道德和礼仪素养。那么,何为教师职业道德和礼仪?它们有什么特点?有什么基本要求?提高教师职业道德和礼仪素养究竟有什么意义?本章将对这些问题进行初步分析。

第一节 教师职业的产生及特点

一、教师职业的产生与发展

教师是与教育共生的,有了教育,也就有了教师。但是,教师作为

---

① 谢卫. 面对清贫,我无怨无悔. 湖南教育,2000(12):15.

专门的职业还是稍晚的事。在原始社会,当时的教育是与生产劳动和社会生活实践融为一体的,年轻一代在生产劳动和社会生活实践中接受长辈的教育,当时没有专门的教育机构,也没有专门的教师,长者充当了当时的教师,教师作为一种职业尚未出现。

在我国,原始社会末期或奴隶社会初期产生了最初的学校。据古籍记载,在尧、舜、禹的时候已有学校的萌芽,有叫"成均",也有的叫"庠"。所谓"庠"即敬老、养老之所。养老是氏族社会的传统,也是中华民族的优良传统,"庠"就是将富有生产经验和社会生活常识的老人集中起来,由集体敬养。这些老人自然肩负起了教育下一代的责任,养老的场所也兼为教育的场所。到了西周,教育得到统治者的重视,但也被高度垄断,形成"学在官府"的局面,其目的就是培养统治阶级的治国人才。这时的学校分国学和乡学两种。国学是专门为京城奴隶主贵族子弟设立的,乡学是建在地方上为一般奴隶主和庶民子弟设立的。当时教育的显著特征就是政教一体、官师合一,教师由国家官员担任,国学由京城大官担任,乡学由地方官吏担任。因此,此时期的教师也未独立成为一种职业。

春秋战国时期,奴隶制度瓦解,封建制度开始建立。随着封建诸侯国势力强大,上层建筑发生激变,政治上,王权衰落,周天子失去了"共主"的地位。文化教育也随之发生变化,其主要标志就是官学衰落,私学兴起。而"士"阶层的出现是"私学兴起,文化下移"的社会基础。在周朝衰落的过程中,这些没落奴隶主贵族及其他掌握了一定文化知识的人员流落到社会下层,散落到各地,从此"天子失宫,学在四夷",他们也就成为历史上第一批依靠出卖知识为生的"士",成为私学的教师。这时,教育过程与政治过程开始分离,教师不再是官吏,而成为较单纯、独立的社会职业,可以随处讲学。这样,教师作为专门职业开始出现。

自教师职业产生后,其发展是缓慢的。这是因为学校自身发展缓慢的缘故。到了 17 世纪,随着社会不断发展尤其是生产力不断提高,需要一般的劳动力掌握一定文化知识,于是义务教育在西欧各国普遍推行,这意味着教师数量的增加和质量的提高。由此,也促使独立师范教育的诞生。与此同时,学校教育制度也日趋完善。所有这些使得教师职业出现了大发展,促进了教师职业向专门化方向发展。

进入 20 世纪后,各国普遍加强了对教师的培养。20 世纪 80 年代以来,教师职业正朝着专业化方向发展。尽管目前教师职业还不能与

一些传统意义上的专业性职业相比,但它已具备了作为专业职业的基本特征和条件,作为从教者的教师已是一种其他职业劳动者所不可替代的社会角色。

知识链接

师范教育机构

世界最早的独立师范教育机构产生于法国。1681年法国天主教神甫拉萨尔(LaSalle,1651—1719)创立了第一所师资训练学校,成为世界上独立师范教育的开始。1695年德国人法兰克在哈雷创办了一所师资养成所,成为德国师范教育的先驱。1795年法国在巴黎设公立师范学校,1810年设立高等师范学校。1832年法国建立统一的师范学校系统,统一隶属中央。1833年的《基佐法案》明确规定各省均设师范学校一所。从1870年到1890年,世界许多国家颁布法规设立师范学校,中国也是在这个时代,即1897年创立了以专门培养教师为主的师范学校。

[资料来源]顾明远.师范教育的传统变迁.高等师范教育研究,2003(3):1.

二、教师职业的基本特点

教师职业作为社会分工中的一个专门职业,不同于其他社会专门性职业,具有自身的特点:

(一)从职业的对象来说,教师的职业对象是正在成长中的青少年

教师面对的是青少年的成长,包括他们体力和脑力的发展以及知识的获取、智慧的增长、品德的养成等。这些人无论是在生理还是在心理上都还不够成熟,因此,他们往往对教师有一种特殊的信任,把教师看成是心目中的权威,在这样的情况下,他们往往模仿教师的言行举止、思想观念。美国心理学家班杜拉等人认为,儿童的行为方式常常是模仿其所相信和崇拜的榜样人物而逐步形成的。不管教师愿不愿意,有无知觉,教师都有成为这种"榜样"的最大可能性,这是其一。其二,这些人具有主体意识和主观能动性,他们在接受教育的过程中,不是消极被动的,而是积极能动的。其三,他们还是一个个具体的人,每个人都有他自己的经历并且经历是各不相同的,每个人都有他自己的个

性,这是由其生物、生理、地理、社会、经济、文化诸因素所构成的复合体共同决定的。

思考:你认为教师职业还有什么特点?

(二)从职业的内容和任务来讲,教师的工作不仅要教书,更要育人

一方面,教师育人是要育全面的人。教师不仅要促进青少年生理的发展,而且要促进其心理的发展;不仅要促进认知的发展,更要促进情感、道德、审美、行为等各方面的发展,说到底,教育就是促进人的德、智、体、美、劳等全面的发展。《学会生存》一书指出:教育的基本目的就是"把一个人在体力、智力、情绪、伦理各方面的因素综合起来,使他成为一个完善的人"。[①] 另一方面,教师育人主要是要用教师自己的知识、智慧、人格魅力在和学生共同活动中通过示范的方式去直接影响学生。第斯多惠指出:"教师本人是学校里最重要的师表,是最直观的最有教益的模范,是学生最活生生的榜样。"[②]

(三)从职业的工作过程来看,教师的工作具有复杂性和创造性

这是因为,教师对学生来说是知识的传播者、智慧的启迪者、情操的陶冶者,教师要塑造学生的整个心灵,教育就是促进人的德、智、体、美、劳等全面的发展。每一个方面的发展都有自己的规律,而且它们之间又存在相互联系,每次教育活动会面临不同的情景因素,每个学生有不同的差异性,每个学生有其主观能动性,这使得教育活动中教师会经常遇到意想不到的事情。这就需要教师全面了解各方面发展的规律,对各种教育活动都必须在分析情况的基础上,充分利用积极因素,排除消极因素,进行创造性的教育教学,促进学生的发展。正所谓教有法而无定法。

(四)从职业的工作性质来看,教师的工作具有难度量性

一方面,教师工作具有非计时性,教师不可能按8小时工作制上班,他们甚至没有上下班的严格限制,他们在下班以后,在学校之外经常要延续其教育活动。另一方面,教师工作还具有非计件性,不可能限质限量地计算教师工作的劳动产品与成果。如果对教师的工作采用计时和计件的量化管理,这势必导致对教师管理的外在性制约。这种外在管制可能使教师产生抵触情绪,从而降低他们在教育活动中的投入,影响教育教学的质量。相反,如果采用内在的激励,充分调动教师的主动性、积极性,教师会焕发出巨大的热情,正因为如此,教师工作

---

① 联合国教科文组织国际教育发展委员会.学会生存:教育世界的今天和明天.华东师范大学比较教育研究所,译.北京:教育科学出版社,1996:195.

② 王道俊,王汉澜.教育学.北京:人民教育出版社,1988:556.

被看成是“良心活”。

正是教师职业的这些特点,决定了教师需要努力提升自身的素质,也决定了教师道德和礼仪素养的独特内涵和要求。

第二节 教师职业道德的内涵与要求

一、道德的含义

思考:道德与伦理有什么差别?

道德一词源于拉丁文“mos”,在中国,“道”本义是道路,引申为规律和规则。“德”本义是得。“得即德也”。所以,道德意思是行为应该如何规则、规范。那么,这种意义上的道德究竟是什么呢?首先,道德是社会性的,因而,道德是作为一种社会的规则。用彼切姆的话说,“道德是一种社会惯例。”[①] 其次,道德不同于习俗或礼仪,它是具有社会效用性的规范,也就是道德要处理那种极为重要的社会问题。我国学者王海明称之为“社会效用”或“利害人己”。[②] 再次,道德不同于法律,它是一种非权力规范。道德与法律都有强制性,但道德的强制不是借助于权力,而权力恰恰就是人们必须且应该服从的力量。综上所述,“道德是社会制定或认可的关于人们具有社会效用(即利害人己)的行为应该而非必须如何的非权力规范”。[③]

扩展阅读

什么是道德?

道德有两种。第一种意义上的道德,是与非道德的(nonmoral)相对立意义上而言,即“同道德有关”的道德是什么。比如通常我们说,“什么是道德?它和法律有什么不同?”就是在这个意义上说的。第二种意义上的道德是与不道德的(immoral)相对立意义上而言。在这里,所谓道德通常是作为与“正当的”或“善”相同,即道德就是对善的追求。比如说,“某人的行为是道德的”,就是在这个意义上说的。如果与上述的道德意义相对应起来,这里所谓的道德就是指对人己有利,不道德就是对人己有害。而在人己之间发生利益

① 汤姆. 彼彻姆. 哲学的伦理学. 雷克勤. 等,译. 北京:中国社会科学出版社,1990:10.
②③ 王海明. 伦理学原理. 北京:北京大学出版社,2001:85.

冲突时，那么所谓道德一般就是意味着对他人利益的关怀。应该说以上两种道德意义对我们理解教学道德都是有用的。

二、教师职业道德的概念与特点

教师职业道德作为一种职业道德，是从事教师这一职业应该而非必须具备的规范，它是在调整教师与社会、同事、学生、自我等之间种种关系中产生的行为准则，是一定社会或阶级对教师职业行为的基本要求。不但涉及教师教学的道德规范问题，也涉及教师与教师集体以及教师与领导、学生家长之间等关系的道德规范问题，同时还涉及教师与自己之间的道德规范问题。教师职业道德与其他的社会职业道德相比，具有自己的特点，这个特点是由教师职业特点决定的。

（一）指向性

教师的工作不仅要教书，更要育人，所以，教师职业道德有明确的育人指向性，换句话说，教师的职业道德是为了让教师能够培养好人，促进人的全面发展。这显然不同于其他社会职业道德。譬如，司机的职业道德是为了行车安全而不是为了教育行人，售货员的职业道德是为了更好地销售商品而不是为了教育顾客，医生的职业道德是为了更好地医治病人，而不是教育病人，如此等等。而且，由于教师作为劳动主体与工具是同一的，教师职业道德也就直接构成和影响教育内容，教师职业道德在内容上因而具有教育性。如，教师爱的不自觉流露，会对学生产生不同程度的影响，让学生在爱的熏陶中学会爱。教师宽容就是宽谅学生的某些错误，积极包容学生不同的观点、思想与学习方式、风格，它所反映的是一种教师的成熟，是一种内心坚韧强大的体现，这同样会深深影响学生，养成学生超然的精神品质和博大的胸怀。

（二）示范性

教师的职业对象是活生生的人，是正在成长中的青少年，他们往往模仿教师的言行举止、思想观念。这就决定了师德不仅具有教育性，而且还有示范性。教师的高尚言行、完美品德，是学生直接模仿和接受感化的来源。从词源上看，“教，上所施下所效也”。也就是说，教育过程中教师的行为会成为学生效仿的目标。社会学理论也告诉我们，小学生往往把教师看成他们的“重要他人”，这个“重要他人”的思想言行、完善人格，往往对学生的成长起着极其重要的导向作用。中国自古

就有“以身立教”的命题，说的也是这个道理。一句话，教师的职业道德往往会成为学生学习的对象。

案例分享

身教重于言教

我在教学过程中曾发生过这样一件事：高一年级有个学生，各科成绩都不错，学习也很努力，但就是字体极不美观，卷面潦潦草草。为此，我曾狠狠地扣他的卷面成绩，课下找他谈话，督促他练字，但收效甚微。整齐的作业保持不了几天就又“龙飞凤舞”，字迹不能辨认了。一次在批改作业时，又见到了他“惨不忍睹”的作业，当时我真想让他再重做一遍，可转念一想：即使再做一遍，也只能增加他的厌烦情绪，只会越写越乱，于事无补。于是，我耐下心来。在他的作业后面像平时上课讲题一样：已知、求、解、答，一字一字地逐题做了一遍。

当下一次交上作业来，我真的吃了一惊，透过那字体不很漂亮却又极认真的作业，我似乎看到了一个受到震撼的心灵在对我说：“老师，我正在努力做好，您看着吧！”我高兴地在他作业后面写道：继续努力，贵在坚持！作业一次次交来，这个学生的卷面情况在逐渐好转。一次，我去班里，发现他正在练钢笔字，见到我，他高兴地举起厚厚的一本练好的钢笔字，说：“老师，您看，我已经写了这么多了！”

［资料来源］http://www.qygtxx.com/news/Articleshow.asp?ArtidelD=474.

你如何看待教师的榜样示范作用？

（三）自觉性

学校教育活动是一种具有高度自觉性的活动。教育对象的主体性、教师工作的复杂性和创造性、难度量性都要求教师有职业道德的自觉和自律。实际上，现代教育制度中的教师职前培养和继续教育制度的存在使得教育工作者一般都经过专门的职业训练。因此，他们不仅在教育工作的技能上具有十分明显的专业性和自觉性，而且在道德上也有高度的自觉性。反之，一些缺乏师德自觉的教师实际上是失去了教师本质的“教师”，他们在人际关系中永远处于被动、低效或无效的境地。所以，与一般劳动者，尤其是那些复杂程度较低的劳动形态相比，教师职业道德从道德主体的角度看，具有较为明显的自觉性。

(四) 整体性

教育劳动中存在广泛和复杂的人际利益关系，教师必须全面或整体性地处理这些关系。因此，从教师职业道德的影响性质这一角度来看，教师职业道德具有一定的整体性。这一整体性主要有三个方面：一是指每个教师对学生的影响是整体的；二是指教师对学生的影响具有集体性(面对的是学生集体)；三是指教育工作需要广义的教师集体的通力合作才能完成。[①]

三、教师职业道德的基本要求

(一) 忠诚教育

这是就教师对待社会而言的。职业道德作为社会分工中对某职业的道德要求最基本的就是“忠于职守”。热爱教育事业，这是对教师职业道德的基本要求，是搞好教育工作的基本前提。许多优秀教师的经验证明，他们之所以在教育工作中做出卓著的成绩，是因为他们热爱教育事业，愿意为下一代的成长贡献自己的毕生精力。[②] 相反，如果一个教师不热爱教育事业，他就不可能在教育中投入巨大的精力，进行创造性的劳动。

(二) 热爱学生

这是就教师对待学生而言的。热爱学生是教师职业道德的核心。教师热爱学生首先意味着关心学生。教师之爱不仅是一种征服人的热情，也不仅是打动人的高尚情感，它更展现出一种主动性，即为教育事业尽心尽力，使学生健康成长。缺乏这种主动的关心，就不是爱。而有了这种爱的教师，必然是为学生的点滴进步而欣喜，为学生的失败而难过。他们会积极投身到教育教学中，毫无保留地贡献出自己的精力、才能；总是力求找到最好的教学方法，进行创造性的教学。其次，教师之爱意味着尊重。没有尊重，爱就很容易沦为控制与占有。尊重包括尊重学生的人格，不讽刺挖苦学生，也包括尊重学生的自主发展。尊重不是惧怕和敬畏，不是放纵和溺爱，它意味着要按照爱的对象的本来面目看待他，使之按其本性成长和发展，成就他的独特个性。所以，“爱是自由之子，从不是统治之后”。再次，教师之爱意味着责任。教师的爱不同于自然之爱，它体现了一种强烈的社会历史责任感，这种责任

对照这些师德基本要求，你觉得能做到吗？

① 檀传宝. 教师伦理学专题——教育伦理范畴研究. 北京：北京师范大学出版社，2000：20.

② 王道俊，王汉澜. 教育学. 北京：人民教育出版社，1988：571.

不同于义务,义务还带有外部强加在人身上的东西,而责任是把义务内化了的结果,是一种完全自愿的行动。最后,教师之爱是建立在理性认识基础之上的。没有理性认识,爱就是盲目的。这种认识一方面是对教师工作的社会价值的认识,意识到学生是未来社会的建设者,教师的工作直接关系到未来一代的身心素质,关系到未来社会的存在、延续和发展。另一方面是对学生身心发展规律和教育教学规律的认识。①

(三) 互助合作

这是就教师对待同事而言的。一方面,教师劳动面对的是活生生的人,这决定了教师劳动是一项充满复杂性和创造性的劳动,面对这样一项工作,需要教师之间的相互支持、相互激励,需要教师之间的精诚合作、互帮互助。另一方面,学生的身心发展,不是一位教师的个体劳动能够独立完成的,学生的发展既是家庭、社会影响的结果,也是学校、教师集体劳动的结晶。换句话说,要真正培养好学生,也必须要求教师之间的协调配合,以便使得学生所受到的教育影响是相互一致,进而达到最大化的效果。

(四) 严以律己

这是就教师对待自己而言的。首先表现在教师要做到学而不厌。教师要传道、授业,而学业是无止境的,在今天这样一个被称为知识爆炸的时代,知识发展更是突飞猛进,日新月异。不仅如此,在今天的网络信息时代,学生可以很容易地、快捷地接受到各种知识信息。这样,教师必须持续不断的学习,真正做到学而不厌。

课外阅读

学习型社会呼唤学习型教师

随着社会的不断发展,家长的素质也在日益提高。如果不通过学习来及时汲取营养,我们在家长心目中作为"专业的幼儿教师"的威信就有可能会降低。几年前发生的一件事给了我很大的震撼:记得那是我刚参加工作的第二年,班上转来一个新生,那时他的妈妈经常来园和我们交流孩子的情况。有一天她突然问我:"钱老师,我知道在幼儿园很流行蒙台梭利教学的,您能给我介绍一下你们幼儿园是怎样进行蒙台梭利教学的吗?"我顿时傻眼了,我上大学的时

① 周建平．追寻教学道德——当代中国教学道德价值问题研究．北京:教育科学出版社,2006:194.

候是学习过蒙台梭利教学的，可到现在早已忘记了这些理论，一时半会儿怎么说得清楚呢？我当时“刷”地一下脸就红了，尴尬地朝这位家长笑了笑。也许是察觉到了我的尴尬，她也没再问下去，可她会怎样看我这个华东师范大学出来的“专业”幼儿园老师？试想，如果那时我能一直不断地学习，那么面对家长的质疑我肯定就能滔滔不绝，得到的也就不会是尴尬而是信任和欣赏。

古人云：“世事洞明皆学问，人情练达即文章。”我们认为，学习的对象是包罗万象的，学习的方式又是无所不在的。向日常生活学习，向大自然学习，向各种各样的媒体学习……只有最大限度地扩展我们的学习对象，我们的知识才会有深度、有广度。在教学工作中学习，在与家长的沟通中学习，甚至在和孩子们的游戏中学习……只有处处用心、日日积累，我们才会有专业可言。

[资料来源] 钱兰华．学习着，快乐着——做一名快乐的学习型教师．学前教育研究，2004.6.

另外，严以律己还表现在为人师表。教师不仅教书，还要育人。实践证明，教师在育人的过程中，是身教重于言教，所谓“其身正，不令而行；其身不正，虽令不从。”[1] 教师的一言一行，一举一动，往往使学生受到熏陶和效仿。由此，必然要求教师不仅持续学习，而且要不断提升自己的职业道德修养，做到“为人师表”。教师要求学生做到的，自己必须首先做到。教师应该严谨治学，言行一致，待人礼貌，谈吐文雅，衣着整洁，举止端庄。

第三节 礼仪与教师礼仪

引导案例：怎样才是美丽的教师？

一位小学英语女教师，她“烫着一头长波浪卷发，无可挑剔的精致彩妆，穿一袭紧身裙。外搭皮草小披肩，全身挂满闪耀的饰品，脚蹬过膝长靴。头戴贝雷帽，手提大号名牌手提包，从白色的宝马车里缓缓而

①论语·子路。

下”,每天上班就是这样隆重登场。这是一篇教育新闻稿中的描述,女教师所在学校校长点评道:“现在的学生很有个性,他们会从服饰、语言方面去评价一个老师,他们喜欢时尚感强、视觉上也能为他们带来新鲜感的老师。”

请思考:教师“美丽”的定义是什么?

这位被学生唤作“Miss 杨”,被记者称为“时尚女王”的教师,曾被学校授予一项校级封号——“最有魅力的老师”,校长还说:“你会发现,但凡与 Miss 杨在一个办公室的老师,无论男女,他们的衣着打扮、个人品位都会迅速提升……”

Miss 杨人靠衣装,出名靠报道,隐含着一个问题:教师能不能是这样活法? 教师“美丽”的定义是什么?

教师为人师表并不意味着必须穿得像乘务员,行为像修道士。Miss 杨用自己的身体编撰的“时尚校本教材”,为自己和学校树立了美丽的品牌,但请问:她的美丽有没有为学生开阔眼界,提高审美品位?“教师的美丽”靠什么来演绎?

伟大的诗人歌德说“一个人的礼仪,就是一面找出他肖像的镜子。”英国著名的教育家培根说:“相貌的美高于色泽的美,而秀雅合适动作的美又高于相貌的美。”这就是美的诠释。

“德”是一个抽象的概念,教师的职业道德,要通过教师的行为规范得以体现。中国传统礼仪,是传统美德的具体体现。教师礼仪作为教师职业行为规范,为教师在履行教育职能过程中使自身的行为符合教育对象的培养要求提供了依据,教师不仅要“知书”,而且要“达礼”,知、行合一,才是人民教师应有的道德。

一、礼仪的内涵、特点与原则

(一) 礼仪的含义

1. “礼”的基本含义

《辞源》对“礼”的基本含义的解释是:规定社会行为的法则、规范、仪式的总称。“道之以德,齐之以礼,有耻且格”[①] 。中国历代思想家从不同的角度阐述过“礼”的含义和内容,归纳起来,大体上可分三个层次:一是指整个的社会等级制度、法律规定和伦理规范的总体;二是指社会的道德规范和伦理准则;三是指礼节仪式和待人接物的

① 论语·为政。

方法。

狭义的礼，是人际交往的仪节。仪节是古代的精英依据道德要求制定出来的行为规范，具有指导意义。礼包括内容与形式两个相辅相成的要素，一定的形式是为了体现一定的内涵。形式好比外壳，内涵犹如灵魂，没有外壳，灵魂就无处寄寓；没有灵魂，外壳就失去了存在的价值。礼的形式为“礼法”，这是礼的规定性，必须按照它的要求一步一步去做。照着礼法的要求去做是必需的，但还不够，理想的状态是，既懂得怎样去做，又明白为什么要这样做。

古代的哲人阐述了礼与德的关系，“人而无礼，焉以为德”[①]。礼是道德的基础，倘若一个人不懂得“礼”，就不可能有“德”。“礼者，德之基也。”[②] 人的成长过程，就是不断汲取知识和培育德性的过程。一个人有内、外两个方面：内求德性的纯正，外求言行的端正。所以自古以来，君子都内外兼修，礼的内、外两面，与人的内、外兼修完全一致。

学礼，既要熟悉礼的外在形式，又要把握礼的内在精髓。

知识链接

礼是道德的体现

春秋末期，列国的诸侯虽然也不忘祭神祭祖，玉帛钟鼓，像模像样的，其实不过是虚应故事，孔子愤愤地说：“礼云礼云，玉帛云乎哉！乐云乐云，钟鼓云乎哉！”《左传》上说，鲁昭公到晋国访问，从“效劳”的礼节开始，步步为礼，在相当冗长的仪式中，居然没有做错一处，许多晋国人都惊叹不已。可是晋国的贤人女叔齐却说，礼是道德的体现，可是鲁昭公治国无道，百姓怨恨，与邻国的关系也很险恶，他哪里懂得礼呢？眼下他做的不过是徒具形式的“仪”而已！

［资料来源］彭林．中国传统礼仪读本．杭州：浙江文学出版社，2008，7.

思考：女叔齐的批评非常深刻，哪些方面值得我们深思？

2. 礼仪的含义

礼仪——是“礼”和“仪”的统称。在人际交往过程中，人们为了表示尊重与友好而共同遵守的行为规范和交往程序。

---

① 杨雄．法言·问道。

② 蒋璟萍．礼仪的伦理学视角．北京：中国社会科学出版社，2007，54.

在《辞源》中，“礼仪”被解释为“行礼之仪式”。最早出现在：“至秦有天下，悉内六国礼仪，采择其善。”[1] 概括地说，所谓礼仪，主要指礼节和仪表。

从礼节方面看，传统道德重视人际交往的礼节要求，有许多待人接物的交际规范。一是要求恭敬诚恳。孟子认为，恭敬之心应该在送礼之前就已具备。荀子提出了诚恳的要求，认为不仅要外表恭敬，而且要内心诚恳、忠信。二是要求善良宽容。君子批评别人，不应无保留地将别人的过失全部说出来，而应注意含蓄，使人悔过自新。三是要求礼尚往来，有来无往就会有失礼节。同时还要知恩图报。

从仪表方面看，传统道德重视个人礼仪的礼节方面，提出了许多仪态举止的要求。对人的容貌、颜色、视听、坐卧、衣冠、饮食、行止、揖让等，都做了具体的规定。

“礼”，通过“礼仪”表现出来；“善意”，通过“善行”表现出来，从而使得礼德具备了价值，同时满足人的精神需要并能促进人的发展。在这个意义上，可以说礼仪活动本质上是一种利己利人的道德活动。

3. 礼仪与礼貌、礼节的关系

礼貌是人们交往时，相互表示敬重和友好的行为准则，它体现了时代的风尚和道德品质，体现了人们的文化层次和文明程度。它是一种外在表现，通过仪表、仪容、仪态及言行来体现。

礼节是人们在日常生活和交往中，互相问候、致意、祝愿、慰问以及给予必要的协助与照顾的惯用形式。

礼仪、礼貌与礼节，三者既有联系又有区别。礼仪含义最深、层次最高，它包括礼貌、礼节；礼貌是礼仪的基础，侧重于表现人的品质与素养；礼节则是礼仪的基本组成，是礼貌的具体表现方式。

（二）礼仪的特点

1. 普遍性

礼仪是人类在社会生活的基础上产生的行为规范，全体社会的成员均离不开一定的礼仪规范的制约。一般来说，礼仪代表一个国家、一个民族、一个地区的文化习俗特征。反映着人类对真、善、美的追求愿望。大到一个国家的国庆庆典，小到一个企业公司的开张致喜，再到人们日常生活中的接待、见面谈话、宴请等，均需要讲究礼仪规范，遵守一定礼仪行为准则。

---

① 史记·礼书。

礼仪的普遍认同性,主要源于共同的经济生活和文化生活。经济的共同性必然导致礼仪的内容的变化。比如,现代经济的快节奏、高效率,使现代礼仪向简洁、务实方向发展。共同的文化孕育了共同的礼仪。礼仪的普遍认同性表明,社会中的规范和准则,必须得到全社会的认同,才能在全社会中通用。

2. 继承性

具有"礼仪之邦"称号的泱泱大国,中国的礼仪文化自然源远流长。在礼仪发展的源流中,礼仪文化的发展是一个扬弃的过程。比如,古代的磕头跪拜风,早已被现代的握手敬礼所替代。而那些"温良恭俭让"、"尊老爱幼"的行为规范,则得到了弘扬。礼仪变化的继承性,是随着人类历史的不断进步而得以继承、发展。

3. 差异性

人说"百里不同风,千里不同俗",不同的文化背景,产生不同的礼仪文化;不同的地域文化,决定着礼仪的内容和形式。礼仪的差异性除了地域性的差异外,还表现在礼仪的等级差别上,对不同身份地位的对象施以不同的礼仪。

尊卑,是中华礼仪的重要特色,也是区别于西方礼仪的关键之处。西方文化是宗教文化,强调人人都是上帝的儿子,因此,在上帝面前人人生而平等。中国文化不然,中国人十分强调尊卑,许多礼节都是为此而设计,或者是由此引申出来的。在儒家的理论中,社会秩序是按照"在朝序爵,在野序齿"这两个原则确定的。

所谓"在朝",是指在权力机构或者正式场合,要以爵位的尊卑为秩序。等级是社会管理所必需的。各级管理者所承担的责任有大小,儒家认为,德性与职务应该成正比,德性越高者职务应该越高。爵高者承担的社会责任大,所以是尊者,应该受到下属的尊重。他们的某些特殊待遇,是为了更有效地工作,而不是谋私的特权。

所谓"在野",是指在民间或者非正式场合,由于彼此都没有官阶,需要一种新的方法来确定尊卑关系。中国民间的尊卑关系是按照辈分或者年龄来区分:不同辈分之间,辈分高者为尊,低者为卑;同一辈的,年龄大者为尊,小者为卑。无论是宴饮还是其他活动,都要以尊卑为序。这就是我们民族千年传承的"长幼有序"的社会风气,它与儒家提倡的孝悌、尊老的理念是相为表里的。

秩序问题,说得简单明了一点,就是谁先谁后,或者是谁让谁的问题。确立了尊卑的关系,谁先谁后的问题就迎刃而解了。以年龄为尊

卑之序，不仅最为公平，也最合理。无论在什么场合，只要有老年人在，就应该优先，老者为家族和社会作贡献的时间久，加之年老体衰，理应受到晚辈的尊重。在平辈之间也是如此，兄长受教育程度高、生活经验丰富，理应受到弟辈的尊重。①

4. 时代性

礼仪作为一种文化范畴，必然具有浓厚的时代特色。任何时代的礼仪由于其时代的特性和内容，往往决定了它的表现。比如，礼仪起源于原始的祭神，人类最初的礼仪是从祭神开始的。时代的特色对文化冲击的烙印是巨大的，可以说，每个时代的文化都是时代变迁的缩影，礼仪文化也如此。

跪拜礼是中国人的拜礼中礼数最重的礼节。随着时代的变迁，如今的跪拜礼已经很少见到，只存在于少数最重要的场合，如新婚夫妇给岳父岳母、公公婆婆行跪拜礼；又如父母的丧礼，子女要行跪拜礼；过年时，不少地方依然保留着晚辈给长辈叩首、跪拜的传统礼俗。2004年，江苏某小学教室发生火灾，有一位教师奋不顾身冲进火海抢救孩子，最后牺牲了。出殡之日，成千上万的群众为她送行。当灵柩抬出来的时候，几个被救的孩子全部跪下了，用我们民族最传统的方式，向老师表达最高的敬意。

随着社会的进步，一方面，礼仪文化随时代的不断进步而时刻发生变化。另一方面，随着国家对外交往的不断扩大，各国的政治、经济、思想、文化等诸种因素的互相渗透，我国的传统礼仪自然也被赋予了许多新鲜的内容。礼仪规范更加国际化，礼仪变革向符合国际惯例的方面发展。

礼仪规范的发展，总是与时代精神密切地结合在一起。时代性、发展性和继承性都是相辅相成的。总而言之，随着时代的不断进步，人类的礼仪规范必将更为文明、优雅、实用。

（三）礼仪的基本原则

所谓礼仪的基本原则，是指人际交往过程中，各种礼仪规范和行为应共同遵守的基本准则，具有普遍的指导意义。“道德仁义，非礼不成”。

1. 尊重与遵守原则

尊重，是指人们在致礼施仪时要体现出对他人真诚的恭敬和重

① 彭林．中国传统礼仪读本．杭州：浙江文学出版社，2008：30-32.

视。孔子说:“礼者,敬人也”,现代礼仪的实质,是把对交往对象的重视、恭敬、友好放在第一位。敬人,就是尊敬他人,包括尊敬自己,维护个人乃至组织的形象。不可损人利己,这也是人的品格问题,做人必须尊重自己(不自大,不自卑),尊重他人,尊重社会(法律、道德规范、规章制度),尊重自然。

遵守,是在人际交往过程中每位参与者都必须自觉、自愿地遵守礼仪、应用礼仪。遵守的原则就是对行为主体提出的基本要求,更是人格素质的基本体现。遵守礼仪规范,才能赢得他人的尊重,确保交际活动达到预期的目标。

2. 平等与宽容原则

平等是礼仪的核心,也是最根本的原则。即尊重交往对象,以礼相待,对任何交往对象都必须一视同仁,给予同等程度的礼遇。在交际活动中既要遵守平等的原则,同时也要善于理解具体条件下对方的一些行为,不应过多地挑剔对方。平等并不意味着对等。

分析:你认为教师对学生的宽容与对其他公众的宽容是一样吗?

宽容,具体体现为宽恕、容忍、体谅。在人际交往中严以律己,宽以待人,这是为人处世的较高境界。要尊重他人选择,容忍他人行为的自由。理解宽容就是要豁达大度,有气量,不计较和不追究。具体表现为一种胸襟,一种包容意识和自控能力。

3. 真诚与自律原则

真诚,就是在交际过程中做到诚实守信,不虚伪、不做作,要求在人际交往中运用礼仪时,要以诚待人,言行一致,表里如一。交际活动作为人与人之间信息传递、情感交流、思想沟通的过程,如果缺乏真诚则不可能达到目的,更无法保证交际效果。

礼仪的根本内容是“约束自己,尊重他人”。自我要求、自我约束、自我对照、自我反省。“己所不欲,勿施于人”①,这就是自律的原则。自律应做到四非:非礼勿言,非礼勿视,非礼勿听,非礼勿行。

4. 适度与从俗原则

礼仪是一种程序规定,而程序本身就是一种“度”。礼仪无论是表示尊敬还是热情,都有一个“度”的问题,没有“度”,施礼就可能进入误区。适度就是把握分寸。感情要适度,语言要适度,行为要适度,距离要适度。应用礼仪时,要注意技巧、规范,保证交际效果。为此要把握好分寸,必要时,要坚持入国问禁,入乡随俗。

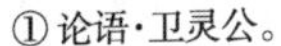

① 论语·卫灵公。

小贴士

在社交活动中,人与人之间的正常距离大致可以划分为以下四种,它们各自适用不同的情况。

其一,私人距离,其距离小于0.5米。它仅适用于家人、恋人与至交。因此有人称其为“亲密距离”。

其二,社交距离,其距离为大于0.5米,小于1.5米。它适合于一般性的交际应酬,故亦称“常规距离”。

其三,礼仪距离。其距离为大于1.5米,小于3米。它适用于会议、演讲、庆典、仪式以及接见,意在向交往对象表示敬意,所以又称“敬人距离”。

其四,公共距离。其距离在3米开外,适用于在公共场所同陌生人相处。它也被称作“有距离的距离”。

二、教师礼仪的内涵

(一) 教师礼仪的含义

教师礼仪,是礼仪在教育行业履行职能工作过程中的具体运用,教师在教书育人岗位上向受教育对象开展教学、育人工作时的有形化、规范化的正确做法。

案例分享

请你具体描述这位优秀教师的优秀之处。

从她一进办公室门,我就感到她是我所渴望的教师。她身上散发着某种精神,被她庄重的外表衬托得越发迷人。因为只有有高度素养、可信、正直、勤奋的人,才有这样的光芒。不错,至今,她是学院最优秀的讲师。

(二) 教师礼仪的主要内容

教师礼仪教育工作者的仪容规范、仪态规范、服饰规范、语言规范和岗位规范,是教师礼仪的重要内容。

1. 仪容规范

是指教师在工作岗位上按照本行业的要求,对自己的仪容进行必

要的修饰与维护的要求和标准。主要包括面部修饰、发部修饰、肢体修饰和化妆修饰四个方面。

2. 仪态规范

是指对教师在工作岗位上的身体姿态、行为和动作的具体要求。主要包括仪态、举止、风度。

3. 服饰规范

是对教师在工作岗位上的服饰提出统一的要求与限制。主要涉及穿戴使用的服装、饰品、用品等的选择与使用的规范。

4. 语言规范

是对教师在工作岗位上使用的礼貌用语及谈话技巧的要求及准则。

5. 岗位规范

是教师在工作岗位上应遵循的具体要求和操作标准。

案例分享

小节的象征

一位校长要雇一个没带任何介绍信的小伙子到他的办公室做事,校长的朋友挺奇怪。校长说:"其实,他带来了不止一封介绍信。你看,他在进门前先蹭掉脚上的泥土,进门后又先脱帽,随手关上了门,这说明他很懂礼貌,做事很仔细;当看到那位残疾老人时,他立即起身让座,这表明他心地善良,知道体贴别人;那本书是我故意放在地上的,所有的应试者都不屑一顾,只有他俯身捡起,将书放在桌上;当我和他交谈时,我发现他衣着整洁,头发梳得整整齐齐,指甲修得干干净净,谈吐温文尔雅,思维十分敏捷。就凭这些小节,难道你不认为是极好的介绍信吗?"

日常生活中,你能注意各方面的小节吗?

(三) 教师礼仪的基本要求

教育行业是观察社会风尚的重要窗口,教育与人们的生活质量息息相关。教学质量的优劣,直接体现教师的文明程度和文化素养,体现教育的质量和水平。从更高的角度说,教育质量体现了一个国家及其人民的文明程度和科学水准。从根本上提升教育质量,打造教育机构核心竞争优势,增强育人意识、提升育人素养,是教师礼仪对现代教育工作者所提出的基本要求。

1. 强化职业道德

教师职业道德，既是教师礼仪的主要理论基石，也是对教师的基本要求，是指教师在开展教学育人活动中应当遵守的职业行为准则。教师职业道德的核心思想，是献身教育，教书育人，诲人不倦，是教师礼仪在教学活动中的知行合一的落实，是教师职业道德价值的真正显现。

2. 明确角色定位

教师作为人类先进思想、文化的传播者，其劳动同社会进步、经济发展以及国家兴盛紧密相连。作为教师，必须清楚地认识到自己承担培育人的重要责任。在工作岗位上，教师的一切行为，包括仪容、仪态、服饰、语言及待人接物的行为等，均不得与教育宗旨背道而驰。

3. 善于交流沟通

教师应该善于理解学生、主动与学生交流沟通，这也是教育者与教育对象彼此之间进行有效施教的基本前提。离开交流沟通与理解，教师要想为受教育者提供令人满意的教学活动，通常都是不可能做到的。

4. 注意形象效应

学校的形象，不仅包括某一个学生、某一条施教政策或某些行为留给公众的印象，也包括学校与目标公众在长期的合作中形成的一种信赖关系，是学校知名度和美誉度的综合反映，更是学校履行社会责任的重要标志。

教师礼仪的形象效应，是指教师及教育组织形象在公众心目中所产生的反映和效果。教育机构形象效应，主要体现在教学育人的每个环节中，是教师与学生及家长交往过程中彼此的第一印象及总体印象。教师形象的首轮效应，是由于学生对第一印象的信任而宁肯忽视后来的印象。根据心理学家的研究，学生对教师的印象，55% 取决于外表，即教师的服装、相貌、体形、发色；38% 取决于教师如何表现语气、语调、手势、站姿、坐姿；7% 取决于教师所讲的内容。

扩展阅读

一、《礼记》名句

《礼记》是礼学经典，但它并不专讲礼法，恰恰相反，它从第一篇

开始，用了大量的篇幅来讲做人的道理和原则，例如：

敖不可长，欲不可从，志不可满，乐不可极。

临财毋苟得，临难毋苟免。

夫礼者，所以定亲疏，决嫌疑，别同异，明是非也。礼，不妄说人，不辞费。礼，不逾节，不侵侮，不好狎。修身践言，谓之善行。行修言道，礼之质也。

道德仁义，非礼不成；教训正俗，非礼不备。分争辨讼，非礼不决。君臣上下父子兄弟，非礼不定。宦学事师，非礼不亲。班朝治军，莅官行法，非礼威严不行。祷祠祭祀，供给鬼神，非礼不诚不庄。是以君子恭敬撙节退让以明礼。

人有礼则安，无礼则危，故曰：礼者不可不学也。

贫者不以货财为礼，老者不以筋力为礼。

这些类似警句与格言的文句，在《礼记》中俯拾皆是，它们对于我们民族性格的形成，起了非常重要的作用，今天对于我们修身进德，依然具有积极的意义，不妨作为座右之铭，终身服膺。

二、古代的“五礼”

古人把纷繁的礼仪分为吉、凶、军、宾、嘉五类，成为“五礼”、五礼的核心都是要表达诚敬之心。

吉礼是指祭祀天、地和祖先的礼仪，天地是万物之源，是人类生存的物质基础；祖先是家族的源头，是赋予我们生命的人；祭礼是为了铭记恩泽，表达敬意。

凶礼是指丧礼和荒礼：丧礼是向逝去的亲人表达敬意的礼仪；荒礼是对发生自然灾害的地区施以援手，慰问并捐赠粮食、衣物的礼仪。

军礼是军队训练、出征、凯旋的礼仪，是为了表达对国家主权的敬意。

宾礼是国与国、人与人之间的礼仪。

嘉礼包括冠礼、婚礼、燕飨、贺庆之礼，是为了表达对对方的敬意，都是表达敬意的礼仪。

［资料来源］彭林．中国传统礼仪读本．杭州：浙江文学出版社，2008：8-12.

检查一下我们自己的言行举止，我们是有礼教素养的人吗？

第四节 教师职业道德与礼仪的意义

教师职业道德与礼仪，对于教育工作者提高和完善教育质量，对于国家的生存和发展都具有积极、重要的作用。

一、构建和谐校园

构建和谐校园对构建和谐社会具有重要的意义。要构建和谐校园，一个很重要的方面是构建校园内和谐的人际关系。教师职业道德作为一种职业道德，就是调整教师与社会、同事、学生、自我等之间各种关系中产生的行为准则，教师礼仪是教师教育行业履行职能工作过程中的规范。显然，教师职业道德与礼仪的提升有助于促进和谐校园的建设。譬如，热爱教育的教师对学生是一视同仁的，不会因学生的相貌、家庭出身、学习成绩等亲疏有别、厚此薄彼。尤其对那些学习不好、性格孤僻、行为习惯不良的后进生更应加倍关心。每个学生都是独特的个体，都有独特的精神世界，都有自己独特的思想、行为方式，这些都要得到教师的接纳、理解。一个宽容的教师会包容学生不同的观点、思想与学习方式、风格。所有这些都有助于师生平等合作，相互尊重，相互信任，和谐共处。

同样，教师真正热爱教育，严格要求自己，注重相互合作，也必然有助于促进教师之间、教师与领导之间的团结互助，精诚合作，和谐相处。此外，教师礼仪能够为教师在教学过程中提供行为指导，良好的教师礼仪更是一个教师树立良好的形象的有效手段，教师良好的形象能够吸引学生，这不仅能够使其自觉愉快地学习，而且也有利于化解教师与学生之间的紧张关系甚至矛盾，促进良好的师生关系的形成。

二、提升教育质量

教师职业道德与礼仪的提升，不仅有助于促进和谐校园的建设，而且能促进教育质量的提高。

从教师职业道德来看，真正热爱教育的教师是不会为了升学指标而强迫学生学习，也不会为了教师的荣耀而压制学生。他首先想到的是学生对知识的掌握、能力的发展、个性的养成、真理的发现。真正爱学生的教师，会表现出对学生的主动的关心，有了这种爱的教

师，必然是为学生的点滴进步而欣喜，为学生的失败而难过。第二，真正有良知的教师，会积极投身到教育教学中，毫无保留地贡献出自己的精力、才能，总是力求找到最好的教学方法，进行创造性的教学。当教师面临诸多的困难和阻碍而踯躅不前，甚至有所退却时，教师良心会给以鞭策；当教师面对各种各样的诱惑而不能恪守教学的真谛时，教师良心会把他有力地唤回。教师的职业道德更展现出一种主动性，即为教育事业尽心尽力，使学生健康成长。在教育教学中，关心每一位学生的成长、发展。所有这些，都必然促进教育教学质量的提高。

从教师职业礼仪来看，教师礼仪能够给教师在教学过程中以行为指导，从而使教育工作更为有效地开展。教师礼仪作为行动规范，为教师在履行教育职能过程中，使自身的行为符合教育对象的培养要求提供了依据。教学质量主要由教学态度与教学技能两大要素构成。通常，学生对教师的教学态度的重视程度，往往会高于对教学技能的重视程度。教师礼仪有助于提高教师的育人意识、服务意识，它不仅使教学工作变得顺利，让教育对象感觉轻松和愉快，还能使教师通过教育工作养成良好的育人意识和服务意识，同时还能以对象的需求做出适时的调整，从而让教育更具人性化、个性化。

三、促进教师专业发展

教师专业发展一般包含两层含义：教师职业成为专门职业并获得应有的专业地位的过程，以及教师成为专业人士的过程。前者主要是就外在的“体制”、“制度”层面而言的，后者则是就教师内在专业素质结构而言的。

一般认为，教师专业结构（素质构成）包括知识维度、能力维度和伦理维度（有的表述为伦理与心理人格维度或个性品质维度）。因此可以说，教师专业发展的德性要求是教师这一职业（专业）内在的本质规定。在教师专业化研究初期，“技术理性本位”的取向十分明显，人们把“专业属性”置于专业领域的科学知识与技术的成熟度上，而对“德性”维度缺乏应有的关注。这是必须值得反思的。

在美国，针对20世纪五六十年代行为主义影响下美国教师教育忽视教师的态度、人格等内在因素，从60年代末开始，兴起了一种情感师范教育范式（人格师范教育范式）。这种范式认为更可贵的是教师的内在人格和条件，是教师对学生的爱心，即教师能否注意和关心学生

的情感发展，教师自身是否具备情感人格方面的条件。在英国，政府对“教师专业发展”提出的6条标准中，涉及教师德性的就有履行重要的社会服务、团体的伦理规范、高度的自主性等3条。英国学者哈格里夫斯认为，教师专业发展不仅应包括知识、技能等技术性维度，还应该广泛考虑道德、政治和情感的维度。[①] 一句话，教师职业道德提升有助于教师的专业发展，教师礼仪有助于教师个人素质的提高。

四、推动社会精神文明建设

学校是培养人的场所，是社会的重要组成部分，是引领社会发展与文明进步的重要机构。因此，教师职业道德与礼仪对促进社会道德风尚的改变，对社会精神文明建设的重要意义也就不言而喻了。今天，教师职业道德与礼仪的意义，已渗透到社会价值观、人生观等各方面，社会文明的发展和民主的进步，呼唤着教师职业道德与礼仪的完善。具体来说：

第一，通过学生影响社会。教师以什么样的思想来教育学生，教师培养学生什么样的道德和礼仪行为，所有这些，都会通过学生对社会发生影响。也就是说，教师职业道德与礼仪能通过培养学生，直接或间接地影响社会风气，对社会产生广泛深远的影响。

第二，通过教师的社交活动进而影响社会。教师在教育过程中要与学生家长和社会发生联系，教师参加社会活动、进行学术研究活动也要联系社会，这样，教师的职业道德和礼仪不仅影响学生，而且影响着社会。

第三，通过教师的为人处世对亲朋好友、邻里乡人的影响。

总之，教师拥有良好的职业道德和礼仪，无论对家庭、学校，还是社会，都会产生积极的影响，给学校带来更多的社会效益，对社会主义精神文明建设起重要的促进作用。[②]

本章小结

教师职业道德，是从事教师这一职业应该而且必须具备的规范，它是在调整教师与社会、同事、学生、自我等之间种种关系中产生的行

---

① 吴永军．论教师专业发展的德性维度．教育发展研究，2007(4)：24-28.

② 肖庆恕．徐胜论教师职业道德．郑州师院学报，1989(3)：119-124.

为准则，具有明确的育人指向性、示范性、自觉性、整体性的特点。它要求教师忠诚教育事业，热爱学生，严于律己，同事间相互合作共同完成培养人才的崇高事业。教师礼仪作为教师职业的行动规范，为教师在履行教育职能过程中使自身的行为符合教育对象的培养要求提供了依据。教师的形象，在任何时候、任何地方，对学生都是表率。教师职业道德与礼仪有助于构建和谐校园、提升教育质量、促进教师专业发展和推动社会精神文明建设。

思考与练习

1. 教师职业具有什么样的特点？

2. 教师职业道德与其他职业道德相比，有哪些方面的不同？

3. 结合教师礼仪知识，分析下面《教师礼仪规范》的时代性、科学性。

4. 对下则《教师礼仪规范》，你能作进一步完善吗？

教师礼仪规范

学高为师，身正为范。教师的言行举止应成为学生的表率。

一、平等相处，尊重学生

尊重学生人格；师生关系平等；不体罚和变相体罚学生，不侮辱学生；上课不迟到，不早退，不拖堂。不随便出入教室，不会客，不接电话，不让学生站在外面。对学生要一视同仁。

二、谦和有礼，尊重家长

对学生家长热情有礼，谦虚谨慎，平易近人。不耍态度，不训斥责备，不动辄请家长来校。

三、关心同志，礼貌待人

同志之间互相尊重，和睦相处。遇事冷静、坦率、大度，不争吵，不背后议论。

四、以身作则，为人师表

一言一行，堪为表率。要求学生做到的事，教师首先做好，要求学生不做的事，教师坚决不做。教师不得在教室、会议室等公共场所吸烟或喧哗，不让学生为自己做私事。

五、举止大方，仪表端庄

举止朴实、自然、合礼，衣着整洁、庄重，不穿奇装异服，不染彩发。

男教师不留长发、胡须。女教师不化浓妆，不带首饰，不穿袒胸露背、超短裙等服装，不穿有响声的高跟鞋进课堂。

六、说话和气，语言文明

语言规范，谈吐文雅。讲普通话，写规范字。不讲粗话、脏话，不用“教师忌语”，要言行一致，表里如一。

第二章
教师职业道德规范

学习目标

通过本章学习，你应该能够：

☐ 了解教师职业道德规范产生的历史沿革。

☐ 理解教师职业道德规范的制定依据。

☐ 掌握教师职业道德规范的内容。

引导案例：感动天地的优秀教师[1]

殷雪梅，中共党员，生前系江苏省常州市金坛城南小学二年级(1)班班主任。2005年3月31日中午，江苏省金坛市城南小学组织学生观看革命传统教育影片。就在学生排队过马路时，一辆汽车突然急驶而来，向孩子们冲去。当时，殷雪梅正站在马路中央，护送学生过马路。万分危急中，殷老师毅然张开双臂，奋力将走在马路中央的6名学生推向路旁，自己却被车子撞飞到25米以外。学生得救了，殷雪梅却倒在血泊中。殷老师去世的消息传开后，自发到灵堂吊唁的各界人士达5万多人。殷雪梅是位普通的小学老师，但她用爱心教书育人，以真情关爱学生，更在危急关头用自己的生命和爱铸就了一座不朽的丰碑。

什么样的教师是合格的教师？什么样的教师是优秀教师？教师在职业活动中应该遵循哪些规范？为什么要遵循这些规范？本章主要围绕师德规范阐述教师职业道德规范的历史沿革、制定依据及新时期师德规范的主要内容。

教师职业道德体系是由教师职业道德原则、教师职业道德规范和教师职业道德范畴这三个基本要素构成的。其中，道德原则是教师在教育职业活动中正确处理各种利益关系所遵循的最根本的行为准则，它贯穿于教育活动始终，指导着教师的行为方向，是教师处理各种利益关系的总方针，也是师德社会本质最集中的体现，因而在整个师德体系中占有首要地位。教师职业道德规范是师德原则的展开和具体化，是在教育职业活动中调整人们之间关系，判断教师教育行为是非善恶的具体标准。它比师德原则能更直接、更具体地指导和评价教师的教育行为，教师职业道德规范是构成教师职业道德体系的基本因素。教师职业道德范畴是概括教师道德的主要本质，体现一定社会对教师的基本道德要求，并内化为教师的内心信念，对教育行为发生影响的基本概念。

从教师职业道德体系的结构来看，教师职业道德原则是整个师德体系的核心和灵魂，如果把教师职业道德体系看做一张网，那么师德原则就是这张网上的纲，师德规范就是这张网上的经纬线，而师德范

① 杨超，沈玲．中小学教师职业道德规范培训读本．北京：中国轻工业出版社，2009：77–78.

畴则是这张网上的钮结。[1] 师德原则和师德规范在本质上是一致的，师德原则也是一种师德规范，但却是一种最根本的师德规范，统帅着其他一切师德规范。师德范畴将外在的师德要求转化为教师内心的师德要求，使教师具有强烈的师德责任感和自我评价能力，使教师能够自我调节。因此，师德原则和师德规范不能没有师德范畴。没有钮结，就不能结成网，师德范畴是对师德原则和规范所包含的师德概念的概括和总结，体现着教师对各种道德关系认识发展的阶段。

第一节　教师职业道德规范的历史沿革

由于教育过程所遵循的规律具有共同性，不同社会的教师职业道德尽管不完全相同，但又有某些共同的规范和要求，这些规范和要求正是从教师职业的特殊性和教育过程的客观规律中引申出来的。教师职业道德的共同性正是教师职业道德规范具有继承性的基础。

一、古代社会的教师职业道德

据甲骨文记载，我国在夏朝就进入了奴隶社会，这时不仅有了文字，还有了学校。先秦时期是我国文化繁荣时代，出现了一大批"文学游说之士"，他们形成一个知识分子阶层，人数很多。这些人中最著名的代表当推孔丘、墨翟、孟轲、荀况等一批思想家、教育家。在他们的论述中从不同方面提及了教师职业道德的思想。

孔子一生从事教育事业，招收学生办私学。"仁"是孔子确立的道德规范，也是孔子全部道德教育思想的核心。所谓"修身以道，修道以仁"。在师德教育中有一系列的行为规范：在态度上要求老师"学而不厌、诲人不倦"；在教育方法上强调老师进行启发式教育，"举一隅而以三隅反"；在对待个别差异上，要求老师对学生"视其所以，观其所由，察其所安"；在教师修养方面，要求老师以身作则，为人师表，"其身正，不令则行，其身不正，虽令不从"，"不能正其身，如正人何"；在教师自身提高方面，强调教师博学多识，"多闻，择其善者而从之，多见而识之"；在教师自我反省方面，要求"见贤思齐焉，见不贤而内省也"；认为教师要学和思相结合，"学而不思则罔，思而不学则怠"。孔子的这些师德论述都有可鉴之处，值得继承。

讨论：孔子的师德思想给我们什么启示？

---

① 任顺元．师德概论．杭州：杭州大学出版社，1996：33.

墨子的教育思想是以“兼爱”为基础的，认为教育的目的在于培养“兼士”或“贤士”，使受教育者具有“兼爱”的品德，能够“爱利万民”，以实现他的“兼相爱，交相利”的社会理想。① 关于教学态度，墨子提倡教师应具有“强说人”的积极教育态度，认为“不强说人，人莫之知”。他反对儒家只是被动地答问的教学态度，主张教师应“不扣也必鸣”，就是说，对于来求学的人要去教，对于不来学的人也应该主动去教他。关于教学内容，墨子认为教师要善于处理教学内容的深浅难易，他说：“子深其深，益其益，尊其尊。”就是说教师对学生理解程度的深与浅，要心中有数，要根据学生的接受能力，该增加的就增加，该减少的就删节，教师要因人而异，切不可千篇一律。对学生知识的掌握，要尽可能地让学生了解来龙去脉，把握规律。关于教师的榜样作用的发挥，他认为教师应必须做到“以身载行”，言行一致，他极力反对教人者去空谈理论而与实际的行动不相符合。他说：“口言之，身必行之，今子口言之而身不行，是子之身乱也。”又说：“言必行，行必果，使言行之合，犹合符节也。”这就是要求教师不能做到的话不应当多说，说话贵在能够实行，如果老是讲一些空话、假话，而不去实行，那就要受到批评。他还曾讲：“古之学者得一善言附于其身，今之学者得一善言，务以说人，言过而行不及。”这就更说明他倡导教师“以身载行”的道理。

孟子对师德也颇有研究，和孔子一样，孟子一生热心教育工作，他的“性善论”是其道德教育思想的理论基础。在对教育对象的认识上，他认为人的道德是根源于人性的，表现为人的善行，每个人的人生都具有潜在的向善的可能性，提出“无恻隐之心，非人也；无羞恶之心，非人也；无辞让之心，非人也；无是非之心，非人也。”强调教师应该用好人性的“善端”，开展教育活动。教师还要以善于诱导的方法开启学生的智慧，“君子引而不发，跃如也；中道而立，能者从之”。他主张教师以身作则、以己示范，“贤者以已昭昭，使人昭昭”，师者必须正己才能正人。在道德的自身修养方面，孟子提出了著名的“我善养吾浩然之气”的言论。他说：“我知言，我善养吾浩然之气。”公孙丑问孟子关于浩然之气的具体情况：“敢问何谓浩然之气？”孟子回答说：“难言也。其为气也，至大至刚，以直养而无害，则塞于天地之间。其为气也，配义与道，无是，馁也。是集义所生者，非义袭而取之也。行有不谦于心，

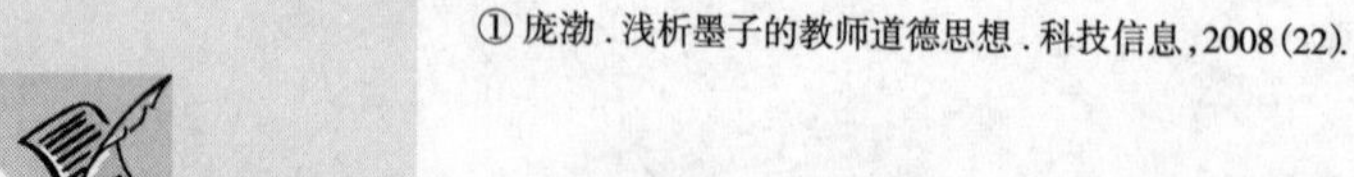

① 庞渤．浅析墨子的教师道德思想．科技信息，2008(22).

则馁矣。我故曰,告子未尝知义,以其外之也。”孟子认为这种气难以说清,但它最宏大,最正直,如果用正确的方法培养它,不要伤害它,那它就会充塞于天地间。这种气的形成,要与正义和道德融合,不然就不会有气势。在道德修养过程中修养浩然之气,可以成为道德信念明确、道德意志坚定、行为能以德贯之的“大丈夫”,有了这种浩然之气就会形成一种不可屈服的精神力量,凝聚为大丈夫人格,真正能够使人做到“富贵不能淫、贫贱不能移、威武不能屈”。在对待儿童发展速度的不均衡性上,孟子用“揠苗助长”的例子说明不能急于求成,应遵循其一般发展规律,“心勿忘,勿助长”。

荀子的哲学可以说是教养的哲学。他的总论点是,凡是善的、有价值的东西都是人努力的产物。价值来自文化,文化是人的创造。正是在这一点上,人在宇宙中与天、地有同等的重要性。照荀子所说,凡是没有经过教养的人不会是善的。教师的作用就是培养从“士”到“君子”再到“圣人”的各种人才。荀子的论点是:“人之性,恶;其善者,伪也。”伪,就是人为。荀子认为,人性之所以生来是恶的,是由人性本身决定的。人性是什么?他说:“生之所以然者谓之性。”什么是“生之所以然者”?他说:“目好色,耳好声,口好味,心好利,骨体肤理好愉快。”“饥而欲食,寒而欲暖,劳而欲息,好利而恶害。”“凡人有所一同。”所有这些,都是天生而成的,生来就有的,就是人性。“好利”,是喜爱和追求对自己有利的事物,“恶害”,是讨厌和舍弃对自己有害的事物,这是任何人都一样的本性。① 这种追求功利的本性是恶的萌芽和起源,教师要认清人性的这种起源,不断提高自身水平。“积土成山,风雨兴焉;积水成渊,蛟龙生焉;积善成德,而神明自得,圣心备焉。”他极力倡导教师注重在实践中进行道德教育,他说:“故不登高山,不知天之高也;不临深溪,不知地之厚也。”强调只有深入到生活实践之中,才能明确如何践行道德教育内容。“不闻不若闻之,闻之不若见之,见之不若知之,知之不若行之,学至于行之而止矣。行之,明也……闻之而不见,虽博必谬;见之而不知,虽识必妄;知之而不行,虽敦必困。”荀子在这里强调“行”,就是要求个人在道德修养方面做到“身体力行”,把“行之”当做认识的最高阶段。

秦统一中国后,“焚书坑儒”,对前人的道德思想遗产盲目遗弃。汉武帝时,封建集权进一步强化,西汉王朝极盛时期的道德学家

① 阎乃胜.论荀子道德教育观对孔孟思想的继承.南通大学学报:教育科学版,2009,1.

董仲舒建议“罢黜百家，独尊儒术”的大一统思想被汉武帝所接受，提出德威共济、恢复周礼、贤人政治、传经授书、信守师法等主张，将儒家文化和思想发扬光大，从此大大发展了春秋战国以来的教师职业道德。董仲舒本人即为身教之典范。在教师如何施教、如何治学、如何修身方面提出了独到见解。

董仲舒认为言传是教师对学生进行教育的重要方式。对于语言艺术，董仲舒主张“其言寡而足，约而喻，简而达，省而具，少而不可益，多而不可损”。这是董仲舒对“智者”的要求，即“明师”应该具备的基本素质。教师在传授仁义之道时不但要掌握语言表达技巧，更要有所选择，做到“其言当务”，把最重要的道理和最好的研究成果讲授给学生。“不然，传于众辞，观于众物，说不急之言，而以惑后进者，君子之所甚恶也，奚以为哉！”董仲舒由此告诫：“於乎！为人师者，可无慎邪！”对于教书育人应该达到的境界，他说：“善为师者，既美其道，有慎其行，齐时蚤晚，任多少，适疾徐，造而勿趋，稽而勿苦，省其所为，而成其所湛，故力不劳，而身大成，此之谓圣化，吾取之。”这段话是董仲舒关于教书育人的最高水平，即所谓“圣化”的经典阐述。教师自身如何治学？董仲舒认为教师应该“强勉”学习。学习是艰苦的事情，需要坚定的意志，肯于刻苦钻研，这便是“强勉”。“强勉学问，则闻见博而知益明；强勉行道，则德日起而大有功。”不论是治学还是修德，都需要发挥“强勉”精神，才能成功。这是董仲舒对学生学习的要求，亦是对教师的要求。教师的自身修养，强调“仁智结合”，即要求道德修养应做到道德情感陶冶和道德认知教育的统一。董仲舒说“必仁且智”：“仁而不知，则爱而不别也；知而不仁，则知而不为也。”他指出了“仁而不知”、“知而不仁”的片面性，认为道德教育和知识教育是教育活动不可分割、相辅相成的两个方面，道德教育必须通过知识教育来进行，知识教育中必须贯穿道德教育。

唐朝是文化教育的鼎盛时期，唐朝历代君主都十分重教重学，尊师重道，师德也得到进一步发展。大思想家韩愈提出“师者，所以传道授业解惑也”，认为教师是传授道理、解答疑问的人，对孔孟师德思想进行了进一步论证。韩愈认为教师应了解人性的个别差异，即“五常之性”：仁、义、礼、智、信，每个人所禀赋的五常要素又各有不同，可以区分为“三品”，“性之品有上中下三：上焉者，善焉而已矣；中焉者，可导而上下也；下焉者，恶焉而已矣。上焉者之于五也，主于一而行于四；中焉者之于五也，一不少有焉则少反焉，其于四也混；下焉者之于五

也，反于一而悖于四。”[①] 还要求教师应有培养学生超越自己的胸怀，“是故弟子不必不如师，师不必不如弟子”，当青出于蓝而胜于蓝时切勿嫉妒学生，要甘为人梯。

南宋时期的教育家朱熹，一生讲学 50 余年，积累了丰富的教学经验，形成了比较系统的师德理论。朱熹承袭了儒家的一贯主张，明确教育的主要目的就是“明人伦”，即“父子有亲，君臣有义，夫妇有别，长幼有序，朋友有信，此人之大伦也。庠、序、学、校，皆以明此而已”。在“明人伦”的道德教育目的指导下，朱熹根据人的年龄、心理和理解力的不同，把教育分为不同的阶段，并且根据各个不同阶段的特点施以不同的教育内容，提出“学以渐而至”的思想。教师教书应启发适时，由小及大、由近及远、由浅入深。朱熹认为教师最主要的是教会别人善于“为学”，强调教师把“修身”、“接物”作为教师道德修养的准绳。在教师个人修养方面，他认为“博学”是掌握知识、修身养性的好方法，能使人自觉地完成道德人格修养，养成良好的道德习惯。在处理教师职业的人际关系中，朱熹继承了儒家传统，提出“己所不欲，勿施于人”的观点。他认为忠恕相互联系：“施诸己而不愿，亦勿施诸人；非忠者不能也，故曰无忠做恕不出来。”人们真正做到了“忠恕”也就达到了很高的道德修养境界。同时，朱熹也非常重视内省在个体道德修养上的作用。他要求教师时时都要对自己的思想行为进行严格的反省和自我检查。朱熹非常赞赏孔子的学生曾参的“吾日三省吾身”的修养方法，认为其得到了修身的真谛。朱熹曾以镜子为比喻，“本心之知，如一面镜子，本全体通明，只被昏翳了，只令逐施磨去，使四边皆照见，其明无所不照”。

明清时期，封建制度弊病丛生，封建制进入衰落时期，但也涌现了一批进步的思想家、教育家。王守仁就是个代表。出身官宦世家的教育家王守仁主张教师要明确致学的目的不在于做官，而在于做“圣贤”。针对当时八股科举思想的泛滥，他提出教师应指导学生有效地读书，读书以陶冶情操。他说：“且如读书时，‘良知’知得强记之心不是，即克去之；有欲速之心不是，即克去之；有夸多斗靡之心不是，即克去之。如此，亦只是终日与圣贤印对，是个纯乎天理之心，任他读书，亦只是酬此心而已，何累之有？”教师授业，应教学生以真知，注重培养知行合一、知行并进，使学业不断提高。他说：“知是行的主意，行是知

① 刘真伦．韩愈“性三品”理论的现代诠释．山东师范大学学报：人文社会科学版，2004，4.

的功夫。知是行之始,行是知之成。若会得时,只说一个知,已自有行在;只说一个行,已自有知在。"这就是说,知中已有行,行中也有知了,所以他认为知与行是互相并进互为渗透的。他还认为真知必能行,不能行则非为真知,"未有知而不行者,知而不行,只是未知"。他主张教师应采用诱导、培养、有趣的教育方法,使学生在愉悦的学习情境中受到潜移默化的教育。"今教童子,必使其趋向鼓舞,中心喜悦,则其进自不能已。"① 他主张教师要注意循序渐进、因材施教,认为教师教人如同医生治病一样,要辨证施治。教师要获得好的教学效果,就要关心和了解学生,因人症候而对症下药,他说:"夫良医之治病,随其病之虚实强弱,寒热内外,而斟酌加减,调理补泄之,要在去病而已。初无一定之方,不问症候之如何?而必使人人服之也。君子养心之学,亦何以异于是。"② 教师教人还应考查学生个性特点因材施教,不能简单地用一种教法去对待所有的学生。他还主张"与人论学,亦须随人分限所及。"教学如同植树浇水一样,须考虑学生的接受能力,他说:"如树有这些萌芽,只把这些水去灌溉。萌芽再长,便又加水。自拱把以至合抱,灌溉之功,皆是随其分限所及。若些小萌芽,有一桶水在,尽要倾上,便浸坏他了。"他所说的"分限",便是学生接受能力的限度,若不考虑这个限度,也会如同一桶水倾注下去幼苗被浸坏一样,"人的资质不同,施教不可躐等"。

二、近代社会的教师职业道德

在中国社会动荡的过程中,逐渐从士大夫阶层分化出一些有识的开明之士,他们要求改革弊政,抵抗侵略,御侮图强。在中国该往何处去的时代主题面前,中国近代道德启蒙的核心是如何把中国国民从封建专制主义和帝国主义的压迫下解放出来,用资产阶级的新道德取代传统的旧道德,以挽救民族危亡。为此,许多思想家提出了大量的发人深省的思想与言论,对教师职业道德的发展起到了积极的推动作用。

清末改良派领袖康有为对师德颇有研究。他否定了被封建社会一直奉为儒学正统的孟子"性善论",他的观点是"性只有质,无善恶"。只有通过后天的修养和习染,人性才能由自然之质变为善或恶,具有一定的道德属性。因此,康有为认为承担教育任务的教师责任重大。

---

① 中华人民共和国国家教委人事司.教师职业道德.北京:新华出版社,1995.6:71.

② 庞桥.王守仁的教师道德思想浅析.武汉科技学院学报,2005(3).

他对教师的选拔是十分严格的，提出应针对不同的教育对象提出不同的师德要求。小学教师应该是"当选任德性仁慈，威仪端正，学问通达，诲诱不倦者完之"；中学教师，"尤当妙选贤达之士，行谊方正，德性仁明，文学广博，思悟通妙，而又诲人不倦，慈幼有恒者方当此任"。

蔡元培作为杰出的教育家，要求教师为人师表，范为楷模。"什么是师范？范就是模范，为人的榜样。"五四运动后，马克思主义在中国传播，开辟了教育文化发展的新纪元。从此，中国教师职业道德的发展也进入了一个新阶段。

近代人民教育家陶行知先生被誉为"师之典范"。陶行知先生"千教万教，教人求真；千学万学，学做真人"被认为师德精髓。陶先生认为忠诚于教育事业，勇于为教育事业献身，是教师道德的核心内容。教师敬业精神源于对教育事业的忠心，对人民的高度负责。陶行知把这种教育的忠诚称之为"教育的命脉"。他说："教育者应当知道教育是无名无利且没有尊荣的事。教育者所得到的机会，纯系服务的机会，贡献的机会，而无丝毫名利尊荣可言。"只有不计名利，乐于献身，才能有所作为。"我们必须认真办学，以求对得住小朋友，对得起国家、民族。毁誉之事，可不必计较，横逆之来，以慈爱、智慧、庄严、无畏处之。我们追求真理，爱护真理，抱着真理为小孩、为国家、为人类服务，社会必有了解之日。"对教师道德，他非常注重严于律己。他认为教人者，必先教己，要人教的必先自教，重师首在师之自重。要有好的学生，必先有好的先生。他认为："教员的天职是变化，自化化人。"因此，要学生做的事，教职员躬身共做；要学生学的知识，教职员要躬身共学；要学生守的规矩，教职员要躬身共守。"并进而要求："凡要求学生做的，自己首先应做到；凡要求不做的，自己坚决不做。教师要严于律己，身体力行，言行一致，表里如一。"

鲁迅先生作为新文化启蒙运动的主将，积极从事对中国传统思想文化糟粕的批判工作，致力于在思想文化层面改造国民性的启蒙工程。郭沫若同志曾指出："谁也不能忘记鲁迅同时还是一位卓越的教育家。"① 鲁迅先生认为作为一名教师，首先要热爱人民的教育事业，这是人民对教师的要求，是教师这一光荣职业对教师的要求，也是每一个有责任感的教育工作者的职业良心对自己的要求。鲁迅认为，一个诚实的教师，就要对人民负责，对人民的教育事业负责，要像一头老黄

① 解放日报，1956-10-20.

牛一样,忠诚于自己的主人。其次,教师必须热爱学生、诲人不倦。鲁迅把教师与学生的关系比作为泥土和花木的关系,他说:“譬如要想有乔木,想看好花,一定要有好土;没有土,便没有花木了。”同时,他又认为,教师要成为“好土”,就要艰苦卓绝,诲人不倦,他说:“泥土和天才比,当然是不足挂齿的,然而不是艰苦卓绝者,也怕不容易做;不过事在人为,比空等天赋的天才有把握。这一点,是泥土伟大的地方,也是仅有大希望的地方。”[①] 鲁迅认为,教师要担负起教书育人的责任,必须处处以身作则,为人师表,在教学过程中不仅要认真探索教育教学规律,更要坚持不断地加强道德修养,做道德高尚的“革命人”,更要坚持不断地学习,增长学识才能,做真才实学的人。他说,我以为最根本问题是要做一个“革命人”,“从喷泉里出来的都是水,从血管里出来的都是血”。[②] 鲁迅又认为,教师应该严于律己,只有时时处处严格要求自己讲文明,讲礼貌,做一个诚实、无私、善良、正直、宽宏、谦虚、坚毅、谨慎、胸怀磊落、遵纪守法的人,才堪称为人师。

三、现当代社会的教师职业道德

新中国成立以后,经济基础发生了根本的变化,形成了以生产资料公有制为核心的经济制度和政治制度,教育的性质随之发生了改变,成为人民的教育事业。1952 年,社会主义教育改造完成以后,人民教师不再把教师职业当做谋生手段,而是把本职工作与人类崇高理想的实现结合起来。因此树立为人民服务的思想,忠诚于人民的教育事业,就自然成为社会主义建设时期教师职业道德的首要内涵。1962—1963 年,教育部颁发了大中小学教师《暂行工作条例》,标志着我国社会主义教师职业道德的形成。1978 年,党的十一届三中全会作出了实行改革开放的重大决策。改革开放以来,有计划的商品经济背景下精神文明建设特别是思想道德建设面临许多新情况、新问题,师德建设同样如此。商品经济的灵活性、自发性等特征对师德观念和道德行为,会产生某些消极影响。因此,1984 年 10 月,原国家教委与全国教育工会联合颁布了《中小学教师职业道德要求》(试行草案),比较全面、系统地概括了我国社会主义教师职业道德的原则和规范。

---

① 鲁迅．坟．未有天才之前. 鲁迅全集(第一卷). 北京:人民文学出版社,2005:278.

② 鲁迅. 而已集．鲁迅全集(第三卷). 北京:人民文学出版社,2005:525.

知识链接

中小学教师职业道德要求(试行草案)
(1984年)

一、热爱祖国,热爱中国共产党,热爱社会主义,热爱人民教育事业。

二、执行教育方针,遵循教育规律,面向全体学生,教书育人,培养学生德、智、体全面发展。

三、认真学习马列主义、毛泽东思想,学习科学文化知识和教育理论,钻研业务,精益求精,勇于创新。

四、热爱学生,了解学生,循循善诱,诲人不倦,不歧视、讽刺、体罚学生,建立民主、平等、亲密的师生关系。

五、奉公守法,遵守纪律,热爱学校,关心集体;谦虚谨慎,团结协作;与家长、社会密切配合,共同教育学生。

六、衣着整洁、举止端庄,语言文明,礼貌待人,以身作则,为人师表。

《中小学教师职业道德要求》(试行草案)颁布以后,广大中小学教师遵循职业道德要求,坚持社会主义办学方向,努力提高业务水平,在教学岗位上辛勤育人,取得了不菲的业绩。1986年《中华人民共和国义务教育法》出台,国家教委公布了义务教育教学计划初稿,突出了新型教育方针的具体要求,适当增加了基础学科的教学时数,在教学计划中给课外活动留出固定的足够的空间。这些变化对教师提出了新的要求。随着教育改革的深入,原国家教委和全国教育工会在总结试行情况的基础上,修订了《中小学教师职业道德要求》(试行草案),作为《中小学教师职业道德规范》予以颁布。

知识链接

中小学教师职业道德规范
(1991年)

一、热爱社会主义祖国,拥护中国共产党的领导,学习和宣传马列主义、毛泽东思想,热爱教育事业,发扬奉献精神。

二、执行教育方针，遵循教育规律，尽职尽责，教书育人。

三、不断提高科学文化和教育理论水平，钻研业务，精益求精，实事求是，勇于探索。

四、面向全体学生，热爱、尊重、了解和严格要求学生，循循善诱，诲人不倦，保护学生身心健康。

五、热爱学校，关心集体，谦虚谨慎，团结协作，遵纪守法，作风正派。

六、衣着整洁、大方，举止端庄，语言文明，礼貌待人，以身作则，为人师表。

1992年春天，邓小平同志南巡，途中发表了一系列重要讲话，对抓住机遇，加速发展的问题发表了精辟的见解，深刻回答了长期束缚人的思想的许多重大认识问题，对深化改革，建立社会主义市场经济体制有重大意义。1993年11月中国共产党十四届三中全会通过了《中共中央关于建立社会主义市场经济体制若干问题的决定》。全会指出，社会主义市场经济体制是同社会主义基本制度结合在一起的。建立社会主义市场经济体制，就是要使市场在国家宏观调控下对资源配置起基础性作用。在市场经济背景下教育改革也在逐步深入，1992年原国家教委第一次将以往的“教学计划”改为“课程计划”。1993年秋，新的计划突出了以德育为首，德、智、体、美、劳五育并举的全面发展的教育方针，第一次将活动与学科并列为两类课程。后来又将“课程管理”作为课程计划中的一部分独立出来。为适应新形势，教育部适时对《中小学教师职业道德规范》作出修订。1997年教育部颁布了《中小学教师职业道德规范》修订稿。

知识链接

中小学教师职业道德规范

（1997年修订）

一、依法执教。学习和宣传马列主义、毛泽东思想和邓小平同志建设有中国特色社会主义理论，拥护党的基本路线，全面贯彻国家教育方针，自觉遵守《教师法》等法律法规，在教育教学中同党和国家的方针政策保持一致，不得有违背党和国家方针、政策的

言行。

二、爱岗敬业。热爱教育、热爱学校，尽职尽责，教书育人，注意培养学生具有良好的思想品德。认真备课上课，认真批改作业，不敷衍塞责，不传播有害学生身心健康的思想。

三、热爱学生。关心爱护全体学生，尊重学生的人格，平等、公正对待学生。对学生严格要求，耐心教导，不讽刺、挖苦、歧视学生，不体罚或变相体罚学生，保护学生合法权益，促进学生全面、主动、健康发展。

四、严谨治学。树立优良学风，刻苦钻研业务，不断学习新知识，探索教育教学规律，改进教育教学方法，提高教育、教学和科研水平。

五、团结协作。谦虚谨慎、尊重同志，相互学习、相互帮助，维护其他教师在学生中的威信。关心集体，维护学校荣誉，共创文明校风。

六、尊重家长。主动与学生家长联系，认真听取意见和建议，取得支持与配合。积极宣传科学的教育思想和方法，不训斥、指责学生家长。

七、廉洁从教。坚守高尚情操，发扬奉献精神，自觉抵制社会不良风气影响。不利用职责之便谋取私利。

八、为人师表。模范遵守社会公德，衣着整洁得体，语言规范健康，举止文明礼貌，严于律己，作风正派，以身作则，注重身教。

从教师职业道德规范的历史沿革看，教师职业道德的内容是和国家发展、体制改革以及社会进步联系在一起的。处于不同社会发展阶段的教师，需要应对的形势不同，职责有轻重缓急之差，关心的热点问题也大不相同，国家、社会、家长和学生对教师的期望也有差别。因此，在继承教师职业道德的思想精华的基础上，师德规范的内容也在不断的改进中。2005年，教育部下发《关于进一步加强和改进师德建设的意见》，2008年，我国自改革开放以来第三次修订了《中小学教师职业道德规范》，此次修订的《中小学教师职业道德规范》层次更为清晰、内容更为丰富、也更为切合正在进行中的教育改革实际。

知识链接

中小学教师职业道德规范

(2008年修订)

一、爱国守法。热爱祖国,热爱人民,拥护中国共产党领导,拥护社会主义。全面贯彻国家教育方针,自觉遵守教育法律法规,依法履行教师职责权利。不得有违背党和国家方针政策的言行。

二、爱岗敬业。忠诚于人民教育事业,志存高远,勤恳敬业,甘为人梯,乐于奉献。对工作高度负责,认真备课上课,认真批改作业,认真辅导学生。不得敷衍塞责。

三、关爱学生。关心爱护全体学生,尊重学生人格,平等公正对待学生。对学生严慈相济,做学生良师益友。保护学生安全,关心学生健康,维护学生权益。不讽刺、挖苦、歧视学生,不体罚或变相体罚学生。

四、教书育人。遵循教育规律,实施素质教育。循循善诱,诲人不倦,因材施教。培养学生良好品行,激发学生创新精神,促进学生全面发展。不以分数作为评价学生的唯一标准。

五、为人师表。坚守高尚情操,知荣明耻,严于律己,以身作则。衣着得体,语言规范,举止文明。关心集体,团结协作,尊重同事,尊重家长。作风正派,廉洁奉公。自觉抵制有偿家教,不利用职务之便谋取私利。

六、终身学习。崇尚科学精神,树立终身学习理念,拓宽知识视野,更新知识结构。潜心钻研业务,勇于探索创新,不断提高专业素养和教育教学水平。

第二节 教师职业道德规范的制定依据

一、必须遵循教师职业道德的基本原则

教师职业道德规范是对道德原则的具体体现,教师职业道德的根本原则是调整教师在教育活动中的一切道德行为,它统率着教师职业道德的全部规范和范畴,是衡量和判断教师行为善恶的最基本道德标

准。新时期下制定教师职业道德的原则有：

(一) 集体主义原则

集体主义作为有效调整并正确处理个人利益与集体利益之间关系的一项原则，是社会主义道德的本质特征。在社会主义条件下，集体主义应当成为教师处理人与人、个人与集体、个人与社会以及教育部门之间利益关系的重要道德准则。集体主义原则的基本内容是：在教育过程中，把社会集体利益摆在高于一切的地位，自觉地为集体利益履行义务；把教师个人利益融合于集体利益中，当教师个人利益与社会集体利益发生矛盾时，能牺牲个人利益，服从社会整体利益。

首先，社会整体利益高于教师个人利益，是教师职业道德集体主义原则的根本出发点，它要求每个教师都要把国家的教育事业和学校的集体利益放在第一位。教师的个人利益指教师的物质、学习、休息、发展的权利，社会的集体利益指经济平稳、教育水平提高、社会安定、国家发展，教师个人利益的取得是和整个国家的发展联系在一起的。社会发展了，国家富强了，就为教师的才能发挥创造了有利条件，同时又为个人利益的取得提供了保证。教师个人利益的取得，若没有教育事业这个集体，脱离了国家、社会制度，是不可能实现的。只有在社会主义的集体中，教师个人的才能获得全面展示，也只有在这个集体中，教师才能有个人的自由和权利。因此，为了整个教育事业，为了社会主义国家的整体建设，全心全意地为教育对象服务，是社会主义社会中教师支配自己言行的根本原则。

其次，在保证集体利益的前提下，把教师个人利益与社会整体利益相结合，是教师职业道德集体主义原则的具体体现。一个教师的能力再大，贡献再突出，在宏伟的教育事业中只不过是沧海一粟，任何个人的才能发挥和名利取得都是以整个教育事业的高度发展为坚强后盾的。从另一方面说，也只有教师个人的利益得到最大限度地满足时，才能最大限度地发挥其对社会利益的维护、增值功能，唯其如此，才能顺利实现教师个人利益与社会整体利益的完美结合。

再次，当教师个人利益与社会整体利益相抵触时，自觉服从社会整体利益，是教师职业道德集体主义原则的重要归宿。教师应意识到每一所学校、每一个社会都是一个有组织的有机集体，学校教学和各项活动能否顺利进行都与教师的工作息息相关。教师的道德行为选择和道德评价将影响到整体利益，教师的道德信念、道德认识、道德情感都应围绕教育事业的整体利益，教师的荣誉感、道德良心也应放到教

育事业的整体利益中来衡量。这就是教师职业道德集体主义原则的根本特质。

（二）人本主义原则

教育工作的本质是培育人才,这既是学校各项任务的核心,也是教师最重要的职责。教师的服务对象是学生,以人为本原则具体表现为以学生为本,这是现代教育理论建立新型师生关系的根本要求,是师德原则的核心内涵。教师职业道德与其他职业道德之间的差别就在于它必须体现教师活动本身的特殊规律。教师的特殊性,用最简单的话来概括,就是通过教师自身的劳动来培养学生。因此,教师职业道德的根本原则必须围绕学生问题来确立。离开了学生这个教师活动中最本质的特点,教师职业道德的根本原则就失去了自身存在的价值,就无法与其他职业道德相区别。

首先,一切为了学生。教师被赋予教育人的责任,工作的中心是学生。教师不仅担负着传授文化知识,培养科学技能的职责,还承担着促进学生生理发育心智成熟的责任。一切为了学生,体现着教师不同于学生家长的理性爱。对比学生家长的血缘之情,教师之爱更是一种道德责任。它发轫于教师坚定的道德信念,来源于对教育事业的忠诚,又凝聚着年长者对年轻一代的殷切期望。一切为了学生,绝非仅是生活上的关照,更不是听之任之的迁就和放纵,而是一种宽广、公正、无私的道德情操。为了学生,教师可以不辞辛劳,兢兢业业备课上课、组织活动;为了学生,教师可以放弃节假日休息时间,登门家访,了解信息;为了学生,教师之间团结协调,互助互帮;为了学生,教师能耐得住清贫、忍得住寂寞;为了学生,教师可以主动联络家长,动用社会资源,共同关注学生成长。

其次,为了一切学生。每一个学生都应当享受到平等的教育资源。教师不仅要对不同社会背景的学生一视同仁,还要善于挖掘不同个性学生的发展潜力,更要针对学生的实际情况提出发展性的教育建议。每一个学生的学习潜力是无穷的,只要接受适宜的教育、给予特定的条件,每一个学生都可以在某一领域获得成就。但人的天赋及后天条件毕竟存在差异,教育的任务是“慧眼识英雄”,发现每位学生身上的闪光点,平等地配以相关资源,努力引领每一名学生在他自己可能发展的范围内成长。

再次,为了学生一切。教师要对学生的发展全面负责。既要关心学生的学习,也要关心学生的情感、态度、价值观,还要关心学生的生

活、健康、品德和习惯；既要重视学生能力的培养，又要重视人生方向的引领；既要关心学生的可持续发展，还要重视学生的终身发展。教师要精心地打造学生在未来社会生活和竞争中立于不败之地的诸如民族精神、社会责任感、科学人文素质、创新精神与实践能力等核心素养。要在培养学生公民本土化性格的同时，促使其成为世界公民。作为世界公民，他的基本素质应该更多地体现出国际理解、交流、合作、发展的特征，他的人文精神当中应该包含更高的终极关怀（对人类命运和人生意义的深层思考）和终极价值（即最高价值，如真善美）的因素。[①]

（三）依法从教原则

依法治国，就是广大人民群众在党的领导下，依照宪法和法律规定，通过各种途径和形式管理国家事务、管理经济文化事业、管理社会事务，保证国家各项工作都依法进行，逐步实现民主的制度化、法律化。第九届全国人民代表大会第二次会议通过的《宪法修正案》规定："中华人民共和国实行依法治国，建设社会主义法治国家。"这一规定表明，依法治国是中国共产党领导人民群众治理国家、管理社会的基本方略。

教育既是国家的文化产业，又对其他国家事务、社会事务及各项事业的发展具有极大的影响。依法执教、依法从教既是依法治国基本方略在教育领域中的贯彻，又是落实依法治国基本方略的必要保障。[②]

首先，尊重学生的合法权益。《中华人民共和国教育法》、《中华人民共和国未成年人保护法》、《学生伤害事故处理办法》等以法律条文的形式规定了学生的合法权利。教师要维护学生受教育的权利及教育教学过程中所涉及的各项权利，一方面改变社会传统中师道尊严的观念，摒弃要求学生绝对服从教师的狭隘思想；另一方面又要从促进学生全面发展的角度管理、引导好学生。既要尊重学生隐私，不公开学生的成绩、心理及犯错经历等有可能对学生产生消极影响的信息，又要及时制止有害于学生的行为或者其他有害于学生合法权利的行为，自觉抵制有害于学生健康成长的现象。

讨论：结合实例，谈谈依法从教在教育工作中的意义。

其次，依法处理各类关系。教师的教育活动牵涉各种关系，如师生关系、同事关系、与家长的关系、与管理部门的关系、与工勤人员的

① 刘宏全．以学生为本：教师职业道德的根本原则．陕西教育学院学报，2009（2）．

② 钱焕琦．教师职业道德．上海：华东师范大学出版社，2008：40．

关系等。在处理这些关系时,尤其是处理与学生有关的各种关系时,须依法办事。沟通、协商、解决问题均应在法律允许的范围内。教育是一个系统工程,学校很多工作是由群体成员共同协作完成的。随着科学技术的发展,学科分类的日益精确,社会分工的细化,社会生产力水平的提高,特别是伴随着经济和政治体制改革日益深化带来的整个社会的急剧变化,教师所面临的人际关系日益复杂多样,人们的道德价值观念也呈现多样化、多层次化趋势。教育领域中,教师若处理不好这些关系,将导致矛盾的激化,甚至酿成严重的后果,最终会影响到教育效果。教师既要做遵纪守法的楷模,为学生树立榜样,又要善于运用法律武器维护自身及学生的权利。作为一名教师,应严格遵守《中华人民共和国教师法》中"遵守宪法、法律和职业道德,为人师表"的要求,切实"贯彻国家的教育方针,遵守规章制度,执行学校的教学计划,履行教师聘约,完成教育教学工作任务"。

扩展阅读

中华人民共和国未成年人保护法(节选)

(1991 年 9 月 4 日第七届全国人民代表大会常务委员会第二十一次会议通过,2006 年 12 月 29 日第十届全国人民代表大会常务委员会第二十五次会议修订)

第三章 学 校 保 护

第十七条 学校应当全面贯彻国家的教育方针,实施素质教育,提高教育质量,注重培养未成年学生独立思考能力、创新能力和实践能力,促进未成年学生全面发展。

第十八条 学校应当尊重未成年学生受教育的权利,关心、爱护学生,对品行有缺点、学习有困难的学生,应当耐心教育、帮助,不得歧视,不得违反法律和国家规定开除未成年学生。

第十九条 学校应当根据未成年学生身心发展的特点,对他们进行社会生活指导、心理健康辅导和青春期教育。

第二十条 学校应当与未成年学生的父母或者其他监护人互相配合,保证未成年学生的睡眠、娱乐和体育锻炼时间,不得加重其学习负担。

第二十一条 学校、幼儿园、托儿所的教职员工应当尊重未成年人的人格尊严,不得对未成年人实施体罚、变相体罚或者其他侮

辱人格尊严的行为。

第二十二条　学校、幼儿园、托儿所应当建立安全制度，加强对未成年人的安全教育，采取措施保障未成年人的人身安全。

学校、幼儿园、托儿所不得在危及未成年人人身安全、健康的校舍和其他设施、场所中进行教育教学活动。

学校、幼儿园安排未成年人参加集会、文化娱乐、社会实践等集体活动，应当有利于未成年人的健康成长，防止发生人身安全事故。

第二十三条　教育行政等部门和学校、幼儿园、托儿所应当根据需要，制定应对各种灾害、传染性疾病、食物中毒、意外伤害等突发事件的预案，配备相应设施并进行必要的演练，增强未成年人的自我保护意识和能力。

第二十四条　学校对未成年学生在校内或者本校组织的校外活动中发生人身伤害事故的，应当及时救护，妥善处理，并及时向有关主管部门报告。

第二十五条　对于在学校接受教育的有严重不良行为的未成年学生，学校和父母或者其他监护人应当互相配合加以管教；无力管教或者管教无效的，可以按照有关规定将其送专门学校继续接受教育。

依法设置专门学校的地方人民政府应当保障专门学校的办学条件，教育行政部门应当加强对专门学校的管理和指导，有关部门应当给予协助和配合。

专门学校应当对在校就读的未成年学生进行思想教育、文化教育、纪律和法制教育、劳动技术教育和职业教育。

专门学校的教职员工应当关心、爱护、尊重学生，不得歧视、厌弃。

第二十六条　幼儿园应当做好保育、教育工作，促进幼儿在体质、智力、品德等方面和谐发展。

二、必须反映社会对教师教育行为的基本要求

社会主义教师职业道德规范是社会主义道德规范的组成部分，具有自身的特点，始终反映社会主义社会对教师行为的基本要求，从而能保证在教育过程中维护广大人民群众的根本利益。教师职业道德规范，应当涉及教师与教育事业的关系、教师与受教育者（学生）的关系、教师与其他教师及教师集体的关系、教师与家长及其他相关人员的关

系等四种关系范畴。[①] 教师在处理以上各种关系时的最低行为要求，即为规范。

例举如下：

（一）处理与教育事业的关系

1. 不得有违法乱纪的行为。
2. 不得传播与国家政策、方针相违背的言论。
3. 不准旷课、迟到、早退、随意调课。
4. 不准在工作时间做与教育教学无关的事情。
5. 不拖延应付、敷衍了事。
6. 不做违背学术道德的事。
7. 不得以任何理由在学生成绩评定、个人资料申报中弄虚作假。
8. 不得损坏教学设备。

（二）处理与受教育者的关系

1. 不得以任何理由辱骂、体罚学生。
2. 不得以职务之便胁迫学生做他们不愿意做的事。
3. 不得强迫或暗示学生购买指定资料。
4. 不得忽视、变相歧视特殊学生（残疾、成绩差、行为异常等）。
5. 不搞有偿家教。
6. 不得私拆学生信件。
7. 不准以任何理由接受学生礼品。
8. 不准泄露学生个人及其家庭成员的信息。

（三）处理与其他教师及教师集体的关系

1. 不得曲意奉承上级以谋取个人私利。
2. 不得在学生、家长面前诋毁同事。
3. 不准暴露同事个人及家庭成员的隐私。
4. 不得剽窃同行的教育科研成果。
5. 不得做违反学校集体意志的事。
6. 不得为同事介绍有偿家教。
7. 不得歧视家庭发生变故或生活条件较差的同事。
8. 不得无原则推荐条件不合格的同事晋升高一级职称。

（四）处理与家长及其他相关人员的关系

1. 不得以任何理由辱骂家长。

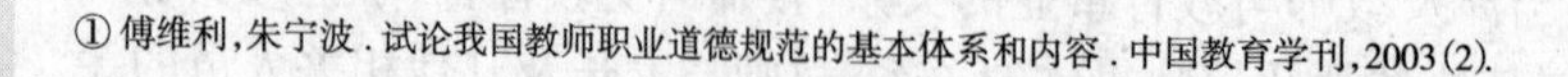

① 傅维利，朱宁波．试论我国教师职业道德规范的基本体系和内容．中国教育学刊，2003（2）．

2. 不得以任何形式接受家长的馈赠。
3. 不得利用家长的职权为自己谋利。
4. 不得暗示家长体罚学生。
5. 不得歧视家庭发生变故、身体残疾或经济条件较差的家长。
6. 不准向家长推销任何产品。
7. 不准以任何形式暗示家长购买指定资料或聘请家教。
8. 不得私自传播家长的个人信息和其他隐私。

讨论:还有哪些行为是教师坚决不能做的?哪些是不该做的?哪些是可以做的?哪些是必须做的?

三、必须反映社会主义条件下教师道德自我完善的主体追求

教师的职业劳动,对社会来说,是一种培养人的活动,对于教师本身来说,是实现自我价值、追求自我完善的自主活动。马克思在学生时代的一篇题为《青年在选择职业时的考虑》的文章中写道:“在选择职业时,我们应该遵循的主要指针是人类的幸福和我们自身的完美。不应认为,这两种利益是敌对的,互相冲突的,一种利益必须消灭另一种的;人类的天性本来就是这样:人们只有为同时代的人的完美、为他们的幸福而工作,才能使自己也达到完善。”[①] 马克思所说的“天性”,实际上就是人的道德自觉,它的最高形式就是人的良心。在职业活动中,人的这种道德自觉反映在为社会而工作的目标追求中。通过职业活动,使自己社会化,促进社会的发展和完善。同时,使社会理性、群体理性、职业理性内化为自我,实现自我完善。因此,社会主义条件下教师的职业道德规范,应该也必须反映教师道德自我完善的主体追求。具体说来:

(一) 教师的职业劳动,已经也应该成为教师追求自我发展、自我完善的过程

教师职业劳动,和其他劳动一样,都应能满足从业者自身的需要。很长时间以来教师职业被作为一种“谋生手段”,职业规范较多地反映社会对职业的道德要求。“谋生手段”作为教师职业观,意味着教师无视或忽略该职业是否是自己所认同和擅长的、是否是自己的兴趣倾向、是否自己的能力可及并有较大发展前景、是否有利于个人的可持续发展,而仅是为了谋生。在此教师职业观下,教师选择这一职业仅是作为谋生的工具,而对于教师职业的价值认同、自己所具有的实际才能、个人兴趣和意愿等因素的必要考虑则是残缺的。

① 马克思恩格斯全集(第40卷). 北京:人民出版社,1956:7.

而教师职业的自身特性已经决定了“谋生手段”绝不是其职业意义的全部。教师作为一种培养人的职业活动,指向人的心理世界,是人类社会具有极强挑战性和创造性的复杂工作之一。教师的劳动对象是人的心理和灵魂,职业实践方式以主体间交往为主,交往双方都具有能动性、主体性和个体差异性,所以教师的职业实践是永远处于生成性和暂时性情境中的。教师个人的教学欲望、教育激情将直接影响到职业成就。但凡人格魅力吸引学生、使学生在学习知识的同时能够体会和感悟到生命真谛与人生哲学的教师,必定是对教师职业和教学工作充满热爱、充满欲望、富有激情的。所谓教师的教学欲望,就是教师能把教学视为自己的内心渴望和自觉倾向,在这一过程中享受到教书育人的乐趣、自由创造的喜悦和自我价值的升华。

在社会主义条件下,教师的教育工作不再只是一种谋生的手段,而是一种生活方式。新时期的师德规范,不仅应包括从根本上调节教育活动中各种关系的“现实因素”,而且应该从总体上包括教师作为教育活动主体追求道德进步的“理想因素”。

(二) 教师的职业道德规范,应该也必须反映教师道德自觉和道德完善的主体追求

发源于良心的道德自觉是一种强有力的力量,它能够消除人与社会分隔的各种障碍,直接地把个体的人与社会联系在一起,使人意识到社会性的客观需要以及自我社会角色中的责任和义务。教师职业劳动的特点,决定了这一职业是教师追求自我发展、自我完善的过程,因而也是追求道德自觉和道德完善的过程。教师对道德自觉和道德完善的主体追求,是其在教育过程中评判自己行为善恶的内在力量,当教师感到自己的行为符合要求时,就会产生一种快乐、欣慰的情感,从而得到精神上的享受和满足,并进而产生新的力量和信心,不断进取。当然,教师对道德自觉和道德完善的追求并不是一个自然而然的过程,而是其不断地感悟、反省与修炼的过程。终身学习、终身反省、终身修炼是教师终身追求的道德境界,是教师必然的人生价值追求与为人之道,是教师主体在对自身职业的意义、精神归属、教育方式的深刻认识基础上而生成的精神品质,是教师对自身职业理想的能动追求。

因此,作为教师的职业道德规范,应该也必须反映教师自身追求自我肯定、自我完善和自我价值实现的内容。这些内容主要包括两个方面:一是教师自身对职业的兴趣和激情;二是教师对学生关注和关爱。如教师应保持对教育事业的热爱和奉献精神;应把培养、教育好每

一个学生作为自己的神圣职责；应摈弃权力和服从的观念，尊重学生的人格，积极引导学生主动参与教学活动，使学生的潜能与个性得到最大发展等。

第三节　新时期教师职业道德规范的内容解读

2008年教育部对《中小学教师职业道德规范》作了新的调整，颁布了《中小学教师职业道德规范（2008年修订）》，这一新的版本是对1997年版本的继承和发展。其中“对学生严慈相济”、“保护学生安全”、“培养学生良好品行”、“激发学生创新精神”、“自觉抵制有偿家教”、“终身学习”等内容，无不体现了时代的新气息。

一、爱国守法

《中小学教师职业道德规范（2008年修订）》第一条：爱国守法。热爱祖国，热爱人民，拥护中国共产党领导，拥护社会主义。全面贯彻国家教育方针，自觉遵守教育法律法规，依法履行教师职责权利。不得有违背党和国家方针政策的言行。

“爱国守法”这一规范中包含了“爱国”和“守法”两方面的内容。

爱国是一个公民起码的道德，也是中华民族的优良传统和崇高美德，是长期培育起来的对自己祖国的一种深厚感情。

爱国就要热爱故土山河。祖国，从来不是一个抽象的概念，她首先就是我们脚下这片世代生息的土地。教师对祖国的爱就源于对这片哺育自己的土地的最朴素最真挚的爱。每个人最初认识和熟悉的是自己故乡的一山一水、一草一木。随着阅历的丰富，逐渐增加了对祖国广阔土地的认识，从而将对故乡的依恋之情扩大为对祖国的热爱和眷恋。我们的祖国在数千年的发展历程中，创造了光辉灿烂的物质文明和精神文明。了解祖国的山道河川，结合讲课传授对祖国山河的热爱之情，是教师的职责。

爱国就要爱社会主义。社会主义是爱国主义的发展方向。爱国必须提高到爱社会主义这个高度。社会主义是中国人民的根本利益所在，所以，爱国必须与正确的政治方向，即社会主义的方向联系起来。爱国只有提高到爱社会主义的高度，才能使教师的爱国热情与社会发展规律相一致。邓小平指出：“有人说不爱社会主义不等于不爱国。难

道祖国是抽象的吗？不爱共产党的社会主义的新中国，爱什么呢？港澳、台湾、海外的爱国同胞，不能要求他们都拥护社会主义，但是至少也不能反对社会主义的新中国，否则怎么叫爱祖国呢？至于对中华人民共和国领导下的每一个公民，每一个青年，我们的要求当然要更高一些。"①

爱国就要爱人民。热爱人民，就是对人民满怀深厚感情；报效人民，就是积极为人民效力，做有益于人民的事，为了人民的利益贡献一切。热爱人民，报效人民是爱国的重要体现。人民群众是历史的创造者，也是社会主义事业的建设者。正是有了人民的辛勤劳动，有了人民共同使用的语言、文字，有了人民共同的经济生活、政治生活和社会心理、文化传统，才使每一块国土与我们在社会生活中形成的社会共同体密切相关，并作为承载人民生息、繁衍的物质基础而成为我们生活的一部分。没有人民的祖国是不存在的，离开人民谈爱国是不切实际、毫无意义的。

法律是体现统治阶级意志，由国家行使立法权，依照立法程序制定，由国家强制力保证执行的行为规则。教师除了公民应该遵守的《中华人民共和国宪法》、《中华人民共和国民法通则》、《中华人民共和国刑法》外，还要遵守与教师职业行为密切相关的《中华人民共和国教师法》、《中华人民共和国义务教育法》、《中华人民共和国未成年人保护法》以及与法律配套实施的中小学《教师资格条例》、《教师职务条例》等。

守法是一个现代化社会国家对公民的起码要求，每一个公民都应该把守法当做基本的行为准则。公民守法实际上是尊重社会公众的利益和意志，守法还意味着尊重公民基本的自由权利。因为法是自由的保证，不守法就失去了这种保证。

教师做个守法的公民还可以发挥榜样作用。教师具有高度的示范性和感染性，对学生产生着潜移默化的影响。在我国人人都应当遵守宪法和其他各项法律法规，教师更应该做个守法的公民。

二、爱岗敬业

《中小学教师职业道德规范（2008 年修订）》第二条：爱岗敬业。忠诚于人民教育事业，志存高远，勤恳敬业，甘为人梯，乐于奉献。对

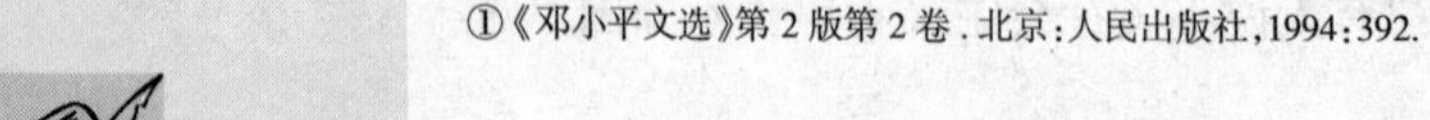
①《邓小平文选》第 2 版第 2 卷. 北京：人民出版社，1994：392.

工作高度负责，认真备课上课，认真批改作业，认真辅导学生。不得敷衍塞责。

"爱岗敬业"这一规范中包含"爱岗"和"敬业"两个方面的内容。

爱岗指忠诚社会主义的教育事业，热爱教育、忠诚教育是社会主义教育劳动本身对教师提出的道德要求。教师和其他行业的职业人员一样，都是社会主义的建设者，具有自己的社会职责和义务。教师的职责是把下一代培养成社会的栋梁之才。一个教师能否出色地履行义务，不仅取决于他具有的知识和才能，而且取决于他对教育事业的态度和情感。教师只有真心实意地热爱自己的教育工作，忠心耿耿地把自己的全部学识贡献给教育事业，才能把教育工作真正做好。反之，一个教师心猿意马，从业思想不稳定，既损害了个人利益，又损害了教育事业的整体利益。

爱岗是情感层面的，敬业是行为层面的，教师是否爱岗需通过履行岗位职责表现出来，教师是否敬业取决于爱岗的程度。态度将决定一个教师对工作是竭尽所能还是敷衍了事。根据教师的工作态度，可以大致把教师分成三种类型：一种是牢骚满腹型，这类教师整天抱怨环境、抱怨领导、抱怨社会，认为自己所有的不如意都是外因造成的，整天生活在负性情绪中，完全享受不到生活工作的乐趣；第二种是得过且过型，这类教师按时上班下班，完成分内的工作任务就完事，职责之外的事一概不理，不求有功、但求无过；第三种是积极进取型，这类教师积极乐观，热情澎湃，精神抖擞，经常能主动地、创造性地完成教育任务。很明显，持第一、第二种态度的教师不够敬业就是因为不够"爱岗"所致。

敬业首先要"乐业"。由于社会职业的工作性质不同，工作的条件、薪酬制度、社会地位等方面也不尽相同。现阶段教师职业的工作环境、待遇等方面还不尽如人意，人民教师应树立正确的职业观，"干一行、爱一行"，如果不能"选我所爱"，至少可以"爱我所选"，培养职业兴趣，培养热爱教育事业的高尚情感，这是敬业的内在条件。

敬业其次要"勤业"。尽心尽职做好自己的本职工作，用认真负责的态度履行岗位职责，并且达到一定的行业标准。"在其位谋其政"，该是自己做的，就算付出双倍的代价也要把它做好。切忌工作上玩忽职守、搪塞了事，面对困难低头回避，面对危难临阵脱逃，面对诱惑把持不稳，最终危害学生利益。这样的教师，就未做到敬业。

敬业还需要"精业"。教师要做到精通，还应虚心求教，积极参加

业务学习,努力提高自身素质。俗话说得好,“打铁需要自身硬”,“干一行,专一行,精一行”,一个教师若没有过硬的业务能力,怎么能够很好地完成教书育人的任务?现代社会知识更新太快,教师只有不断学习、充电,才能适应各种变革对教育工作提出的新要求。

三、关爱学生

《中小学教师职业道德规范(2008年修订)》第三条:关爱学生。关心爱护全体学生,尊重学生人格,平等公正对待学生。对学生严慈相济,做学生良师益友。保护学生安全,关心学生健康,维护学生权益。不讽刺、挖苦、歧视学生,不体罚或变相体罚学生。

关爱学生是教师的天职,是教育学生的前提。1984版、1991版、1997版的师德规范都是“热爱学生”,2008版的规范改成了“关爱学生”,取其关心爱护之意;1997版规范中“严格要求学生”,改成了“对学生严慈相济,做学生的良师益友”;2008版规范首次增加了“保护学生安全”的内容,明确保护学生是教师义不容辞的职责。

首先,关爱学生就要关心学生的身体健康。养好身体,成长才有动力;生命安全,成长才有价值。不论漂亮丑陋,不论富贵贫贱,每一个生命都是值得呵护和尊重的。在严重的自然灾害面前,不同的教师表现出截然不同的行为正是验证了道德水平的差别。

其次,关爱学生要树立正确的学生观。明确学生是受教育主体的地位,教师能够发挥的作用只是主导和引导。把教师主导作用的突破口定位在调动学生主动性上,就把教师一个人的积极性变成全体学生的积极性了,引导学生积极参与教育教学活动,获得知识的同时也获得了技能。脱离学生的倾情参与,水平再高的教师也无法把自己的学识传递给下一代。

再次,关爱学生要科学评价学生。教师要用发展的、变化的科学观看待每个学生。认定每个学生都有发展潜能,只是发展的速度、方向、优势不一样罢了。切忌用侮辱性的语言评价成绩相对落后的学生,认为他毫无发展前途。

案例分享

处分学生是对他的教育吗?

在十年的班主任生涯中,对一个“差生”的违纪事件处理至今让

我记忆犹新,它时常提醒我思考一个问题:处分是对学生的教育吗?

宋某是2002届高二学生。宋某本是我校高一(3)班的一名所谓“差生”,高一结束时文理分班时进入我班,一开始宋某各方面表现还过得去,过了一段时间后,班级学生相互熟了,宋某很快在班中有自己的一些团伙,宋某的劣迹渐显,对班级管理也带来一些负面影响,终于有一天,一起恶性违纪事件在他的“导演”下发生了。一天晚自修结束,他没有按常就寝,却在寝室聚众喝酒打牌。按校纪,这是一次严重的违纪事件。事发后,我马上向学校领导汇报此事,同时极力要求学校根据校纪处分宋某。学校领导对此违纪事件,最后作出宋某留校察看的处分,并把处分结果张榜公布。但是该处分并没有对宋某起到多大的教育作用。处分后的第一个星期,宋某稍有收敛,但不到三周,宋某违纪事件又一次一次发生。期末考试,宋某违纪作弊,这样对宋某的处分又一次提上了议事日程,最后学校对宋某作出劝退的处分。这样,一个“差生”终于从我班中开除出去了。我松了口气,似乎拔掉了一颗“眼中钉”,班级的空气立马净化了一般。但宋某离校后辗转于外县及本县的三所学校就读,他的学习生涯显然多了一些风雨与曲折。

时过境迁,有时我在反思,有没有比处分更好的办法挽救他?他的行为失常有没有其他原因?劝退的处分经历会对他的一生产生怎样的影响?当时极力促成他退学的我是为了维护班级的良好学风,这样做有没有错?

[资料来源] 高国荣.浙江省上虞市上虞中学,有删减

讨论:班主任做错了吗?处分能教育学生吗?还有没有比处分更好的办法?

四、教书育人

《中小学教师职业道德规范(2008年修订)》第四条:教书育人。遵循教育规律,实施素质教育。循循善诱,诲人不倦,因材施教。培养学生良好品行,激发学生创新精神,促进学生全面发展。不以分数作为评价学生的唯一标准。

“教书育人”的规范包含“教书”和“育人”两方面内容。

一般地说,教书是指在课堂上向学生传授系统的科学文化知识,培养学生的科学文化素质,发展学生的智能;育人是指教师通过课上课下教学活动和师生相互作用的过程以及教师的行为对学生进行的

一些显性或潜在的思想、政治和道德教育,促进学生的全面发展。教书和育人是紧密相连的,教师培养人才,主要是通过教书,向学生传授知识,讲授做人的道理,以激励和引导青少年学生成长成才。教书是育人的手段,育人是教书的目的。传授知识不单是为教而教,而是要深度挖掘知识中蕴含和渗透的思想和道德的教育因素;教师不仅要向学生传授知识,还要以自己的师表行为去影响和教育学生,教师在学生心目中既是讲解书的"师者",更是教人如何做人的"人"。教书育人概括了教师劳动的全部内容,是教师职业行为的宗旨。能否自觉做到教书育人,是衡量教师职业道德水平的重要标志。

案例分享

教书育人的典范

交流:搜集全国优秀教师、省优秀教师的先进事迹,分组交流。

张怡,全国优秀教师。四川省十大杰出青年教师。40岁的张怡是四川省自贡市第一中学的一名普通教师。长期从事语文教学的她不断探索教学模式,改进教学方法,提高课堂45分钟的效率。学生、同事一提起她就会竖起大拇指。

张怡身上有一股闯劲。当学校提倡要运用现代教育技术进行教学时,对计算机一窍不通的她,立即报名参加了计算机培训和网络使用培训班。从不懂到熟练掌握后最终用于教学,张怡在其中付出了比别人多得多的心血和汗水,但她就一句话:"只要有利于教学,我什么都愿意学。"

张怡深深知道教书育人的核心是育人,为了使学生从小树立正确的人生观、价值观,她时刻注意自己的一言一行,严于律己,以身作则,用自己的模范行动影响和感染学生。有一次因为孩子生病,上课迟到了2分钟,为此她专门向学生作了检讨,并以此给学生讲了遵守时间的重要性。校园里经常看到她早出晚归的身影。有人问:"张老师,每天这么忙碌,你不累吗?"她回答:"因为我是教师,我要对学生负责。所有的事都应该为学生着想,全身心地投入。"张怡老师这种无私忘我的敬业精神和独特的人格魅力,感染了一届又一届的学生。

张怡在自己平凡的工作岗位上,遵循教育规律,实施素质教育,循循善诱,诲人不倦。她的事迹,充分体现出一名优秀人民教师的崇高思想境界和高尚道德情操,教书育人、为人师表、积极进取、无

私奉献，为学生的健康成长贡献着自己毕生的精力。

［资料来源］杨超，沈玲．中小学教师职业道德规范培训读本．北京：轻工业出版社，2009:89-90.

五、为人师表

《中小学教师职业道德规范（2008年修订）》第五条：为人师表。坚守高尚情操，知荣明耻，严于律己，以身作则。衣着得体，语言规范，举止文明。关心集体，团结协作，尊重同事，尊重家长。作风正派，廉洁奉公。自觉抵制有偿家教，不利用职务之便谋取私利。

师表即榜样，表率，在人品学问方面做别人学习的榜样。为人师表是教育事业对教师道德规范提出的特殊要求。古人说："智如泉涌，行可以为表仪者，人师也。"教育家叶圣陶说："教育工作者的全部工作就是为人师表。"即做教师工作的人，必须要规范自身的言行举止，以自己的"言"为学生之师，以自己的"行"为学生之范。

为人师表，就是要求教师做到言教和身教的结合。言教就是要求教师所说的东西必须反映客观事物的本质，符合社会发展的趋势，能在思想上和行为上给学生以力量；身教就是要求教师说的和做的要一致，通过自己的作为去实践自己所倡导的道德标准和价值观念。前者是教师依靠真理的力量，以才服人；后者是教师依靠人格的力量，以德服人。

首先，要遵守公德、廉洁奉公。社会成员的公德意识千差万别，遵守社会公德的自觉性也相差甚远。要营造良好的社会道德氛围，形成良好的道德风尚，既要依靠教育，又离不开正确行为导向。作为"学为人师，行为世范"的人民教师，理应成为遵守公德的典范。市场经济、改革开放带来的负效应，如利己主义、享乐主义、拜金主义等消极腐败现象滋生蔓延，对教育战线也产生消极影响。这就需要教师洁身自爱，廉洁奉公，自觉抵制以教谋私。不接受家长的贵重礼品，不向家长索要或变相索要财物，不收受回扣、贿赂，不为了赚取差价硬向学生推销产品，不搞"第二职业"等，以坚定的立场和实际行动维护教师自身廉洁奉公的形象。

其次，要品德高尚、率先垂范。在"教"与"学"的过程中，师生之间构成较为频繁的人际交往，教师是学生最接近的模样，具有直接的示范作用。所以教师的一言一行，甚至某些潜在意识都可能进入学生

观察和了解的范围之内，从正面或者反面对他们产生潜移默化的影响。这就是教师行为的楷模作用。学生在听其言、观其行的体察中加以选择，看是否应亲其师而信其道。特别是学识水平高、教育教学效果好的教师的言行举止对学生的吸引与示范作用更为重要。

再次，要尊重家长，团结同事。以“一切为了学生”为出发点，合理运用家长、社会、学校三方合力。不因为学生有错误动辄迁怒家长，以粗鲁的语言埋怨、训斥家长，把愤怒情绪发泄到家长头上。同时应团结其他教师共同为学生成长出谋划策。谦虚待人，相互切磋，求同存异，齐头并进。

最后，要注重仪表、语言规范。作为人民教师就要做到着装朴实而不失典雅、美观而不失大方、整洁而不失风格，举止合宜、沉着稳健，既给人以庄重之感，又给人以美的享受。一个富有责任心的教师，一个被学生尊敬、信赖、热爱的教师一定是仪表“考究”、尽可能给学生一个美好形象的教师。作为传道、授业、解惑的人民教师，就得着力在语言上下工夫、花气力，力求做到语言规范、生动活泼、文明健康、富于韵味，给人以如沐春风、如饮甘泉之感。要言简意赅、谈吐文雅。

六、终身学习

《中小学教师职业道德规范(2008 年修订)》第六条：终身学习。崇尚科学精神，树立终身学习理念，拓宽知识视野，更新知识结构。潜心钻研业务，勇于探索创新，不断提高专业素养和教育教学水平。

所谓终身学习，就是要使学习跨越单纯学校教育的时段，贯穿于人的一生：使学习从单纯的求知谋生手段，发展成为人们自觉自愿的生活方式和提升生命价值的过程；使“活到老、学到老”真正成为每个人坚定不移的追求和信念。终身学习是指社会每个成员为适应社会发展和实现个体发展的需要，贯穿于人的一生的持续的学习过程。自 20 世纪 60 年代以来，终身教育的概念深入人心，其倡导者为时任联合国教育科学及文化组织终身教育局局长的法国活动家保尔·郎格朗。他认定：数百年来，社会把个人的生活分成两半，前半生受教育，后半生工作，这是毫无科学根据的。教育应是人的一生中连续不断地学习的过程。今后的教育应当是能够在每一个人需要时，以最好的方式，提供必要的知识与技能。

全球范围内，终身学习的思想观念正在变为社会及个人可持续发展的现实要求，学习越来越成为个人日常生活的一部分。在我国，教师

是最先进入终身学习体系的一个群体，终身学习已经成为教师的一种责任和义务。与普通人相比，教师的终身学习更具目的性、系统性和紧迫性。教师终身学习的内容包括：一是学会学习；二是通晓自己所教的学科；三是学习有关教育的学问；四是学习信息技术。

首先，学会学习。在当今社会，学会获取知识的方法比获取知识本身更为重要。学会学习、养成良好的学习习惯、使学习成为自己的一种生活方式将是每一个人未来生活幸福和愉快的保证。作为课堂教学的组织者，教师能否激发学生积极思维，往往取决于能否调动学生自主学习的积极性。现代教师不是让学生被动读书，而是教会他们主动“找”书读，并为他们的自主学习提供必要的条件，从这个意义上说，教师自己首先应该是个“自主学习者”。教师应该转变观念，轻装上阵，和学生一同学习，真正做到教学相长。

其次，通晓自己所教的学科，掌握渊博的学科知识。人们越来越清楚地认识到，教师只有接受严格的、高层次的学科教育，才有可能在教学过程中应付自如、得心应手。仅仅接受中等教育和最低层次的高等教育是不可能全面掌握一门学科的。一个合格的教师应全面学习一门学科，包括学科历史、学科结构体系、学科基础理论、学科知识应用以及跨学科知识等。在教学一线一直存在这样的说法：“要给学生一杯水，教师要有一桶水”，如今在教育改革日益深化的氛围中，教师仅有“一桶水”也远远不够了。人类社会的知识系统发生了两个重要变化：一是知识更新的速度越来越快，二是知识传播的途径越来越多。在这样的背景下，教师即使学富五车，也很难说“知晓天下”。教师要给学生一杯水，传统意义上的“一桶水”不能满足需求了，必须变“一桶水”为“长流水”。也就是说，教师必须与时俱进，适时充电，更新自己的学科知识，以更有效地完成教育教学工作。

再次，学习教育科学知识。未来的教师必须是一个教育专家，必须在学习专业学科的同时掌握其他有关教育的学问，如心理学、教育哲学、教育技术、管理学等。教育教学是一项实践性很强的工作，教学过程中新出现的问题必然会不断向教学提出新的问题，教育理论也必须在实践过程中得到验证或纠错。随着社会政治经济文化的不断发展和人的素质的不断提高，教育规律也会呈现出新的模式。这就要求教师紧跟时代步伐，努力探索现代教育规律。赋予教育规律以新的内涵。

最后，学习信息技术。教育信息化主要强调将现代化信息技术转化为“现代教学手段”。现代教育技术发展日新月异，其在教育领域中

的运用也越来越普及。由计算机、多媒体、互联网络、光纤通信技术组成的现代信息技术，正在把我们的社会推向信息化、知识化时代。教师需要不断学习网络资源开发、利用技术，把自己的教学经验和信息技术结合起来，开发出多种多样有个性的教学课件，运用于教学。教师还可以利用网络技术与同行建立非常便捷的合作关系，从而实现经验共享，获得更广泛的教学支持。

总之，教师应把终身学习作为自己的追求，生命不息，学习不止，为教学储存源源不断的知识，为教育积累日新月异的资源。教师自身学会学习，为学生提供终身学习的榜样。

本章小结

教师职业道德规范是师德原则的展开和具体化，是在教育职业活动中调整人们之间的关系，判断教师教育行为是非善恶的具体标准。它比师德原则能更直接、更具体地指导和评价教师的教育行为，教师职业道德规范是构成教师道德体系的基本因素。由于教育过程所遵循的规律具有共同性，不同社会的教师职业道德尽管不完全相同，但又有某些共同的规范和要求，这些规范和要求正是从教师职业的特殊性以及教育过程的客观规律中引申出来的。教师职业道德的共同性正是教师职业道德规范具有继承性的基础。从教师职业道德规范的历史沿革看，教师职业道德的内容是和国家发展、体制改革以及社会进步联系在一起的。新时期教师职业道德规范的制定应遵循集体主义、人本主义、依法从教等基本原则，还应反映社会对教师教育行为的基本要求，更应反映社会主义条件下教师职业道德自我完善的主体追求。

思考与练习

1. 教师职业道德体系三个要素之间有什么关系？

2. 比较孟子和荀子的道德思想，这些思想对教师职业道德有什么启示?

3. 分析改革开放以来颁布的四个版本师德规范在内容上的继承性及发展性。

4. 搜集优秀教师的事迹，并分析其中如何体现了师德规范。

第三章 教师职业道德范畴

学习目标

通过本章学习,你应该能够:

□ 理解教师职业道德范畴的概念及其特点。

□ 认识教师职业道德范畴在教育教学活动中的作用。

□ 树立正确的义务观、良心观、公正观、荣誉观、幸福观。

引导案例:绩效工资实施引发的风波

根据《关于做好义务教育学校教师绩效考核工作的意见》,学校筹备实施绩效工资,组织教师讨论实施方案。经过三上三下的讨论,尽管仍有教师不满意,但方案还是开始实施了。方案既成事实,投入实施,但风波此起彼伏,暗流涌动。

章老师是一位中年数学老师,不担任班主任,他说:“我教两个班数学外加一个班的体育课,系数只有1.09,跟当班主任和中层行政相比,差远了。”班主任的工作量系数1.5是国家规定的,行政管理岗位工作量系数也是由上级定的。章老师觉得方案不公平,自己辛辛苦苦教两个班数学,成绩也不错,可钱少得可怜;而那些中层行政只教一个班,有的还只任副课,那些老教师工作量也比他少得多,可系数都比他高。

于是,心理的不平衡马上影响到他工作的积极性了。章老师备课、教学都不如以前用心,以应付任务的态度对待教学工作,反正教得再好系数也赶不上中层行政。早上,踏着铃声进校,放学踩着铃声出校,一分钟都不多待在学校。找学生面批作业少了,找学生谈话少了,进教室的时间少了。

章老师的教学状态日益低迷,不仅同办公室的老师感觉到了,学生也感觉到了。因为,章老师原来一向工作认真负责,对学生也十分关心,课堂上言语幽默,妙趣横生,深得学生喜欢。于是,有好几个学生给章老师递了纸条,有的说“老师,是不是我们惹您生气了”,有的说“章老师,您是我们最喜欢的老师,若有难处请让我们跟您一起分担”,也有的说“章老师,您要多注意身体”。章老师看到这些夹在作业本里的纸条,既幸福又愧疚,幸福的是原来学生这么喜欢自己、关心自己;愧疚的是自己居然为区区“系数”而置学生不顾。

章老师的行为表现是否有违教师职业道德?章老师看到学生夹在作业本里的纸条,为什么会感到既幸福又愧疚?教师的职业道德包含着哪些范畴?教师应如何树立正确的义务观、良心观、公正观、荣誉观、幸福观,这是本章要学习的内容。

第一节 教师职业道德范畴及其特点

一、教师职业道德范畴的含义

范畴是科学的基本概念，它反映着科学对象的某些本质方面和人的认识的发展阶段。[1] 道德范畴是伦理学的用语，一般是指反映人们之间最本质、最重要、最普遍的道德关系和基本概念，如义务、良心、公正、荣誉、幸福等。

教师职业道德范畴有广义和狭义之分。从广义上讲，教师职业道德范畴是反映教师职业道德现象的特性和关系的基本概念。它是一个多层次、多方面的范畴体系，包括教师道德原则和规范所涉及的基本概念，教师个体道德行为和道德品质所涉及的基本概念，以及教师道德评价、道德修养和道德教育所涉及的基本概念等。从狭义上说，教师职业道德范畴，是指那些反映教师职业劳动中教师与学生、教师与教师、教师与家长、教师与社会之间最本质、最重要、最普遍的道德关系的基本概念。它主要包括教师义务、教师良心、教师公正、教师荣誉、教师幸福等。本章主要研究的是狭义的教师职业道德范畴。

二、教师职业道德范畴的特点

（一）教师职业道德范畴受教师职业道德原则和规范的制约

义务、良心、公正、荣誉、幸福这些道德范畴，都反映着一定社会和一定阶级的道德原则和规范的要求，并以此作为区分对立范畴的界限和标准。从这方面说，道德范畴从属于道德原则和道德规范。道德范畴存在于每一个人的意识和感情中，是反映人们道德关系和行为调节方向的一些基本概念。教师职业道德范畴同样以教师职业道德基本原则和规范为基础，是教师职业道德基本原则的践行，是教师职业道德原则向教师道德意识形式的转化，是形成教师职业道德信念的必要条件。道德原则和道德规范是道德范畴的基础，不确定一定的道德原则和规范，就不能确定任何道德范畴的内容。

① 罗国杰. 马克思主义伦理学. 北京：人民出版社，1982：303.

(二)教师职业道德范畴是教师职业道德原则和规范发挥作用的必要条件

道德范畴是实现由外在的道德要求转化为内心的道德信念,从而产生内在的道德责任感和评价能力的必要条件。教师职业道德原则和规范,反映的只是社会和他人对教师提出的外在要求。只有当教师职业道德范畴成为教师的内心信念,形成明确的道德意识,产生强烈的道德责任感,才能自觉地选择、调整和评价自己的行为,使教师道德原则和规范在教育活动中发挥实际的作用。因此,如果没有基本的教师道德范畴,教师道德原则和规范就会流于形式,成为空洞的说教。

(三)教师职业道德范畴反映了一定历史时期人们对教师职业道德认识发展的水平

道德范畴不是固定不变的,它随着社会历史实践的发展而变化。教师职业道德范畴在不同的历史时期会形成不同的体系,反映出人们对教师职业道德关系认识的不同阶段。对于我们今天所说的义务、良心、公正、荣誉、幸福等基本范畴,在不同的历史发展阶段,人们也会作出不尽相同的理解。因此,通过考察教师职业道德范畴,往往可以在某种程度上掌握一定社会或阶级的教师道德状况。

第二节 教师职业道德的基本范畴

一、教师道德义务

(一)教师道德义务的含义

人生活在社会中,不论个人是否意识到,客观上都必然要对社会和他人负有一定的使命、职责或任务,因而也都有对社会和他人履行义务的道德责任。道德义务就是个人对他人、对社会所承担的一种责任。教师的道德义务,是教师在教育工作中应该承担的职责、使命和任务,是社会道德在教师职业中的特殊体现,既担负公民社会道德责任,又担负着教师角色的道德责任。《中华人民共和国教师法》第二章对教师应当履行的义务作了六个方面的规定。

知识链接

教师的义务

《中华人民共和国教师法》(1993年10月31日第八届全国人民代表大会常务委员会第四次会议通过,1993年10月31日中华人民共和国主席令第15号公布,自1994年1月1日起施行)规定教师应当履行下列义务:

(一) 遵守宪法、法律和职业道德,为人师表;

(二) 贯彻国家的教育方针,遵守规章制度,执行学校的教学计划,履行教师聘约,完成教育教学工作任务;

(三) 对学生进行宪法所确定的基本原则的教育和爱国主义、民族团结的教育,法制教育以及思想品德、文化、科学技术教育,组织、带领学生开展有益的社会活动;

(四) 关心、爱护全体学生,尊重学生人格,促进学生在品德、智力、体质等方面全面发展;

(五) 制止有害于学生的行为或者其他侵犯学生合法权益的行为,批评和抵制有害于学生健康成长的现象;

(六) 不断提高思想政治觉悟和教育教学业务水平。

[资料来源] 中华人民共和国教育部门户网站.http://www.moe.edu.cn/publicfiles/business/htmlfiles/moe/moe619/200407/1314.html.

(二) 教师道德义务的特点

教师的道德义务不同于政治义务、法律义务,具有以下两个显著特点:

1. 教师道德义务不总是同个人权利和报偿相联系

政治、法律上所说的义务,是同权利相联系或相对应的。正如马克思所说:"没有无义务的权利,也没有无权利的义务。"在享有权利中包含着应尽的义务,在应尽的义务中就包含着应享受的权利。但是道德义务要求做出有利于他人、有利于社会的行为,需要默默无私奉献,有时甚至需要献出自己的生命。教师工作的特殊性要求教师比一般人更严格地履行一般的道德义务,成为真正的道德榜样。在2008年"5·12"汶川大地震中涌现出来的谭千秋、吴红忠、瞿万容、杜千香等优秀教师,就是在无私奉献中实现人生价值的师德楷模。当然,教师在履

行自己的道德义务，完成教书育人的职责时，也会得到学生、家长的尊敬，得到社会舆论的赞扬，获得各类荣誉甚至也可能得到社会给予的某种权利和报酬。但教师不是为了追求某种权利和报偿才去履行义务，因此应以高尚的道德境界和自觉的道德行为去对待社会给予的权利和他人给予的报偿。

2. 教师道德义务总是自觉自愿履行的

义务是一种职责，是“应该做的”。这种“应该做的”，只有成为一个人的内心要求时，人们才能自觉地去履行义务。教师道德义务是教师理解和认识国家对教师的客观要求，自觉在自己的使命、职责、任务的基础上形成的一种内心信念和要求，是行为自由的表现。教师要努力提高自己的道德境界，培养专业伦理精神，遵循教师职业道德的规范和要求，自觉地履行起自己对国家、社会应尽的义务。

知识链接

教师履行道德义务时应确立的优先原则

首先，确立儿童人身利益最优先原则。根据联合国《儿童权利公约》的定义，儿童系指18岁以下的任何人。也就是说，这里人身利益优先的儿童不包括18岁及其以上的学生，因为随着教育年限的延长和终身教育的开展，学生这个概念的年龄跨度极广。而依照我国法律规定，18岁是成人身份获得的开始，代表个体具备了基本的形势判断和自我保护的能力。而18岁以下的儿童因为身心两方面发展的不成熟，不具有完全行为的能力和资格，尤其还不具备应对人身威胁的能力。因此，教育中需要而且只需要对儿童的人身利益优先考虑。根据《中华人民共和国民法通则》，公民的人身权包括生命健康权、姓名权、肖像权、荣誉权和名誉权等。在教师职业道德规范的优先原则中，这里主要强调儿童的生命健康权。

其次，在教师和儿童人身利益得到保障的前提下，优先考虑学生的发展利益。儿童和学生是两个相互交叉的概念，部分学生同时是儿童，部分儿童同时是学生。在教师的教育活动中，学生是其主要服务对象，教师教育活动的直接目的是促进和实现学生的发展。因此，学生的发展利益应是教师和儿童人身利益以外的第二考量。

学生的发展包括身心两方面的发展，不仅指学业方面，还包括学生思维、运动和表现力等方面的发展。

［资料来源］冯婉帧．教师职业道德规范中应确立的优先原则．教育导刊，2008(12)：39-40.

(三) 教师道德义务的作用

1. 履行教师道德义务，可以减少教育活动中的冲突，确保教育教学工作的顺利开展

在教育活动中，不可避免地会出现各种矛盾的冲突，每个教师只要能正确履行自己的职责，做到教书育人，就能减少教育活动中的冲突，协调教育活动中的人际关系，确保教育教学活动的顺利开展。教师如果不尽自己的道德义务，不约束自己的行为，就会在教育工作中出现矛盾和冲突，影响教育教学工作。叶圣陶先生也曾指出："教师得先肯负责，才能谈到循循善诱，师生合作。"[①] 所以，教师的责任意识及对道德责任的承担等，对教育义务的践行意义重大。

2. 履行教师道德义务，有利于教师形成良好的道德习惯

教师高尚的道德修养不是与生俱来的，而是在履行道德义务中形成的。教师在教育教学工作中不断体验和认识履行道德义务的必要性，不断实践道德责任，并将之转化为自身的"内在需求"，才能不断提高自身的道德觉悟，最终形成良好的道德习惯，提升师德水平。"恪守义务可以使人变得更高尚。教育者的任务就在于使义务感成为自己纪律这个极其重要品质的核心。缺少了这一品质，学校教育就是不可想象的。"[②]

近年来，一些地方政府纷纷出台相关规定，明确规定当地教师所要遵守的职业道德规范。但教师能否自觉遵守这些职业道德规范，与教师的职业责任感和义务感密切相关。而教师的职业责任感和义务感又受制于教师教育教学工作环境、地位、待遇、福利等。当然，教师能否自觉遵守职业道德规范，与教师的道德认知水平也有很大关系。因此，要提高教师的职业责任感和义务感，既要改善教师工作条件、提高教师地位，也要加强教师职业道德教育。[③]

---

① 王球. 教师伦理学．南京：江苏教育出版社，1991：181.

② 苏霍姆林斯基．和青年校长的谈话．上海：上海教育出版社，1993：155.

③ 包金玲．教师职业道德的传统和发展．国家教育行政学院学报，2006(6)：32-34.

二、教师道德良心

案例分享

踏着运动员进行曲，周老师又一次站在市优秀教师的领奖台上。周老师从教12年，已6次站在这里了，可是，这一次他的心情与前几次大相径庭，他甚至觉得这次没有资格站在这里。半年前，周老师的表哥把一位家长和学生带到他家，要求他为这名学生补课。经过半年的补习，这名成绩本来一般的学生考上市重点高中，学生家长为感谢周老师，送给他2 000元钱。偏巧当时周老师的女儿得了急性肺炎，一时筹不到钱，就收下了。事后，周老师一直做思想斗争：虽说自己在这名学生身上下了不少工夫，但辅导学生是教师的职责，况且不收学生的财物是自己多年的从师原则，怎么能因为这2 000元钱改变自己在学生心中的形象呢？周老师暗自下决心，今后一定把钱还给学生家长。

［资料来源］傅维利．师德读本．北京：高等教育出版社，2003：273-274.

面对学生的“礼钱”，周老师为什么会做思想斗争？

（一）教师道德良心的含义

良心是与义务密切联系的道德范畴。如果说义务是自觉意识到的道德责任，那么良心就是对道德责任的自觉意识，是隐藏于内心深处的使命和职责。

教师工作既有大量显性的、可以量化的工作，也有不少隐性的、难以量化的工作，因此，很难以刚性指标来考核。正因为如此，教师工作曾被人们形象地称为“良心活”。教师道德良心是教师在教育实践中履行教师职业道德义务形成的一种自觉意识，是教师对学生、教师集体和社会积极履行教育职责的强烈的道德责任感，是一种自觉对自己的教育行为进行道德控制和道德评价的能力。

知识链接

教育是一种良心活

“良心”是一个古老的伦理概念。西塞罗和塞涅卡把良心解释

为内心的声音，这声音会对我们伦理性质的行为加以褒贬。卢梭则认为，良心是“显现在人身上的自然之声”，是“我们内在的向导”。①而尼采认为，真正的良心植根于自我肯定，植根于“对自己的自我说‘是’”的能力。② 从古圣先贤对“良心”的定义中，可以发现，良心与人的内在自我密切相关。当一个人判断和确认自我的存在方式和存在价值时，良心是一个无法回避的声音，是一个无法逃避的内在的道德律令。

（二）教师道德良心的特点

1. 内在性。教师道德良心是深藏于教师内心的自觉的道德意识，是一定的社会道德原则和规范在动机、信念和情感中的体现，是道德义务的内化形式。

2. 综合性。教师道德良心是道德认识、道德情感、道德意志和道德信念等各种道德心理因素在教师职业意识中的有机统一，是这些道德心理因素相互作用的结果。

3. 稳定性。教师的道德良心不是转瞬即逝或变化不定的东西，而是以一定道德信念为基础的，一旦形成就会成为稳定的信念和意志，比较持久稳定地发挥作用。

4. 广泛性。教育良心的作用十分广泛，渗透在教师的整个教育活动和教师生活的一切领域中，左右着教师道德的各个方面，支配着教师行为过程的各个阶段。③

5. 崇高性。由于教育是一项崇高的事业，教师职业需要教师有为人师表的自律精神，教师良心就表现为崇高的道德境界和道德行为。

（三）教师道德良心的作用

教师良心是教师道德的灵魂，是教师道德品质的综合表现，是教师道德规范自律性的最高体现，它的产生和发展对调整教师的行为始终具有很大作用。教育是“良心活”，没有教育良心就没有教师道德。教师良心对教师的道德行为所起的调节作用，主要体现在以下三个方面：

1. 教师道德良心指导教师道德行为的选择

教师道德良心能根据教师职业道德义务，对行为的动机进行自我

---

① 查尔斯·泰勒．自我的根源．韩震，等，译．南京：译林出版社，2001：550.

② 弗洛姆．为自己的人．孙依依，译．北京：三联出版社，1998：139.

③ 张炳生，陈吾卿．中小学教师职业新探．北京：首都师范大学出版社，2005：183–184.

审视，并按照其内在的标准作出道德判断，采取正确的行为，避免不道德行为的发生。教师良心是教师行为选择的指南针。

2. 教师道德良心控制和监督教师道德行为过程

教师道德良心是教师人格的守护神。在教育过程中，教师良心对教师的行为起着监督作用。对自身表现良好的道德行为给予激励和强化，对不良的情感、欲望予以抑制和克服。教师在教育过程中的“良心发现”会及时纠正自己的私心杂念，改变自己行为的方式，避免产生不良影响，自觉维护自己为人师表的职业形象。

3. 教师道德良心是教师内在的道德法庭

教师道德良心是教师行为后果的评价法庭。当教师做出了有利于社会发展，有利于学校发展，有利于学生发展的行为时，在心理上会得到一种满足感和成就感，从而确证自己的人生价值。当教师做出了违背教师职责，有损教师形象的行为时，教师良心就会予以道德上的自我谴责，心理上会产生惭愧、内疚和悔恨。正是在这个意义上，人们把良心比喻为“道德的卫士”和“内心的道德法庭”。

可见，教师道德良心在教师职业生活中发挥着巨大的作用，是教师行为的内在指导和调节器。

案例分享

危急情况下教师不顾学生而逃跑是不是失职？

都江堰光亚学校的老师范美忠在“5·12”地震发生那一刻，弃学生于不顾第一个跑出教室。2008年5月22日，范美忠在天涯论坛写下了《那一刻地动山摇——“5·12”汶川地震亲历记》一文，文中细致地描述了自己在地震时所做的一切以及过后的心路历程。其中有这么一段话：“我是一个追求自由和公正的人，却不是先人后己勇于牺牲自我的人！在这种生死抉择的瞬间，只有为了我的女儿我才可能考虑牺牲自我，其他的人，哪怕是我的母亲，在这种情况下我也不会管的。因为成年人我抱不动，间不容发之际逃出一个是一个，如果过于危险，我跟你们一起死亡没有意义；如果没有危险，我不管你们你们也没有危险，何况你们是十七八岁的人了！”这一言论掀起了轩然大波。

面对公众的指责，范美忠作了回应：“我这些话在回去上课之后还会跟学生说也会跟其他人说。告诉学生也告诉其他人，你自己的

生命也很重要！你有救助别人的义务，但你没有冒着极大生命危险救助的义务，如果别人这么做了，是他的自愿选择，无所谓高尚！如果你没有这么做，也是你的自由，你没有错！先人后己和牺牲是一种选择，但不是美德！”

针对范美忠的行为和言论，公众有不同的看法：

看法一：教师不一定有救助学生的义务，老师也是人，首先做到的应该是设法活下来照顾好自己的家庭。当时能提醒学生一句就算给自己的良心有个交代了。

看法二：如果范老师面对的是未成年的学生，无论如何有必要喊一声：“快跑！”《中华人民共和国未成年人保护法》第四章第四十条规定：“学校、幼儿园、托儿所和公共场所发生突发事件时，应当优先救护未成年人。”这里应当不是单指一个无形的法人，而是包括所有的工作人员。就责任来说，范老师失职了，不适合当老师。

看法三：如果一个人真的碰到灾难，撇下母亲自己跑了。当然不能说大家就应该把他骂死，但如果他真是毫无愧色地高谈阔论自己当时的机智，难道不是无耻的一件事？人做了错事，不应该愧疚至死，但应该愧疚；因为很简单，我们脆弱的人性就是这样，会软弱，但也会愧疚。

讨论：范美忠的行为该不该受到指责？如果说在灾难发生的瞬间逃跑是人的本能行为，教师是否应该对未能及时保护学生并引导学生离开危险地点而心生愧疚？范美忠在后来的言论中虽然真实地表达了他对自我与他人生命孰为重的权衡，比如他并不认为作为一名老师，有为救学生而牺牲自己生命的义务。但是应当如何看待和评价这种行为，仍然很有思考的必要。

知识链接

“良心活”意味着什么？

“良心活”意味着什么？教师在职业生活中对“良心活”的实践性解读表现在以下几个方面：

（一）“善良”：基于教育对象的特殊性。多数老师认为，“当老师和干别的工作不一样，天天和孩子们打交道。所以，一定要善良”。在他们看来，善良意味着“把孩子当成孩子，要有足够的耐心”，“要呵护孩子们娇嫩的心。”老师们意识到教育对象的特殊性，他们是成

长中的人，是需要关爱呵护的成长中的心灵。

（二）“用心”：基于教育评价的复杂性和教育过程的复杂性，使任何外在的评价和认同都不可能穷尽教师工作过程的全部内容和实际的影响，教师需要倾听内在的声音进行自我评价和认同。“当老师是一种良心活，关键要看你用不用心”，“当老师，用不用心大不一样”。老师们认为，做好“良心活”的关键，是“用心”。而在复杂的、被种种功利诱惑的职业生活中，能否真正对学生“用心”，需要一种内在的良心的评判。当教师站在关起门的教室里的三尺讲台上给学生讲课的时候，只有他自己知道，是否在用心讲课，是否对学生心存怜爱，是否对课程进行了充分的准备，是否把整个人专注地安放在这个空间里，是否在努力让学生“成为一个真正的人”。

（三）“不能误人子弟”：基于教育过程的迟效性。“庄稼种不好耽误一年的收成，一个孩子教不好，就可能耽误他一辈子。”这句话很直白地说出了教育过程的迟效性。正是因为这种迟效性，即时的、外显的评价与教师对学生的实际影响之间是不能完全匹配的。因此，用良心来评判自己是否“误人子弟”，是老师自我评价、自我认同的一个很重要的标准。

［资料来源］蔡辰梅，刘刚．“教师是一种良心活”——对教师职业认同方式的分析与反思．教师教育研究，2010(1):6-11.

三、教师道德公正

案例分享

那是王老师走上工作岗位的第一年，他每天都早到校、晚回家，一方面想通过和学生朝夕相处、友好交往并参与活动来赢得学生的好感，另一方面想用严格要求学生来建立自己的教师权威。

你认为，教师的道德公正体现在哪些方面？

日子一天天地过去，王老师所带的学生还真的取得了较好的成绩。作为教师，最大的幸福莫过于看到自己的工作取得了成绩，看到自己辛勤的汗水浇灌的花朵结出了硕果。

正暗自得意之时，一名学生的一张信笺闯入眼帘，给正沉迷于这点滴成绩的王老师敲了一记响钟。信笺上写道：

"老师，我知道您想通过和我们接触来了解我们，可是当您来的时候，我又不愿意您来。因为您一来，好学生就如鱼得水，而我们这些较差的学生就处处受到了限制。而面对我这样的学生时，您不是视而不见，就是一脸严肃的表情。即使在我们表现得很出色时，您也只是淡淡地看一眼，我们的行为勾不起您心中的任何涟漪。我感觉老师对我们很不公平！老师，您真的能和我们真心交往吗？"

王老师原本想通过与学生沟通、交流接触学生、了解学生，与他们打成一片，随时掌握学生的脉搏，以便更好地施教，可没想到的是学生竟把自己的每一个表情、动作都看在眼里，记在心上，尤其是那些自己认为是稍差一点的学生，甚至把这些与老师对他们的评价联系起来。王老师虽然没有故意这样去做，但还真的没有注意这些细节。自己是不是真的忽视了一个班集体中为数不少的他们，一些更需要被关爱的脆弱心灵？

喜欢好孩子是人之常情。一句表扬、一个微笑、一个欣赏的眼神，对好孩子来说是锦上添花，对那些需要支持鼓励的学生则是雪中送炭。"雪中送炭"比"锦上添花"更辛苦、更重要！老师不要吝啬那一个鼓励的眼神、一个欣赏的微笑、一个支持的点头——尤其不要吝啬给中等生和后进生。

教师要关注每一个学生，要公平地对待每一个学生，特别是那些学困生和纪律比较差的学生。学生最希望老师对所有学生一视同仁，不厚此薄彼，他们最不满意老师凭个人爱好，偏袒某些学生或冷落、歧视某些学生。

［资料来源］王力强 . http://www.pssyzx.com.cn/readnews.asp?newsid=1972.

(一) 教师道德公正的含义

公正就是指待人处事公平正义。教师公正是指教师在职业活动中处理人与人之间关系和各种事情时能做到坚持原则、为人正直、公平正义。其中公正公平地对待所有学生，是教师道德公正最基本的要求。具体表现为对不同家庭背景、不同个性、不同智力、不同相貌、不同性别、不同亲疏关系的学生都能一视同仁，关心每一个学生，全心全意教育好每一个学生。

（二）教师道德公正的特点

1. 教育性

教师公正是“以人为本”教育的内在要求，有着特殊的教育价值，对促进师生关系健康发展和学生健康成长具有重要作用，是学生认识和追求人类社会公平的桥梁，是学生对社会拥有希望的重要保障，也是学生接受公正公平教育的必要条件。如果在师生关系中缺乏公正的内容，就是在行不公正的身教。

2. 相对性

教师公正在实施过程中具有很大的灵活性，教师要在一定的情境中依据对学生的了解和教育规律采取有差异的教育措施。例如，对于同一种错误的批评，有时候对优等生的批评甚至要比后进生的批评还要严厉。这是因为在一定条件下，后进生更需要对其自尊的爱护和策略的批评，而优等生更需要使之猛醒的棒喝。同样是对优等生的批评，抑郁质气质的学生较之胆汁质气质的学生更需要对其选择场合。这里形式上的不公正实质上却是公正的。因为实际上教师对这两类学生的爱是完全相同的。世界上没有绝对的公平。

3. 自觉性

教师是具有一定的道德素养并对自己的工作有较高职业意识的社会角色，教育活动本身是一种具有目的性的活动。这决定了教师的道德公正应成为教师自觉的行为。对学生一视同仁、实事求是、面向全体，是教师职业道德行为的自觉追求。

（三）教师道德公正的作用

教师公正作为对教师职业的一项基本道德要求，在教育活动中具有重要作用。

1. 有利于形成良好的校风、学风，调动师生的工作、学习积极性

教师公正公平对待领导、同事，公正合理地处理好人际关系，就会形成相互尊重、相互支持、团结合作、公平竞争的和谐校园环境，从而有利于调动教职工的工作热情，发挥教育教学的创造力。教育要达到预期的效果，其中一个重要因素就是公正地对待每一个学生。在学生心目中，教师是社会上公正、无私、善良、正直等美好品行的化身。学生在与教师的交往中体验到公正的合理性，是他们成长的健康基础。它能激励学生追求真、善、美，培养优秀的道德品质，能调动学生的学习积极性和创造性。反之，如果学生在学校里受到教师不公正的对待，就会挫伤学习的积极性，会影响教育教学工作的顺利进行。因此，教师要

公正公平地对待学生,才能创造积极向上的学习氛围,获得良好的教育效果。

2. 有利于形成教师威信

教师在学生的心目中犹如执法如山的法官,而法官这种权威是依靠公正树立起来的。教师在教育活动中能否做到公正,会直接影响教师的威信。有研究表明,有 84% 的学生把"公正"看成是"教师工作最重要的职业品质",92% 的学生把"偏私、不公正"看做是"最不能原谅的教师品质缺陷"。总之,教师只有做到道德公正,才能获得学生的信赖和尊重,才会有威信。否则,会严重地损害自己在学生心目中的形象,降低自己的威信,从而影响教育效果。

3. 有利于增强班集体的凝聚力

如果教师不公正地对待学生,会引起学生间的矛盾,产生相互嫉妒、相互攻击的现象,影响班集体的团结。教师公正是班集体团结的力量,教师在对待学生的态度和行为上,在评价学生的表现、分配班级事务、评定学生成绩上做到公正合理,就会使学生感到自己在班集体中的地位和价值,人格上体验到平等,就会积极维护班集体荣誉,努力为班集体服务,从而增强班集体的凝聚力。

4. 有利于学生的道德成长

由于公正是道德教育的重要内涵,所以教师公正本身直接构成德育的内容。教师要让学生选择公正的生活准则,他自己就必须首先做到为人处世的公正无私。同时在学生的心目中,教师往往是公正、无私、善良、正义的代表,对教师有非常美好的期待。这一美好的期待决定着当教师在与他们的交往中做到公正办事,他们就会感觉到公正的美好和必要,从而奠定他们在未来社会生活中努力追求道德公正的心理基础。反之,当他们原本有着美好期待的老师不能公正无私时,不仅会伤害他们对于老师的美好情感,而且会让他们怀疑显性道德教育课程所教授的公正本身的合理性,从而妨碍他们的道德成长。正如夸美纽斯所说:"除了智者,任何人都不能使别人成为智慧的人;除了能言善辩者外,任何人都不能使别人成为能言善辩者;除了道德的笃敬宗教者外,任何人都不能使别人成为有道德的和笃敬宗教的人"。所以我们也完全可以说,除了践行公正者,任何人都不能使别人成为公正的人。①

---

① 檀传宝.论教师的公正.现代教育论丛,2001(5):14.

四、教师道德荣誉

案例分享

我们应该向李老师学习什么？李老师的行为中体现了什么样的道德荣誉？

全国优秀教师、甘肃安家门小学校长李兰华，从陇西师范毕业后，几十年来一直扎根乡村教育工作。1972年，她刚担任这个学校的校长，就投入到搬迁校址、新建校园的工作。在学校，她既当校长又当教员；在工地，她既当保管员又当装卸工。女儿患急性阑尾炎住院40多天，她只能晚上抽空去看看，以至大夫误以为孩子没有妈。在她的带动下，全校师生挖土运石搬砖瓦，终于在乱石滩上修起了一所有8个教室、7间宿舍、800米围墙的崭新学校，为国家节省数万元资金。李校长在勤工俭学中什么都干。一次不慎小腿骨折，医生给她上了夹板，她不愿休息，让其他老师背她上课堂坐着讲课；背她到舞台，指导学生排练节目。1986年，她的大儿子不幸被汽车撞成重伤住院动手术，她也没耽搁学生一节课。1988年6月，她和学生一起义务劳动时，不慎摔坏了左臂，因没顾上治疗，留下终身残疾……由于李兰华带动教师们以主人翁态度全身心地投入学校的各项工作，做出了显著成绩，学校被评为“全省教育先进单位”，她本人也被授予“省优秀党员”、“三八红旗手”、“优秀教师”、“全国优秀少年工作者”、“全国学雷锋先进个人”等光荣称号，还荣获全国“五一劳动”奖章。

［资料来源］陶岩．师德规范．北京：北京师范大学出版社，1992：104.

（一）教师道德荣誉的含义

何谓荣誉呢？德国伦理学家弗里德里希·包尔生曾指出：“一个人通过他的品质和行为在他的伙伴中唤起某种情感，这些情感是以价值判断的形式来表现的：尊敬和无礼；崇拜和蔑视；敬重和厌恶。这些情感以判断的形式表现自己并为其他的情感所影响、加强和共鸣，因而产生了对于社会中的特定个人的某种总的价值的东西；这就是他的客观荣誉。”① 因此，荣誉是指一定社会整体或行为当事人，以某种赞赏

① 包尔生．伦理学体系．北京：中国社会科学出版社，1988：489.

性的社会形式或心理形式，对一定义务和相应具有的道德价值所表示的肯定性判断和态度。

荣誉是同良心、特别是同义务密切联系的道德范畴。它包含着两方面的意义：一方面是指一定社会用以评价人们行为的社会价值的尺度，即对履行社会义务的道德行为的公认与褒奖；另一方面，是指个人对行为的社会价值的自我意识，即在良心中所包含的知耻和自尊的意向。概括起来，所谓荣誉，就是对道德行为的社会价值所作出的公正的客观评价和主观意向。[①]

我们可以从不同的视角对荣誉进行分类。从荣誉主体的角度看，我们可以把它分成个人的荣誉、集体的荣誉、阶级的荣誉、民族的荣誉与国家的荣誉。从客体的角度看，我们可以把它划分成政治荣誉、社会荣誉、职业荣誉，由业绩和贡献所获得的荣誉，由人的品格和德性所获得的荣誉。教师道德荣誉是一种职业荣誉，即社会对教师的道德行为的价值所作出的公认的客观评价和教师对自己行为价值的自我意识。

（二）教师道德荣誉的作用

1. 推动教师更好地履行职业道德义务

教师道德荣誉是以职业道德义务为基础的，是教师履行社会道德义务的结果，同时又能推动教师自觉地履行职业道德义务。如果一个教师树立了正确的职业荣誉观念，以教书育人为己任，以“桃李满天下”而自豪，就会把履行道德义务内化为自己内心的道德信念，成为教师践行道德行为的内在动力，驱使教师更加自觉地履行职业道德义务，更好地去完成教书育人的神圣使命。

2. 激励教师奋发向上，发挥教师最大的潜能

每个教师都有追求荣誉的愿望，需要得到社会和他人的信任、支持和理解，需要得到他人的尊重、赞赏和高度评价。教师的这种自尊心和自爱心能激发其上进心，释放出更大潜能，更好地履行教师道德义务，努力争取和保持神圣荣誉。

3. 有助于对自己的教育行为作出积极的自我评价

荣誉在道德评价中具有特殊的作用，它既能鼓励善行，又能鞭挞恶行。当教师做了有损教师形象的事后，会受到社会和他人的谴责，或受到自己良心的责备，就会感到耻辱。当教师履行教师义务，做了高尚的事后，会受到社会和他人的赞扬和褒奖，就会在自己的内心深处确

---

① 罗国杰. 马克思主义伦理学. 北京：人民出版社，1982：332.

立起一种人格尊严。

(三)正确对待教师道德荣誉

1. 正确处理道德义务和道德荣誉的关系

教师的道德荣誉是履行道德义务的结果,道德义务是道德荣誉的前提和出发点。每个教师只有认真履行道德义务,尽力完成教书育人的使命才能争取到应有的荣誉,那种工作不尽心,要名要利的行为是不符合教师道德规范的。

2. 正确处理个人荣誉和集体荣誉的关系

教师的劳动不仅具有个体性也具有集体性,教育的成功既需要教师个人的主观努力,也离不开教师集体的合作。因此,每个教师可以追求个人荣誉,但不能损害集体荣誉,要正确处理好个人荣誉和集体荣誉的关系。教师个人荣誉是集体荣誉的一部分,获得个人荣誉能为集体争光,社会和集体应该鼓励教师建功立业,争取荣誉,集体要宣传和维护教师个人荣誉。同时,要引导教师在追求个人荣誉时不能损害集体荣誉,杜绝弄虚作假,沽名钓誉,做出有损集体荣誉的事。个人荣誉必须服从集体荣誉,要在争取集体荣誉的同时争取个人荣誉。总之,个人荣誉是集体荣誉的体现和组成因素,集体荣誉是个人荣誉的基础和归宿。

五、教师道德幸福

案例分享

陶行知在南京东南大学工作时,一次他到同乡张国良的宿舍去玩,看见门上贴着一张纸,上面写着:“日出而作,日落而息,埋头苦干,不怠不逸。”他沉吟了一下对张国良说:“你这四句话,其中有三句很好,只有一句不好。”张国良觉得很奇怪:“这四句话的意思都很好,而且上下有关联,我要尽量照着做,有什么不好?”陶行知指着第三句话说:“埋头苦干是一句成语,给它改一个字就好了,把‘苦’改成‘乐’如何?”张国良不明白,反问道:“这不是违反常理了吗?”陶行知说:“苦干一定干不好。在干一件事情之前,应当了解为什么干,为谁干,这样,即使遇到任何困难也不觉它苦了。苦着脸干,只觉得越干越苦。谁还会有信心干下去呢?”张国良听了觉得有道理,便提起笔要改,陶行知又说:“还要改一个字,将‘埋’字改成‘抬’字

在艰苦的环境中,陶行知为什么会做到“抬头乐干?”

就更好了。埋着头瞎干、闷干，碰了壁也不知为什么，必然走弯路、事倍而功半。至于'埋头'两耳不闻窗外事，更是要不得！我们要抬起头来看清前面的路，看清我们的未来和希望，这样越干越有劲，事业就能取得成功。所以，要乐干必须抬头，抬头才能乐干。我主张要精神焕发，快快活活地干，也就是要抬头乐干，不要埋头苦干。"张国良接受了陶行知的意见，遂重新写了"抬头乐干"四个字贴在门上。

陶行知在以后的奋斗过程中，不管经历多少磨难和挫折，都一直坚持"抬头乐干"，毫不动摇，一往无前，乐在其中，充满了革命的乐观主义精神。陶行知的故事，对于教师应以何种精神状态从事教育工作，具有深刻的启迪意义。

[资料来源] 杨芷英，刘雪松．教师职业道德．北京：高等教育出版社，2007：87－88.

（一）教师道德幸福的含义

幸福历来是伦理学研究的重要道德范畴，它与人生的目的、意义以及现实生活密切相连。从一般意义上说，幸福是一种持续时间较长的对生活的满足和感到生活有巨大乐趣并自然而然地希望持续久远的愉快心情。教育是心灵的事业，教师应当是一个幸福的职业。教师在教育教学工作中与学生的精神交流、感情沟通是其他职业所难以得到的享受。我国古代哲学家孟子曾讲过"君子有三乐"，其中"得天下英才而教育之"即是一"乐"。教师幸福是教师在教育职业生活中自身需要得到满足后的一种愉悦的心情，是教师在自己的教育工作中自由实现自己的职业理想的一种主体生存状态。对自己生存状态意义的体味构成了教师的幸福感。

（二）教师道德幸福的特点

1. 精神性

教师的职业劳动具有精神性。教师的幸福固然需要一定的物质基础，教师的物质生存状态决定和影响教师的精神生活，但在物质待遇既定的情况下，教师还要自主创造高尚、健康的精神生活。教师的幸福在于"桃李满天下"，学生的成长发展成为教师生命中不可缺少的一部分。如果说"得天下英才而教之"是教师幸福精神性的一个层面，那么将普通学生培养成才便是教师幸福精神性的更高层面。这里所说的"成才"，并不仅仅是指通常意义上讲的成为社会精英，而是具有更

宽泛的含义,它是指成为对社会有用的人。一个人的价值不在于他所从事的事业有多么伟大,而在于他是否为社会作出了自己的贡献。一个好老师能让学生体现自己生命的价值所在,在人生的旅途中走向属于自己的辉煌,并且对这个社会作出应有的贡献。好的老师能够影响学生一辈子。古人所说的"一日为师,终身为父"正蕴含有这样的道理。无论是学生在学业上的成就、道德上的成长、良好品格的形成,还是对社会做出的贡献,都是教师生命意义的确证。

2. 集体性

教师劳动的特点之一是它具有集体幸福与个人幸福相统一的集体性质。任何一个优秀学生的成长都是教师集体劳动的结果,也是学生集体劳动的结果。教师只有处在团结、合作的教师集体中才能感到幸福。教师间共享劳动成果才能完成教书育人的使命。正如北京二十二中已故教师孙维刚所言:"同学们那一个个真诚的、甜甜的笑容,让你无法抗拒……我多么欢迎大家到二十二中来,来看看我的可爱的孩子们,帮助我,指导我,使我在有生之年,能和同事们一起再为人民炼一炉好钢,使我在有生之年,能再享受一次作为教师的丰收的喜悦!"① 一个不善于处理师生关系、同事关系的教师,是不可能有真正的幸福的。因此,教师的幸福要建立在超越个体利益的基础之上,要实现崇高的教育理想从而得到精神上的满足。幸福是可以传递的,每个人的心中都有一个地方承载着对自己所在意的群体的关心,当这个群体中的一分子拥有幸福时,因为这份关心,让这份幸福在群体中传递。当一名教师可以自豪地说自己所在的学校出了一名怎样优秀的学生,尽管他并没有教过那名学生,他也可以为自己与一位非常知名的教师共事而感到自豪。因为他属于这个集体,他关心他的集体,集体的荣誉让他心生幸福。

3. 持续性

幸福是一种持续的愉悦体验。教师的劳动效果具有持续性。教师对学生人格和学业上的影响具有终身性。一个品格高尚的教师在培养人才的过程中会确证自己的价值,体验到职业的幸福。无论多少年之后,每当教师拿出很多年前学生的照片或是一张贺卡、一封来信,仍然能够在教师的心里唤起一个个美好的回忆。学生的成功给教师情感上的满足是持续的、终身性的。所谓"十年树木,百年树人",一个优秀

① 中共北京市委教育工作委员会. 先锋. 北京:中国广播电视出版社,2005:154.

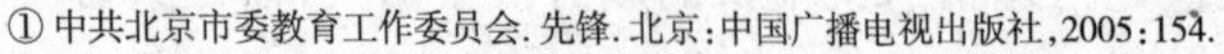

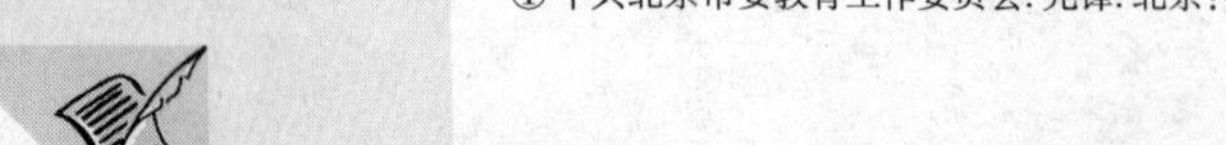

教师对学生的影响是深远的。当一位教师收到自己多年前的学生的问候时,会产生一种由衷的愉悦感和欣慰感,那是一种幸福。这种幸福是长久的,因为当一个学生对教师心存感激时,那么在他心中,将永远记得恩师的栽培之恩,并将这份记忆一直珍藏下去。生命是有限的,但铭记可以是长久的。一个优秀的教师能被学生一生铭记,甚至被世人所铭记。

(三) 树立正确的教师幸福观

教师的幸福是教师职业道德的出发点和归宿,教师的最高境界是把教育当做幸福的活动。当前,教师怎样才能树立起正确的幸福观呢?

1. 正确处理好创造幸福和享受幸福的关系

正确的幸福观强调创造幸福与享受幸福的统一,这包含两方面含义:首先,幸福是创造的结果。教师只有经过辛勤的创造性的劳动,促进学生的发展,获得自身的精神成果,才能体验到做教师的幸福。一个工作懒散、对教育事业不负责的教师是体验不到幸福的。其次,幸福在创造之中。对教师而言,在教育中生活,让教育过程成为生活本身,意味着在教育中追求幸福,意味着让教育过程成为一个创造性的过程,通过创造性的教育教学创造自我,完善自我,并在这一创造性的过程中体验幸福。对于幸福的教师来说,教育不是牺牲,而是享受,不是重复,而是创造,不是谋生的手段,而是生活本身。所以,教师要把幸福深深扎根于教育劳动的创造之中,将创造幸福和享受幸福统一起来。

教师创造幸福必须具备一定的条件。比如教师自身素质的提高,包括渊博的知识、科学的教育理念、非凡的教学技能和科研能力等。良好的素质可以为教师赢得他人和社会的尊重,不仅能使教师的尊重需要得到满足,而且能为教师的个体追求营造良好的环境。而教师素质的不断提高除了依赖教师本人的努力外,相关职能部门还应建立健全教师继续教育制度,优化教师的复合知识结构,使教师的整体素质与现代教育的过程相适应。现代素质教育要求教师具有适应时代的教学创新、知识创新能力,实现向现代素质教育的转变,以适应新的教育时代需求。通过对教师的继续教育,可以使教师拥有科学的教育理念,习得广博的知识、卓越的教学能力,掌握教育教学的规律,具备一定的科研能力。这样,教师既实现了自我提高、自我完善,同时也为教师幸福的实现创造了条件。

2. 正确处理好物质幸福和精神幸福的关系

教师的幸福生活，不仅包括物质生活，也包括精神生活，二者相互依存，缺一不可。一方面，教师的幸福离不开一定的物质条件，一定的物质生活水平是教师生存发展和创造不可缺少的前提。因此要大力改善教师的物质条件和生活待遇。另一方面，人是有精神的，幸福的生活需要有积极向上的精神风貌和丰富健康的精神生活。道德具有超越性，只有积极向上的道德支柱才能让教师在物质条件匮乏的情况下克服重重困难，追求崇高的教育理想，直到体验到教育生活的充实和幸福。

3. 正确处理好个人幸福和集体幸福的关系

一方面，个人幸福需要温馨和谐的集体氛围，集体幸福是个人幸福的基础，只有实现集体幸福，才能有个人幸福。国家的稳定，学校的和谐，是实现个人幸福的土壤。另一方面，集体由个体组成，个人幸福是集体幸福的具体表现，只有每个教师幸福了，也就实现了集体幸福。因此，个人幸福要服从集体幸福，个人幸福要融化到集体幸福之中。教师集体要关怀和维护个体幸福，尽可能为教师创造条件，充分发挥教师个体的聪明才智，实现个人幸福。只有这样，才能在更高层次上实现个人幸福和集体幸福的统一。

正如一位小学教师在博客中写道："具有了清晰而成熟的教育教学理念，是我们教师的幸福；掌握了高超的教育教学艺术，是我们教师的幸福；报纸杂志刊登了自己的教育教学经验拙作，是我们教师的幸福；自己的学生在各种竞赛中获得奖励，是我们教师的幸福；所带班级屡屡被评上优秀班级，是我们教师的幸福；得到了学生的拥戴，是我们教师的幸福；学生的毕业证和入学通知书，是我们教师的幸福；教师节学生送来的温馨贺卡和溢香鲜花，是我们教师的幸福；满天下的桃李打来的电话，是我们教师的幸福……因此，我要说，学生是我们教师的幸福源，学校就是我们教师幸福的摇篮。"

本章小结

教师职业道德范畴以内在的道德要求的形式，聚合成强大的道德调节力量，作用于教师生活。教师学习和掌握职业道德范畴，树立正确的义务观、良心观、公正观、荣誉观、幸福观，对于自觉履行道德规范，主动调节道德行为，有效解决教育矛盾，具有十分重要的现实意义。

思考与练习

1. 教师道德义务有哪些特点?
2. 教师道德良心在教育教学活动中有什么作用?
3. 联系实际谈谈教师道德公正在教育教学活动中的重要作用。
4. 教师如何处理好个人荣誉与集体荣誉的关系?
5. 教师如何树立正确的幸福观?

第四章
教师的教学道德

学习目标

通过本章学习,你应该能够:

- □ 理解教学是一种道德事业。
- □ 明晰“教学爱”的内涵。
- □ 掌握教学各阶段的道德要求。

引导案例：老师的做法符合教学道德吗？

情景一：晓红刚刚当上教师，现在某小学担任语文教师。晓红上课非常认真，但她班上有一位叫钢钢的小朋友很喜欢上课说话，晓红管了好几次都没有效果。最后，晓红在上课时把钢钢的桌子和椅子搬到了教室的角落处，那里离其他同学很远，钢钢坐在那里，落寞了许多。晓红认为她这一招很灵。你有什么看法？

讨论：你认为以上案例里教师的做法好吗？为什么？

情景二：著名教育家陶行知在学校里曾经碰到两个学生打架，他制止后，对打人的学生说："你先到办公室等我。"等他回到办公室时，那个学生已经在等他了。这时他从兜里掏出一块糖，说："你比我先到，很准时。这块糖是奖励你的。"然后，他又掏出一块糖来，说，"我让你不打，你就不打了，你很尊重我，很给我面子，这块糖奖励你。"然后，他又掏出一块糖来说："我了解了一下，你打他是因为他欺侮女生，这说明你很有正义感，因此这块糖奖励你。"这时学生已经泪流满面。哭着说："校长，我错了，他再不对，可毕竟是我的同学。"这时陶行知又拿出一块糖来说："你能主动承认错误，说明你能知错就改，是个好孩子，这块糖奖励你！"

第一节　教学道德的内涵

其实，晓红老师的做法很值得商榷。或者说，晓红老师的做法无意间违背了教学道德。我们知道，教学是学校的中心工作，教学承载着社会的主要教育目的。我们所倡导的德、智、体、美、劳等全面发展不是遥远的目标，更是教学中点点滴滴的教化。作为教师应该记住，"教学是一项道德的事业。因为，教学，就其本真而言，是人类的一项善举，是道德的。有了它，人类才得以生存、延续和发展；有了它，人类文明才得以保存、积累和丰富。一句话，有了它，人类的未来才充满着光明，充满着希望。"[①]

这个论点在教育史上有许多教育家都有论述。如赫尔巴特说："教学的最高的、最后的目的包括在这一概念之中——德行。"[②]学校体育、

① 周建平．追寻教学道德——当代中国教学道德价值问题研究．北京：教育科学出版社，2006：4.

② 张焕庭．西方资产阶级教育论著选．北京：人民教育出版社，1964：250.

科学教育、艺术教育等都可能成为道德教育的形式，而学校教学，更应当是道德教育的基本形式。关于道德、道德教育与教学的关系，赫尔巴特不承认有任何“无教育的教学”，也不认为存在“无教学的教育”。① 又如美国教育家诺丁斯所说：有“伦理上的考虑”的教师“将教学视为道德事业”。②

那么，教学道德的本质内涵是什么呢？

一、教学道德以“爱”为根基

讨论：你认为上面的案例中晓红老师的做法是一种爱的表现吗？

教学是什么的问题已经讨论了许多。如从属性上分，有论者强调教学是科学，也有论者强调教学是艺术，当然也有人强调教学是道德。强调教学是科学，则强化教学的规范性和技术性，认为教学是一种可以测量的活动，用数量就可以说明。说教学是一种艺术，则认为教学是“有教法但无定法，全靠教师的艺术发挥和教学历练。”强调教学是道德则体现在几个层面，如教学活动的道德性，教师本身的德性，教学内容和评价的道德性等。当然更多的人采取了混合的提法，说教学既是科学的，也是艺术的，更是道德的。教学的道德性首先表现为教学是一种“爱”的活动。教学的这种爱，我们称为“教学爱”。“教学爱”是教育爱的一种，主要表现在教师与学生的教学交往中。上面案例中提到的晓红老师，为了自己的教学能够顺利进行，把钢钢隔离起来，这不是“教学爱”的表现，而是在“教学爱”的旗号下做的非教学爱的事情，其行为不是教学，而是反教学的，是不道德的。那么，我们怎样理解“教学爱”呢？

（一）教学的根本是用“教学爱”唤出学生的“成长”

思考：你认为“教学爱”是一种什么样的爱。它与亲情爱有什么区别。

对学校来说，教学是学校工作的中心，也是重心。对教师来说，教学是教师的天职。教学在学校工作中如此重要是因为教学是教育的主要手段，也是教育目的内化的主要路径。教学的内涵很多，广义的教学主要包括如下环节：教学设计环节、教学过程环节、教学评价环节、课后辅导环节以及实践教学环节。“教学爱”则是教师在教学各个环节中所透出的对学生的浓厚感情。这种感情具有如下特点：(1) 是一种全时段全方位的爱。教师在其教学理念和教学行为上，处处、时时、事事都体现着的爱。这种爱不因下班而终止，不因睡眠而不念。(2) 是一种

① 班华．中学教育学．北京：人民教育出版社，1992：12.

② 诺丁斯．学会关心——教育的另一种模式．于天龙，译．北京：教育科学出版社，2003：4.

职业爱。“教学爱”是教师对教学工作的爱。教师须将“教学爱”深化为在教学设计中的爱学生、在教学过程中的爱学生、在教学评价中的爱学生、在课后辅导中的爱学生、在教学实践中的爱学生。这种爱不因面对学生而生,也不因不面对学生而灭,是一种永远为了学生的职业爱,体现的是教学的真谛。(3)是一种统一的爱。“教学爱”是理念与行动一体化的爱。“教学爱”的理念是“教学爱”的行为的源头活水;“教学爱”的行为是“教学爱”的具体表征。这种爱不因付出而求回报,不因委屈而泯灭。(4)是一种内化的爱。“教学爱”是一种浓厚的发自教师内心的职业情感体验,是全体教师所拥有的相类似的情感、心境、思想和行为。这种爱不因血缘而生,而只因“教学”而恒。

下面是一位普通教师体验到的教育案例,你认为这些做法表达了“教学爱”吗?

案例分享

教师如何去唤醒每一个人格心灵?一张张可爱的小脸,告诉我:为人师,任重而道远。

绘画课上,小朋友们都在看老师精美的示范画,按照老师教的方法和步骤画着小鱼。教师满意地巡视着,忽然发现有一个孩子画的小鱼身上竟长满一根根短刺,活像个刺猬一样,便气不打一处来,厉声说:“你画的这个是鱼吗?鱼身上有刺吗?”孩子睁大眼睛说:“我们吃鱼时候,鱼身上有很多刺,要是这些刺长在外面,人们不就逮不着它了吗?”

常识课上,老师问小朋友:“雪融化了变成什么?”大部分孩子回答说:“变成了水。”老师高兴地表扬:“哦!小朋友们真聪明!”这时,突然有一个孩子大声说:“不对,它变成了春天。”老师厉声说:“胡说,雪怎么会变成春天呢?”孩子争辩说:“雪融化了,天气就暖和了,小草绿了,桃花红了,春天也就到了,难道春天不是吃雪长大的吗?”

以上情景中,我们发现教师在利用自己的价值标准衡量幼儿的作品,教师对孩子的作品更多的只是结果性的考察,注重的只是孩子技能的掌握,忽略了作品背后的情感价值。

对待“不守常规”的孩子,我们首先应该明确:每一个“不守常

请收集一些教师表达“教学爱”的小文章,读给大家分享,认真体会教师的“教学爱”。

规"的孩子背后都潜伏着耀眼的人格光芒,关键是我们能不能发现,教师要善于发现另一面,因势利导,抛却偏见,给这样的孩子一个展示自己的机会,让他们获得最大限度的富有个性的发展。

一份没有血缘的爱,唱响中华大地;一份没有修饰的爱,染绿大地群山。师爱之重,无以为比。谨以"路漫漫其修远兮"与所有的教师们共勉,在今后的日子里与老师们共塑"师爱天堂"。

[资料来源]浙江省上虞市夏丏尊小学教师钟国根,有改编.

请仔细想一想,怎样弥补案例中一些教学情景失德对小学生的伤害?

在上面的案例中,钟老师给我们描写了许多没有爱的教学,如"老师厉声说:'你画的这个是鱼吗?鱼身上有刺吗?''胡说,雪怎么会变成春天呢?'",如果教师心中有对学生的爱,如果教师能站在学生的角度去看问题,如果教师能考虑学生的感受,这样的责问怎么会脱口而出呢?

实际上,"教学爱"是教育爱的一种表现,对于教育爱,有许多论述。阅读下面的材料,体会什么是教育爱。

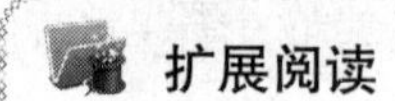

扩展阅读

教育爱是仁慈

教育爱,也就是伦理学意义上的仁慈,是一个与公正密切联系的伦理原则,因为,如果去掉对他人的爱和尊重,我们就无法真正地实现公正。正如道德哲学家佛兰克纳所言:"仁慈也许不是必要的,却是令人向往的。"正因为如此,无论东方(儒家三达德—— 智、仁、勇)还是西方(基督教的神学三德——信、望、爱),都把它列为核心伦理范畴之一。

请仔细想一想教育爱还应该有些什么核心要素?

仁慈在中文中的意思主要是仁爱、慈善。在儒家伦理思想中有过详尽的论述。从史料中我们可以看出,仁的概念最早具有血亲之爱的特质,又由近及远,发展为一种泽被天下的全面德性。孟子曾经形象地表述为"老吾老以及人之老,幼吾幼以及人之幼"。汉代思想家董仲舒进一步提出"仁而不智,则爱而不制也"。从而为仁慈添加了一个新内涵:对人的爱心应当有智慧、有策略和规范。

西方学者对仁慈的解释与我国思想家大同小异。作为神学三德(信、望、爱)之一,宗教伦理学家更加强调它的宽恕美德:作为一种责任,仁慈无疑是"超过要求的责任",公正只要求保证彼此权益

受到公平对待，仁慈则超越这一标准，做得更多。所以，仁慈是一种在某种意义上超越公正、给予性更强的德性原则。

综上所述，我们可以这样来理解：仁慈就是具有高度理智性和超越性的爱心与宽恕。

［资料来源］幽谷百合轩．教育爱是一种行为能力．http://hi.baidu.com/atlbcjl/blog/item/4f90dd5504565b59574e0063.html．有删节和改动．

（二）“教学爱”是师德的主要体现

师爱为魂。“师爱”是教师对学生无私的爱，它是师德的核心，即“师魂”。教师对学生的爱是一种特殊的情感，是一种无私的爱。教师爱学生的目的在于让学生用同样善良、真诚之心去爱自己，爱父母，爱他人，爱集体，爱社会，爱国家。教师要把爱洒向每一个学生，使每个学生都能体会到自己在集体中的地位是完全平等的。教师的爱是每个教师的精神财富，也是人类的精神财富。教师要具有无私的爱，必须高度重视个人修养，端正教学态度，更新知识结构，以高尚的人格、渊博的学识、博大无私的情怀去感染学生，成为学生心中的楷模。教师尤其要注意对后进生、问题学生或处于困境中的学生的爱，要有一种博爱偏爱之心，要以海纳百川的博大胸怀，帮助他们克服自卑，树立自信，培养他们积极向上的无止境的追求精神，培养他们健康的人格，用自己的言行影响学生，感动学生，改变学生，使自己的爱真正放射光芒，照亮学生的光辉前程。既然选择了教师职业，就要无怨无悔地、心甘情愿地把自己的一生交给教育事业。要爱这个岗位，就要不仅仅把它当做职业，当做谋生手段，而是把这项工作当做自己的事业，作为自己人生的追求。

思考：在教学中有许多道德规范，如公平、尊重、引导、奉献等，这些规范和“师爱”有什么关系？

当然，对“教学爱”的理解不限于此，阅读下面的文章，仔细体会一下郭思乐教授的“教之大德，在于贵生”。

扩展阅读

教之大德，在于贵生

对师德有许多描述，如“学高为师，身正为范”等，这些当然都是基本的和正确的。但我们认为，今天教师最重要的师德，大德，就是

竭尽全力使他的学生得到最好的发展。

为此,教师首先要知道学生最好的发展指的是什么。所谓最好的发展,我们可能以为是指用社会规则来衡量的发展,但过去仅以外界的评价标准来做尺子,却把学生搞得不胜其苦,而发展不大。问题就出在人的发展其实仍应以人自身的需求和发展来衡量。这是因为人充分自由的发展才是教育要真正追求的目标,而且,"只要有了人,什么人间奇迹也可以创造出来",人的充分自由的发展最终定会符合社会规则。又如子思所说,"天命为之性,率性为之道,修道为之教"。天生其善,善莫大焉,让孩子们过自由宽广的生活,率性而行,一定是美好的,是符合社会的基本法则的。

……

教育是什么?是实现人的成长发展。而人的成长发展,又是以其本人为主体的。没有什么人可以代替他。所以,我们在教育中,要关心的是人的发展状态:人是不是自主的,自由的,被激励的,因为只有自主和自由,学生的全部生命的活力才能迸发出来,从而得到最大的发展。据此,教师的最大的爱,是知道我们的孩子们是天之骄子,是万物之灵;是大自然之极美和至爱,人类亿万年的等待,才出现了他,我们要让他把其精华在人世间亮丽出来,由此,对孩子们最大的爱,就是使之在人类社会需要的空间里得到充分的自由。我们教育者是"人类社会需要的空间"的熟悉者,是识途老马,可以带路,然而仅仅是带路而已,最重要的是,让他们一旦得知道路,不用扬鞭自奋蹄,疾驰而去。重复一句,我们对孩子们最大的爱,就是还给他们最大的自主。

愿意俯首甘为孺子牛,为之改变自己,摆脱传统习惯,认识孩子,改革教育,激扬生命,使孩子们生气勃勃,这就是我们今天需要的教育工作者之大德。大德贵生,贵学生,贵生命,贵生命的朝气蓬勃。

[资料来源] 郭思乐. 教之大德,在于贵生.http://blog.qq.com/qzone/622000354/1224230012.htm. 有改编.

你同意郭教授的"我们对孩子们最大的爱,就是还给他们最大的自主"的观点吗?体会郭教授"自主"的含义。

二、教学过程也是德育过程

教学活动是在教学过程中展开的,教学活动的任务有许多,比如

掌握知识、习得技能、拓展智慧、培育品德。我们知道,知识是中性的,无所谓价值判断,技能是中性的,无所谓好坏,但智慧和品德则具有价值判断性,是在教学过程中培育的。教学不但是知识传授的过程,也是德育过程。

(一) 教学永远具有教育性

教学永远具有教育性,不存在任何"无教育的教学"。其要义在于:第一,教学各个环节都具有教育性。也就是说,教学从教学设计起就具有了教育性。这种教育性是镶嵌在教师的教学设计观念中,是教师对教学内容的理解和再生,是教师对教学过程的预设。这种预设潜藏着教学道德,是教学道德性的原点。目前流行的一种观点认为,通过教学进行道德教育就是"把德育渗透到教学中去"。这种观点没有把握教学具有教育性的本质,是一种外围的观念。其实,教学的德育不需渗透,其本身就是道德承诺。周建平教授认为,"就教学而言,其道德性至少可以从三个方面去理解:教学是促进人与文化双向生成的活动;教学是师生共享共生的活动;教学是尊重人的自主和理解的活动。"①第二,教学各要素都具有教育性。尽管大家对教学要素的组成有不同的看法,但教学要素都具有教育性是可以证明的。拿教学三要素说,教师、学生、教学内容,哪一个都具有教育性。教师的教育性不正自明。学生的教育性在于学生本身是一个价值主体和客体的统一,具有可教育性以及教育性。学生的可教育性也不用证明,学生的教育性在于学生具有教育他人的价值。每个学生都是负载着教育性的主体。教学内容是教育者价值活动的结果,其本身可能存在价值中立,但在它转换为课程知识的过程中,经过教育处理,已经被赋予了一定的教育价值,也许已有的教学内容看上去与价值无涉,却蕴涵着隐性价值。如果再增加一个要素,如教学的组织形式,看上去似乎是价值中立的,但良好的、适应学生发展的教学组织形式对教学方法的选用、师生关系的改善、课堂氛围的营造都是价值活动的结果,对学生的良好品德形成具有熏陶感染的作用。

教学是人为的为人的活动,本身就具有人的目的性,从这个角度说,教学也是具有教育性的,教育性必然是道德的,你同意这个观点吗?

班华教授认为"教学永远具有教育性"至少有以下两个方面的含义:(1)教学全过程以及教学过程的各个方面都含有教育性,全过程是从教学时间的延续性来说的,教育性贯穿教学活动的始终;教学过程的各个方面是从空间意义上说的,即教育性体现在教学活动的各个方

① 周建平.追寻教学道德——当代中国教学道德价值问题研究.北京:教育科学出版社,2006:18.

面。(2)“教学永远具有教育性”,从教育影响的性质来说,有积极的,有消极的;从影响的方式说,有的是显性的,有的是隐性的;从教学活动参与者对教育性的认识说,有的是认识到的、自觉的,有的是没有认识到、不自觉的。因此,我们应当努力提高自己的教育自觉性,善于发掘、利用其积极的影响,防止、克服负面的、消极的影响。[①]

(二)教学是实现德育的基本形式,其过程本身也是德育过程

大家已经公认,教学是学校的中心工作,同时也是学校教育的基本形式,是实现教育目的的重要渠道。同样,教学也是实现德育目标的基本形式。首先,学校以教学为主。教学在学校全部教育活动中所占时间最多,在各种形式的教育活动中,教学活动的计划性强,目标明确,组织程度高。其次,学生在学校的主要时间是在教学活动中度过的。学习是学生时期的主导活动,课堂学习是学生学习活动的主要形式。教学过程就是学生智慧成长和德性成长的过程。学习活动本身是学生的精神生活,是学生的生命活动,是学生精神成长的过程。再次,作为德育组织形式的教学,参与的教师面广,而不限于“专门的”或专职的德育教师,所有任课教师共同承担教育责任。在教育过程中,每个教师总是这样或那样地影响着学生的成长,不是给予积极的影响,就是给予消极影响;不是自觉地施予影响,就是不自觉地产生影响。在这个意义上说,每个教师都是德育教师。因此,教学活动不仅仅是实现智育目标的活动,也是实现体育目标、德育目标、美育目标的活动。总之,教学是实现各种教育目标的活动,也是实现道德目标的活动。实现道德教育目标的教学过程,也是道德教育过程。

毫无疑问,德育必须借助于具体的教育教学活动才能得以实施,教学是实施德育的基本形式,这也表明教学应当成为一种道德事业。而当我们从道德事业的角度来看待教学时,必然能更好地组织教学活动,更自觉地运用好这种德育形式。

扩展阅读

纯粹的教学

教育作为人类生活的基本形式,必须是与生活本身的主旨相一致并有利于提升这种生活的,因而,帮助人类提升创造幸福的现实

① 班华 . 让教学成为道德的事业 . 教育研究,2007(12):12–16.

能力与感受力便成为自古以来教育崇尚的价值目标。

道德的教学未必排斥伦理规范的作用。人类发展的未完善性，人性的不完美性，以及教学的社会性，客观上都需要适度伦理规范的约束，但重要的是，规范的目的及其设定一定是基于人性的、民主的考虑，规范是为了更大的自由，而不是根本的限制自由。或者说，教学的道德性并不意味着纵容个人化的自以为是，“怎么都行”，相反，规范在很大程度上保障着教学的纯粹性。

纯粹的教学是完全以人为中心，并且时刻为人着想。学生可以在心理安全的氛围中自由诞生精彩观念，沉浸在教师所引发的认知的、审美的与探究的情趣之中。尽管教学的秩序缺乏“井然”，教学节奏不够流畅、连贯，甚至难免出现“冷场”和“突发事件”，也没有精美复杂的现代技术手段，但师生却不会觉得有什么异常，因为一切都是真实而自然地发生。纯粹的教学不但以追求生活幸福为终极目的，还讲求“以善致善”的方式获得这种目的，不会以压抑、扭曲、规避当下的师生生活为代价换取未来的幸福。只有纯粹的教学，才是教学本身，它作为一种标尺，使一切不道德的、不人性的，甚至功利的“反教学”相形见绌。

真正优秀的教学一定首先是纯粹的教学。是鼓励自由探究、尊重个性化发展的，是真实的心灵沟通而不是表演。

[资料来源] 刘万海．关于教学道德性的原点审思．全球教育展望，2007(1):38.

第二节　教学各阶段中的教学道德

一般说来，教学阶段包括教学设计阶段、教学过程阶段、教学评价阶段以及教学辅导阶段。各个阶段的都应该坚持教学道德的本质：教学爱。本节主要讨论教学设计和实施阶段的道德要求。

一、教学设计中的道德要求

教学设计不是一种纯技术的活动，而是充满价值判断的活动，是一种道德设计。好的教学设计洋溢着教学爱的元素，是教师教学道德在教师思维中的预演。阅读以下浙江省著名语文特级教师王崧舟的一

篇教学设计,体会其中的教学道德意蕴。

案例分享

王崧舟老师的教学设计——《草船借箭》

设计理念:基于“研究性学习”理论的“研究性阅读”教学模式,重在培养学生的自主阅读、自主感悟、自主发展的语文综合素养。《草船借箭》一文,无论是从课文主题、人物形象看,还是从写作手法、语言风格看,都是实施“研究性阅读”教学模式的极好载体。

设计意图:(1)通读课文,把握研究主题。在学生初读课文、整体感知全部到位的基础上,引导学生找出课文中哪个词语最有研究价值。经研究后一般会认定为“神机妙算”。(2)精读课文,领悟研究策略。(3)回读课文,类化研究体验。

教学过程:

教师引入:“请同学们自由读‘雾中借箭’这部分内容,把你认为最能表现诸葛亮神机妙算的句子划出来,再用心体会,诸葛亮到底神在哪里、妙在何处。”

以“诸葛亮知天文”为例,教学过程设想如下:

1.“谁来说说,你从课文的哪些词句中体会到了诸葛亮的神机妙算?”(指名回答:这时候大雾漫天,江上连面对面都看不清。)

“这场大雾,诸葛亮和鲁肃都看到了。请大家体会体会,鲁肃看到这场大雾会是一种怎样的心情?”(“鲁肃会感到很害怕。那么大的雾,船要是误进了曹军的水寨怎么办?”“鲁肃会大吃一惊:前两天还是好好的,怎么现在会有这样大的雾?”)

“假如你是鲁肃,怎么读这个句子?”(引导学生读出害怕、吃惊的语气。)

“那么,诸葛亮看到这场大雾又会是一种怎样的心情呢?”(诸葛亮会暗自高兴。这场大雾,我在三天之前就已料到。)

“假如你是诸葛亮,怎么读这个句子?”(引导学生读出暗喜、得意的语气。)

2.“但是,光读这句话,就能看出诸葛亮的神机妙算吗?不能!为什么?因为这场大雾也许是凑巧碰上的呢?所以,你得再往前面读一读,你得联系联系上文。谁找到了可以联系的句子?”(指名口

答：第一天，不见诸葛亮有什么动静；第二天，仍然不见诸葛亮有什么动静；直到第三天四更时候，诸葛亮秘密地把鲁肃请到船里。）（引导学生反复诵读此句，要读出诸葛亮的胸有成竹、从容不迫。在读中悟到诸葛亮早在三天之前就已算准了这场大雾。）

“不过，我觉得这个句子写得太啰唆！前两天不是没动静嘛，没动静有什么可写的？完全可以写成这样嘛：第三天四更时候，诸葛亮秘密地把鲁肃请到船里。这样写既清楚又简练，多好！改不改？为什么？”（组织学生讨论。）

3.“只有这样写，我们才能真正体会到诸葛亮的胸有成竹。大家看，这就是神机妙算的诸葛亮！”（引导学生反复诵读周瑜的一声叹息：“诸葛亮神机妙算，我真不如他！”）

在读好周瑜的长叹一声之后，教师对研读的策略做如下概括：“刚才，我们通过抓住前后句子之间的联系，真正体会到了诸葛亮的神机妙算。同学们，用联系的方法来研究问题，这是一种非常重要的读书能力。请大家用这种方法，再次研究‘雾中借箭’这部分内容，看看你还能从哪些句子的联系中读懂诸葛亮的神机妙算？”学生研读，教师巡视。读后组织交流。

4.“谁来说说，你从哪两个句子的联系中读懂了诸葛亮的神机妙算？”（指名口答：(1)诸葛亮笑着说：“雾这样大，曹操一定不敢派兵出来。我们只管饮酒取乐，天亮了就回去。”(2)曹操在营寨里听到鼓声和呐喊声，就下令说：“江上雾很大，敌人忽然来攻，我们看不清虚实，不要轻易出动。只叫弓弩手朝他们射箭，不让他们近前。”）

“《草船借箭》这篇课文中，写诸葛亮说话的地方有11处之多，但只有这个地方写到了诸葛亮的笑。你们说，诸葛亮他在笑谁？”（联系鲁肃的吃惊，指出他在笑鲁肃的忠厚老实、不知底细，这是宽厚的笑、幽默的笑；联系曹操一定不敢派兵出来，指出他在笑曹操的生性多疑、轻易中计，这是讽刺的笑、轻蔑的笑；联系“我们只管饮酒取乐，天亮了就回去”，指出他在笑周瑜的自不量力、阴谋落空，这是潇洒的笑、胜利的笑。）

5.“老师觉得诸葛亮的话并没有说完。‘雾这样大，曹操一定不敢派兵出来……’这是话中有话、话后有话呀！你能把诸葛亮没说出来的话写出来吗？”（学生练笔，写后组织全班交流。）

学生交流例示：（略）

请想一想，王老师的教学设计包含着哪些教学道德品性？

"你们真是诸葛亮的知音啊！既然如此，那课文为什么不把这些话写出来呢？"（引导学生体会语言的含蓄，留有回味的余地。）

6. 以"懂地利"为例，感悟诸葛亮的神机妙算。

（引导学生找出：(1) 诸葛亮又下令把船掉过来，船头朝东，船尾朝西，仍旧擂鼓呐喊，逼近曹军水寨去受箭。(2) 曹操知道上了当，可是这边的船顺风顺水，已经飞一样地放回20多里，追也来不及了。）讨论：诸葛亮是怎样算准借箭的地理位置的。

王老师的教学设计充分体现了当代教学设计的道德要求，这些要求是：学生为本、优化为纲、创新为贵。

你同意本书提出的教师设计道德应该是学生为本、优化为纲、创新为贵的观点吗？

（一）设计要以学生为本

1. 学生为本的含义

教学是在教师指导下的学生系统学习过程。当代教学设计强调以学生为本。所谓以学生为本，简单地说，包括二层含义：第一层含义是"以学生的学为本"；第二层含义是"以学生的发展为本"。其中"以学生的学为本"是基础和前提；"以学生的发展为本"是归宿和目的。从本质上讲，教学设计是"一个分析教学问题、设计解决方法、对解决方法进行试行、评价试行结果，并在评价的基础上修改方法的过程。"其目的是"获得解决问题的最优方法"。而开发学生的学习潜能、塑造学生的健全人格，以促进学生的全面发展是"以学生为本"的现代课堂教学设计的最终目的。

2. 传统教学设计的弊端

强调教学设计的道德品质是以学生为本，是因为传统的教学设计所具有的弊端。有研究指出，传统的教学设计具有如下特征：①

特征一：传统的"课堂教学设计"以教师的教为本位。学生的学只能围绕教师的教而转。从而使学生只能处于"观众"的席位，丧失了学习过程中学生的自主性和主动性。

特征二：传统的"课堂教学设计"以书本知识为本位。忽视了师生之间、学生与学生之间应有的情感交流。从而使学生只能获得僵化的知识，丧失了学习过程中学生的情感性和发展性。

特征三：传统的"课堂教学设计"以静态教案为本位。学生只能被

① 沈建民，谢利民．以学生为本：现代课堂教学设计的基本理念．http://www.xhedu.sh.cn/cms/data/html/doc/2003-12/15/36432/

动适应。从而使教师对教材、教案的认知过程代替了学生对学习内容的认知过程,丧失了学习过程中学生的能动性和创造性。

3. 学生为本教学设计的标准

基于以上认识,沈建民、谢利民教授提出,以学生为本的教学设计必须符合如下标准:

第一,要由以教师的教为本位的教学观转向以学生的学为本位的教学观。但强调以学生的学为本位的教学观并不否认教师在现代课堂教学中的主导作用和在现代课堂教学设计中的主体地位,而是要教师明确现代课堂教学设计首先是为学生的有效学习服务的。这也是加涅所倡导的"为学习设计教学"理念的体现。为此,"以学生为本"的现代课堂教学设计应首先着眼于学生学习的实际起点才能确定,根据学生学习的实际起点再来确定适应于学生学习的教学起点,编制有助于学生学习潜能开发的学习目标和实施有利于学生人格整合发展的形成性评价方案。

第二,要由以书本知识为本位的价值观转向以学生发展为本位的价值观。但强调以学生发展为本位的价值观并非不要传授书中知识,而是要把传授书本知识服从、服务于促进学生的有个性、可持续、全面和谐的发展。为此,"以学生为本"的现代课堂教学设计必须着眼于更新原有的知识观。"知识的直观性、形象性、情感化、个性化、活动化、智慧化是学生通往发展的必经之路。"更进一步说,就是在现代课堂教学设计中要把"学科教材的知识"转化为"教师的学科知识",在课堂教学实施中再把"教师的学科知识"转化为"学生的知识"。借助于教师激活知识和播种活的知识,通过学生积极、主动的思维和创造性的探索活动,使"学生的知识"获得"生成和生长"。从"广义知识"的视角来看,也就是说,使学生不仅获得陈述性知识和程序性知识,而且还要习得策略性知识——有关的学习策略,以促进学生的可持续发展,适应现代学习化社会里"知识高速更新"的状况。

第三,要由以静态教案为本位的备课观转向以动态方案为本位的设计观。这应是以学生的学为本位的教学观和以学生的发展为本位的价值观的必然选择。这也是教学设计的本质属性,因为教学设计是一个动态的过程。但强调以动态方案为本位的设计观并非要全盘否定静态教案,而是要以一定的"静态教案"为基础,根据课堂上学生学习的实际的反馈情况再作出动态的、实时的调整。因为根据课堂上学生学习的实际的反馈情况,在一定的"静态教案"中原先设定的"教学起点"

可能不是实际的教学起点；原先设定的教学难点可能不全成为教学难点或还有新的教学难点；等等。因此，教学方案必须要从以显性为主转向以隐性为主，使教学方案能成为有助于学生学习和有利于促进学生有个性的、可持续性的、全面和谐发展的动态方案。

（二）设计要以优化为纲

请根据教学设计的道德要求分析一下前面的教学设计案例。

1. 教学设计的优化理解

教学之所以要设计就是求其过程和结果的优化，因为教学是一个有目的的活动，并且教学活动是以时间为单位，需要进行效益计算的。无效率的教学设计和无学生的教学设计一样是不道德的教学设计。因此，教学设计还需要注重设计的优化。教学设计优化的内涵非常丰富，但主要内容涉及教师有目的地选择教学过程的最佳方案，保证在规定的时间内使教学和教育任务的解决达到最好的效果。教学过程最优化的方法体系则为规定教学任务、确定教学内容、优选教学方法和手段、选择教学速度和分析教学结果提出教和学的最优化方法。

2. 教学设计优化的要求

(1) 教学目标最优化

教学目标具有导向、激励、评价等功能，因此，教学目标的准确定位，是教学过程最优化的首要任务。

教学目标的准确定位，除应遵循教育规律和教学原则之外，还应符合素质教育对学生全面发展的基本要求。因此，教学目标最优化的特征，应体现于目标设计的完整性（整体性）、可操作性和适切性三大方面。

教学目标的完整性，是指目标设计应包含教学性教学目标（认知目标）、发展性教学目标（能力目标）和教育性教学目标（情感性目标）三大内容。教学目标的可操作性，是指描述目标到达度所采用的行为动词（如了解、理解、应用等）的层次性和准确性。教学目标的适切性是指目标设计在逐级分解时应注意尽量接近学生的“最近发展区”，也即教学目标的设计应当要求适度，防止目标要求太大、太高，或脱离学生的认知水平与认知心理。

(2) 教学内容最优化

教师应根据教学目标确定有效的教学内容，并根据学生的认知水平确定教学重点和难点；同时，还必须根据学生的不同层次掌握好教学内容的深度、广度和容量，尽量避免照本宣科。

教学内容最优化的特征，应该是教师所确定的教学内容的有效

性、系统性和有序性，以及教师在呈现教学内容时的简约性、条理性和逻辑性。

(3) 教学策略最优化

教学策略是指对整个教学过程的策划或谋略，其中，包括了对教学方式、教学方法和教学手段的选择。

教学策略的选择，同样应遵循教学规律和教学原则，体现素质教育的基本要求。因此，教学策略最优化的特征应是：①符合简约性、发展性、教育性和教学相长的教学规律；②符合启发性、直观性、巩固性、科学性与思想性相统一的原则，遵循理论联系实际、循序渐进、因材施教的教学原则；③符合面向全体、全面发展的素质教育质量观，以学生为主体的学生观，民主、平等、和谐、合作的教学观和优质高效的效能观，使教学过程成为学生全身心参与的认知活动和意向活动的统一过程，成为学生对知识、技能、情意的内化和外显的统一过程；④教师重视教法的设计和学法的指导，充分体现教师主导地位的发挥和驾驭课堂教学的能力；⑤教师重视传统媒体与现代媒体的有机结合，并做到使用适时、适量、适度、有效。

(4) 教学评价最优化

教学评价是教师判断教学效果，检查学生对知识理解、掌握的程度的一种手段，也是检测教学目标到达度，及时做好调控的有效方法。

教学过程的教学评价分为形成性评价和总结性评价两种。一是形成性评价最优化，其特征如下：①评价及时，形式多样，内容丰富，质量较高，能充分活跃学生的思维并检查学生对知识、技能掌握的情况；②教师能及时做好点评和调控，并做到个别化辅导。二是总结性评价最优化的特征，其特征如下：①试题的知识覆盖面广，并突出教学的重点和难点；②既重视对学生理论知识方面的测评，也重视对学生实践动手能力和综合能力方面的测评。

(三) 设计要以创新为贵

教学设计的基本道德强调以学生为本和优化设计，同时，创新教学设计，尊重别人的知识产权也是教学设计中教师应该具有的品质。教学设计是课堂教学的起点，教学设计的成败直接影响着教学效果。流于形式的一般设计或粗糙设计，最终会导致教学低效、无效甚至负效。因此，我们提倡以教材为依据、以问题为纽带、以学生为核心进行创新设计，追求教学过程的最优化和教学效果的最大化。

扩展阅读

创新课堂设计的一般原则

1. 根据教师的自身素养进行设计。教师是教学设计的主角，好的教学设计应充分体现教师的个性色彩，体现教师独特的教学风格，而不能人云亦云，更不能简单照搬别人的东西，落得个邯郸学步的下场。为此，我们必须充分了解自身的特长、优势，扬己之长，避己之短，这样才能在教学实践中自如驾驭课堂，展示自我风采。

2. 根据教材的特点进行设计。教材是设计的依据，任何创新设计都必须建立在充分研究文本的基础上，而研究文本的首要任务是辨识其与其他文本的区别，例如体裁、主旨、表现技巧，乃至该文本在本年级、本书、本单元中的地位等，进而根据自己的判断来决定采取何种创新设计的方法。总之，不同的文本应有不同的设计策略。

3. 根据学生的实际情况进行设计。教学设计应树立学生观，为学生而设计、为学习而设计是创新设计的基点。学生是课堂设计水平高低的真正评判者，教师不能以自己的理解简单地推测学生的理解。创新必须符合学生的实际情况，比如年龄特征、思维发展水平、认知水平、先前已有的知识积累、不同的学校、不同的生源等，都是我们必须充分考虑的因素。例如点评法就是一种较好的教学设计，但它更多地适合于基础较好、有相当的评判能力和创新能力的学生。如果我们不能确定合理的教学起点，简单照搬别人的做法，最终极有可能落得出力不讨好的结果。总之，要成为有效的教学设计者，教师必须深入理解和把握教育的本质规律，树立全新的教育教学理念，以学生为本，以学生的有效接受作为创新设计的出发点和终结点。

讨论：请根据教育学有关教学设计的知识以及课程知识讨论教学过程中的道德品性。

4. 根据课堂教学的具体情境进行随机生成设计。教学设计是理想化监控的产物，但课堂却是随时变化的，因此创新设计应是动态性设计，应预留根据具体的教学情境随时调整的空间，特别应抓住课堂上即时出现的亮点进行创新设计，以体现教师的教学智慧。

［资料来源］陈国林．课堂创新教学设计策略 .http://www.zhyww.cn/teacher/200804/8330.html.

二、教学实施中的道德要求

教学实施是按照教学设计的要求,对教学活动进行实际展开的过程。由于教学要素的复杂性,教学设计也日益呈现出复杂性特征,因此,教学过程的展开具有不同的形式。历史上,主要形成了以教为主的教学展开过程观、以学为主的教学展开过程观。两种教学过程展开观各有利弊,道德要求分述如下。事实上,这两种教学过程观不存在明显的好坏之分,“以教为主”的教学展开过程观和“以学为主”的教学过程展开观逐渐凝练成“教学一体”的教学过程展开观。无论哪一种形式,在教学实施中教师都可以采用,但有道德的教学实施一定要考虑教学的适用性、公平性、和谐性、科学性、发展性等教学道德品性。

(一) 以教为主的教学展开过程观及其道德要求

以教为主的教学过程观以昆体良、赫尔巴特、席勒、凯洛夫为代表。昆体良三顺序递进教学展开观:模仿—理论—练习。以语言教学为例,具体的操作是:首先由教师朗读课文,学生跟读;接着教师讲评课文,包括有关词源和文法特点的注释,以及有关历史、神话、哲学和自然科学的旁注,同时,学生将教师的评注记录并熟记;最后学生对作品进行评论,比较等。[①] 赫尔巴特的教学展开观:(1)明了,即把被研究的物体分解为若干部分,引起学生的注意;(2)联想,把新旧知识联系起来;(3)系统,在特有的关系中认识事物,把新观念纳入到原有观念中;(4)方法,通过观察每个事实在系统中的地位来检查系统。后来席勒(T.Ziller,1817—1882)改进了这一过程,提出了教学过程的五个环节说[②],其顺序是:(1)准备,(2)呈现,(3)联想,(4)概括,(5)应用。凯洛夫的教学展开观:(1)组织教学(2分钟);(2)检查家庭作业(3~8分钟);(3)呈现新学课题(5~10分钟);(4)阐述新教材(10~20分钟);(5)巩固新教材(10分钟)(6)布置家庭作业(5~8分钟)。[③]

以教为主的教学过程观的基本假设:教师是知识的前占有者,是教学过程的领导者,也是教学效果的评判者。由教师主导的教学过程具有学习效率高、学习系统化和易于组织的特点,在规模教学形成后一直成为教学过程的主要模式。毫无疑问,以教为主导的教学过程具有比较明显的缺点:教师中心、程式僵化、忽视学生的本身资源等。

① 曹孚.外国教育史.北京:人民教育出版社,1979:40.

② 李定仁.教学思想发展史略.兰州:甘肃教育出版社,2004:95-96.

③ 一般认为,凯洛夫的教学是五环节:组织上课、检查复习、教授新课、检查与巩固新课和布置家庭作业。

为了使以教主导的教学过程充满教学道德，教师应该遵循如下道德要求，处理好一些教学矛盾。

1. 遵循教学双边性教学规律，处理好教师主导与学生主体之间的关系

教学是一个由教师、学生、教学内容、教学策略、教学评价、教学环境等组成的复杂系统。其中教师、学生和教学中介构成教学系统的主要元素。在这些要素中，具有主观能动性的是教师和学生。同时教师和学生构成教学过程的主要矛盾，矛盾的焦点是教师的教和学生的学，因此，教学过程一定是一个教师和学生双边互动、相互依存的过程，在这个过程中，有道德的教学一定要处理好教与学的逻辑关系。

教与学作为教学过程中两项主要活动，其间的逻辑关系至少有四种：(1)教等于学。指教师教多少，学生也学多少，也就是人们常说的"名师出高徒"的关系。(2)学多于教。指学生所学多于教师所教，即所谓"青出于蓝而胜于蓝"。(3)教大于学。指学生对于教师所教的东西无法全部吸收，只能学到部分内容。至于每个学生究竟能学到多少，则取决于学生个人的能力和努力程度。(4)有教无学。指学生对教师的教授内容全然不知，没有学到教师计划要教的东西，但不排除学生也可能从教师的特定教学中，学到教师没有预期的东西。从上可见，有道德的教学应该达到学多于教的效果，让教学促进学生的发展。为此，教师应该从教学爱出发，根据以教为主的教学过程特点，有目的、有计划地通过"传道、授业、解惑"，将学生培养成为全面发展的有用人才。在教学策略上积极运用罗森塔尔效应，激发学生参与教学过程的积极性，在发挥教师主导的进程中避免忽视学生主体的能动性。教师要善于为学生发展搭建脚手架，达到最近发展区的效果。

2. 遵循教学认识过程简约性规律，处理好全体与差异的关系

讨论：有人说：遵循教学规律是"教学真"的体现，处理好其中的关系是"教学善"的体现。请就此发表你的观点。

在教学过程中，教师引导学生掌握知识的过程就是把人类的认识成果转化为学生个体认识的过程。这一有组织的认识过程所要解决的问题，主要就是怎样把人类积累起来的基本认识最有效地转化到新生一代个体的认识中去，教学过程是人类总体认识和学生个体认识之间重要的联系环节和纽带，这就决定了它必然是一种简约的、经过提炼了的认识过程。学生在教学中的认识过程，从认识的对象、认识的环境到认识的活动等都有着它自身的规律和特点。教师必须遵循这些特点，同时由于以教为主的教学过程主要是沿着教师预设的教学过程展开，教师容易把全体学生假设为一个在各方面都均等的学生，在教学

目标的设定、教学方法的选择、教学评价的设计上做到整齐划一，强调目标的统一性，从而忽略个别差异。有道德的教学必须在遵循教学认识过程简约性的前提下，全面处理好全体与差异的关系，尊重每个学生的发展权力。这就要求教师要及时了解并尊重学生的个体差异，积极评价学生的创新思维，从而建立一种平等、信任、理解和相互尊重的和谐师生关系，营造民主的课堂教学环境，学生才会在此环境中大胆发表自己的见解，展示自己的个性。另外，对于有困难的学生，教师要给予及时的关照与帮助，要鼓励他们主动参与教学活动，尝试用自己的方式去解决问题，发表自己的看法；教师要及时地肯定他们的点滴进步，对出现的错误要耐心地引导，帮助他们分析其产生的原因，并鼓励他们自己去改正，从而增强学习的兴趣和信心。

3. 遵循教学和发展辩证统一规律，处理好知识学习和能力发展的关系

教学和发展是从教学结果或教学目标而言。一般认为，教学过程结束后，学生应该在知识上得到积累、技能上获得提高、方法上取得进步、态度上得到改善、价值观方面得到发展。换言之，教学和发展是相互促进的辩证关系，也是互为因果的统一过程。教学既是向学生传授系统文化知识和技巧的过程，又是发展学生智能的过程，因此，学生掌握知识、技能和发展智能是统一在教学过程中的。掌握知识、技能与发展智能是相互依存、相互影响的，具体表现在：掌握知识、技能以一定的智能为前提，智能制约着掌握知识技能的深浅、难易、快慢与巩固程度；而知识技能的掌握又会导致智能的提高和发展。正因为这样，有道德的教学必须遵循教学和发展辩证统一的规律，用教学促进发展，让发展带动教学，处理好知识学习和能力发展的关系。要做到教学和发展的辩证统一，要求教师在教学过程中充分挖掘隐含在知识中的方法论、价值观因素，既注重基础知识的教学，又重视文化态度的形成；既善于呈现知识发展结果，又善于展示知识形成的过程；既引导学生掌握知识和技能，又引导学生掌握获取知识的方法，做到兼顾三维目标的统一达成。

（二）以学为主的教学过程展开观及其教学道德要求

我国古代的教学环节观主要是以学为主的。《中庸》中的“博学之，审问之、慎思之、明辨之、笃行之。”学记中的“大学之法，禁于未发之谓豫，当其可之谓时，不陵节时而施之谓孙，相观而善之谓摩。”豫、时、孙、摩，即现在的唤起兴趣、及时导入、预先防止、讨论观摩。

当代一些教育心理学家也持以学为主的教学过程观。(1) 格式塔

心理学家认为教学过程里学习者整体感知—联想—顿悟的过程;(2)行为主义心理学家认为教学是对学习者提出刺激—反映—强化的过程;(3)社会学习倡导者杜威认为教学过程应该是从实际生活中形成问题—观察—调查问题—认清问题症结所在—搜集解决问题所需资料—考虑各种解决方案—研究方案—做出假设—实际应用—验证假设的过程;(4)认知学习理论代表布鲁纳提出发现学习的情境—探究—发现三过程;(5)保加利亚洛扎诺夫的暗示教学法提出了伸展运动—提出课题—表演的三环节教学过程;(6)非指导性教学的创建者罗杰斯提出了确定情境—探索问题—发展洞察—计划与决策—统整五环节教学过程。这些都是以学为主的教学过程观。以学为主的教学过程在教学道德上具有如下要求。

1. 遵循主体性教学规律,促使学生积极有效地参与教学

以学为主的教学过程强调学生参与教学过程的主动性和有效性。为此,在教学过程中,教师应该设计和展开有效活动,因为主体参与与活动密切相关,活动是它的目的、对象与内容。主体参与作为前提,对活动具有发轫功能;作为过程,对活动质量具有影响作用。只有在活动中发挥出合理的主体性,活动才是发展性活动,也才是有效活动。因此,主体性教学强调教学活动展开中学生主体的有效参与。有道德的以学为主的教学过程要求教师在教学过程展开中遵循如下轨迹:在教学初,教师可邀请学生共同进行主体教学的设计准备,提高“前教学”质量。师生在现代教学理论的指导下,以学生的最优发展为目的,共同策划教学活动方案与教学过程。同时,积极挖掘优质的、富有教育与发展意义的教学素材资源。在教学中,教师要创造多种形式的教学活动,达到个体主体活动与类主体活动相结合的目的。教师应善于确定合适、动态的个体主体性活动与类主体的主体性活动结构,使之优势互补,相得益彰。

讨论:教学设计中各个环节虽然不同,但都贯穿着教学中的核心道德品行,也有特殊的教学道德要求,对此提出你的看法。

2. 遵循教学主体对等原则,努力创造和谐教学过程

以学为主的教学过程虽然强调学生是学习的主体,但也不能忽视和弱化教师的主体作用,教师在尊重学生学习主体的前提下要努力成为教的主体,营造和谐的教学过程,实现促进学生发展的目的。教学和谐的关键因素是教学主体关系的和谐。教师要努力摆脱教学过程中学生的参与几乎是一种对立性参与或破坏性参与的局面,努力创造出彼此尊重、平等对话、团结紧张、严肃活泼的课堂氛围。

和谐教学过程的确立关键在教师。第一,教师要努力消除与学生

的对立因素，塑造具有亲和力的人格形象，并以渊博的知识、高尚的师德和谦虚好学的作风影响学生，形成师生间良好的心理氛围，进而与学生融合为高效的教学团体。第二，培养学生参与教学的信心。主体教学要求鼓励学生，并相信学生的能力，以此培养学生的自我概念，使学生更为自信地参与教学与合作。第三，满足学生的教学需要，提高学生的参与兴趣。

（三）一般教学过程中主要的教学环节及其道德要求

这里所说的一般教学过程主要是一种折中的教学过程，其中的教学环节几乎在每节课都要用到，教师必须考虑其中的道德要求。

1. 引起注意

有道德的教学强调教学过程中科学性和艺术性的结合。引起注意是教学科学性的首要表现。用于引起学生注意的方式有很多种，教师通常可通过以下三种方式来引起学生的注意：

第一，激发学生的求知欲。这是最常用的引起注意的方式，由教师提出问题或设置问题情境，学生为了知道问题的答案，就会集中注意教师的讲解。教师在提出问题时要面向全体学生的实际水平，不可提出只让部分学生回答而其他学生不能回答的问题。其次，教师的问题不能带有讽刺性、歧视性的语言。另外，教师的问题还需要真实性，贴近学生的实际。

第二，变化教学情景。通过教学媒体或其他非言语交流，提高教学的直观性、形象性，促进学生的感知和思维活动。教师在变化教学情景时要考虑学生的感受，不要产生太过刺激的场面，也需要注意学生的一些禁忌。

第三，利用学生的经验。从学生最关心的问题入手，结合日常生活经验，然后转到所教主题上，也就是从日常概念引出科学概念。

2. 陈述教学目标

在引起学生注意后，要向学生提示教学目标，使学生在心理上做好准备，明确学习的方法和结果，以免学生在学习中迷失方向。在向学生陈述教学目标时，要注意用学生能够理解的语言，确保学生理解学习目标和学习结果。同时在陈述学习目标时要善于提出学习要求和给予学习策略暗示，所提的目标需要明晰清楚，具有最近发展区意蕴。

请根据教学道德要求指出教学实施中的每一个环节需要教师注意的道德问题。

3. 回忆相关知识

任何新知识的学习必须以原有知识技能为基础，因为原有知识和技能是新的观念获得的支撑点。教师在展开这个环节时要体现如下要

求：尊重、体谅学生；信任、启发学生和不让一个学生落后。

4. 呈现教学内容

教学内容是引起学生学习行为的刺激物，是学生要掌握的知识、技能和情感。呈现教学内容是整个教学过程中最重要的环节，所有类型的教学都不可缺少，否则学习行为无从发生。教师在呈现教学内容时需要关注如下要求：第一，根据学生的学习特点，既有一般的呈现方式，也需要针对个别学生的学习特点呈现有特色的学习内容。第二，要善于呈现先行者策略，给学生的理解提供帮助。第三，要善于利用各种媒介，为学生呈现不同表征的教学内容。

5. 提供学习指导

在呈现教学内容之后，教师要指导学生完成学习任务。注意在进行学习指导时，教师首先要明确学习指导并不是告诉学生问题的答案，而是重在指出学习的思路，明确思考的方向，把学生维系在解决问题的正确轨道上，强调促进学生的发展。另外，学习指导包括直接指导和间接指导，具体使用哪种要视学习的类型而定。当学生对人名地名等事实性知识不理解时，可给予直接指导，将正确答案直接告诉学生，因为事实性问题不能靠知识经验和思维加以推理；对于与学生经验有关的逻辑性问题，可以提供间接指导，给学生一定的暗示或提示，鼓励学生自己进一步推理而获得答案；对于态度和情感学习的指导，可以使用人物做榜样。在进行学习指导时，还要根据学生个体差异而采取不同的方法。对高焦虑的学生来说，低水平的提问是有效的；而低焦虑的学生则可能从具有挑战性的问题中得到积极的影响。对于能力较强、个性独立的学生，可给予较少指导，鼓励学生自行解决问题；对于能力较差、个性依赖的学生，可给予较多的指导，直到得到正确答案为止。

6. 引出行为

学习是学习者内在的心理活动，在充分的学习指导后，如果想要确定学生是否进入学习状态，就要求他们展现其外显行为。注意，教师在展开这一步骤时特别需要尊重学生的个别理解，不能用标准答案套定学生的思维。教师需要用有礼貌、鼓励的话语善意地提出教学要求，也需要借助眼神和表情鼓励学生。

7. 适时给予反馈

学生展现学习行为之后，教学必须提供学生学习行为正确性或正确程度的反馈。而且当学生表现出一次正确行为时，未必就表示他

已经确实学到了该种行为，因为靠短时记忆学到的东西如果不及时复习，就难以存储到长时记忆中，因此要为学生提供及时的帮助。

应该强调的是，上述教学实施环节强调的还是认知过程。而教师在认知过程中所运用的教学语言、展现的教学行为、采用的教学组织形式、选用的教学方法、采取的教学评价以及组织的教学内容都带有价值倾向，是教学道德的主要表现形态。

本章小结

教学的属性很多，但根本属性是道德性。因为教学是以“爱”为根基，促进学生全面而自由发展的道德事业，是教学之所以存在的根本理由。教学的任务很多，但其最高任务是学生品德的养成。教学过程本身是以“教学爱”贯穿全程的纯粹教学，也是促进学生生命发展的德育过程。教学过程展开中的各个环节都需要“教学爱”的终极关照。教学设计必须遵循教学规律，体现学生为本、优化为纲、创新为贵的道德要求；教学实施必须关注公平、尊重、鼓励、差异等德性教学品质，在教学原则的指导下，处理好各种教学关系，努力展现充满德性光辉的和谐教学。

思考与练习

1. 试论述“教学爱”是教学道德的核心品行。

2. 教学设计中有哪些道德要求？结合具体学科，举例说明。

3. 有人说教学是艺术的，也有人说教学是科学的，还有人说教学是道德的，当然更多的人认为教学是三性合一（艺术性、科学性、道德性）的，本章认为，教学的本质属性是道德性，请你就此写一篇小论文，说明你的观点。

第五章
教师的交往道德

学习目标

通过本章学习,你应该能够:

□ 了解教师交往对象的特殊性。

□ 明确与学生、同事、家长交往的基本要求。

□ 掌握与学生、同事、家长交往过程中的道德准则。

引导案例:实习教师的困惑

一年一度的实习经验交流会按期举行。在今年的实习交流会上,王同学的发言引起了全班激烈讨论。原来,在实习学校,王同学拜师教龄15年的初二班主任吴老师,吴老师向王同学传授了当班主任的“真经”。当这个“真经”被当成经验交流时,全班哗然。吴老师私下传授的“真经”是:班主任在接管一个班级后首先要做的一件事是,向学生发放家庭调查表,了解每个学生的家庭背景,尤其是家长的职业、职务、职称,以便在不同时期发挥独特的作用。

据王同学两个月的观察,吴老师确实对班上几个“高干子弟”格外照顾,甚至有一次为了其中一位学生的学科竞赛资格特地向任课老师打招呼,嘱咐任课老师特别关照。吴老师的解释是:“每个家长都很在意自己的孩子在学校的被关心程度,我帮了他的孩子,家长一定心中有数,以后托家长办个事就比较方便了。教师应该充分利用学生家长的资源。”

同学们的困惑是:这个“真经”值得推广吗?

这个“真经”值得推广吗?教师在与学生、同事、家长交往时应遵循哪些行为规范?教师可以利用“教师身份”为自己谋取利益吗?本章将着重讨论教师的交往道德问题。

第一节 教师与学生的交往道德

在学校环境中师生关系是人际关系中最重要的一种。苏联著名教育家苏霍姆林斯基认为:“学校内许许多多的冲突,其根源在于教师不善于与学生交往。”[1] 教师要完成既定的教学计划,达到预期的教育目标,必须与学生形成融洽的关系,师生关系是否和谐,将影响到学校各项教育活动能否正常进行,将影响到学校各项事务的成效。教师只有构筑健康积极的师生关系,才能做到教学相长,也才能真正体会到教师职业的成就感。

① 苏霍姆林斯基.集体的社会心理学.北京:人民教育出版社,1985:173.

一、新型师生关系的内涵及特征

(一) 师生关系的内涵

师生关系是教育功能实现的基石,是教师和学生在教育教学过程中为完成一定的教学任务,以教与学为中介形成的特殊的人际关系,是学校中最基本的人际关系。新型师生关系是指在社会转型时期,在学校教育教学领域师生之间以发挥学生主动性、创造性为目的的人与人之间的关系。

资料卡片

师生关系的实质

从系统管理学的角度看,师生关系是教师和学生为实现教育目标,是特有的身份、地位、思想、情感和行为形成的社会角色,通过教与学的直接交流活动而形成的多层次、多内涵、多性质的相互融汇、相互影响的关系体系。师生关系体系包括师生之间的伦理关系、法律关系、管理关系、心理关系、人际关系等。师生关系体系可以分为四个层次:伦理关系居于最高层次;教育管理关系是核心,居于第二层次;心理关系是重点,法律关系是条件,并居于第三层次;人际关系是以上三种关系的基础,列为第四层次。

[资料来源] 钱焕琦. 高等学校教师职业道德概论. 南京:南京师范大学出版社,2006:96.

(二) 师生关系的特征

平等、互敬、民主、和谐是新型师生关系的主要特征。

1. 平等、互敬

平等是指在教与学的关系上,没有尊贵高低之分;互敬是指教师和学生互相尊重人格,承认差异。应当看到,在中国现实的学校教育中,师道尊严仍然是主流价值观,教师在教育教学中的权威地位仍然是不可撼动的。纵观教育发展史,可以看到中外学者对师生关系的认识自古就有所不同。中国古代第一部关于教育教学的专著《学记》就明确提出了尊师重道的思想,认为尊师才能重道,重道必须尊师。明末清初的王夫之在《四书训义》中提出:“师弟子者,以道相教而为人伦之一。”即师生是一种道义的结合,教师负有正人心的任务,“主教有

本，躬行为起化之原；谨教有义，正道为渐摩之益。”要求教师必须有丰富而正确的知识，能够温故而知新。“欲明人者先自明，博学详说之功，其可不自勉乎？”可见中国古代教育中对师生关系的认识偏重于师道尊严，尤其强调师德，重视教师的地位和作用。而在西方教育史中，首推亚里士多德所提倡的自由教育或文雅教育。亚里士多德认为教育应当适应自然，教育应当适应人的灵魂的各个部分，促进人的理性发展。在师生关系方面西方学者认为师生要以人道相处，尽可能发挥人之所以为人的特点。西方现代教育学者如夸美纽斯、洛克、维多里诺、伊拉斯谟等人强调教育要遵循自然，要尊重人性，按照人的全面发展规律去育人，师生关系应当是平等的、互敬的。教师更应尊重学生的自然发展，给儿童充分的自由，针对儿童的身心特点施教。

现代教学价值观融合了东西方文化传统精华，既保留中华民族尊师重教、注重师德的传统美德，又吸纳西方教育思想中以学生发展为本、按照学生身心发展规律施教的平等观念。教育不仅仅为学生提供知识、发展认知，更重要的在于使一个人在体力、智力、情感、伦理等各个方面全面发展起来，使他成为一个真正的人、完善的人。新型师生关系中教师不再是知识的权威，学生也不再是服从者、被动的接受者，学生与教师处于平等地位。在新型师生关系中，师生相互尊重彼此的独特个性，自由而持久地交换意见，共享不同的个人经历和人生体验。

2. 民主、和谐

民主是指教师和学生在自由交换意见、互通有无中共同发展；和谐是指师生之间自然而然地形成一种情感交融的积极关系。这样的师生关系将逐渐摆脱“纯知识传递”的束缚，愈来愈多地激励对学问的思考，教师将成为学生的人生顾问、活动探究的参与者和学科知识学习的帮助者，而不是只会“宣讲教材”的人。教师的工作也将会更富有创造性，更富成果，更具激励性和鼓舞性。

民主、和谐师生关系的内涵应是从人性的一般特点出发，在教师良好修养和社会正确引导的内外因素作用下，实现以生为本与教师主导的有机统一，使师生之间自然而然地形成一种民主、平等、情感交融的关系，从而使教与学两种因素和两个过程和谐结合，最终实现促进师生双方特别是学生的发展日趋完美的终极目标。[①]

课后思考：在你从小到大的成长经历中，留下印象最深的老师是谁？他（她）和别的老师有什么不一样？

民主、和谐的师生关系对师生双方发展的日趋完美有着重大的

① 邵晓枫，廖其发．论和谐师生关系的内涵．西南大学学报（社会科学版），2008（3）：137.

影响。第一,民主、和谐的师生关系是使人的发展日趋完美的条件,教师正是在这种和谐的师生关系中来实现促进学生发展的教育目标的。“亲其师则信其言”,学生由于心理未完全成熟,对老师的态度取决于与老师的情感关系。经常可以看到,与学生感情较好的老师在班级中威信较高,教学任务容易完成;与学生关系平平的老师,较难达到教育目标。第二,民主、和谐的师生关系本身还是教育教学的重要组成部分,在学校中建立起来的师生关系可以延伸到学校外,良好的师生关系可以让人受益终生。第三,民主、和谐的师生关系具体体现了师生在教育教学过程中作为人的意义和价值。

把人性的一般特点当出发点的和谐师生关系包括了以下几个方面:第一,教育要符合学生的生理特点和需要。第二,要在爱的基础上建立真挚的师生情谊。教师与学生之间首先是人与人之间的关系,富有强烈的情感色彩。第三,师生在人格上的相互尊重。学生要尊师,教师同样要尊重学生的人格。第四,从人性趋利避害的特点出发尽量让教育教学变成一个快乐的过程,让学生乐学、爱学。第五,发挥师生双方的主体性,特别是要注意发挥长期被忽视的学生的主体性。第六,实现教育美,从教育内容到教育方法、教育过程都体现美,满足学生对美的追求,以培养完美人性。第七,重视教育中的终极关怀,教师要特别注意对学生心理的终极关怀,培养健康人格,实现学生的可持续发展。

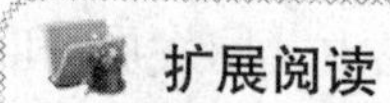

和谐师生关系的内涵

近年来学术界对师生关系做了不少研究。如在后现代理论指导下建构的师生关系理论主张教师是平等中的首席,师生是平等对话的主体;在交往理论指导下建构的师生关系理论主张师生之间是“主—客—主”式的两个主体间的平等对话关系;从建构主义理论角度思考师生关系,强调学生对知识的主动建构;从现象学角度思考师生关系,认为师生是交互主体,是一种主体间性关系;从法学角度出发,主张师生关系是一种权利义务相互一致的平等和相互尊重的关系;从心理学角度出发,认为师生关系的本质是心理关系,师生互为主体;从社会学角度出发,认为师生在交往中是完全平等的两个实践群体等。现在大多数人都认可21世纪新型师生关系应是民主、平等、对话的关系,是一种主体间性的关系。我们认为,这种观点突

破了传统认识论中那种把师生关系囿于主客体关系的思维框架。所谓主体间性的关系有两层意思：把教师和学生都看成是主体；师生关系是主体与主体之间平等的相互作用、相互影响、互相沟通的关系。这种主体间性关系的理想状态应该是和谐，因为和谐是一种最融洽、最适宜、最完美的状态。也就是说，理想的师生关系应该是和谐的师生关系。

[资料来源] 邵晓枫，廖其发．论和谐师生关系的内涵．西南大学学报（社会科学版），2008(3)：137-141.

二、教师处理师生关系的基本要求

（一）深入了解学生

教师既要认识到学生发展的一般规律，又要了解学生的个别差异，还要承认教师与学生在世界观、价值观等方面的不同。中小学教师的服务对象是处在发展过程中的学生，学生在特定的发展阶段具有特殊的发展规律。小学生的认知带有很大的具体性和形象性，注重体验，是积累直接经验的阶段；情绪表现比较外露，容易激动，不善于掩饰，情绪调控能力较差；自我评价依赖于老师，不能客观地评价自己。而中学生认知结构的各种要素迅速发展，认知能力不断提高，逻辑思维占优势；情感高亢而热烈，富有朝气，体验比小学生深刻，好交往、重友情；行为的目的性、果断性增强，但仍带有冲动性，不能自觉地做出意志决定。小学生和中学生具有不同的心理矛盾，教师与学生的交往应遵循其不同的发展规律，从以下几方面对学生展开了解：

1. 了解学生的家庭背景

家庭是一个小的社会细胞。是儿童出生后的第一个环境。青少年的全部生活始终与家庭小集体有密切的联系。因此，家庭教育在学生成长过程中的重要性是不言而喻的。家长不正确、不恰当的教养方式，带给学生的负面影响不仅涉及生活、健康、学习方面，更严重的会涉及情感、个性、品德等方面，往往还会伤害孩子的心灵，甚至影响其终生。有的家长常常忙于生意或工作而忽略对孩子的教育，有的家长过度关注孩子的学业成绩而不关心其他方面的发展，有的家长对孩子过度溺爱或过度严厉。教师在开展教育教学的过程中必须了解学生的家庭背景，才能因材施教，有的放矢。

以下是几个典型案例：

(1) 父母离婚或再婚。小景是个聪明、重感情的学生，学习努力，成绩不错。但是，他的思想很偏激，不懂得尊重人，有时候在课堂上故意捣乱，性格冲动易与人发生冲突，而且冲突后的想法常常达到“不是你死就是我活”的地步。后经了解，小景的亲生父母离异后，父亲带着小景再婚，但继母对自己的亲生孩子宠爱有加，对小景却照顾欠周。加上小景的父亲脾气也很冲动，于是小景的心灵受到伤害，形成了这样的性格。

讨论：对单亲家庭中长大的学生进行教育，要注意什么问题？

父母一旦离婚，家庭的正常生活就被破坏。这种打击对孩子的伤害往往比对父母本身更加沉重，这种情况下孩子的心灵会显得更脆弱。如果再婚，继父或继母对孩子的生活缺乏照顾或者有不公平对待，孩子情感上的需求就会得不到满足。得不到正常的家庭温暖，孩子的心灵受到伤害，常表现为情绪低沉、自卑感强或者偏激、不合群甚至心灵扭曲。

(2) 父母不惜钱物。小明聪明、乐观，待人宽容，还乐于助人，乐于为班集体服务。但是学习成绩非常差，上课经常睡觉，家庭作业经常不交。老师教育他，他能很快认识错误并改正，但坚持没几天就旧病复发。后经了解，小明家里较富裕，父母给他大把大把的零花钱用。其父母对老师主动的沟通也并不配合，都认为小明即使不学习也无所谓。而且，忽视了小明只是一个对事物辨别能力还并不很强的未成年人，对他所做的一切非常放心，极少管教。于是，小明结交了一群无心向学、只顾玩乐的朋友，常常晚上在家打游戏、上网至深夜甚至通宵，根本就无心学习。

父母不惜钱物，只关注孩子的物质生活，大把大把给孩子零花钱，却不关心孩子精神生活，往往使孩子贪图安逸享受，追求吃喝玩乐，不求上进。其实，对于青春期的学生，他们更需要的是父母的理解，以及精神上的引导和情感交流。

(3) 父母娱乐过度。阿静本来是个文静、乖巧的女生，学习上也比较积极。但有一段时间成绩直线下滑，变得无心读书，有时候还独自发呆、流泪。后来通过对她周围学生的了解，发现原来阿静的父母这段时间迷上了类似六合彩的不良娱乐，整天沉迷于此，而且很少在家里，家里失去了应有的温暖。这还不算，输了钱的父母常常心情不好，难得回家见上面，也常常狠狠责骂阿静，无论阿静做出多少事想讨父母开心，仍然还是被责骂。这使阿静越来越讨厌父母，而且觉得自己是个多余

的人,没人爱自己。

父母娱乐过度,甚至沉迷于一些非法娱乐活动的话,最后造成的结果不仅是把自己的钱财搭进去,还把整个精力、情感甚至灵魂都搭进去,很多家庭的破碎都是由此而引起。而不再有爱与温暖的家庭会伤害孩子的心灵,使得孩子稚嫩的精神世界完全崩溃。

(4) 父母“严”、“爱”不当。卫东聪明活泼,很多时候对班级活动都很积极,在不熟悉他的老师眼中,他是非常活泼可爱而又有礼貌的学生。但是,聪明的卫东学习成绩差,常上课睡觉。这还不算,他的嘴巴很讨人厌,说的话刻薄尖酸常常很让同学伤心,甚至偷偷带赌具等违反学校规定的物品到学校来,还发生过偷偷拿同学钱包的情况。外表看起来非常聪明可爱、热情的卫东怎么会有这种坏表现呢?后经了解,家中父母的教育方式有点问题。平时,父母对他非常溺爱,卫东怎么任性父母都会迁就他。但是,一有什么错误被父母知道,无论大错小错,就是一顿打骂,打得卫东身上一条条伤痕。

对孩子的教育,“严”要严得有理,“爱”要爱得有分寸。如果没有耐心的教育,没事时溺爱过度,有错时棍棒相加,只会扭曲孩子的心灵,让孩子无所适从。

2. 了解学生的思想动态

学生的思想大多比较幼稚、单纯,容易走向极端,作为教师要随时观察学生的思想动态,了解学生的行为,适时进行引导。有的学生过早地与异性同学建立亲密关系,或对异性老师产生爱慕之情;有的因崇拜明星而过分地关注甚至模仿明星的一言一行;有的为表现自己的与众不同而行为怪异,等等。作为教师,应该客观审视这种现象的存在,用“疏通情感”而不是用“勒令禁止”的方法处理这类事件,更不能用“讽刺挖苦”的口气批评教育。

近年来,师生恋现象引起广泛关注。不错,古今中外,确有师生相爱走进婚姻的事实。但是,师生间事实上存在着诸如年龄、阅历、经验、角色等差异,而且这种恋情往往是如痴如醉的“单相思”,所以大多不能发展为通常的恋爱关系。心理学家认为,青少年中出现的恋师现象,是恋母或恋父情结的另一种体现方式。人们的社会化过程是由家庭、社会、学校共同来完成的,性格的形成受家庭教育方式、父母的爱抚、家庭氛围的影响深刻,父母的过分溺爱会造成孩子对父母的心理依赖,没有很好地完成自我成长。他们在潜意识中渴望得到父母般的关爱,对父母的爱很容易转移到关心爱护他的老师身上,并误把它当成

一种爱情。

如果说“恋师”是青年学生在性心理发展过程中一种不成熟的行为,那么,“恋生”现象的出现,则隐含着教师的职业道德问题。因为学生与老师之间的地位不平等,老师对学生的情感占有变得轻而易举。老师在学生心里的地位比较高,老师的形象代表着高尚,老师是成功的化身,智慧的化身,一旦老师追求学生,学生有被宠爱的喜悦,能够很快产生反应。

 **案例分享**

师生三角恋引命案

思考:在这起命案中,班主任王永丽应该负什么责任?

据《南方都市报》报道,贵州某中学18岁男生孟超因故意杀人罪被判处死刑。2007年9月27日,贵州省贵阳市某中学原高三学生孟超,用匕首杀死了同班同学何小历(化名)。起因是他们的原班主任,45岁的语文教师王永丽和这两名年轻学生同时保持着不正当关系。此事被披露后,舆论震惊。

检察官在一审时指出了王永丽应该背负的道德谴责:“相信在道德的耻辱柱上将永远镌刻一个名字,那就是本案的始作俑者王永丽,她的行为玷污了‘老师’这个令人尊敬的称号。”何小历和孟超在这个事件当中都是真正的受害者。师生恋本身无可非议,但是作为一个教师,不能与学生发生不正当的关系。如果发生了,教师就难辞其咎。

(二)尊重个别差异

“人是一个特殊的个体,并且正是他的特殊性,使他成为一个个体,成为一个现实的、单个的社会存在物。”[①] 中外教育史上的著名教育家都十分重视学生的个体差异,像孔子曾经说,颜回能“闻一知十”,子贡只能“闻一知二”,说明孔子早就注意到学生在智力灵活性方面有着明显差异。孔子还在他的言论中反映了他对性格气质差异的看法,他说过:“柴也愚,参也鲁,师也辟,由也谚。”[②] 孟子在对待学生个别差异上也作过相关论述。如孟子认为:“君子之所以教者五:有如时雨化之者,有成德者,有达财者,有答问者,有私淑艾者。此五者,君子之所以

① 马克思恩格斯全集(第42卷).北京:人民出版社,1979:123.

② 范洁梅.孔子因材施教教学思想的评析.山西教育学院学报,1999(2).

教也。”在这段话中，他不仅对学生进行类型的分析，把学生分成悟性高的、在德行上有发展前途的、才智超群的，以及智力平平的和因种种原因不能登门求学的。而且还强调了教育对象对教学方法的制约性，如教悟性极高的学生时，只需稍加点拨；对于才智一般的学生，教师不应做过高要求，讲解时应不厌其烦等①。

1. 尊重认知水平的差异

学生的认知水平是学习的前提条件。现代心理学中多元智力理论认为，智力的基本性质是多元的，智力不是一种能力而是一组能力；其基本结构也是多元的，各种能力不是以整合的形式存在而是以相对独立的形式存在。支撑多元智力的是个体身上相对独立存在着的、与特定的认知领域或知识范畴相联系的八种智能。这八种智能分别是语言智能、音乐智能、数理逻辑智能、身体运动智能、视觉空间智能、人际关系智能、自我认识智能和自然观察智能。②教师的教育活动建立在了解学生的认知水平和优势领域的基础上，如识别学生的认知水平的高低、智力维度中的强项和弱项等。教师应该能提出该学生今后应怎样继续学习或发挥其强项的建议，指出哪种学习方式具有适合性。

案例分享

当班中有弱智学生，怎么办？

在我的班上有一名弱智学生，叫李小天(化名)。李小天生理年龄已经10岁了，但是智力年龄却只有5岁左右。他非常顽皮，由于他理解能力差，上课的时候会去拔女生的头发，还会偷偷地走上讲台，经常会干一些扰乱课堂纪律的事。不仅我们班受影响，其他班级老师也来向我反映，在他们上课时，他会推一下他们的门或者老师说一句他在门外说一句，影响了其他班级上课。我们班的各科老师也个个向我抱怨。

班中有个这样的“活宝”，怎么办？

我尝试了几种方法。首先是家访，和他的家长取得联系。从他们口中得知李小天智力有缺陷的主要原因是他妈妈在怀孕的时候经常和他爸爸吵架，还常常吸烟、喝酒。妈妈在发现3岁的李小天还不会说话后感觉生活无望便离家出走了。他从小由爷爷奶奶带

讨论：还有什么更好办法可以帮助弱智的学生？赵老师的感悟对你有什么启发？

① 张梅．试谈我国古代的“因材施教”．九江学院学报，2009(2)：102.

② 霍华德·加德纳．多元智能．沈致隆，译．北京：新华出版社，2003：18-28.

大。可以说,他的遭遇是不幸的。

第二是向老教师请教。但遗憾的是老教师以前虽然也碰到过弱智的学生,可是他们都不会像李小天这样捣乱,一般的弱智学生都是比较听话的。但老教师们认为对弱智学生无论如何不可以使用暴力的经验还是对我有启发。

接下来我开始在电脑上查阅资料,专业的建议是让他进入弱智儿童学校学习。不过在农村,李小天的家庭经济条件不可能把他安顿到专业的学校。只能探究在普通儿童学校如何更加耐心地教育他。

我发现,其实李小天有时候的所作所为表现出来的是渴望被关注,渴望被关心。用鼓励的言语能够使他听话很多。于是我就经常在他有所进步的时候表扬他、鼓励他。现在,在课堂上他已经不会发出什么响声来影响全班,有时候还会主动要求写字,其他学科老师也夸他进步了。听到这些表扬,我即使一天下来身体累了,我的心也不累,而是装着满满的幸福。

经过这段历程,让我有很多感悟。每个学生都有自己的价值。如果说优秀的学生是娇艳的花朵,那么弱智的学生便是不起眼的小花,他们虽不如大花色艳,但只要你细细观察,他们也会吐出淡淡的芬芳。教师要有一双发现美的眼睛,来欣赏他们,肯定他们。

[资料来源]绍兴县马鞍镇山海小学赵晶,有删节.

2. 尊重发展进程的差异

既然学生的差异客观存在,教师在教育教学中就应该尊重这种差异,并改变用一成不变的方式教育不同的学生,要允许学生成长进程的不同。古今中外有早慧儿童成就事业者,也有大器晚成创造惊人贡献者。其中,以教师为代表的成人的引导、开发显得非常关键。

 案例分享

爱因斯坦的故事

阿尔伯特·爱因斯坦,现代物理学的创始人和奠基人,却是个当年被校长认为“干什么都不会有作为”的笨学生。爱因斯坦三岁才咿呀学语,比他小两岁的妹妹玛伽已经能和邻居交谈了,爱因斯坦说起话来却还是支支吾吾,前言不搭后语。由于反应迟钝,

爱因斯坦十岁才开始上学，上学后还经常被老师呵斥、罚站。有的老师甚至指着他的鼻子骂："这鬼东西真笨，什么课程也跟不上！"所以在大多数老师的眼里，爱因斯坦并不是一个好学生，因为他既不守纪律，又整天显得心事重重，谁也搞不清楚他到底在想什么。爱因斯坦从小性格古怪，甚至有些木讷，学习成绩也不好，中学时甚至被勒令退学，在常人眼里，这是不是一个笨孩子？所幸，爱因斯坦的父母对他百般呵护和鼓励。爱因斯坦小时候常常爱提出一些怪问题。如指南针为什么总是指向南方？什么是时间？什么是空间？在别人都以为他是个傻孩子时，爱因斯坦的父母却十分自信地认为："我的小爱因斯坦并不傻，他将来一定是位了不起的大学教授！"就这样，在父母的鼓励和爱护下，爱因斯坦的智力迅速发展，对科学产生了强烈的爱好，并开始走向科学研究的巅峰之路。

教师关心学生，因材施教，就要用欣赏、鼓励、发展的眼光看待处于不同发展阶段的学生，这是确保每一个学生成长成才的前提。用欣赏的眼光看待发展水平较高的学生，捕捉他们身上的亮点并适当放大，增强自信，为其他学生树立同伴榜样；用鼓励的眼光看待发展水平中等的学生，适时安慰不足，提出个性化的辅导方案，培养自信，获得自尊；用发展的眼光看待水平稍差的学生，宽容学生成长过程中的错误，等待时机，激发潜能。

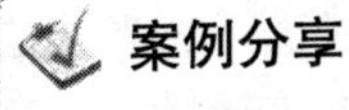

案例分享

《功夫熊猫》故事梗概

由约翰·斯蒂文森(John Stevenson)、马克·奥斯伯恩(Mark Osborne)导演的2008爆笑动画电影《功夫熊猫》给了我们很好的启示。影片刚开始的阿宝除了对功夫有着满腔热情，并希望成为功夫大师的"不现实"梦想之外，没有任何从事"功夫"这个事业的资质上的优势，体型太胖，自制力差，好吃，嬉皮笑脸，这样一个集寻常人缺点和不成功因素于一身的家伙，如何担起拯救整个"和平谷"的重任？而且他没有任何的功夫底子。所以浣熊师父最初的存疑是很有道理的。因为存疑，所以浣熊师父便很难找到教育的切入点，于

思考：组织观看动画片《功夫熊猫》，讨论从中可以获得哪些教育启示？

是在最初对阿宝的培养过程中，几乎是毫无建树的，阿宝“还是那个自己”。然而当浣熊师父经过乌龟大师的点拨之后，换一个眼光看阿宝时，便轻而易举地找到了训练阿宝的“绝招”——用吃的东西诱惑鼓励阿宝，而阿宝对于吃的本能的热爱使他迸发出内在的潜能和创造力，从而出色地完成了拯救和平谷的使命，并成为新的一代功夫宗师。

[资料来源] 中国教育新闻网 .http://www.jyb.cn/cm/jycm/beijing/zgjyb/4b/t2008080285898.htm

三、诲人不倦是教师的优良品质

(一) 热爱学生，保护自尊

热爱学生是教师职业道德的核心。教师只有热爱学生才能与学生架起情感的桥梁，才能充当好“知心朋友”的角色，才能真正地为学生服务。教师若牢记两个“假如”，有许多事情就会迎刃而解。第一个假如是“假如我是孩子”。心理学研究告诉我们，每一个个体都是追求成功、追求认同的个体。若能换位思考一下，“我”站在老师面前”会想什么？会要求什么？希望老师做什么？最想了解什么？有什么困惑？需要什么支持？当教师可以作这样的换位思考后，自然就能心平气和、放下架子，和蔼可亲地与学生交流了。第二个假如是“假如他是我的孩子”。一位班主任在他的网络日志里写道：假如他是我的孩子，我会让他拥有明媚的阳光，让他远离病痛，保护他健康的成长。假如是我的孩子，我会最喜欢他，当他遇到困难时，能关爱地鼓励他；当他成功时，能不吝啬地表扬他；当他遇到危险时，能够第一时间保护他；当他淘气时，能多一点耐心；当他犯错时，不要过多地责怪他。假如是我的孩子，我希望他会拥有更多的好伙伴。假如是我的孩子，我希望他每天每一刻都是最开心最快乐的。假如是我的孩子，我将教给他友爱与合作，让他懂得快乐时与人分享、受伤时想到友情的温暖。假如是我的孩子，假如是我们的孩子，我们一定会给他更多……。①

心中有爱的教师一定能保护学生的自尊心。自尊是个人人格发展的原动力。如果丧失了自尊，学生将一蹶不振，失去上进的动力。因此，教师要像保护自己的眼睛一样保护学生的自尊心。

① 龚世顺．班主任的两个“假如”.http://www.xsgf.com/showart.asp?id=50.

热爱学生，首先要关心学生的学习，在教学上要表现出诲人不倦的精神。教师认真备课、上课，认真批改作业，对于成绩较差的学生实行个别辅导等，就是热爱学生的体现。我们可以看到现实中有的教师因缺乏爱心和耐心，不尊重学生的人格，以各种方式随意侮辱学生。比如有的教师说学生“比猪还笨”、“榆木疙瘩不开窍”、“生来就不是读书的料”等；有的教师用大话威吓学生，说再犯错误就不让上课，就开除；还有的教师因学生未能完成家庭作业，未能取得好的考试成绩而体罚学生，如罚站、罚晒、罚写、拧耳朵、扇耳光、拳打脚踢，给学生的身心造成了极大的伤害。

热爱学生，还要关心学生的生活。认真倾听他们的心声，从而接近学生，亲近学生。教育的对象是人，不可能千人一面，每一个真实的学生就有一个真实的存在，每一个真实的存在就有一个存在的背景。了解学生个体的性格、审美观、是非标准、优缺点，了解学生内心想法和他们的真实生活，这对于教育学生是十分重要的。没有这样的了解作基础，任何的教育工作都可能付诸东流。对教师来说，除了日常观察了解学生外，谈心是一个很重要的途径。通过谈心，教师可以有意识地、主动地了解学生的生活状况，掌握最新信息，弥补观察的不足。还可在谈心过程中感化学生，激励学生进步。对问题学生，一般都可以从生活环境、成长经历中找到问题的根源，以便对症下药，选择合适的教育方法。

热爱学生，更要做到在危难时能挺身而出，保护学生的身心安全。常言说的“学高为师、身正为范”，教师要“以身立教”，“身教重于言传”，这些都描述了教师爱生应体现在行为中。教师拥有比学生更为丰富的经验、更为灵活的应变能力，当危难来临时，能够在更短的时间里做出情势判断。因此，教师有责任在危急时刻指导学生应付突变情况，必要时应挺身而出，保护学生安全。

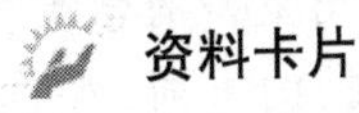

资料卡片

感动中国：“5·12”汶川大地震中的人民教师

1. 谭千秋，男，德阳市东汽中学教导主任。2008年5月12日地震发生时，东汽中学教学楼坍塌。在地震发生的一瞬间，谭千秋老师双臂张开趴在课桌上，身下死死地护着4个学生，4个学生都获救了，谭老师却不幸遇难。

2. 严蓉,女,映秀小学四年级语文老师,2008年5月12日地震发生时,为了尽快疏散学生,严老师留在最后,等第13个孩子刚跑出教室,教学楼全部塌了下来。

3. 蒲斌,男,27岁,都江堰市崇义中学教师,轮岗到聚源中学担任初二地理教师。2008年5月12日地震发生时,蒲老师正在讲台上讲试卷,他距离门外只有一米。事后分析,只有蒲斌所在的教室距离逃生通道最近,也只有蒲斌所在的位置最容易逃生,但他却是最后一个靠近安全线。当时正在上课的聚源中学初二(7)班76名学生中有56人逃生,逃生者的座次均分布在前中部,无论地震速度来得怎么快,从蒲斌的位置看,他都应该能生还。但事实上,蒲斌还是没有离开。

4. 张米亚,男,29岁,汶川县映秀中心小学数学老师,地震发生时他双手死死护住两名学生,自己却不幸遇难,救援人员搬开垮塌的教学楼的一角时发现张老师跪扑在废墟中,双臂紧紧搂着两个孩子,像一只展翅欲飞的雄鹰。两个孩子还有生命体征,而"雄鹰"已经气绝。由于紧抱孩子的手臂已经僵硬,救援人员只得含泪将张老师的手臂锯掉才把孩子救出。

5. 吴忠洪,男,45岁,崇州市怀远镇中学英语老师,地震发生时临危不乱,指挥学生离开教学楼。当学生一个接一个跑过三楼的楼梯口时,他在心里默念着人数:27,28,29……不对,还差两个孩子!吴忠洪赶紧转头,逆着人流方向义无反顾地往楼上跑去。几秒钟后,教学楼伴随着一声巨响,轰然坍塌,吴老师和班里的两名同学被掩埋在一片废墟中……

6. 杜正香,女,48岁,绵阳市平武县南坝小学代课老师,地震发生时先用力把送小孙子上学的严明君老太太祖孙俩推出了摇晃中的教学楼,转身冲进一楼的教室,连抱带拉救出几个孩子,之后她又冲进了已是烟尘滚滚、不停摆动中的教学楼,试图带出更多的学生。救援人员发现杜老师时看到她趴在瓦砾里,头朝着门的方向,双手紧紧地各拉着一个年幼的孩子,胸前还护着三个幼小的生命。

[资料来源]感动中国:汶川大地震纪事之教师篇.http://q.sohu.com/forum/6/topic/2655273.

(二)循循善诱,耐心教育

教师在任何情况下都应做到满腔热情、不急不躁,诲人不倦。孔子

曾说“教不倦，仁也”。孔子本人就是这样的典型，在他从教的几十年里，无论什么人向他请教，他都毫不保留地教诲；无论遇到什么困难，都坚持教学。现代教师面对的是性格各异的学生，特别是目前许多学生是独生子女，相对而言，个性倔强受不了批评，如果教师“纠错”心情急切，对学生采用粗暴训斥、无情数落的教育方式，不但会伤害学生的自信心和自尊心，导致学生对教师的敬畏心理，更有可能加剧他们的逆反行为。所谓欲速则不达，要知道，教育的过程不可能是一帆风顺的，遇到个别态度消极、小毛病不断的学生，应坚持耐心、细致的正面教育，不厌其烦地帮助其认识错误所在、根源所在，使之最终能自觉地改正错误，避免再犯，绝不能“破釜沉舟、背水一战”。因此，循循善诱、耐心教育是教师的基本素质。

在教育实践中，应特别关注两类学生：学习困难学生和行为异常学生。对这两类学生的辅导更需要耐心和恒心。

学生学习困难的原因很复杂，智力中下、方法不当、早年创伤、生理病变、注意力难集中等都可能导致学习困难。对学困生的教育辅导工作既是攻坚战，又是持久战，学困生的转化工作是循序渐进的，要求教师有耐心。只要学困生有一点进步就要及时巩固、强化，哪怕是微不足道的优点，也要及时表扬，使他们感到成功的快乐。例如，对一个注意力难集中导致学习困难的学生，由于注意力不够集中造成上课交头接耳、东张西望，就不能要求他一下子就能认真听讲。可以先让他坐在第一排，在老师的眼皮底下，让他有所收敛；过一段时间再配一位刻苦学习、文静稳重的学生与他同桌，而且课堂上老师要多提问他。这样，经过一段时间的关注，他就能慢慢地培养起专心听讲、回答问题的好习惯。学困生也是有人格尊严的独立主体，应给予他们充分的自由，允许他们有自己的发展速度。

学生行为异常的原因更复杂。家庭教养、社会影响、不良同伴、恶意中伤等都可能导致行为偏离。教师只要坚信“没有教不好的学生”，就能理解学生的真实需要，体谅学生的困惑，对怪异的行为能持宽容态度，不歧视、不厌弃，并注意发现这些学生思想行为上的闪光点，满足他们的自尊感。在课堂上，对学生提出的某些“怪”问题要延迟评价，不压抑、不嘲讽，循循诱导，满腔热情地保护学生创造性的幼芽。总之，教师应在和学生充分沟通和理解的基础上反复耐心地提醒、督促，有针对性地帮助、辅导这样的特殊学生，鼓励他们一步一个脚印地取得学业和品德方面的进步。

(三)严而有度,讲究艺术

尊生爱生、诲人不倦并不意味着就可以放松对学生的要求,实际上,严格要求正是爱生的表现。正所谓"无规矩难以成方圆",有针对性地提出严格要求,才更有利于学生的健康成长。苏联教育家赞可夫指出:"不能把教师对儿童的爱,仅仅设想为慈祥的、关注的态度对待他们,这种态度当然是需要的,但是对学生的爱,首先应当表现在教师毫无保留的贡献自己的精力、才能和知识,以便在对自己的学生的教学和教育上,在他们的精神成长上取得最好的成果。因此,教师对儿童的爱应当同合理的严格要求相结合。"没有在爱的基础上的严格要求,就没有成功的教育。

当然,严格要求要有分寸,即严而有度。

第一,严格要求不能超越学生身心发展的水平。"严格"的概念中重要的是"格"。"格"即"规格"的意思。对不同的对象"规格"是可以有不同标准的,"规格"的确立应与学生的发展水平相吻合。但一旦标准确立,则严格执行,没有特例。所以,对学生的要求要适当,符合学生的实际,避免简单的"一刀切"标准,也避免简单地加重学生负担。要求太低,起不到激励作用;要求太高,脱离学生实际,就会失去制约的作用,甚至会造成学生逆反心理,导致师生关系僵化。古往今来有许多成名的学者,在回顾自己在青少年时期的学习生活时,总是十分怀念和感谢过去的老师对自己的严格要求,因为他们深知,自己的成长是同名师的指点和严师的鞭策分不开的。

第二,严格要求要讲究艺术。表现在教师的态度要合适,措施要恰到好处,语言要注意方式方法,反对用强制的粗暴的手段对待学生。"严格"不等于"严厉",更不是"严惩"。有些教师经常摆出一副威严的架子、严厉的面孔,说话也习惯于训斥命令,声色俱厉。这样严则严矣,学生见之,慑于威严,也可能循规蹈矩于一时:老师在时仿佛老鼠见了猫,老师一离开往往又涣散了。严格更不等同于惩罚。一些老师习惯于这种办法,写错一个字罚写十遍甚至百遍,看似严格实则曲解了严格的内涵,无异于一种摧残。有的教师认为这就是"严格要求",殊不知这种惩罚既不是晓之以理,也不是动之以情,所以只会使孩子产生逆反心理,妨害学生身心的健康发展。严要求,这是刚;采取学生能接受、有效果的好办法,这是柔。刚柔相济,寓刚于柔,这才是教育的艺术。

第三,严格要求要始终如一、持之以恒。严格要求切忌一曝十寒、

虎头蛇尾。即便在贯彻的过程中遇到各种各样的困难,也要想办法去克服,以保持合理要求的一贯性,否则将前功尽弃。

总之,诲人不倦要求教师在爱护学生的过程中要严格要求学生,“以爱动其心,以严导其行”,用耐心细致的教育方法,达到教书育人的目的。

第二节　教师与同事的交往道德

现代学校教育是一项系统工程,教师的劳动是社会劳动的一部分,是在人们的相互联系中进行的。培养人才,需要学校内部各部门的通力合作,才能使各项工作有秩序地进行。任何学校,离开了集体之间和同事之间的团结协作、互相帮助,其后果是不堪设想的。教育只能是教师集体的事业。集体事业,就要发挥集体优势,注重整体效益。如果一个学校的全体成员,能够目标一致,步伐一致,齐心协力,共同前进,就会形成一种势不可挡的力量。

教师要认识到同事关系的重要意义,以一种开放、宽容、接纳的心态与同事交往,善于欣赏、善于赞美、善于合作。

一、教师与同事交往的价值和意义

(一)有利于形成教育合力,提高教育效果

教师与教师共同处于一个职业群体之中。学生的全面发展和健康成长离不开教师之间的分工协作和齐心协力。特别是新的课程标准更强调课程之间、学科之间的联系,这就对教师之间的合作与交流提出了更高的要求。

早在1932年沃勒尔(Willa Waller)就探讨了教师专业合作问题,他指出教师之间不合作的原因有利益竞争、职业习惯和追求自我心理安全等。教师同事间的这种隔绝状态不利于教师教学能力的提高和学校的整体发展,为此,沃勒尔强调教师之间要加强同事合作。加拿大学者迈克·富兰于20世纪90年代强调了教师之间的合作与交流对教师专业发展的重要性:“合作对于个人的学习非常重要,如果我们不与人交往,我们能够学到的东西是有限的。合作的能力不论在小范围还是在大范围内,在后现代社会正在成为十分重要的能力之一。”①

① 周进军.教师专业合作研究述评.中小学教师培训,2010(3).

虽然说，所有的组织都需要组织内部成员的交往和合作，但是教师群体的合作性更为重要。教师劳动的特点之一就是劳动成果的集体性，没有哪一个教师可以说某学生是我培养的，任何一个学生从幼儿园、小学、中学到大学，经历过各个阶段、不同科目老师的培养，任何一个学生个体都是教师集体共同努力的结晶。学生在教学过程中实现成长的社会化和个性的全面发展有赖于教师集体的共同努力，学生健全人格的塑造也需要凝结教师的集体智慧。因此，要求教师打破独立封闭的传统格局，在交往中取长补短，互通信息，实现资源共享，形成教育合力，共同承担教育责任，提高教育效果。

（二）有利于创建和谐校园，营造良好校风

现实中，一些学校的教师同事间交往状况往往不尽如人意，其中的原因很复杂。有的受传统观念影响，知识分子历来崇尚“君子之交淡如水”，不懂人际交往的价值，根本没有主动交往的动机；有的教师由于工作繁忙，工作的性质又相对独立，很少有机会了解他人，容易产生“文人相轻”，造成人际隔阂；有的教师因为一些不良个性，如封闭、自卑、嫉妒、孤僻、猜疑等，也造成了人际关系不良。同事关系不和谐，创建和谐校园也就成了一句空话。

良好的人际关系是人在社会生活中的一味重要的调味品，没有朋友和友谊的工作是单调、乏味的。没有谁愿意选择与自己有矛盾或自己厌恶的人共事和合作。相反，与相交甚笃之人工作，不仅愉快、轻松，而且工作效率也能明显提高。教师的教育工作更是如此。从这个角度来讲，要提高教学质量，教师之间通过交往而形成良好的集体氛围是非常重要的一个因素。

从管理层面来说，教师同事间的关系是学校的一种行为文化，也是学校的一种隐性环境。有教育家这样憧憬：“应该有这样的教师集体：有共同的见解、有共同的信念、彼此间互相帮助、彼此间没有猜忌、不追求学生对个人的爱戴，只有这样的集体，才能够教育儿童。”[①]因此，学校领导要积极创造条件，促进教师之间良好人际关系的形成，这是创建和谐校园、形成良好校风的重要手段。学校领导本身更应以身作则，处理好与教师同事的关系，充分理解教师，关心教师的工作和生活，接受教师提出的善意批评和建议，妥善解决矛盾，争取教师支持，以和谐的管理关系引领和谐的校园风气，共同把工作做得更好。

---

① 刘思佳．教师间交往的现实意义及促进策略．教育与教学研究，2009(10).

(三) 有利于获得集体认同,促进个体成长

教师不仅是人类灵魂的工程师,也是一个有血有肉的普通人,他有自己的喜怒哀乐,需要理解,需要认同,需要鼓励,需要发展,还经常需要情绪和情感上的宣泄和调节。诸如此类的需要的满足,很大程度要依靠同事之间的正常交往和合作。教师同事之间的交往是一种较高层次的心灵沟通,交往内容大都涉及知识、思想、情感等领域。现代教育要求教师不仅要精通自己的专业,还要有广博的知识,教师通过与同事之间的相互交流学习,能拓展知识领域,学习教学经验,提高业务水平;教师与同事形成亲密关系,分享快乐、分担忧愁、分解压力,可以满足归属的需要;教师在和谐的同事关系中合理竞争、通力合作,可以促进各方面成长。

另外,心理学研究表明,长期从事压力大的助人工作的人群易产生职业倦怠。教师所从事的正是这样的一种工作。若他们的情绪宣泄与情感认同需要未被满足,职业倦怠必然产生。因此,同事之间的交流沟通顺应了教师作为"人"的社会交往的需求,教师及时抒发了情感,获得了鼓励和支持,释放了心理压力,从而有效地缓解或克服职业倦怠,更好地投入教育教学工作。

二、教师处理与同事关系的基本要求

(一) 相互尊重,平等对话

教师之间的对话是交往的主要方式。对话是一种平等的交流,一种共同的探讨,一种相互的沟通。对话这一平等交流方式蕴涵着一种伙伴关系,它的本质是双方共同追求理解、同情和欣赏的过程。[①]

相互尊重、平等对话是教师处理与同事关系的最基本的准则。不论是普通教师还是领导,不论是班主任还是科任教师,不论是新上讲台的年轻教师还是有较长教龄的骨干教师,每一位教师在人格上是平等的。不同身份教师各有长处。对话的目的不是要追求交往双方的意见一致,消除不同的见解,相反,正是由于观点的碰撞才加深了对事物的理解。对话不仅仅是交往双方的言谈,还要有双方内心世界的沟通,相互之间真诚的倾听和接纳,在相互接受和倾吐中实现双方的精神融合。[②]

① 马晓凤. 在交往中发展——教师成长的审思. 中小学教师培训,2004(2).

② 杨钦芬. 教学交往的意义与可能实现. 教学与管理,2009(26).

以下是一个典型案例：

讨论：帮助小李老师想想办法，如何做既能实施教学改革，又不影响与同事的关系？

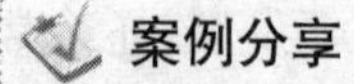

小李老师该怎么办？

小李是一位刚参加工作不久的年轻教师。他潜心探究教学规律，对如何搞好教学有独到的见解。针对当今教学中存在的弊端，小李进行了大刀阔斧的改革，其教学效果深受学生欢迎，他自己也颇有成就感。但在一次教研组教学研讨会上，有的老师明确表示了对小李教改的不同观点甚至反对意见，有的希望他不要倾心于标新立异，也有的劝他要多考虑其他教师的感受和接受程度，和小李私交不错的王老师也劝他不要因为教改而弄僵了和其他教师的关系，搞糟了自己的工作环境。对此，小李认定自己的教改有科学依据，而且也有理论价值，但其他教师对他的改革难以接受甚至持否定态度，使他颇感茫然和苦恼。小李老师该怎么办呢？

［资料来源］钱焕琦．教师职业道德．上海：华东师范大学出版社，2008：111.

案例分析：新教师刚走上工作岗位，意气风发，有抱负，干劲足。他们刚从学校走上工作岗位，学习了很多理论知识，亟于在现实中实践。一旦看到现实中有与理论不相吻合的现象，便会不顾一切地抓住机会进行改革。殊不知，教育是一项集体“工程”，教育过程“牵一发而动全身”，在教学某一个环节的改革势必影响到其他环节。因此，在缺乏沟通、对话的情况下，只是凭个人的微薄之力很难把改革推向深入。小李老师的经历对年轻教师有普遍的启发意义。

（二）严于律己，宽以待人

古人云：“律己宜带秋风，处世须带春风。”教师要形成同事之间的良好人际关系，一定要有严于律己、宽以待人的修养和风范。首先要严于律己，做到自重、自省、自警、自励，以身作则，言行一致。要别人做的，自己首先要做到；不希望别人做的，自己坚决不做。自重就是要有教书育人的责任感和使命感，珍惜教师职业机会、自觉维护教师形象；自省就是经常以道德标准反思自己言行，检点与同事交往过程中的态度、立场，做到“日三省乎吾身”、“日日弹尘”；自警就是要牢固筑起自律防线，清正廉洁，以工作为重，以大局为重，不贪图蝇头小利，“常思

贪欲之害，常怀律己之心”；自励就是要自觉学习，提升修养，树立积极向上的世界观、人生观，形成“天行健，君子以自强不息”的人生进取精神、“地势坤，君子以厚德载物”的博大胸怀、“舍生取义”的高尚气节、“富贵不能淫，贫贱不能移，威武不能屈”的大丈夫品格。

在严于律己的同时，还要做到宽以待人。能够宽以待人，是一个人成熟的标志，是一个人博大胸怀的体现，是人与人增进理解的催化剂。俗话说“金无足赤，人无完人”，“人非圣贤，孰能无过”。同事之间在日常的交往中，不可避免地要出现或大或小的矛盾，这时不要动不动就横加指责，大声呵斥，甚至恨不得将对方置于走投无路的境地，而是要做到“乐道人之善”，多站在对方的角度设身处地地为对方着想，多看到对方的长处。人们常说“人和万事兴”，人与人之间发生矛盾，产生分歧，如果各自都能“以责人之心责己，以恕己之心恕人”，就能化隔阂为理解，化矛盾为友谊，培植感恩之心，激发出人性特有的“真、善、美”，真正建立起和谐的人际关系。

三、团结协作是教师的优良品质

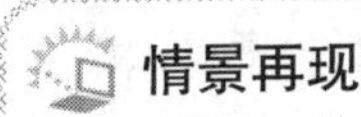

各人自扫门前雪，不管他人瓦上霜

马上要期末考试了。办公室里。

张老师：大考临近，你有没有收集到最新的期末复习的资料吗？

王老师：没有，最近家里有事，来不及去找。你呢？

张老师：我也没有，时间太紧，算了，随它去吧。

下午在文印室，当张老师抱着几张复印资料准备复印时，恰巧看到王老师也在复印资料。仔细一瞧，资料上写的是：2008学年第一学期期末总复习。双方照面都很尴尬。

这种场景在学校环境中很常见。教师之间表面上一团和气，暗地里各自较劲；表面上信息公开，暗地里私自保留秘密；表面上冠冕堂皇，暗地里嫉妒排挤，甚至相互拆台。如果学校这个工作环境只被当做谋生场所，同事之间关系淡漠、虚伪，教师在集体中体验不到相容、快乐，教师不仅工作疲惫，效率下降，也难以体验幸福感。因此，倡导团结协作对实现教育目标，提高教师自身存在的价值，营造和谐校风均有

重要意义。

所谓团结是指人们为了集中力量实现共同理想和完成共同任务而和睦、友好的结合。共同理想是团结的思想政治基础。所谓协作是指协同动作，泛指单位内部成员之间或有关单位之间互相配合工作。[①] 所谓团结协作是指建立在利益、目标一致基础上的思想和行动的统一以及感情上的和谐。[②] 学校是育人的场所，教师具有教书育人的共同理想，肩负着把下一代培养成为有用之才的重任，这是全体教师的共同目标。马卡连柯指出："在教师身上，承载着全国的希望。"[③] 教师为了实现共同理想而联合起来，相互支持，紧密合作，彼此之间以诚相待，融洽相处，形成团结的集体，达到教育目标自然也就有了保证。

（一）同行相亲，珍惜友谊

教师都是文人，俗话说"文人相轻、同行相忌"，这是古代文人的一种陋习，但在当今的教师队伍中并没有销声匿迹。所谓"文人相轻"，是指知识分子群体内部存在着的相互歧视、相互排斥的一种现象。所谓"同行相忌"，是指知识分子内部嫉贤妒能、互相拆台、恶语中伤、相互攻击的一种现象。这种现象极大地影响教师同事之间的关系，影响教师的身心健康。我们要改"文人相轻、同行相忌"为"同行相亲"，珍惜同事友谊，谋求共同成长。这就要求教师既客观地认识和正视自己的缺点和弱点，又公正地评价和对待别人的长处，努力克服扬己抑人的自负倾向；要求教师不断锤炼自己的心理承受能力，坦然面对别人的批评和指责，真诚欣赏别人的成就和荣誉，做到胸怀豁达开阔，勇于与对手堂堂正正地比高下；要求教师增强团结协作的意识，珍惜同事间的合作机会，围绕团体目标作出共同的努力。

（二）关心集体，尽心尽责

教师个人的价值在集体目标的实现中能得到最好的体现。如前所述，一个教研组、一个年段组、一所学校就是一个教师集体，大家要各司其职，尽心尽责，共同完成教书育人的任务。心理学研究表明，一所学校的教师组织承诺水平越高，这所学校的教师效能、工作业绩就越好。教师的组织承诺是指教师认同学校目标、以学校为荣、自觉为校贡

① 熊亚蒙．论教师的团结协作．高等函授学报（哲学社会科学版），2007（3）.

② 瞿虹．当前教师团结协作精神缺失的反思．江苏教育研究，2007（5）.

③ 马卡连柯全集（第7卷）．北京：人民教育出版社，1959：491.

献力量，希望持续留职，实现自身的价值与目标的心理与行为状态，其总体水平与组织气氛、教师效能、教师参与决策、教师授权、离职意愿、工作绩效、工作倦怠等密切相关。[①] 只有每一位教师对自己的岗位职责尽心尽力，才能保证集体目标的圆满达成。

（三）公平竞争，通力合作

团结协作并不排斥合理竞争。人在竞争状态下可以发挥出比平常大得多的潜力，这是众所周知的事实。学校管理中确实也需要发挥竞争的目标导向功能、动力激发功能和岗位调配功能，为团体总目标的达成提供保障。但如何处理好竞争和合作的关系，是一个非常复杂的问题，涉及体制的健全、环境的改善、风气的改进等问题。在不尽合理的评价体系和应试教育的氛围中，同一班级的任课教师之间、不同班级的任课教师之间、不同学校的教师之间的竞争变得越来越激烈，在某些地方和某些时候甚至到了白热化的程度，以至于较为严重地影响了教师的人际关系和身心健康。但既然教师同行间的竞争不可避免，它又是不可或缺的教育教学质量监控的一种手段，教师就要理性面对竞争，合理利用竞争，为自身成长创造条件。教师应遵循同行之间竞争和合作并存的原则，提倡在竞争中合作、在合作中竞争，促进教师同行共同进步。

资料卡片

教师博客

如今，教师之间的恶性竞争，已经使教师的身心健康有了不能承受之痛。

一、月考：你死我活的敌人

同备课组的老师，既是合作者、朋友，又是竞争的对手、敌人。平时嘻嘻哈哈，海阔天空，一旦到了月考，立马就成了乌眼鸡，恨不得你吃了我，我吃了你。月考哪里是在考学生，分明是在考老师，考老师的水平、能力、承受力、脑神经。好容易结果出来了，要比高低、比大小、比长短、比能耐，比得人心惊肉跳，比得人午夜惊魂。

二、统考：同仇敌忾的战友

忽如一夜春风来，人人脸上笑容开。当“内战”的硝烟渐渐散去，

① 田宝军．中学教师组织承诺的实证研究．成都大学学报（教育科学版），2007(5)：5–7.

当所有的月考都成了历史,老师们才恍然发现,统考就要来了。统考还是比大小,比高低,不过由"内战"转为"外战",和兄弟学校比,和兄弟学校的同仁斗。"度尽劫波兄弟在,相逢一笑泯恩仇"。突然之间,往日的对手成了仗义的朋友,成了闺中的密友,我们休戚相关、生死与共、肝胆相照,只因为我们是同一条绳上的蚂蚱!

三、高考:相依为命的病人

三年怀胎,一朝分娩。我们把考生送进了考场,互相鼓励着,近乎是相互搀扶,三年来刻骨铭心的斗争和三年来刻骨铭心的支持,早已经化成了热热的眼泪。我们病入膏肓,我们相依为命,我们眼睛花了,耳朵坏了,腿脚也开始蹒跚;但只要是高考的任何风吹草动,我们就会突然惊醒,两眼放光。对于高考,我们就像对初恋的情人,一样的痴情,一样的执著。

[资料来源]育星教育网.教师竞争,有多少痛可以不来(外一篇).http://www.ht88.com/article/article_3042_1.html.有删改

讨论:教师间在什么情况下应提倡竞争?在什么情况下应提倡合作?如何使竞争和合作交替进行?

第三节 教师与家长的交往道德

孩子从生下来的第一天起,首先接触到的就是家庭教育,家庭是孩子的第一所学校,父母是子女的第一任老师,孩子的认识、情感、学习能力等,都和家庭环境有着密切的关系。入学时,孩子已经在家庭教育影响下形成了一定的思想和行为习惯。在学校教育过程中,家庭教育继续影响着孩子。良好的家庭教育可以促进学校教育的发展,促进孩子健康成长,而不良的家庭教育会成为孩子成才的障碍。因此,家长是学校教育的天然合作者,因为家长更了解子女的品性及成长过程,影响力也较大,在教育子女上比较主动。学校需要主动开放,积极吸引家庭正面教育的力量。教师应当清醒地认识到家长在孩子成长中的重要作用,充分利用家长资源,及时与家长互通信息,在更有效地教育孩子方面达成共识、形成合力。

一、家校联合是学生健康成长的保证

教师和家长有不同的学识背景、不同的处事方式、不同的价值观,但在教育孩子的问题上目标是一致的。家校联合是学生健康成长的保证。

首先,家校联合可以互取所长,互补所短。教师和家长是两个社会单元的代表,教师代表学校教育,家长代表家庭教育。家庭教育和学校教育各具不同的教育优势。一般说来,家庭教育具有注重情感联系、情感唤醒的优势,而学校教育则以科学理性的教育方法为特点,这两个方面的相互借鉴和配合,有利于提高教育效果,对于培养孩子形成良好习惯、塑造完美人格具有重要意义。

其次,家校联合可以及时发挥补救作用,为学生成长保驾护航。教师通过与家长的沟通了解学生成长过程中的经历,可以有的放矢地对一些早年的不良影响予以抵制,可以尽早为孩子在行为、品德、学业方面的不良问题予以辅导;家长通过与教师的沟通,了解学生在学校生活中承受的压力,也可以适时地给予鼓励和安慰,可以尽早为孩子在发展方向、学习方法、人际关系的处理等问题上予以支持。

再次,家校联合可以促进教师和家长的自身成长,从而进一步推动学生成才。教师在与家长的交往中,不仅增进了对学生的了解,也增进了对社会的了解,提高了与社会上不同人群沟通协作的能力,获得了有效的教学支持,从而能更好地胜任教师角色。与教师的交往对家长来说也是一个重要的成长过程,因为大多数的家长对子女的教育没有具体清晰的目标和科学合理的方法,他们常常根据自己的生活体验来教育孩子。学校教育对家庭教育的指导,可以帮助家长端正教育观念,明确教育目的,使家长在为子女前途着想的同时,能考虑到社会的要求和国家的需要,能懂得一些教育学规律和青少年身心发展的规律,从而也能更为科学和有效地指导孩子的成长和成才。

二、教师处理与家长关系的基本要求

(一) 合理评价,理性分析

在家长眼里,“孩子是自己的好”。教师在和家长交流之前,要做到合理评价、理性分析,认真梳理孩子的优点,在肯定孩子的基础上指出孩子的不足,使家长容易接受,乐于配合。如果教师在家长面前,尽说学生这也不好那也不行,或只报喜不报忧,很可能会引起家长反感,或在一定程度上误导家长,对形成家庭教育和学校教育的合力是十分不利的。

合理评价学生,就要做到就事论事,切忌给学生的人格、品性下“定论”。在学生身上发生的任何问题都是发展过程中的问题,如果一个学生行为不端、学业成绩急剧下滑甚至出现违纪行为,一定有很复杂的原因。教师应出于对学生的高度负责的态度和家长共同讨论辅

导方案，而不是一味地向家长“告状”，给学生贴上“死不悔改”的标签。这样既不给家长面子，也没有给孩子机会，对解决问题无益。

理性分析学生，就是要做到优劣兼顾，切忌“以偏概全”，以某一方面的不足抹杀了学生其他方面的进步。一位有经验的班主任在一次与家长交流的过程中，看到家长因为孩子的一次单元考试成绩退步就不停地数落孩子，甚至辱骂孩子“笨蛋”、“不知道以后还能做什么”时，适时地抓住机会对他说，“其实，你的孩子有很多优点，如热爱班集体，乐于助人等，老师和同学都很喜欢他，只要他以后能拿出像对待班级工作的热情一样对待学习，答题时再仔细一些，成绩一定能进步！”家长听了老师的表扬很是高兴，孩子也深受鼓励，在以后的学习中也确实有了进步。

（二）尊重家长，真诚合作

作为教育工作者的教师，应明确自己对孩子的成长负有主要责任。教师与家长的交流，是为了赢得家长的支持，更好地完成教育使命。因此，在与家长交流时，要尊重家长，把家长看做是“教育者”和“合作者”，绝不能凌驾于对方之上。因为教师具有教育孩子的职责，但没有教育家长的权利，至少没有摆出一副教师姿态数落家长的权利。有的教师认为：在教师和家长的关系里，教师占绝对优势，家长一般都会顾忌孩子在学校的待遇而不跟教师发生正面冲突。但没有正面冲突并不表示没有隔阂。如果教师采用命令、警告、责备、提意见和教训人的态度与家长交往，很容易引起家长的反感，家长也许会在教师面前压抑这种反感情绪，但这种情绪一定会在其他场合寻找宣泄途径，影响学生，进而影响到学生与教师的关系，形成恶性循环。因此，教师在与家长交往时，要抱着谦虚谨慎的态度，尊重家长，讲究礼貌，营造和谐气氛，这样才能缩短双方可能产生的距离，家长也才会敞开心扉。特别是在对家长作必要的指导或指出其子女某些方面的不足时，要尽量采用委婉、含蓄的语气，以诚感人，以理服人，如此才能实现有效沟通，奠定教师与家长之间良好合作的基础。

三、廉洁从教是教师的优良品质

教育是最大的公益事业，这种公益性特点就要求它的从业人员具有最基本的“公平心”。从字面意义上解释，公平是为“公”而求“平”。[1] 合理地划分利益是公平的深层本质。如果社会中各个主体的

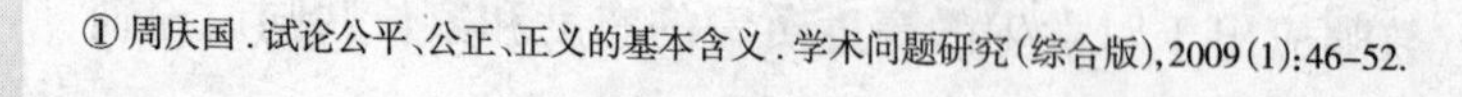
① 周庆国．试论公平、公正、正义的基本含义．学术问题研究（综合版），2009（1）：46-52.

利益高度一致，不存在相互之间的利益冲突，人们也就不会计较公平与不公平问题。公平是社会中各种利益分化的产物。

教师和家长的利益从表面形式上看似乎是无关的。其实不然，两者的利益联结在于学生。试想，如果教师认为他“额外”地在落后学生身上付出了时间精力、认为学生成绩较差影响到了他的教学业绩继而影响到他的福利待遇，教师心理的“公平感”就会打破。在利益诱惑下他可能会采取行动来改变这种“不公平感”。一些家长很能理解教师的“额外”付出，甚至为了能让教师持续“额外”地关照自己的孩子，宁愿送钱送物，来“摆平”教师的“不公平感”。殊不知，教师的“不公平感”暂时缓解了，新的不公平又出现了。

学校教育奉行的基本价值观是：学生通过公平的学习，获得均等的教育资源，再通过考核，公平地获得人生机会。而教师和家长心照不宣的“有偿补课”则动摇了这一公平的基础，尤其在义务教育阶段。教师是最重要的教育资源，在课堂上对孩子均等地施教，是确保公平最重要的方式，但通过有偿家教，教师自身虽获得了更多的社会报酬，但教育资源自然地向拥有更多社会资源家庭的孩子倾斜，教育公平与机会均等也就不攻自破。一位家长说：“老师平时在课堂里不好好教，连最基本的内容都要孩子们去家里听有偿辅导”。家长的话说的可能是一种比较极端的情况，但反映的确实是有偿家教导致教育公平失衡的实际情况。

扩展阅读

相关政策链接

1. 2009年9月3日，山东省人民政府第52次常务会议上讨论通过了《山东省义务教育条例(草案)》(以下简称《条例(草案)》)，严格规范了教学内容和课程管理，制定了学校办学标准，并禁止在职教师从事有偿家教和兼职活动。根据《条例(草案)》，在职教师不得从事有偿家教和兼职活动，学校和教师应当严格执行国家课程方案和省定课程计划，提高课堂教学质量，规范作息时间，不得挤占科技、体育、文艺、实验和综合实践活动课时，确保学生参加体育锻炼、艺术培训和社会实践活动的时间；对困难群体子女的义务教育问题更加重视，这部分人主要涉及进城务工就业农民子女和农村学生、家庭经济困难学生和残疾学生。

思考：在其他省纷纷立法禁止“有偿家教”的背景下，浙江省人大常委会的审议结果实现了从“立法禁止”到“道德规范”的转变，你有什么启示？

2. 2000年长春市教委下发了《关于禁止中小学和在职教师参与社会乱办班、乱补课、有偿补课的通知》。2009年9月23日，吉林省人民政府下发《关于贯彻实施〈吉林省义务教育条例〉促进义务教育健康发展的若干意见》，其中涉及教师补课的内容有：学校和教师不得占用学生节假日、双休日和寒暑假组织集体补课、提前上新课，不得强制或变相推荐学生参加社会上举办的培训班。明确禁止私自办班补课，严禁班主任以任何借口、在任何地点补课、私自办班及强迫学生到指定的补习班补课，严禁任课教师以任何理由在校外兼职上课。针对教师私自办班补课，一经发现将严格按照《长春市中小学教职工奖惩暂行规定》进行严肃处理，直至开除公职。

3. 2009年9月底，浙江省十一届人大常委会第13次会议初次审议《浙江省义务教育条例(草案)》，规定"学校教师在工作日期间不得从事有偿家教，或者到校外培训机构兼职兼课；在节假日期间不得组织学生接受有偿家教"。在审议会上辩论热烈，委员们各抒己见，对"有偿家教"提出不同看法。有的委员认为，社会上确实有家长有这需求，可以适度放开，如一些孩子因生病等问题赶不上教学进度，请老师补补，避免孩子功课跟不上，对孩子有好处；但也有委员认为，教师是特殊职业，如有孩子功课落后，老师课余时间辅导是应该的，不应该有偿家教。11月23日，浙江省十一届人大常委会第14次会议二次审议《浙江省义务教育条例(草案)》(修改稿)，对于"有偿家教"的规定改为："教师应当遵守职业道德规范，自觉抵制有偿家教"。

［资料来源］中国教育和科研计算机网 .http://www.edu.cn/ycjj_8690/.

杭州启正中学方能飞老师对"有偿家教"问题有独到的见解。他说："现在施行阳光工资、绩效工资，老师待遇已慢慢提高，用不着利用有偿家教提高收入。既然选择教师这行业，就别想着发财，老师还是需要多奉献。"是的，人们尊重教师，是因为教师是人类文化和文明的传播者，教师职业神圣而无私，是不能用金钱来度量的。如今，在市场经济背景下，拜金主义思潮泛滥，社会上衍生出了种种腐败现象，对教师产生了巨大的冲击。教师不是神，他们置身于现实生活中，置身于市场经济大潮中，不可避免地会被各种利益所诱惑，有的甚至做出有违师德的事。在与家长交往的过程中，有的教师利用职业之便，在家长身上

获取利益；有的淡化了对事业和理想的追求，以“财”取人，偏心眼，对教育教学不尽职尽责；有的热衷结交有钱有势的家长，投桃报李，相互利用；有的贪图金钱和享乐，信奉“金钱万能”，提出了要“理论联系实惠”的教书原则；有的甚至利用节假日向家长直接或间接索要钱物等。这样的行为污染了育人环境，扭曲了与家长的纯洁关系，严重破坏了教师的整体形象。所以，预防教师因“财”施教，提倡廉洁从教，既是教师自身树立良好道德品质的要求，更是倡导良好社会风尚的航标，也是对学生进行人格渗透教育的内在基础。

（一）公正公平，为人师表

廉洁从教首先体现在公正公平上。家长之所以想尽办法接近老师，甚至给老师送礼，是因为个别教师确实没有守住道德界限，接受了不当之财后用不同的态度对待不同的学生。一位家长总结出给教师送礼的“七大”好处：孩子的位子可以好一点、课堂上老师会多鼓励一点、课后作业批改会仔细一点、辅导会耐心一点、提名班干部机会多一点、评优评奖照顾一点、犯错时还能多偏袒一点。试想，当家长貌似恭敬地给教师送一些钱物的同时，他的内心深处是不是发自真心萌发出对教师的敬仰？他的目光和心里有着多少的不满和无奈？如果家长在送完钱物后以鄙视的目光看待教师，教师还如何树立起教育孩子的威信？教师的地位从何谈起？如果换一个角度思考，教师把全部的爱心给学生，让每一个学生都喜欢教师，亲近教师，家长也很放心地把孩子交给教师；在与家长平等沟通的过程中，让家长感觉到老师是那么的关心自己的孩子，工作是那么的负责任，教学方法是那么的适应自己的孩子，情操是那么的高尚，这样，家长就没有必要挖空心思来接近老师，没有必要想尽办法跟老师来搞关系了。也只有这样，教师才能真正做到为人师表，真正赢得家长的信任和尊重，真正与家长形成一种积极和谐的人际关系。

（二）自我约束，抵制诱惑

在市场经济的大潮下，教师要保持廉洁需要做出许多艰辛的意志努力。因为现实中诱惑太多了！教师要抵制不良风气和腐朽思想的侵蚀，加强自我约束，摒弃非正当利益的诱惑，首先要在复杂的现实世界中明确是非标准，增强辨别能力，不要被来自各方面的不良风气蒙住了双眼，不是属于自己通过合法劳动所得的报酬，就坚决不能接受。其次，要有坚定的信念，凡是违背教师职业道德，违背廉洁从教原则的行为要坚决抵制，决不能麻木不仁，明哲保身。只有在思想上树立了正确

的观念和坚定的信念，才能抑制各种不良诱惑，保持廉洁的高风亮节。第三，要不断磨炼自己的道德意志，这是保持廉洁自律，坚守高尚情操的重要保证。抵制不良诱惑，不仅需要信念，还需要意志，因为坚守信念有可能会遇到意想不到的困难和阻力，如少数家长的不理解、个别同事的讽刺等。只有道德意志顽强，才能在任何情况下不改变自己信念和节气。总之，教师只要具备了辨析是非的能力，坚定的道德信念，以及顽强的意志力，才能养成良好的道德习惯，一以贯之地遵守廉洁从教的各项行为准则。

（三）淡泊名利，甘于奉献

教师讲奉献，就要以为学生服务为最高目标，以培育学生成人成才为最大责任，不计报酬、淡泊名利、以教为乐、以教为荣。教师坚守高尚情操，发扬奉献精神，不利用职务之便牟取私利，是教师职业道德的明确要求。当前，我国正处于一个快速发展的重要时期，党和人民对教师赋予重任，社会各界对教育寄予厚望。作为一名教师，理应自觉地把教书育人作为自己的神圣职责，爱岗敬业、开拓创新、精于教书、勤于育人、无私奉献，做一名品德高尚的人民教师。当然，廉洁从教，并不是提倡教师过苦行僧一样的清苦日子，教师同样需要不断改善物质生活条件。近年来，各级政府越来越重视教育，教师的待遇明显提高。虽然事实上教师的工资水平比起有些行业来还有些差距，但教师应摆正自己的心态，调节心理失衡状况，努力追求职业幸福。马克思主义认为，人的真正幸福是与人积极的精神需要、合理的物质需要联系在一起的。单纯追求物质幸福，人只会变得自私自利，变得患得患失。真正的幸福是精神生活和物质生活的统一，教师只有树立正确的人生观、价值观，视职业为事业，视工作为享受，淡泊名利，甘于奉献，才能真正体会到职业幸福，并进而体会到幸福生活的真谛所在。

本章小结

师生关系是教育功能实现的基石，是教师和学生在教育教学过程中为完成一定的教学任务，以教与学为中介形成的特殊的人际关系，是学校中最基本的人际关系。教师的劳动是社会劳动的一部分，是在教师集体的相互联系中进行的。教师要认识到同事关系的重要意义，以一种开放、宽容、接纳的心态与同事交往，善于欣赏、善于

赞美、善于合作。教师还应清醒地认识到家长在孩子成长中的重要作用，合理利用家长资源，及时与家长互通信息，在教育孩子方面达成共识、形成合力。教师应形成诲人不倦、团结协作、廉洁从教的优良品质。

思考与练习

一、思考题

1. 如何理解新型师生关系的内涵和特征？
2. 教师在处理与同事关系上有哪些基本的道德要求？
3. 为什么说廉洁从教是教师的优良品质？

二、思考分析

针对小A同学的困惑，给小A回一封信。(以下案例中的“我”为小A)

中考失利，我被推进一所并不心甘情愿的学校上高中。带着失望的灰色心理，我无精打采地开始了新学校的生活。我们的新班主任，一个还有几分稚气的二十几岁的“大孩子”，更加使我失望。可有一天，在我的作业上见到他一行醒目的大字：“一次失败不代表永恒，振作起来，成功属于你！”那时，这样的理解、关心和鼓舞，我是多么需要啊！父母没有给我，他给了我。

我重新振作起来，恢复了自信，成绩也在上升。不久，我被选为班长，经常与他接触，我渐渐发现，他是个好老师，对人真诚，对同学同样坦诚。课上，我开始捕捉那双眼睛；课下，我寻觅那匆匆远去的背影；课外活动，我一个人站在窗口凝望着在操场上与男生打球的他出神……这就是爱？忽然这个问题在我脑子里闪现。不，不，这不可能，他是我的老师。于是，我开始逃避，然而却时常心不由己。一次体育课，我突然晕倒，他闻讯从楼上跑下来，背起我向医院跑去。我迷迷糊糊地趴在他背上，好想好想让这街道变长，好想好想就这样永远走下去……不知是我的泪水，还是他的汗水，湿透了他的后背。

然而，有一天，一位美丽的女青年来找他！老师们的话证实，那是他的女朋友，快要结婚的女朋友。我偷偷地流泪，又默默地擦去泪痕。我莫非是个坏女孩？我该怎么办？

［资料来源］中学生，2005(10):23.

第六章 教师的评价道德

学习目标

通过本章学习,你应该能够:

□ 理解教师评价学生、评价同事、评价自我的道德功能。

□ 掌握教师评价学生学业、评价同事、评价自己工作的道德要求。

□ 掌握教师评价学生品德、评价同事、评价自己品德的道德要求。

引导案例：补课引起的风波

张老师是初二(3)班的班主任，他和石老师分别担任该班的语文和数学课教学。有一次，石老师和张老师吵了起来，双方吵得很凶，闹到了校长那里。校长让两位老师坐下，给两位老师泡好了茶，让他们先静一下，然后让两位老师说说是什么原因。

石老师抢着说："前天学生的数学测验不太理想，今天下午第三节是自修课，我事先与学生商量了，给他们补数学，我下午去的时候，学生说不补了，等会要开主题班会，班主任让他们准备开班会的材料。我去找班主任张老师，张老师态度很差，说我老补课补课，把学生都补傻了。有本事就在课堂上把问题解决了。校长，就凭我们学校学生的水平，不补课能搞上去？"

张老师听到这里，马上反驳道："我们学校的学生的水平怎么啦？如果所有的任课老师都像你这样补课，哪儿有那么多课好补，学生的成绩并不是靠补课补出来的。你看学生的英语成绩就不错，哪里补过你那么多的课？这学期，你已经补多少次课了，大部分的自修都让你占了，甚至连早自修、中午休息的时间也来抢，我告诉你，你这样的做法很多老师都有意见。"

石老师面向校长说道："校长，我工作兢兢业业，把大量休息的时间都花在学生身上，这有错吗？我们的学生基础不好，学习自觉性差，我不去抓，他们能出成绩？我难道不会舒服，我也可以休息、可以喝茶、看报，要不负责任，谁不会呀？"

张老师："你的意思是我不负责任吗？难道占时间就是负责任？我看我的学生很好呀，关键是你怎么教？怎么提高效率？那才是本事呀。校长，你来评评这个理。"

校长听了两位老师的争论，神色凝重，陷入了沉思……

请结合案例思考应从什么样的角度来认识教师对学生、对同事以及对自己的评价道德？

第一节 教师评价学生的道德

在教育教学过程中，作为教育者的教师和被教育者的学生之间存在相互联系、相互影响的互动关系，师生之间的互动在很大的程度上是依靠评价来推进的，教师的评价对学生的发展具有很强的指导意

义，一个教师要想有效促进学生的发展，必须学会科学而合理地对学生进行学业和道德评价。

一、教师评价学生的道德价值

师生之间不断存在着评价与被评价，这种评价既影响着教师，也影响着学生。学生作为教育教学过程中的客体，不断受到来自教育教学主体——教师的各种评价影响，这些评价左右着学生的心情，影响着学生的人际关系，甚至影响到学生一生的发展。教师的评价对学生的发展具有极其重要的道德价值。

（一）教师对学生的评价影响着学生学业的发展

教师对学生的学业评价是教育评价中最为核心也是最为经常的内容，一个学生进入某个学校、某个班级，经过一定时间的学习，在学期、或者是学年、或者是某个阶段结束时，教师总要代表学校对学生进行学业上的评价，这种评价是对学生所学知识以及学习能力的总体价值评判，它对学生的发展具有十分重要的道德价值。从当前教师评价学生的机制来看，可以分为这样两大类：一类是表征性分数评价机制，一类是实质性内容评价机制。[①] 表征性分数评价机制以量化的分数作为学业评价的唯一表现形式，把考试分数作为追求的目标和决策的依据，把学生在一个学期或一门课程中丰富多彩的、生动活泼的学习行为，抽象、概括成一个考试分数；把学生丰富多彩的个性发展和学习历程用一个笼统的考试分数加以表达。这种评价机制在道德上存在以下问题：

1. 表征性分数评价机制量化倾向严重，评价功能单一，它只重视考试结果量化的分数表达，不重视对学生学习过程和发展进步在质性方面的描述性评价。将学生学业评价的功能简单认定为选拔适合进一步学习的儿童，忽视了评价促进学生发展的功能，导致了学生发展的简单化和片面性。

相对于表征性分数评价机制的不足，请思考实质性内容评价机制具有什么样的特点？

2. 表征性分数评价机制以考试分数作为追求的目标和决策的依据，致使教师对学生的评价过多地倾注在认知领域中那些容易用纸笔测验的、简单的知识技能方面，对于认知领域、情感领域和动作技能领域的其他高级心智技能则难以重视，不加以评价，导致学生学业评价内容的窄化。

① 宫黎明，龙文祥．从“表征”到“实质”——试论中小学学生学业评价机制的转变．现代中小学教育，2004(3).

3. 表征性分数评价机制注重对学生学习结果的评价，忽视对学习过程的评定，难以发挥评价的反馈、调整和促进学生发展的功能。

4. 表征性分数评价机制采用单调的、抽象的学业考评，必然会丢失学习过程及考试过程业已显示出来的大量信息，把相同考分的学生看成相同的发展，忽视学生心理发展和智能结构差异，导致重视共性、忽视个性的结果。

很显然，表征性分数评价机制的上述问题给学生的发展带来了很大的负面影响。要改变这些影响需要运用实质性内容评价机制。这是对于学生学业的一种全面的、进步的、更科学的评价机制。它将定量评价和定性评价相结合，从教学内容和教学目标两个维度入手，采用多种教育评价技术、评价方式，对学生的学业进展情况作出负责任的实质性评价。实质性内容评价机制的道德价值在于对中小学生进行学业评价时，突出了评价的教育、发展的功能，它结合日常教学活动、学生的各项表现和试卷分析，运用静态评价与动态评价相结合的多种方法，从多个层面上对学生的学业进展作出实质性的描述性评鉴。这种评价机制淡化区分与选拔功能，减少学业考评对学生带来的心理压力，有助于学生身心的全面发展。

(二) 教师对学生的评价影响着学生品德的发展

教师对学生不仅进行着学业的评价，也在进行着品德的评价，教师对学生的品德评价是指在教育过程中，教师依据一定的道德标准对学生的品德形成和发展的状况所进行的评价。教师对学生品德评价具有全面和片面、主动和被动、科学和不科学之分，它们对学生的品德发展带来不同的道德影响。

教师对学生片面的、被动的、不科学的品德评价及其对学生负面的道德影响主要表现在以下方面：[①]

1. 品德评价内容狭窄化、公式化、行为化。教师品德评价内容狭窄化表现为以学生的某些方面代替学生的全部方面，如以学习成绩代替品德成绩；公式化是指以固定的程序、指标机械地考察学生的品德；行为化是指简单地用学生的表面行为来判断学生内在的思想品德。这种以偏概全、以点带面的评价必然会导致学生品德评定的片面性，从而导致学生品德的片面发展。

2. 品德评价方式的非学生主体化、主观化。以教师评价为核心，

① 蒋波．中小学生品德评价的误区与对策．教学与管理，2002(7).

强调教师的主观判断,忽视学生的实际品德水平和主观感受,必然导致品德评价过程的教师中心主义和非学生主体化,弱化学生的内部评价和自我教育,不能有效激起学生奋发向上的动机,也难以对学生良好品德的形成和发展产生重大影响。

3. 品德评价目的的功利化。功利化的品德评价不着眼于学生品德本身的发展,而是服务于外在的目的。例如,有的品德评价的目的在于给学生分等,提供奖惩的依据,有的甚至为了通过品德的评价来维持纪律,以德促智,将品德评价作为智育发展的附属物。这种本末倒置的品德评价观不利于培养学生健全的人格,将学生的品德发展引入歧途。

有道德的教师评价必然是全面的、主动的、科学的。它对学生所产生的积极的道德影响主要体现在:

1. 导向功能。具有科学评价观的教师对学生品德的发展有十分明确的培养目标,他们会把学校的要求变为被评价者——学生努力实现的目标,制订一系列具体的指标项目和评价标准,学生按指标要求做出努力,就有可能达到合格或优秀的标准,可以帮助学生纠正偏离目标的部分与目标要求存在的差异,使他们沿着教师指引的方向前进。

2. 激励功能。品德评价要对学生作出价值判断,每个学生都有实现自身价值的需要,都有企求获得较高价值评定的要求,评价结果所做出的价值判断具有高低之别,这就能够激励每个学生按目标要求行动,争取获得优良的评价,从而激发学生认真学习、努力工作、遵守纪律和争做好人好事的积极性,自觉调控自身的行为。

3. 诊断功能。在品德评价中,教师按评价指标对学生进行逐项检测,同时学生进行自我检查,这样,可以获得众多的反馈信息,准确地把握学生在哪些方面见长,需要加以巩固,哪些地方不足,还有待进一步改进。这样可以诊断出学生存在的问题,以便对症下药,及时强化,及时调节,及时矫正,及时完善,从而达到学生品德的整体优化。

(三)教师对学生的评价影响着学生心理的发展

在实际的教育教学评价中,教师对学生的评价会从学业、品德渗透到学生整个心理层面,教师只有明确评价对学生产生的各种心理影响,才能在具体实施评价的过程中趋利避害、扬长避短,真正发挥评价的作用,进而有效地调动学生学习和发展的积极性。总体来讲,教师评价对学生所产生的心理影响主要有以下几个方面:

1. 对学生自信心和自我知觉的影响。教师评价学生的方法或方式的不同，所产生的效果不一样。比如，教师的正评价和负评价、学生的自我评价，都会对学生心理产生不同影响。以正负评价为例，正常情况下，学生如果得到教师的正评价，就容易从肯定的方面看待自己，自信心就会得到增强；相反，如果得到负评价，就容易从否定的方面看待自己，产生失落感与自卑感，甚至会影响学生的自我知觉。同样，强化学生的自我评价能力可以使学生对自己有一个清醒和客观的认识，可以增强他们自尊、自爱、自重、自信以及自制等心理素质。因此，如何恰当运用正评价和负评价对于学生自信心发展具有道德意义。

请找一个案例说明教师评价对学生心理产生的影响。

2. 对学生情绪的影响。教师评价学生的方式和方法不同，对学生情绪产生的影响也不一样。一般情况下，教师的正评价能使学生情绪得到稳定，注意力持续集中，心态保持正常，从而有利于正常的生活与学习；而负评价则在一定程度上使学生的精神紧张加剧，情绪不安程度上升，会对其学习与生活的积极性产生不良影响。

3. 对学生的意志和动机的影响。学生正处于人生观、世界观和价值观逐步形成的阶段，他们在成长中对外部的事物进行着观察与判断，他们非常重视他人的评价，尤其是教师的评价。教师对学生的评价能在很大程度上激发学生的成就动机，使学生对学习和生活投入更大的热情和努力，并增强克服困难的意志。但是，评价也会对学生的意志和动机产生不良的影响。比如，教师对某些学生的某些方面给予了负面评价，即使这种评价是客观、公正的，它依然会对学生的意志以及学习动机方面产生一些消极的影响。如果教师在对学生进行负面评价的时候，不能客观、公正，那么，对学生的心理影响可能具有较强的危害性。教师必须认识到自己的评价在学生心理发展过程中的重要性和复杂性。

二、教师评价学生学业的道德要求

（一）掌握学业评价理论，提高学业评价的科学性

教师要使自己对学生学业的评价是道德的，那么首先就必须使自己的评价是科学的，想当然的评价或者是经验性的评价会对学生的发展产生负面影响。从现代教育评价理论的发展来看，现代教育评价模式大致有以下三种，即目标导向评价模式、决策导向评价模式和多元论评价模式，这些教育评价模式大致体现了以下两种价值取

向：[①] 一是以社会服务为价值取向的学业评价。这种学业评价始于早期的教育评价之父泰勒所倡导的目标导向评价理论，后来由布卢姆的目标分类理论、斯塔弗尔比姆的CIPP模式评价理论进行了发展和完善。该模式主要是从预定教育目标出发，对学生的学习效果进行评定，为判断学生是否达到预定的目标服务。二是以人的需要为价值取向的学业评价。这种价值取向主要存在于20世纪70年代以来出现的一类新的教育评价模式之中。这类评价模式重视所有评价参与人的观点和看法，强调在评价中应反映参与评价的各种人的价值观念，认为评价应为参与评价的所有人服务，这类评价模式统称为多元论评价模式，其中斯塔克提出的应答评价模式是这类评价模式的典型代表。

不同的评价模式往往体现着评价者不同的价值取向和不同的道德观念。应该说以社会服务为价值取向和以人的需要为价值取向的学业评价模式均有着其存在的合理性。从目前学业评价发展趋势可以看到，以人为本、以学生为本的评价模式日益为人们所重视，教师应该熟悉各种评价理论和评价方式，通过评价来促进学生的健康发展。

（二）克服分数至上，注重学业评价的多元性

在对学生的学业评价中，分数永远是个绕不开的话题，有人这样来形容分数在学生学业评价中的作用：千好万好，没有分数是什么也不好；千差万差，有了分数是什么都不差。分数之所以引起学校、教师、学生、家长、社会各界如此重视，是因为分数具有如下特征：第一，分数具有很强的直观性。学生各种表现、各种素质、各种能力、各种知识通过一定的测验手段转换成分数就可以非常直观地显示出来。第二，分数具有较好的比较性。学生学业成就高低，通过分数可以直接进行比较。第三，分数满足了人们追求公平公正的愿望。分数面前人人平等，使得一部分人能够通过分数这种选拔机制进入他们所想进的学校和工作岗位。但是，通过分数高低来评价学生在道德上也带来了很大的负面影响。首先，学生的发展是多元的，分数在反映学生发展水平上是有局限性的。按照哈佛大学教授加德纳的观点，人有八种智能，分别是语言智能、音乐智能、逻辑数理智能、视觉空间智能、身体运动智能、自我认识智能、人际智能和自然观察智能。人

① 刘志军．对国外教育评价模式的价值取向评析．教育理论与实践，1993(4).

的有些智能是可以用分数来直接进行反映的，但是有些是很难用分数来反映的。其次，分数比较侧重于对学生学习结果的评定，对学生学习的过程、学习的态度、学习的进程很难反映出来。第三，分数给学习成绩较差的学生带来心理负担，使其丧失学习的兴趣、信心，甚至丧失生活的勇气。第四，将分数用于选拔与培养英才，忽略了大部分学生的需要，从根本上违背了教育的公平与正义，往往带来了教育资源的浪费，效率的低下。

正是因为分数至上，以分数来论英雄在评价中存在着很大的局限性，近几年，教师们越来越关注学生学业评价的多元性。学业的多元化评价基于这样的理念：学生的先天素质和成长环境存在着显著的个体差异。学生的兴趣、爱好、性格、知识基础、学习习惯等都有非常明显的差异。学生的发展需要具有一定的个体性，发展的速度和轨迹也有所不同。因此，在多元化评价的背景下，评价方式在不断的改革和创新。譬如：真实性评价、表现性评价、档案袋评价、整体印象评价等。[①] 这些评价方式分别从不同的侧面对学生的某些方面进行了个性化的评价，对于全面揭示学生的发展具有较好的效果，有助于学生的个性化发展。

请想象教师公平评价学生可以有哪些做法？

（三）兼顾先进后进学生，提升学业评价的公平性

在课堂上，一个学生得出“4+5=8”的结论，老师用了三句话加以评价：“很好！”、“很接近！”、“谁还有不同意见？”第一个评价是对学生敢于发表意见的赞赏，第二个评价是对学生积极思考的肯定，第三个评价则揭示了回答不正确的信息。又有另外一个经典的笑话：有一个平时学习较差的学生上自习课时，手上拿着一本书打瞌睡了，教师批评他：“你看看，看书的时候你居然打瞌睡。”然后老师指着另外一名也在打瞌睡的同学（这名同学平时学习比较好）说：“你看看人家，睡觉的时候还拿着书呢。”

从上述案例可以看到，前一位老师对学生评价充满了人性的色彩，而后一位老师对来自不同学生的同一行为作出了截然不同的评价，说明教师在评价学生时存在着不公平性。一般而言，喜欢学习好的学生是教师的天性，好学生上课认真，积极参与老师的教学过程，回答问题积极，课堂气氛活跃。好学生考试成绩好，不仅提高班级平均成绩，而且个人成绩出彩，为班级、为学校、也为教师个人争荣誉。所以教

① 李小融，唐安奎．多元化学校教育评价．杭州：浙江教育出版社，2009：285-292.

师喜欢学习好的学生，但是一个优秀的教师不能仅仅停留于带出好学生，后进生的教育更考验教师的教学智慧。

在任何学校、任何班级都存在着这样一个特殊群体，他们人数虽然不多，可其影响力却不容低估：上课基本不听讲，作业基本不完成，纪律基本不遵守，教育基本无效果。而且和校内外不良青少年交往过密，行为习惯与学习习惯极差，这就是后进生，让每个教育工作者头疼的后进生。然而，正是这个人数不多的特殊群体，如果管理不善，将可能影响整个班级的健康成长，甚至将左右整个班级的发展方向。

这些后进生的形成，究其原因，一是自身原因。心智不成熟，自控能力差。二是家庭原因。如家长外出务工，子女缺乏有效监管；家庭教育观念陈旧，方式粗暴、简单，造成子女逆反心理；家长包办一切，子女学习无目标、缺动力等。三是社会影响。由于眼界狭窄，缺乏远见，以及社会不良风气的诱惑以及读书无用思潮的影响。四是学校管理问题。受升学率和教学质量的影响，教师把太多的时间和精力用在了优等生的巩固和中等生的提高上，对后进生重视不够。

如何有效地转化这些后进生？这是一个系统工程，需要从多个方面齐抓共管，从评价的角度来分析，教师应该遵守如下规范：

一是公正，给予后进生应有的尊重。在接触新的班级时，必须让全体班级成员明白：不管自己以前多么辉煌，都已经是历史，只看现在；不管以前犯有多大的过错，都已经成为过去，既往不咎，希望全体班级成员在新的集体中重塑自我。这样，在给优等生和中等生展示自己的平台的同时，也给予后进生重新开始的机会。在班级活动中，尽量为每一个班级成员尤其是为后进生提供更多的展示自己的机会，对有突出表现的后进生必须及时给予奖励，在班级生活中找到自尊，让他们用自己的行为赢得老师和同学的尊重。

二是沟通，给予后进生倾诉的机会。做到与学生平等相处，尽量缩短与学生的距离，尽可能从生活、学习等方面关心他们，深入他们，走进他们，了解他们的想法，倾听他们的烦恼，力所能及地帮助他们解决学习、生活中的困难。在做好他们良师的同时，也做好他们的益友，让他们觉得他们的老师可亲、可敬、可信。

三是关注，给予后进生以发展空间。任何一个后进生都会有他的闪光之处，关键在于我们能否用心去寻找、发现那些隐藏在斑斑劣迹下的闪光点。抓住他们学习、生活中的每一点进步及时给予肯定或表

彰，使他们明白，只要不懈努力同样会赢得大家的尊重。重要的是不要戴着有色眼镜看人，给这些后进生以关注，他们一样可以做得更好。

三、教师评价学生品德的道德要求

案例分享

南京曾经发生这样一件事：有一位母亲，孩子上初中，他的儿子是全班最差的孩子。有一天老师让全班最差的十个孩子和家长一对一站成两排，让家长训斥孩子。说孩子怎么讨厌，怎么笨。老师说怎么对待你们的孩子？你们自己看着办。家长恼羞成怒，对孩子拳打脚踢，唯独这位最差孩子的母亲，不但不打儿子，反而抚摸着儿子的肩膀，用无限欣赏的目光久久地看着孩子。其他家长问她为什么这么做，她说："哪怕天下所有人都看不起我的儿子，在我心目中，他永远是天下最好的孩子，让我打儿子永远没门。"到高中时其他九个孩子没长进，而这位儿子在母亲呵护下，开窍了，现在在中央戏剧学院学导演。这位伟大的母亲，相信自己孩子只是那朵迟开的花。

［资料来源］周弘．赏识教育的六个原则．http://blogorg. wise111. com/blog.php？ do-showone-tid-19402.html.2010-10-10.

这是一个赏识孩子成功的案例，请思考面对不同的学生教师应该采用的评价方式。

这个案例告诉我们教师应该如何评价学生的品德。那么，教师在评价学生品德时应该遵守哪些道德规范呢？

（一）知行统一，将评价学生品德行为与品德动机结合起来

学生品德由知、情、意、行、信等要素组成，其品德形成是一个复杂的过程，一个学生是否养成社会所需要的品德主要是从他的品德言行上表现出来的。但是，一个学生有好的品德行为并不一定说明他已经养成了良好的品德。在品德形成过程中存在着这样几种情况：一是知行统一。学生不仅有合格的品德行为，而且从内心深处已经认识到为何要这样行动的道德依据。二是知行不一。可以分为两种情况：一种是有一定的道德行为，但是没有相应的道德认识；一种是有一定的道德认识，但是没有相应的道德行为。在教育过程中，我们经常看到，有的学生对遵守课堂纪律的要求一清二楚，如上课要认真听讲，不开小差，但是在听课过程中就是控制不住自己的行为，讲话、发短信、看课外书的行为屡禁不止；考试要讲诚信，不要作弊，但是有的学生总在找

机会作弊。也有的学生能够按照教师的要求去履行品德行为,但是,他不明白为什么要这样做。这样的行为如果离开了教师的指导,就很难坚持下去。

正是因为学生品德表现和形成的复杂性,教师对学生的品德评价必须结合学生品德形成的特点来展开,具体的品德评价可以遵循以下三个方面来展开:第一,评价学生的品德首先看学生有否形成相应的品德行为。品德行为是学生品德的外在表现形式,一个人不管有多么高尚的品德修养,最终一定是通过他的言行表现出来的。第二,要看学生是否有相应的品德认识。人的品德行为有出自习惯的,也有出自认识的,作为一个达到一定年龄、有一定知识的学生,他的行为应该建立在自觉的基础上,他应该明白什么是可以做的,什么是不可以做的。因此,学生有否明白作为一个学生应该承担的责任,是一个学生品德水准高低的重要依据。第三,评价学生品德的最高标准是知行合一。知行合一的学生对于所言所行,以及言行背后的道德依据都知道得清清楚楚、明明白白。他不仅能按照道德要求去想,也能按照道德要求去做。教师的品德评价如果离开了知行合一的标准,就会失去它的公正性和公平性。

(二)爱为基础,将评价学生品德与促进学生发展结合起来

教师对学生的品德评价如果完全遵循客观性原则,学生是什么样老师就作什么样的评价,是不符合教师对学生品德评价的要求的。譬如有这样一则评价学生品德的案例:

案例分享

我给一位平时表现不太好的学生小徐写了这样一则评语:"中学生的基本要求差不多都没有做到。特别是沾染了许多不良习气:抽烟、旷课、无组织、无纪律、无礼貌。思想意识上追求'时髦',如烫发、打扮等。对老师的教育态度倔强。需要树立正确的人生观,明确一个有志青年应该追求什么,才能取得真正的进步。看来,长此下去,毕业是成问题的。"

小徐看到评语后,脸色铁青,手颤动着,只问我一句话,"老师,我一个优点也没有吗?"后来去家访,他妈妈说:"老师,小徐看了评语很不高兴地说:'算了!算了!老师看死了我了,没什么前途了。'"一气之下把评语撕掉了。听了以后,我感到内疚,感到自己意

气用事,造成学生精神上的负担。就说:"当时对你是有看法,评语写过了头。"我们一起作了坦率的交心谈话,我决定给小徐重新写一份操行评语。既肯定他的成绩,又指出他的不足。于是出现了第二份评语——"集体的活动能参加,搬家后,离校很远,仍能坚持按时到校上课。喜爱阅读课外文艺书刊。学习基础差,成绩不理想,组织纪律松懈。在中学最后阶段,要提高思想觉悟,刻苦学习,使自己取得较大的进步。"小徐想不到我会给他重写第二份操行评语,看后激动地表示:"老师,我一定要好好学习。"以后小徐确实进步了。学习认真起来,成绩也有提高,对老师也有礼貌,上课时别人讲闲话,他能劝阻。两份评语,得到两种不同的效果。

换位思考:如果你是学生,你对这样的评价会有什么样的想法?

两份评语应该说都是真实的,为什么第一份评语对学生有那么大的伤害,而第二份却能对学生起那么大的推动作用?这背后的原因就是评价中是否体现了教师对学生的爱。苏霍姆林斯基曾经有个十分精彩的比喻,他说:"教师要像对待荷叶上的露珠一样,小心翼翼地保护学生的心灵。晶莹透亮的露珠是美丽可爱的,却又是十分脆弱,一不小心露珠滚落,就会破碎不复存在。学生的创造心灵,就如同露珠,需要教师和家长的倍加呵护。"

教师爱学生是顺乎人性,合乎社会发展需要的。教师对学生的爱是母爱的继续、升华和发展。教师对学生的评价并不总是能拨动学生心弦的,学生有独立性和能动性,面对教师的评价,学生总会用情感去考虑和过滤。如果教师爱他们,喜欢他们,他们就认为教师的评价是好意,如果教师不喜欢他们,他们则认为教师的评价是恶意,他们就会紧闭心灵的大门,甚至公开对抗,呈负反馈现象,阻抑教育过程的发展。诚如古人所说:"亲其师,信其道"。教师重视情感投资,真心爱学生,才能引起他们强烈的情感共鸣。一个真正爱学生的教师,应具备四种身份,即"严父"、"慈母"、"同志"、"朋友"。这些身份无不说明师生关系是以爱作基石的,如果师生之间真正实现了相互的爱,那么教师对学生的品德评价就能真正得到学生的呼应,从而推动学生的发展。

(三) 内外兼顾,将外在品德评价与学生自我教育结合起来

德育过程是教师和学生双方自觉能动活动的矛盾统一过程。在这个过程中,教师通过品德评价将正确的品德规范传递给学生,这是一种外在的影响力,是外因。学生在承受教师品德评价的基础上,进行自觉的思想转化和行为控制活动,这是内在的接受力,是内因。苏霍姆

林斯基说:“唤起人实行自我教育,乃是一种真正的教育。”没有学生的自我教育,思想品德教育是不完全的,也是很难奏效的。作为一名教师,应该注意通过品德评价来启发、帮助学生进行自我教育,使其思想品德塑造由他律转化为自律。那么品德评价遵循什么样的道德要求才能真正引发学生的自我教育呢?

第一,品德评价要充分尊重学生,信任学生。美国哲学家、散文家、诗人拉尔夫·沃尔多·埃墨森说过:“教育成功的秘密在于尊重学生。”尊重、信任学生具有特殊的功能。学生具有较强的自我认识的欲望,他们常常愿意在别人面前表现自己的思想、能力和性格,敢于大胆发表自己的意见。学生特别渴望得到教师充满信任的评价,这种评价是对他的品德、智慧、意志、能力的充分肯定,能激发孩子不断奋进、创造精神力量,并有助于孩子自觉纠正错误。

第二,品德评价要注重对学生的引导。中小学生思想还不成熟,不定型,需要教师予以多方面的帮助和引导,要讲究教育方式方法,不能用没有感情、空洞、冷漠、刻板、机械的语言进行说教,这样既不能拨动学生的心弦,也不能引起学生思想上的共鸣,也就不能产生应有的教育作用。

有位班主任规定学生不能在教室里吐痰,违者一律罚款五角。有一学生违反了本规定,吐了一口痰,班主任发现后马上采用了惩罚的评价方式。学生不情愿地拿出一元钱准备交罚款,班主任说无零钱找,学生白了班主任一眼,狠狠往地板上再吐一口,全班学生哄堂大笑,教师十分难堪。班主任经过反思,吸取了教训,把以前所罚的款如数退还给学生,用班级的勤工俭学收入给每一位学生买了一块手帕,要求学生随身带上,上课时间需吐痰者就吐在手帕上;在教室墙角设置了痰盂,供学生平时使用。这些做法让学生心服口服。

第三,品德评价要注重激发学生的自我反省,提高教育实效。自我反省法是指学生在学习过程中,依据一定的道德原则、规范,学习榜样人物,对自己平时的学习态度、行为习惯、思想认识等进行自我体验、自我检查、自我鼓励、自我命令、自我禁止、自我监督、自我控制、自我训练的一种学习方法。自我反省法可以培养学生自我评价和自我教育的能力,有助于学生养成良好的行为习惯,增强自觉性,提高道德自律水平,是自我教育的一种主要的方法。教师的品德评价要关注学生的这种自我反省能力,对学生的反省能力不断进行强化。教育的最高境界——教是为了不教,当学生真正形成自我教育能力以后,就具有

自身的进化能力,达到“慎独”的境界。

第二节　教师评价同事的道德

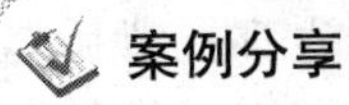

案例分享

每到年底,A学校要求各部门对教师的教学业绩进行测评,学校对测评的指导思想是以学生评教的分数为依据,可结合其他评价手段确定教师教学业绩的高低,但是对其他的评价手段并没有具体界定。某部门为了能更全面反映教师的教学业绩,组织科室干部进行讨论,决定通过这样三种方式进行评教:一是学生评教;二是同事互评;三是学校督导评教。学生评教成绩占70%,同事互评和督导评教成绩各15%。评教结果出来后,出现了这样的结果:同事互评的成绩基本都在93分左右,几乎没有差异。督导评教成绩对部分老师影响较大,因为有些教师学生的评教成绩比较高,而督导的评教成绩较低,影响了名次。有老师认为这种评教方式不合理,主张应该完全以学生的评教成绩为依据。

请与你的同伴表演一段教师同事之间评价的片段。体会从中蕴含的道德规范。

为什么多主体的评价不能为教师们所接受呢？为什么教师同事互评成绩如此接近,几乎没有差异呢？

一、教师评价同事的道德价值

(一)影响教师工作学习的积极性

所有的人都处在评价和被评价之中,人与人之间的关系从某种程度上讲,就是一种评价关系。在教师这个群体中,尤其看重同事之间的评价,其原因是:第一,教师与教师之间的工作具有较强的可比性,同一个学校中总有一批同事在从事同一门课程的教学,谁教得好,谁教得不好,这种客观存在的比较总是在不断地重复。第二,学校考评机制在逼迫教师进行同事评价。每当阶段性的教学时间过去后,学校要对教育教学工作进行总结,总要以年段或者教研室为单位进行同事互评。第三,教师对自我在别人心目中,尤其是同事心目中的位置特别看重,别人的一句话、一个动作、一个态度都会引起他强烈的反应。因为上述原因,一位教师对另外一位教师的评

价会对被评价教师的情绪和态度产生强烈的影响。譬如,王老师工作兢兢业业,不仅正常的教学时间努力工作,课外时间还想各种办法去为学生补课,超负荷工作,但是她所教班级学生的考试成绩总不理想。有一天她去班级补课后回到办公室,无意间听到了同事对她的评价。李老师说:“王老师真是笨,她占用我们学科的时间来给学生补课,还教不好。”林老师说:“是啊,我听到学生都在背后骂她,说她是地主婆,一天到晚在逼学生。”王老师听到同事对她的评价,心情大为低落,想进去争辩,又怕同事之间撕破脸,不进去说,又觉得很委屈。这个事件发生后,王老师的工作积极性明显受到影响。

(二)影响教师的心理健康水平

李晶等人曾经用SCL-90量表对人际关系与教师的心理健康的相关性做过研究。[①] 研究表明:教师自身对人际关系感到不满意的占15.51%,人际关系不满意组的教师在强迫、抑郁、偏执、人际关系敏感、躯体化、敌对六因子的平均分值≥2分,表明人际关系不满意的教师在该六因子方面具有轻度以上的心理卫生问题。SCL-90总分及各因子分与教师人际关系自我评价结果相关系数在0.30~0.45之间。而构成教师人际关系的几个方面主要是教师与学生、教师与同事、教师与领导的关系。领导也是教师同事的一部分,所以教师的人际关系概括地说,主要的就是师生关系和同事关系。同事之间的关系与同事之间的评价有着极其紧密的联系,同事评价影响教师心理健康水平主要表现在这样几个方面:第一,影响教师的情绪。人的情绪有正性情绪与负性情绪。听到同事正面的肯定的评价,教师本人会非常开心愉快,而反面的评价则会让教师产生烦恼和焦虑。正所谓“良言一句三冬暖,恶语伤人六月寒”。第二,影响教师的职业成就感。教师的职业成就感主要来自于周围人士对自己的肯定和赏识。笔者在教师培训中曾组织过教师讨论什么是自己感到最为开心的事,有位老师是这样回答的:“我工作几十年,如果因为我的努力和成绩能够让周围的教师同事、毕业的学生以及学生的家长认为我是一位语文教学很有水平且很有教学个性特色的人,那么,这是职业能够带给我的最大的幸福感。”第三,影响教师的人际适应能力。健康的人际

① 李晶,刘根义,隋桂英,翟敏,宋煜炜.中小学教师人际关系与心理健康的相关性研究.济宁医学院学报,2003(3):8-9.

关系是教师心理健康的重要组成部分。积极的同事评价既是教师心理健康的组成部分,也在影响着教师的人际关系。对同事所作的真诚、友好、宽容、公平的评价会使教师感觉到自己在同事心目中的价值,从而促使自己对别的同事也能够以诚相待,提升教师自身的人际交往能力。

(三)影响学校组织稳定健康的发展

想一想:教师同事之间的评价还具有什么道德价值?

学校组织稳定健康的标志之一便是教师群体的团结友好和合作。俗话说:"人心齐,泰山移","因为有缘我们相聚,成功要靠大家努力",这里说明的道理就是教师团队对学校发展的价值。一个老师工作能力突出,只能影响某些学科、某个阶段,集体的强大才是一个学校具有长久生命力的根本之道。充满友好合作精神的教师团队,一定有着良好的集体舆论,同事之间能够友善相处,相互之间的交往和评价都是着眼于工作,着眼于大家的共同提高和发展。如果教师同事之间的评价不是出于公正、公平之心,而是着眼于利益之争、派系之争,或演变成"你好我好大家好",使评价流于形式,影响了评价的真实性和科学性,那么教师团队的力量就会大大削弱,甚至会严重影响教师之间的团结和合作。可见,教师同事之间的评价影响着学校组织的稳定、健康发展和教育质量的提高。

二、教师评价同事工作的道德要求

学校正常的教学工作中,教师与教师之间,尤其是相同学科的教师之间就教学行为与教学业绩进行评价是一种客观的存在。由于评价者与评价对象都是在同一专业领域内工作的教师,所以评价内容比较深入、专业性很强,评价结果有较高的信度和效度,对改进教学、促进教师的专业发展以及在学校内创造良好的学术氛围具有重要的意义。但是在具体实践中,教师同行的评价如果没有遵守一定的道德规范,就会使评价流于形式,甚至伤害别的教师,使同行评价失去应有的作用。

教师同行之间的评价有以下三种类型:①

一是事不关己型:评价只是一种形式,教师之间最常见的就是这种类型的同行评价。在有的学校,一些教师拿着一张课堂教学评价表和一叠学生作业去听课,但上课还不到十分钟,听课教师就已经填好

① 杨清. 教师同行评价的文化分析. 江西教育科研,2007(4):49.

评价表——评价分数通常都比较高,然后开始批改学生作业。从结果来看,大多是不管真实情况如何,彼此之间的评价偏高。究其实质,教师对“同行评价”的态度是敷衍和漠然的,他们并没有充分认识到同行评价的意义。因此,在参与评价过程中,教师并未做出实质性的评价,相互之间是一种“互不干涉”的状态。这种同行评价实际上是一种“事不关己”的评价,最终所有教师的评价结果都偏高,可区分性差,评价结果不具有实质性的价值。

二是人际关系型:评价是争夺利益的工具。同行评价与其他评价方式最大的不同之处在于评价者和评价对象之间是平等的,不存在权威关系,因而同行评价更容易受人际关系的影响。就像有的教师认为“同事之间评价未必真实,相互之间关系好就评得高,关系不好就评得低”。在评价过程中,尤其是当评价结果与教师奖惩相联系时,常见到教师根据彼此的关系确定评价结果。更有甚者,评价结果呈现出一种团体特征,某些小团体内的教师彼此之间评价很高,而对团体之外的教师评价很低。从本质上看,教师把“同行评价”看成一种依附于人际关系、用于争夺资源(包括物质利益和声望地位等)、达到竞争目的的工具。所以,评价结果与人际关系正相关,人际关系越好,评价结果越高;人际关系越差,评价结果越低。这种比较主观的评价结果并不能促进教师发展。

三是真实型:评价是促进教师专业发展的重要途径。真实的同行评价是指教师根据评价对象的真实情况做出客观公正的评价。它建立在教师对同行评价的正确认识之上。只有充分认识到同行评价的意义,教师才会以认真而严谨的态度参与到评价过程中。作为评价者的教师会在全面收集相关信息的基础上,依据一定的评价标准做出真实的评价;作为评价对象的教师也会坦然面对评价,虚心接受评价结果。究其实质,评价者与评价对象是一种互相促进共同发展的合作关系。

你觉得应该如何做才能提高教师同行评价的科学性呢?

上述三种类型的同行评价体现了教师不同的评价道德观,即个人主义、派别主义和合作主义的评价道德观。当教师把同行评价看做一种形式或者“争名夺利”的工具时,评价必然是虚假而无效的;只有当教师真正把评价视为一种促进教师专业发展的重要途径时,评价才能发挥其效果。因此,合作主义的评价道德观必然是教师同行在开展工作评价时必须遵循的评价依据。

落实合作主义的评价规范,可以从以下几个方面来展开:

(一)全心投入,掌握评价的手段方法,提高对同事工作评价的科学性

教师同行的评价是一项专业性很强的评价。有句话叫“外行看热闹,内行看门道”,什么样的课是一节好课,仅从课堂表面是看不出来的。以教学中启发性原则贯彻落实的情况为例来分析,有的人认为,启发性的原则贯彻得好,必然体现为课堂气氛的热热闹闹,学生能够踊跃发言,积极讨论。但是,这只是表面现象,对作为内行的教师来讲,应该从专业评价的角度来分析,那就是启发性原则应该看学生学习的主体性和积极性是否真正被调动起来了?教学的目标是否真正达成了?只有这些方面真正做到了,启发性原则才得到真正的贯彻和落实。因此,评价是否有科学性,是教学评价中是否具有道德的重要指标。那些仅靠经验,不负责任的胡评乱评,不仅不能帮助同事提高教学能力,而且也降低了教研活动的价值。

教师要提高同行评价的科学性,可以从这样几个方面进行努力:第一,要以认真科学的态度参与同事的评价。教师在对同事进行工作评价前,要认真了解(有可能的话可以参与评价标准的制订)评价的标准,有足够的时间与精力熟悉同事的工作情况,有专门的时间与同事开展工作讨论。第二,要认真学习教师工作评价的相关理论,掌握评价的方法和技术。譬如一元评价与多元评价、过程评价与总结性评价、奖惩性评价与发展性评价,等等。不同的评价体现不同的特点、适用不同的范围,教师只有熟悉这些评价理论和方法才能保证对同事评价的科学性。

(二)真实客观,全面了解同事各个方面,提高对同事工作评价的公正性

任何一个教师必然会对同事的工作进行正式或非正式的评价,作为评价来讲,它首先是一种价值判断。一种价值判断如果要有效的话,必须建立在公正的基础上。《辞源》对于公正的解释是:“不偏私,正直。”但是在评价实践中,往往有种种因素在影响教师对同事工作进行公正的评价,这些因素是:

1. 教师的认知偏差影响着对同事工作评价的公正性。教师对同事的评价过程是一种认知过程,这种认知往往因某些因素的作用而出现这样与那样的偏差,而这些认知偏差将直接导致其对教师教学评价的客观公正性。常见的认知偏差有首因效应、近因效应、晕轮效应、标签效应等。从晕轮效应来看,教师往往有可能因为同事的某一突出优

点而忽略掉另一缺点，也有可能因同事身上存在的某一突出弱点而掩盖对其优点的反映。而标签效应在评价中的作用更不可忽视，一个教师身上如果有许多光环，譬如，特级教师、校长、主任、优秀教师、教坛新秀，这些荣誉往往导致同事在评价他的过程中出现高估现象，影响到评价的公正性。

2. 教师对同事及其所教学科的情感和态度影响到评价的公正性。社会心理学研究认为，人们在对他们的认知对象形成反映时，往往有一种力求使自己保持对有关对象反映上的认知、情感及行为协调一致的倾向，当这些成分出现不协调时，其中的认知因素就处在从属地位，而情感与态度便成为左右人们对有关对象评价的主要因素。如果教师对某位同事的漂亮外表或者为人处世特别欣赏，就会对其产生高估。同样，教师对同事的评价有时与同事所教的教学科目也有密切关系，在中小学担任中考、高考主要科目教学的教师往往容易引起别人的关注，而音乐、美术、心理辅导等科目的教师就比较容易被边缘化，容易出现被低估的现象。对于自己比较熟悉学科的教师容易出现高估，而对不熟悉的学科的教师容易出现低估。

3. 教师之间的人际互动会影响工作评价的客观真实性。教师之间积极的互动有助于提高对教师教学工作肯定的评价，消极的互动会降低对同事工作的评价。在教师互动中，有两种情况会给同行教学评价造成明显的影响，一是交往方式与交往频率。同事之间直接的双向式交往方式容易增进彼此之间的相互了解与信任，且这种交往方式愈多，愈有助于加强与巩固双方的了解与信任，有助于客观或肯定的评价。二是教师平时对同事评价的态度与方式。如果教师平时对同事的评价积极的、肯定的居多，那么，同事对他的评价也会比较积极，反之，就会导致消极的评价。

4. 评价者个人的动机目的会影响同行评价的公正性。当教师处于第三者的立场上评价同事，可能会比较中立、客观，但是如果评价的一个同事与自己有直接利害关系，或者是与自己要好的同事有利害冲突，那么就会产生偏误。因此，个人主义、派别主义的存在就会出现嫉贤妒能、瞒上欺下的现象，导致评价的不公正性。

由此可见，影响教师同行评价公正性的因素是十分复杂的，要改变这样的现象，就需要教师在评价同事的过程中注意以下几个方面：一要客观看待同事工作的方方面面。每个人都有自己的长处，也有自

己的局限,不以同事的优点掩饰缺点,也不以同事的缺点来掩盖优点。二要尽量避免利害冲突。这实际上需要学校从制度层面来解决。譬如,以学校优秀资深教师来评价一般教师、以不存在利益相关的教师进行同行评价等。

(三) 不以奖惩为目的,注重同行评价的发展性

教师同事在一个单位,甚至在同一学科、同一教研室长期共事,彼此比较熟悉和了解,在教学业务上有很强的共性,如果能够坦诚交流,同行评价就能成为促进教师发展的重要手段。然而,教师之间的评价由于人际关系的复杂性和利益分配等因素,容易导致同行评价出现偏差。

当前存在这样两种评价:一种是奖惩性评价,一种是发展性评价。奖惩性评价通过明确目标、衡量结果、评判等级、奖优罚劣或解聘不称职的教师来保证教学质量。在目前的社会发展阶段,进行奖惩性评价是非常必要的,它能调动教师的积极主动性,激发教师的工作热情,促使教学质量的稳步提高。如果没有了奖惩制度,教师专业发展光靠教师去培训进修,靠教师的自觉性来完成,那教师的工作绩效势必会大打折扣。但是,奖惩性评价所要达成的目的会导致教师同行的评价产生一定的利害关系,这种利害关系会导致同行评价的失真,削弱教师专业发展的愿望和要求,不利于教师群体形成专业发展的需要和动力,也容易形成对评价的恐惧和厌烦心理。

在 20 世纪 80 年代英国出现了一种新的评价方式,就是发展性评价。发展性教师评价是依据一定的发展目标和发展价值观,主评与被评一起,共同制订双方认可的发展目标,由主评与被评共同承担实现发展目标的职责,运用面谈和发展性评价技术方法,对被评的素质发展、工作职责和工作绩效进行价值判断,而被评在发展性教育评价活动中,不断认识自我、发展自我、完善自我,不断实现发展目标的过程。① 发展性评价以促进教师的专业发展为目的,立足现在、兼顾过去、面向未来,不仅注重教师现在的表现,更加重视教师的未来发展,重在促使教师自身的完善,在没有奖惩的条件下,通过实施教师评价,达到教师与学校共同发展、个人与组织共同发展的双赢结果。因此,发展性评价中评价者与被评价者间是一种合作伙伴式的平等关系,是促进教师群体团结合作、共同发展的一种比较好的方式。

---

① 蒋建洲 . 发展性教师评价制度的理论与实践研究 . 长沙:湖南师范大学出版社,2000:201.

知识链接

应试主义教育文化与教师考评

我们把应试教育所形成的教育文化称为应试主义教育文化，应试主义教育文化中作为管理环节和手段的教师评价称为教师考评。教师考评是规范性教育评价的组成部分之一。教师考评与教师的成长和发展密切相关，教师们极为重视。

在评价方案实施的过程中，教师在接受评价时的行为表现具有相对的不确定性，如老师状态不好等，这时的行为状况也许不能代表教师平时的教学水平。但作为管理的手段和环节之一的教师评价往往缺乏与之相应的诊断或矫正机制，这就难免会作出对某一教师评价的不客观结论。另一方面，由于这种以管理为目标的教师评价对教师个人的职业地位和未来发展十分重要，他们会全力以赴，有时可能会出现某些行为的虚假，这种虚假因为严密而熟悉的社会化安排，具有很大的欺骗性和"真实性"，难以被发现，评价结论就会在事实上有利于这类教师，这类教师也可能会因此而获得奖励或升迁。

由于作为管理的环节和手段之一的教师评价是静止的，它反映的只是某一次评价时教师的行为表现和成就，有时不易代表教师真正的水平，因此，它不容易唤起教师日常工作中的动机和需要，不利于教师专业发展，也容易引起教师对评价的恐惧和厌烦心理。因此，传统的教师评价文化在某一方面引导了教师不从根本上思考专业长进的思想状态和行为模式的倾向，一定程度上不利于教师的成长和专业发展。

[资料来源] 贾群生．回归生活的中小学教育评价．杭州：浙江大学出版社，2004：42-43.

三、教师评价同事品德的道德要求

相对于评价教师同事的工作，应该说，对教师同事品德评价的专业性没有那么强，对一位教师品德的评价更多的是从人际关系角度来着手的。因此，对同事品德的评价可以从道德的层面来分析。那么，如何对同事进行符合道德要求的评价呢？

（一）真诚对待，与人为善

教师在对同事进行品德评价的时候，有可能是客观的，也有可能是主观的，有可能是让同事感觉到合适的，也有可能让同事感觉不合适的。事实上，在进行评价的时候，总不可能做到十全十美，如果因为我们发自内心的评价伤害了同事，那么，这种评价就起不到积极的作用，避免这样结果的法宝就是真诚。真诚就是真实诚恳，真心实意，坦诚相待。具体来说，第一，真诚是以真实为基础的，教师对同事的评价是从其主观意愿来看，是真实的，不是虚伪的。第二，真诚是以内心的真挚、真切、诚恳为基础的。在内心就是纯净无染，表现于外就是真实不虚、率真自然，如此则自然心怀坦荡、正直无私。因此，真诚的心就像阳光雨露般，能温暖人心，净化心灵。特级语文教师周一贯先生在评价教师讲课的时候总用这样的话开头："我的评价可能不一定正确，但是，我是真诚的。"周先生的开头语总让被评的老师感到他的真诚和关爱。他的评价也总让被评价的老师如沐春风。

（二）学会宽容，善于原谅

著名作家房龙在他的名著《宽容》中曾经引用《不列颠百科全书》关于宽容的定义：宽容即允许别人自由行动或判断；耐心而毫无偏见地容忍与自己的观点或公认的观点不一致的意见。[①]我国现代汉语词典中对宽容的解释是：宽大有气量，不计较或不追究。学会宽容，善于原谅是教师开展对同事评价的重要规范。在教师对同事的品德评价中要特别强调学会宽容、善于原谅，这是因为：第一，人无完人，没有一个人是完美的，宽容看待教师同事，是容许同事有不同的意见、不同的做法。把理想化的"完人"标准当做现实评价同事的标准，尤其是当做先进教师的标准时，美好的愿望就成为桎梏。第二，必须承认，教师有在错误和失败中成长的权利，一定的失败和错误是不可避免的，教师之间应该彼此容忍。所以济慈说过："每一个人都有弱点，在他最薄弱的方面，每一个人都能被切割捣碎。"第三，宽容是教师多样化发展的前提，如果能在评价中给教师以宽容，就能还教师在事业中以精彩。第四，对同事品德的评价应该赋予宽容，是因为评价本身存在着局限性。

当然，宽容是有限的，宽容不是放纵，不是不要规范、不要训练，教

---

① 亨德里克·房龙. 宽容. 上海：生活读书新知三联书店，1985：13.

师对同事的宽容是让同事和自己在有限的人生经历中的一切得失成败都能成为发展的动力与财富；让不同个性特色、不同教学特长的教师的人生成为一种幸福的经历。以宽容为基础，教师之间的品德评价就会多一分理解，多一分珍重与美好，工作中的酸甜苦辣也将化作五彩的乐章。

（三）平等相处，互尊互重

平等和民主、自由一样，是现代社会所追求的崇高的价值标准，它有两种含义：(1)指人们在社会、政治、经济、法律等方面享有相等的待遇。(2)泛指地位平等。在教师之间进行品德评价，必须在平等的基础上。这是因为：第一，教师们共同在一个学校从事教学和管理工作，大家面临一样的环境，面对共同的对象—学生，教师们有平等对话的可能；第二，教师作为知识分子群体中的重要组成部分，平等自由的思想已经深入人心。因此，教师之间的评价必须以平等为基础。

在评价实践中，教师之间的评价容易出现以下两种不平等的评价：一是居高临下和唯唯诺诺。评价的一方高高在上，在心理上、知识上、能力上、资历上占有比较明显的优势，被评价的一方处于弱势地位。这样的评价容易发生于资深教师与新手教师之间、领导教师与群众教师之间。因此，这些教师在进行同事评价的时候尤其要注意如何与同事展开平等的对话。二是教师之间因为性格脾气上不投缘，或者对对方有看法，不想甚至是不屑作评价。这种不评价的评价实际上也是不平等的评价。

请思考：当同事存在不足的时候，如何向同事提供合适的建议？

开展平等的同行评价应该注意以下几个方面：第一，容许并承认教师同行有不同的人生观、价值观。现代社会是一个价值多元化的社会，不同的教师因为有不同的志趣爱好、不同的性格特征才使得教育生活变得生动而充满活力。第二，平等的最好方式就是尊重。有位名人曾说过这样的话：人受到震动有种种不同，有的是在脊椎骨上；有的是在神经上；有的是在道德感受上；而最强烈的、最持久的则是在个人尊严上。教师对同事的评价可能不一定正确，但是，只要我们以尊重对方的方式去评价，那么这样的评价就是一朵花，一朵开在心间的花；这样的评价是一条路，一条通往美好的路；这样的评价是一团火，一团温暖你我的火。

第三节 教师自我评价的道德

案例分享

单老师和牛老师是某校教高二数学的两位老师，期末考将要临近，单老师与牛老师坐在一起聊天。

“我最近老担心我那个班的数学成绩会掉下去。”单老师说。单老师执教的这个班的数学成绩刚进来的时候排在年级的第11名左右，该校一个年级共有21个班，单老师所带班的数学成绩大概在中间位置，经过单老师和同学的努力，目前已经排在第7名。

“嗨，你担心什么呀，我就不担心，凭我的教学水平，早晚我教的班要跑到前三名去。”牛老师蛮有信心地说。牛老师所教班的数学成绩刚进来的时候排在年级第6名，上次考试在第8名，但是牛老师信心十足。

“你厉害呀，你肯定会抓上去的。”单老师说，“我不能与你比的，我从教才2年，而且我那个班有几名学生真是伤脑筋……牛老师，你经验丰富，对学生有办法，以后多指导我呀。”单老师发自内心地说。

“没有问题，教学上有问题，你多问问我吧，年轻人么，我肯定会帮你的。”牛老师当仁不让地说。

那次聊天后，单老师依旧忧心忡忡，老担心自己教学上有问题，压力很大。牛老师经常主动地向单老师提供教学上的帮助。

期末考过后，单老师所教班学生的成绩已经排到年级第3名，牛老师的班级仍然在第9名。

寻找教师自我评价案例二则，谈谈教师在进行自我评价时所体现的心态？

一、教师自我评价的道德功能

在教师的职业生涯中，学生和同事是教师接触最多的两类人，一个教师的职业道德是否真正形成并表现出来，对学生和同事的评价态度是至关重要的。但是，在与学生和同事的工作交往中遵守评价的道德，这在很大程度上是一种利他的道德，即通过我对他们的评价，使学生和同事感觉到自身的价值。事实上，教师不仅要为学生和同事提供

合适的评价，使他们过得有意义，而且也要进行恰当的自我评价，使自己充满职业的幸福。

L·E·韦尔斯斯和G·马威尔在1976年出版的《自我评价：概念与测量》一书中指出，人们通常根据两个主要标准进行自我评价：(1)对自己的能力或效能的感受；(2)对自己的德行或价值的感受。据此，教师的自我评价也可以从两个方面来展开，即教师对自己教育教学工作能力和对品德的评价。

（一）自我评价影响教师自身专业能力的发展

教师的自我评价是教师依据评价原则，对照评价标准，对自己的工作表现做出评价的活动。它是一个批判反思的过程，更是一个自我提醒的过程。教师的自我评价对于教师素质培养、教师专业能力发展具有十分重要的作用。

第一，教师自我评价中的自我验证和自我敦促，为教师专业发展提供动力。教师一旦有了自己对教育教学能力发展的自我评价，就会努力通过行为来确证自己的评价。如果教师通过自己的努力，达成了自己的专业目标，那么就可以强化教师继续自己的行为，并更进一步强化自己的自信心；如果教师通过自己的努力，不能达成自己的专业目标，教师就会感到沮丧、不满意以及产生其他各种郁闷感。这时候，教师自我评价中的自我敦促就会采用各种方法来减少自我评价和实际行为之间的这种差异。但是必须看到，来自教师自我评价中的自我验证和自我敦促的愿望强弱的根源在于教师自身的价值追求，如果教师有正确的人生目标和工作目标，那么，自我评价即便受到挫折，仍然会推动教师去努力发展自己的专业能力。由此我们也可以看到，专业能力并不是完全建立在知识能力基础上的，它也是价值观驱动的结果。

第二，教师自我评价中的自我反思为教师专业发展提供有效的手段。20世纪80年代，美国、英国等西方国家兴起反思性教师教育思潮，反思性教师教育思潮出现了许多名词，如反思性教师、反思性实践、教师即研究者等。虽然提法不同，但都认为教师应该既是实践者，又是自身教学行动的研究者。主张教师应该培植起“反思”的意识，不断反思自己的教育教学理念与行为。教师自我反思的过程也就是教师自我评价的过程。教师只有经过不断自我诊断评价，了解自己的优势和不足，才能有意识地寻找学习机会，才可能成为一个“自我引导学习者”。教师正是在自我反思、自我评价过程中实现自我专业发展。

第三，教师作为专业工作者最有资格通过自我评价来提升自己的专业素质。教师作为一个职业，专业自治是其职业的基本特征之一。教师结合自己的工作实践，不断回顾自己的教育教学过程，对自己的教育行为和周围发生的教育现象展开批判反思，不断改进自己的工作并形成理性的认识，实行自我专业发展管理。这是教师专业自主性和自主能力的最高表现形式。教师作为专业工作者，是受过较高程度教育的人，教师有能力对自己的教育行为加以反省、研究和改进。内部动机比外部压力有更大的激励作用，外部压力可以使他们达到最低标准，但是很难使他们达到优良水平。金钱和奖励不是激发教师积极性的唯一动力，他们还有友情、安全感、归属感和受人尊重的需要，教师渴望自主，渴望获得发展机会。教师是教学的设计者和实施者，也是教学的直接责任者，整个教学过程的构思乃至每个教学细节的安排只有他们本身最清楚，外来的研究者对实际情景的了解往往非常肤浅，因此提出的问题往往无法切入问题的关键。从这个意义上说，教学效果评价只有建立在教师自我评价的基础上，才会比较准确全面和切合实际，也才容易为教师所接受。现代教师生活紧张而繁忙，使得教师之间几乎没有时间进行交流对话，和同事的交流可能是短暂的和偶然的。没有人喜欢被质疑，在感到足够安全之前，教师不愿意让别人来对自己的教学进行评判。因此，教师通过自我评价来提升专业素质是现代教师专业发展的必经之路。

（二）自我评价影响教师职业幸福感的形成

人生的幸福应该来自于两个方面：一是生产，一是生活。生产就是职业生活，如果一个人不能从一辈子所从事的工作中得到任何幸福，那么，这个人一半的幸福就没有了。因此，教师的职业幸福研究成了近年教育界研究的一个热门话题，何为职业幸福感？统计发现，近三分之二关于国内教师幸福感的研究采用美国学者迪纳（Diener）的主观幸福感（subjective well-being，SWB）的概念。根据迪纳的思想，可以将教师的职业幸福感看成是教师在从事教育工作时根据自定的标准对其生活质量的整体性评估以及情绪体验。从内容上讲，职业幸福感是人们所体验到的一种理想的（或非常满意的）存在状况，它涉及特定社会条件下人们生活的主要方面。其核心概念与操作指标就是生活满意度、正性情感与负性情感。[①] 据此分析，我们可以看到，教师的职业幸福

想象一下：什么样的自我评价才能给你带来幸福感？

① 苗元江，龚继峰．超越主观幸福感．内蒙古师范大学学报（哲学社会科学版），2007（5）：15–20.

与教师所面临的特定社会条件下的生活主要方面有十分密切的关系，如果对这些方面做进一步的分析，我们认为它应该包含物质和精神需要的满足程度，但是物质与精神需要究竟在多大的程度上满足教师个人幸福的需要，以及物质与精神需要究竟哪一个在教师的幸福感中占据更大的分量，这在不同的教师身上肯定会有不同的表现，而且很大程度上取决于教师的自我评价。不同教师的不同自我评价会表现出不同的结果。我们以李镇西老师写《爱心与教育》时的自我感受为例进行说明：

“整整三个月，我的业余时间都是在这样的阳台上的电脑前度过的，也许在旁人看来，如此不停地敲击键盘是何等地乏味而枯燥；但我却感觉到这是一件十分幸福的事！你想想，在深夜或凌晨，周围没有一丁点儿的声音，只有我的键盘在‘嗒嗒’地敲着——这是世界上最美的音乐。我觉得我不是在敲电脑，而是在弹钢琴，是在演奏来自教育、来自学生心灵的最美的乐章。眼前的电脑屏幕上是一页页纯洁而动人的文字，而这些文字又很自然地幻化为一幅幅美丽而鲜活的画面——那是宁玮善良而坚韧的面容、杨嵩纯真而调皮的微笑、岷江之滨的熊熊篝火、滇池湖面的灿烂阳光……于是我整个身心又沉浸在和学生一起度过的被青春染绿的日子里，《爱心与教育》就这样诞生了。”①

李镇西老师将许多老师视为艰苦的写作“看成一件幸福的事”，这不能不让我们觉得，在李镇西老师的自我评价中，将与学生快乐相处的需要、研究教育科研的需要放到了自己职业幸福感中的最重要的位置。一个教师如果有这样的自我认识，他的职业幸福感就会绽放出人性的色彩。所以，“对于幸福教育的教师来说，教育不是牺牲，而是享受，不是重复，而是创造，不是谋生的手段，而是生活本身。”②

（三）自我评价影响学校教师群体的合作与和谐

美国哈佛大学心理学教授乔治·赫德华斯博士根据多年的研究认为，一个人的事业成败在于人品的优劣，他把“与同事真诚合作”列为成功的九大要素之一，而把“言行孤僻、不善与人合作”列为失败的九大要素之首。现代学校发展的趋势就是推行教师群体合作文化，教师合作文化则是指以学校教师群体为主体，在教育教学和管理实践中共同合作，形成群体意识，建立互助互益的行为规范等价值体系和活动

---

① 李镇西．教有所思．上海：华东师范大学出版社，2003：4.

② 刘次林．幸福教育论．南京：南京师范大学出版社，1999：204.

方式，是多层次、多形式的竞争基础上形成的合作，是提高整体效率的行为方式。然而，教师群体的合作与和谐却要受到教师个人自我评价的权衡，在我国的教育传统中存在以下一些自我评价的观念，影响着教师群体的合作：第一，教师工作的性质决定了教师的劳动具有很强的个体性，教师从备课、上课、批改作业到课外辅导几乎都是独立开展工作，很难有其他教师的参与。甚至有些老师为了保持自己在学科上的领先，对于自己一些比较好的教学方法有意采取保密的措施。第二，学生的学习时间是一个恒定的量，各门学科的教师为了使自己所教的学科成绩领先于别科，最容易采取的措施就是尽量多地占用学生的时间，通过时间的增加来提升本学科的教学业绩。第三，教师作为知识分子，"文人相轻"的思想在一部分人中仍然严重存在，有的教师对合作总是保持一种相互间的戒备心理。怀疑、担忧、不安……相互间缺乏和谐、大气、共融的风范。

由此可见，教师自我评价的理念正确与否严重制约着教师群体间的团结和合作。一个教师要想真正发挥自己的价值，必须明白：第一，教师劳动的方式虽然是个体性的，但是劳动的成果是集体性的，单科冒进不利于学生的全面发展。第二，恰当地确定自己在群体中的位置，将个人价值纳入群体的价值中。第三，给予同事以应有的尊重，努力形成和谐、宽松、互敬互让互爱的人际环境。

二、教师自我工作能力评价的道德要求

"人贵在有自知之明"，要客观地对自身工作进行一番评价是比较困难的。自我评价的前提是自己有自我评价的要求，让教师懂得只有通过自我评价的内化，才能从根本上认识自己的优势和不足，从而做到发扬优点、克服不足。史蒂芬·柯维（Stephen Covey）的论述或许对教师来说是有所启示的："你不可能在一夜之间成为一个行动正确的人，这是持续一辈子的自我更新过程。过去错误的行动态度是'不到破损不堪，绝不轻言修补。'现在正确的行动态度则是：'如果没有任何破损，那是你检查不够周全的缘故'。"

作为教师在进行自我工作评价前，首先应该了解自我工作评价的偏差。(1)过低的自我评价。教师不由自主地参照外界的评价结果和周围的人、物来衡量自己的工作，唯恐自己的评价高于外部评价，担心别人说自己出风头、夸大话，从而影响自己的形象，于是过低地评价自己。(2)过高的自我评价。教师为了得到各种荣誉，想方设法加大自我

评价的权重，以便取得终评的良好结果。他们不惜脱离实际，自认为自己评价是基础，外部评价走过场，企图以自己评价代替外部评价。(3)不完全的自我评价。外界评价的结果和自己搜索的信息情况都影响自评结果的完整性。有时为了避免自我评价与外部评价的矛盾冲突，在结果汇报时会故意将同外界不符的内容舍去，仅保留一致的内容。

无论是过高、过低还是不完全的评价都不是科学的评价规范，教师要使自我评价具有价值必须遵守如下道德规范：

(一) 了解自我评价的内容和方法，提高自我评价的科学性

教师的自我评价虽然是个体对自我的一种主观评价，但是这种评价应该以科学的评价思想为基础，一般地讲，教师的自我评价可以从这样几个方面来展开：第一，政治思想、品质道德与教育观念的评价。第二，对基本素质与能力的评价，包括教育理论修养、教学实践技能、科研基础与能力、贯彻德育的素质能力。第三，对成就与贡献的评述，包括教育与教学任务完成情况与成果评价、对教学工作各具体环节的活动及其成效的评价、科研成果评价、德育成果评价等。[①]

教师自我评价还要了解评价的手段，当前常用的自我评价手段有：反思日记、反思随笔、教学后记、课后备课、行动研究、教学诊断、案例研究、观摩借鉴等。

近年来，教师反思在教师自我评价中得到了深入的研究和普遍的应用。加拿大著名的现象学专家马克斯·范梅南指出，教师反思可以有这样三个层次：第一个层次，反思的重点是教学过程中的专业知识和教学技能。教师会考虑怎样使用最优化的方法达到预期的目标。第二个层次，教师批判地分析教学实践过程中的合理性。我们应该学会什么？对学生来讲，什么才是最好的学习方法？第三个层次，将课堂和广阔的生态结构联系起来，比如社区道德、伦理和政治原则都会影响课堂。[②]

(二) 养成自我评价的习惯，坚持自我评价的持久性

多年以来，我国教师业绩评价一般都是由他人评价的，即由领导、同事对自己进行评价，自我评价的欲望不强。当然这与教师评价的文化有关，因为个人利益关系的存在，使得个人评价的客观公正性受到质疑。近几年随着国际上教育评价理论的发展，多元化评价，被评价

请思考哪些因素影响教师持续开展自我评价？

① 林斯坦．教育评价的一个重要形式与内容——论教师的自我评价．教育理论与实践，1987(3)：15-16.
② 约翰·麦金太尔．教师角色．丁怡，马玲等译．北京：中国轻工业出版社，2002：2.

者主体参与评价和自我评价已经得到了一定程度的重视，但是，自我评价仍然需要进一步的加强，这一方面是因为教师有比较繁重的工作量，每天要抽出一定时间来进行反思和评估有一定的难度，另一方面是因为教师的反思需要有一定的技巧和足够的意志和毅力来坚持。教师普遍没有自我评价的习惯，而一种评价习惯的形成是需要时间和意志来积累的。以撰写反思日记为例，教师每天晚上回顾一天的教育活动，记录自己的心理感受，虽然日记的形式是自由的，可以是记流水账式的、抒发情感形式的，分析探索形式的，也可以是综合性形式的，但是，每天要坚持就需要教师特别的毅力和付出，教师要几年如一日地坚持下来，实属不易。由此也给我们一个启示：为什么在庞大的教师群体中，优秀的教师总是少数？那是因为在平凡的工作岗位中坚持平凡的习惯是非常不平凡的，一个优秀教师的成长总是伴随着自我评价的发展，只有一个敢于反思、不断反思、并且能够将反思的结果在教学教育工作中加以改进落实的教师才能达到优秀的高度。

（三）整合自我评价的结果，发挥自我评价的有效性

评价的目的并不是为了评价，开展教师自我评价的最终目的是为了帮助教师提升自身的工作水平，但这有个前提，那就是教师的自我评价必须是科学的、理性的、客观的。那种盲目无序的乱评不仅无助于教师工作能力的提升，反而会起到反作用。那么教师如何来保证自我评价的客观与合理，从而使自我评价发挥它真正的效用呢？必须做好以下几种整合：

1. 整合外部评价与自我评价。教师的外部评价来自于教师同事、学校领导、学生、学生家长等，外部评价可能与自我评价一致，也有可能不一致，当两者不一致时，教师就要对两者进行比较和分析，了解谁更客观，符合实情，从而做出取舍。

2. 整合正性评价和负性评价。自我评价可以分为正性评价和负性评价，通常正性评价给予教师积极的情绪体验，使教师充满工作的自信心，当然，正性评价如果不够客观，也会使教师盲目自大。负性评价则给予教师消极的情绪体验，一个教师自我评价过低，会使自己灰心丧气，抑郁而不得志，影响工作积极性。但是，负性评价也会使教师清醒自己的头脑，理性面对现实。因此教师应该整合正性评价和负性评价中的积极因素，使自我评价发挥它真正的效用。

3. 整合过程性评价和终结性评价。终结性评价是教师对自己工作一段时间以后所作的结果性的评价，通常从教师自我发展的几个方

面进行概括和总结，它往往是一个静态的结果。而过程性评价是教师对自己工作的过程进行评价，它具有动态性、侧重于教师在工作过程中的自我价值的建构，以及在工作过程中所发生的变化。过程性评价与终结性评价有时候会出现不一致，譬如，从过程来看，教师的进步是非常明显的，但是从结果来看，可能与别人还有很大的差距，所以，如何将两者有机结合起来也是使教师自我评价产生效用的重要因素。

三、教师开展自我品德评价的要求

教师自我品德评价作为价值判断活动，容易受到教师的价值观念、心理特点以及外部关系等多种因素的影响。由于传统中小学教师评价以绩效性评价理论为基础，多与奖惩、晋级、晋职和住房分配等个人物质利益相联系，产生了教师自我品德评价中的"争"——自我评价过高；"怕"——小心谨慎，唯恐自我曝光；"烦"——漠然视之，进行模糊自评；"疑"——怀疑评价结果不公正，"酸葡萄"式心理影响了评价的客观性、公正性。①

自我评价是发展智慧的开端，而对自我的恰如其分的评价更是发展的源泉。恩格斯认为，人的行为的一切动力，都一定要通过他的头脑转变为他自己的愿望和动机，才能真正产生。思想观念是人们行动的先导，教师只有确立科学的评价思想，认清自我品德评价的目的、意义和作用，方能实现正效评价，避免零效评价，克服负效评价，使评价成为确认自我价值、提升职业幸福感的重要基础。要达到这样的目的，教师就必须遵循如下道德规范：

（一）正视自我存在的合理性

我们也许羡慕过别人，但未必赏识过自己；我们也许欣赏过别人，但未必接受过自己；我们也许喜欢过别人，但未必拥抱过自己！人生在世，如何正视自我的存在，这是所有的人在开展自我评价时所必须面对的课题，也是教师在开展自我品德评价时无法回避的问题。

当一个人选择教师作为终身职业时，必须认识到他在教书育人这个过程中存在的合理性。这种合理性具体地说，应该包含这样的内容：我是独一无二的，我可以并且应该在教育教学中形成我自己的教学风格；我可能比别人做得好，也可能比不上别人，但是，我不会夜

---

① 吴清晰．新课程实施中的中小学教师自我评价．教育探索，2006(6):114–115.

郎自大,也不会妄自菲薄。无论有怎样的缺陷,怎样的不如意,别人可以不爱你,但你自己绝不可以不爱自己;别人可以抛弃你,但有一个人不能抛弃你,那就是你自己。基于这样的想法,教师应该做到:第一,接受自己在工作中的全部表现,无论优点还是缺点;第二,为自己在工作中所表现出来的优点和长处喝彩;第三,尽情体验工作中的成功带来的喜悦。

教师为自己找到这样的合理性就会带来如下的好处:第一,有助于教师个人心态的调节,在工作中实现自我满足、自我完善、自我实现、自我肯定、自我发展,体会到人生的成就感;第二,教师的健康心态可以感染并影响他的学生,使学生在开心愉快的气氛中学习;第三,教师健康乐观的心态可以缓解同事的心理压力,使大家在友好合作的氛围中愉快地工作。所以,正视自我存在的合理性能够为教师自己、同事领导、学生各方面都带来良性互动。

(二)重视自我存在的价值感

教师自我存在的价值感是指教师对自我存在的价值的一种感知。人能否正确认识和评价自己的价值,意识到自己对他人和社会的意义,是正确发挥主体创造性的必要前提。人对自己价值的意识通常有三种情况:一是对自己的价值意识低于其实际价值,这就会形成自卑型人格心理,不利于主体创造性的发挥和人的价值再创造。二是对自己价值的意识过强,超出其实际价值,就会形成自傲型人格心理,也会影响主体创造性的正确发挥。三是对自己价值具有正确认识和评价,既充满自信又脚踏实地,因而能较好地发挥其主体能力,创造出更大的价值。因此,人对自己的价值具有清醒的、科学的自我意识,这对人的生存和发展都具有十分重要的意义。

自我存在的价值具体包括三个方面:一是生理价值,即对自身生存需要的意义;二是精神价值,即对自身精神文化需要的满足;三是能力价值,即由于潜能的发挥而满足自我实现自我完善的需要。[①]在这三种价值中,第一种生理需要是满足主体自身的,而第二和第三种不仅是利己的,而且是利他的,而最高的自我价值应该是第三种。从人的精神和能力价值角度考察,就可以说,人创造的社会价值有多大,表明其精神价值和能力有多大。尽管人并不能全部享用其劳动成果,但所有的人都可以通过其劳动成果而完整地展现其能力,

① 马捷莎.论人的自我价值.北京师范大学学报(社会科学版),1993(1):66–71.

并通过其潜能的发挥而获得自我实现、自我完善的精神满足感。通过创造外在物的价值铸成人自身内在的价值，在主体力量现象化的同时展现其内在的本质力量。正是在这个意义上，我们完全可以将人的社会价值量与自我价值量画等号，即人的社会价值有多大，其自我价值就有多大。由此可以看到，教师作为知识分子的一员，他的劳动与创造主要是通过他所教的学生体现出来的，教师的精神价值和能力价值的实现既是教师自身价值的体现，也是教师社会价值的实现。

（三）注重自我评价的目的和手段的统一性

教育的目的是为社会培养德智体等方面全面发展的社会主义事业的建设者和接班人，这个目的就是教师开展职业生活的最高目标，也是教师进行自我品德评价的最高标准。围绕着教育目标，教师必然会采取种种手段或措施，其中，有些手段是正确的、合理的，有些则是不正确不合理的。教师开展自我品德评价不仅要看到自己依据的教育目标是否准确，也要看到手段是否科学，目的和手段是否统一。

除了文中所讲到的教师开展自我品德评价的道德要求，你还能找出别的要求吗？

在现实中，教师进行自我品德评价时存在着许多片面性。有的教师会偏离全面发展的教育目的来评价自己的师德行为，片面地以学生的考试分数和升学率高低为标准来衡量自我，而无视自己作为教师应有的德性修养。为了追求升学的分数，教师采用加班加点、加大作业量，占用学生运动、休息时间等不科学的手段，将自己的生命和学生的生命耗费于游离“教育”之外的枯燥训练之中，既牺牲了自己的健康也牺牲了学生的健康，也许，最终分数提高了，但是学生并没有得到社会所期望的发展。

有的教师偏离教育改革的客观要求和正确方向来评价自己的师德，墨守成规，目光短浅，习惯于用保守的观念来反思或评价自己的教育行为，视那些锐意改革的教师为“出风头”、“瞎折腾”，从内心加以排斥或厌恶。这些自己不思进步，并且也阻碍别人进步的教师必然会给他所教的学生带来很大的负面影响。

由此可见，教师自我品德评价必须以教育活动为参照，以教育的客观规律为准绳，坚持目的和手段的统一，不仅要求教师自主行为的目的是积极的，而且要求教师自主行为的手段是合乎道德的、适当的和有效的。如果割裂了道德目的和道德手段的有机联系，无论是把目的作用绝对化，还是把手段作用绝对化，都是错误的。

本章小结

教师的评价是教师开展工作的重要内容，无论是对学生的评价还是对同事、对自己的评价都具有十分重要的道德价值。教师对学生的评价影响着学生学业、品德、心理的发展；对同事的评价影响着同事工作的积极性、心理健康水平，甚至影响学校组织稳定健康的发展。对自我的评价影响着自身专业能力的发展、职业幸福感的形成和同事的合作与愉快。因此，教师在评价学生的学业与品德、同事的工作与为人，自我工作能力和自我品德的评价都要遵守相应的规范。

思考与练习

1. 教师对学生的评价具有道德价值，请结合相关案例，进行教师评价学生的角色扮演，并组织讨论从中体现什么样的道德价值？应该遵守什么样的道德规范？

2. 两个教师在一起工作，所带班级的学习状况比较接近。一个教师工作很投入，任劳任怨，利用各种时间给学生补课，布置课外作业，训练学生。另一个教师按时上下班，按照正常的作业量布置。学期结束时，两班的成绩还是相差无几。请对两个老师的工作进行评价。

3. 教师开展自我评价具有什么样的道德价值？教师对自己的工作和品德进行评价时应该遵守什么样的道德规范？

第七章
教师内在形象礼仪

学习目标

通过本章学习，你应该能够：

□ 理解教师礼仪道德与职业道德的本质与关系。

□ 掌握教师目光、微笑、倾听等表情礼仪的基本要求。

□ 掌握教师言语沟通礼仪的具体要求。

引导案例:咱们是平等的

一位老师多次教育学生爱护花草。可是有一天,一位顽皮的孩子居然摘了花圃里一朵漂亮的花。她问这位同学:"为什么摘花?""花哪儿去了?"没想到这位同学怯怯地吐出两个字:"吃了。"她真想劈头盖脸地批评一顿:"花怎么能吃呢?难道它是米饭?你这个脑子怎么长的?"可是还是忍住了。她把这位同学叫到办公室,让他坐下,心平气和地说:"现在老师不问你为什么摘,为什么吃,就把你当时怎么想的告诉老师好吗?咱们是平等的!就像朋友一样……"

这位同学终于抬起头说:"我看见那朵盛开在草丛里的花,觉得它真美,我忍不住把它摘了下来,放在手中细细端详。它散发着一种淡淡的却又很诱人的香味,我在想,它长得这么美,又这么香,味道是不是也很甜呢?于是我就把它塞进了嘴里。老师,它真是甜的!等我回过神来时,我就知道我错了……"

思考:如果你是老师,会这样做吗?

一番话,让老师感慨万端:这是一位多么爱思考、爱探索的孩子,一位多么会发现美、欣赏美、体验美的孩子啊!这位老师非但没有批评他,反而好好地夸了他一番。

这是当代教育家、著名特级教师李吉林亲身经历的故事。她的可敬之处在于,不是高高在上,而是与学生"平起平坐";不是武断地批评学生,而是善于在孩子身上发现闪光的地方;她深深懂得尊重学生,也让学生学会尊重他人。这不正是教育的真谛所在吗?

没有教不好的学生,只有不会教的老师。面对那些调皮捣蛋的、学习困难的、行为失范的、令人闹心的学生,老师是怨人尤天、怒气冲天,还是细细琢磨"平等"与"尊重"的含义呢?

[资料来源] 崇轶.咱们是平等的.人民日报,2010-04-09.第3版.

教师礼仪主要是通过指导和纠正教师的行为方式,塑造良好的教师形象,来培养和谐的师生关系,维护良好的教学秩序。教师礼仪的四大关注点为师资(资本)、师表(表率)、师德(德行)、师心(爱心),正是这四个方面构成了教师内在形象的要素。老师的形象,在任何时候,在任何地方,对学生都是表率。

第一节 教师的礼仪道德

一、礼仪的道德本质特征

礼是一种道德意识和道德规范,礼仪则是这种意识和规范的外显形式。礼仪的起源与发展与道德的起源与发展是同步的。古人云“礼者,德之基也”,“人而无礼,焉以为德”。礼仪道德是人们在社会交往中形成的、以建立和谐关系为目标的、符合“礼”的精神的行为规范、准则和礼节、仪式。① 礼仪道德作为一种特殊的道德形态,它的本质特征与普通的道德形态是一致的。礼仪道德具有发挥调节功能,达到社会和谐、有序目标的核心作用。教师礼仪是教师职业道德意识和规范的外显形式,它通过现实的教学教育行为表现出来。教师礼仪也是教师之职业道德。

二、教师的礼仪道德教育

教师道德教育的目标之一,是注重教师个人基本道德品质的教育,教师个人的基本道德主要包括诚实、真诚、正直、公正、敬业、自律、善良、乐于助人、尊重他人、自我完善以及有社会责任感、有协助团结的精神。礼仪道德教育对于教师理想人格的塑造和完善,是通过它的教育功能和激励功能来实现的。开展教师礼仪建设的主要途径,是通过礼仪教育,使教师产生“羞耻之心”,这样才有可能自觉地遵守礼仪。

《礼记·大学》曰:“大学之道,在明明德,在亲民,在止于至善。……古之欲明明德于天下者,先治其国;欲治其国者,先齐其家;欲齐其家者,先修其身;欲修其身者,先正其心……心正而后身修,身修而后家齐,家齐而后国治,国治而后天下平。自天子以至于庶人,壹是皆以修身为本。”正心,是修身、齐家、治国、平天下的前提;修身,是学礼的根本。而正心、修身的过程,是学礼的过程。

将教师礼仪教育与教师职业道德教育相结合,具体可以做到:

一是将教师守礼自律与自我责任感的教育相结合,加强教师的自律和自我修养,提高自尊、自爱之心。

① 蒋璟萍.礼仪的伦理学视角.北京:中国社会科学出版社,2007:99.

二是将教师守礼自律与社会责任感相结合，加强公民意识和公民责任。

三是将教师守礼自律与个人道德品行的修养相结合，注重知识、能力、性格、形象等全方位的提高。

三、教师的礼仪修养

教师礼仪主要是在教师职业活动、社会交往中发生作用的，它常常通过一定的行为和仪式来表达“礼”的精神，从而达到协调教师与学生、教师与家长、教师与公众等关系的目的。为人师表，授之以道。教师在向学生传授知识的同时，其品德、作风、知识、能力、教态、仪表等，对学生良好品质的形成可起到耳濡目染、潜移默化的作用。教师礼仪行为就是道德精神和态度所表现出的行为方式。

提高教师的礼仪修养，是素质教育的关键环节。有高素质修养的教师才能担负起培养高素质新一代的重任。

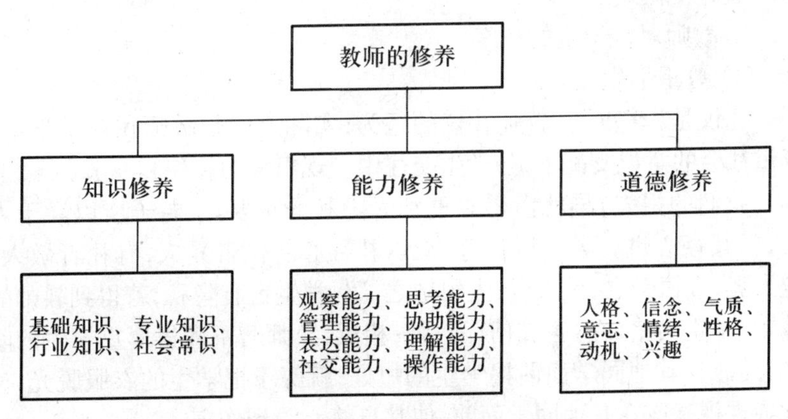

图 7–1 教师的修养层级示意图

(一) 知识修养

教师是知识的传递者，所以自身知识要渊博，教师要给学生一杯水，首先自己必须有“长流水”、“新鲜水”。所以，教师必须具有广阔的知识视野、渊博的学识，方可居高临下，游刃有余。不但要精通专业理论和技术，对教学改革和学术研究有所建树，有较强的主干知识体系，还要有广博的相关学科知识。要通晓教育学、教育心理学、社会学、哲学、文学、艺术等领域，达到各科功底雄厚，这是形成教师专业知识、教学能力、教育风格和人格魅力的奠基石。

(二) 能力修养

能力包括语言表达、文字交流、现代办公设备使用、管理等方面。教师的能力修养除了这些方面的能力外,更主要体现在教育、教学的综合能力修养。

教育能力是指教师在教育教学活动中,运用教育理论、德育理论、心理学知识等,对学生进行政治思想、道德品质教育的能力;教学能力则是指教师的教学基本功以及在教学论的指导下进行学科教学的能力。教育能力与教学能力总是有机地结合在一起,共同发挥作用的,它是教师道德、知识、智慧得以充分发挥的凭借,是一个教师应具备的主要能力。

(三) 道德修养

所谓教师的道德修养,是指教师在从事教育活动时,自觉遵守行为规范的内在的基本条件。教师的道德修养是教师职业道德的重要组成部分,它是教师在具体的工作中调节各种人际关系所依据的行为准则。主要表现为:

1. 教师对待学生的态度

(1) 尊重学生

礼仪是"尊重"。教师礼仪的行为,实际上就是教师在尊重学生、尊重社会的意识支配下,与学生交往中表现出来的礼貌和礼节。

我们的祖先,早就懂得尊重别人隐私的重要。"君子所以异于人者,以其存心也。君子以仁存心,以礼存心。仁者爱人,有礼者敬人。爱人者,人恒爱之;敬人者,人恒敬之。"[①] 学生也有隐私,若得到教师的尊重,学生会格外感谢和信任教师;相反,教师若不懂得尊重学生的隐私,随意在其他同学面前揭学生的短处,就等于把学生的衣服脱光,让他赤裸裸暴露在其他同学面前,使其自尊心受到伤害。

(2) 礼待学生

就是要求教师在面对学生时,要注意以礼待人。教师也是从学生成长起来的,一个学生渴望老师的礼貌相待,相信老师最能体会当学生的心情。师生关系是一种非常独特的人际关系,教师的行为有时会影响学生的一生。孩子的心是朦胧纯真的,如果遭受不公正、无礼的遭遇,无法自己进行很好的调节,从而导致不良情绪,势必会影响师生关系,影响学生的学习。

---

① 孟子·离娄下。

教师应该平等、友好地对待每一位学生，自觉地去尊重每一位学生。教师应更多地关注学生的内心情感体验，注意在一些生活细节上与学生进行心与心的沟通，并在自己的工作过程中，运用规范得体的语言、动作、神态。“正仪容，齐颜色，修辞气”，以表示对学生的尊重与友善。

(3) 理解学生

对教师而言，理解学生并被学生理解，是至关重要的。

在工作岗位上，唯有正确地理解学生，教师才谈得上能够以自己的优质服务去充分地满足学生、满足社会的实际需要。理解学生，主要是对学生的实际情况与实际需要，尽可能地掌握得清清楚楚。对于学生的特殊需要，如强调个性，被人重视等，教师都应充分理解和尊重。

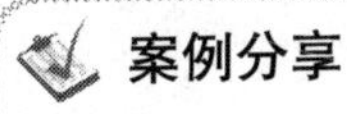

案例分享

如何保护犯错误的学生

初二(1)班的班长朱倩向班主任刘老师反映：同班的刘强昨天晚自修后到学校超市买东西，没有付钱就将五十多元钱的生活用品偷偷拿了回去。当时这一幕被高年级的同学看到了，但他们没有告诉超市老板，只是在同学寝室里议论开了。朱倩问刘老师怎么办？刘老师很生气，要求班长朱倩在下午第三节自修课，布置班里召开主题班会，让全班同学就此事展开讨论，借此好好教训一下刘强。可是刘老师转念一想，近日学校要进行先进班级和优秀班主任的评选工作，他们班一直各方面表现都不错，如果刘强的事被学校知道，班级管理就会被扣分，班级先进就会被其他班级争走。不能因为刘强的事坏了班级的荣誉！刘老师马上叫住朱倩，在她的耳边悄悄吩咐几句，又从自己的包中掏出60元钱给朱倩……

请问，刘老师会叫班长如何处理刘强的事？

针对犯了错误的同学，该怎样做才是既尊重他，又教育帮助他？

2. 教师良好性格的修炼

性格作为道德修养的重要组成部分和核心因素，是人们在态度和行为方面比较稳定的心理特征。教师要养成良好的性格特征，就必须在教育工作中，自觉地进行刻苦磨炼，加强性格的自我修养。具体可以从以下几方面入手：

(1) 自我克制，磨炼意志。有的教师已形成了某些不良性格，如遇

事总是不冷静，急躁，教育学生缺乏耐心；办事拖沓，做事缺乏条理。这些性格中的缺陷，只要坚持用坚强的意志加以克服，学会自我克制，就会得以改善。

(2) 勤奋学习，以智养心。教师的知识水平、文明程度越高，性格发展就越和谐。为此，要求教师勤于学习，自觉地从优秀书籍中汲取有益陶冶性格的养料，增强理智感、进取心和积极乐观的工作态度。

(3) 自我评价，扬长避短。教师在加强个性修养中，应养成自我检查和自我评价的习惯，唯有自省方能自知，唯有自知方能自控，并进一步改掉不良的性格。扬长避短，努力塑造自己完善的性格。

图 7-2 教师歧视“差生”是缺乏礼仪道德的表现

第二节 教师的表情礼仪

引导案例：因人而异

林老师去一家饭馆用晚餐。吃完后，才发现自己因出门换了衣服，而忘了带钱。怎么办？他只好如实告诉老板，并满怀歉意地说：“老板，对不起，我明天一定将饭钱送还。”老板连说“没关系”，还礼送林老师离开。

刚好，这一幕被饭馆窗外的小偷看见了，店主与客人的对话也被

他听到。正好小偷没吃饭，他灵机一动，也学那位先生的做法，吃饭欠账。小偷进饭馆点了一桌丰盛的酒菜，大吃起来。吃罢，也向老板声称自己忘了带钱，表示明日送来。不想，他的话音未落，店老板便勃然大怒，说坚决不行。小偷便反问："刚才那个人欠账可以，我为何不行？"老板回答说："看看你自己的德性，能与前面的先生同类吗？那位先生一看就是一位懂礼仪，有教养的人。他面带笑容，不光衣着整洁、得体，连吃饭也显得高雅：酒杯、筷子都放得很整齐，吃菜时不紧不慢，喝酒是在品味，吃完后，还习惯性地用餐巾擦嘴。一个有教养的人怎么会赖我几个饭钱？"老板又说，"哪像你，外表脏乱，姑且不说。吃相就足以表明你的无礼：吃饭吃菜时把盘子搞得乱七八糟，桌上桌下掉落不少饭菜，喝酒像喝水一样，还把一双脏脚毫无顾忌地放在凳子上。同时还大呼小叫地使唤服务生，用手指挖牙抠鼻，眼睛总不停地往我这乱盯，一副心神不宁的样子。你这样无礼，让我怎么相信你能还我饭钱呢？"

小偷愕然，一时无语，只好付了饭钱赶紧离开。

你能体会林老师是一位有修养的人吗？如果你是老板会这样做吗？

表情是人体语言中最为丰富的部分，是内心情绪的反映。人们通过喜、怒、哀、乐等表情来表达内心的感情。在人际沟通方面，表情起着重要的作用。美国心理学家艾伯特·梅拉比安对人的感情表达效果总结了一个公式：

感情的表达 = 语言 7%+ 声音 38%+ 表情 55%

构成表情的主要因素：一是目光；二是笑容。

一、教师的目光礼仪

眼睛是心灵的窗户，最能给人留下深刻印象的是眼神。朱熹说："人与物接，其神在目。故胸中正则神精而明，不正则神散而昏。"有一身正气的人，眼神一定清澈而光明。心术不正的人，眼神必然散乱昏暗，显得浑浊。孟子说："听其言也，观其眸子，人焉廋哉！"意思是说，听人说话时，观察他的眼神，他能躲到哪里去呢！笑容和漂亮的言辞都可以伪装，唯独眼神是伪装不出来的。只有真诚待人，眼神才是温暖、亲切的。

（一）目光礼仪常识

眼神可以表达一个人的内心情感和思想品质。在许多文化中，没有眼神接触的交谈被认为是粗鲁的，表明缺乏兴趣、不予关注或揭示

了害羞或欺骗。在与人谈话时，要注意眼睛视线的落点。如果视线高于对方的头部，会显得傲气；视线落在对方的脚部或者地上，则显得自卑，不自信。一般来说，与人谈话时，应该注视对方的眼睛，这样对方会感受到你在专心听讲；如果谈话的时间比较长，可以适度调整到对方眼睛以下、胸部以上的区域。目光切不可游移不定，一会看地，一会看天，或者左顾右盼，显得心不在焉。只有相互注视对方的眼睛时，彼此的沟通才能建立。

1. 注视时间

与对方目光对视累计达到50%~70%，才能得到对方的信赖和喜欢。

2. 注视部位

公务注视——眼睛应看着对方额上的三角区（以双眼为底线，上角顶到前额）。显得严肃认真、有诚意，把握谈话的主动权和控制权。

社交注视——眼睛看着对方脸上的倒三角区（以双眼为上线，嘴为下顶角）注视这个部位，会造成一种友好的社交气氛。

亲密注视——眼睛看着对方双眼和胸部之间。是亲人之间或情人、恋人的注视。

3. 注视方式

眨眼——在一秒钟之内连眨几次眼，是神情活跃，对某物感兴趣的表示，有时也可理解为怯懦羞涩，不敢睁眼直视而不停眨眼；时间超过一秒钟的闭眼则表示厌恶、不感兴趣，或表示自己比对方优越，有蔑视或藐视的意思。

轻轻一瞥——用来表达情趣或敌意。若加上轻轻地仰起眉毛或笑容，就是表示兴趣；若加上皱眉或压低嘴角，就表示疑虑，敌意或批评的态度。

睁眼直视——显得胸怀坦荡、自然，眼中充满信任、友好和正气。

教师的眼睛是非常重要的教学"工具"之一。不同的眼神和注视方式，表达了不同的目光礼仪，会产生不同的沟通效果。

（二）教师的目光

目光的转移、游离、回避，无疑都是态度变化的直接显露。教师掌握好自己的目光礼仪，对于营造良好的课堂气氛，获得学生好感，强化教育教学效果，有非常重要的作用。

1. 与学生谈话时，眼睛注视对方眼睛或嘴巴的"三角区"。注视时间大体是交谈时间的30%~60%，称为"社交注视"。注视可以表示师生之间的相互尊重，表示对对方的话题感兴趣。交谈完毕，教师不要立即移开目光，应在学生转过身往回走时，再转移目送学生的视线。

图 7-3 注视可以表示师生之间的相互尊重

2. 教师上课时，对学生投之关注的目光，学生们就会感到亲切而专心听讲。学生在课堂上回答问题错误时，一定会感到尴尬，怕同学嘲笑、蔑视。这时，教师不要直视他的脸，或看一眼之后又马上转移视线，这样会引起学生误会，以为教师也在用目光讥讽嘲笑他。

图 7-4 教师上课时，对学生投以关注的目光

3. 教师在长辈面前，眼光应略为向下，显得恭敬、虔诚；对待孩子，眼光应该和蔼、慈爱。在友人面前，如果是男性，眼光应热情、坦荡；如果是女性，眼光应大方、稳重。眼睛转动的速度要适当。眼睛转动稍快表示有活力，如果太快则给人以不真诚，不庄重的印象；但也不能太慢，否则令人感觉缺乏生气。

知识链接

教师目光礼仪之忌

1. 忌常用责备的目光。这种目光容易使学生产生逆反心理，造成学生对教师的抵抗情绪，割裂师生友谊，使两者矛盾激化，不利于学生健康人格的发展。

2. 忌漠视的目光。教师只顾做自己的事情，不看对方说话，是怠慢、冷淡、心不在焉的流露。这种目光极易使学生自尊心受到伤害，使学生产生自卑心理，任何活动都不敢参加，进而对任何事情都缺乏信心和兴趣，最终导致性格上的孤僻、冷漠、自私。

3. 忌面无悦色的斜视。是对学生表示一种鄙夷。

4. 忌目光只关注个别或少数学生。教师的目光要照顾到班上的每一个学生，放眼全班，把目光放虚一点，不要聚集于某人。用目光来调整学生的注意力，对专心听讲的学生用热情的目光表示肯定；对精力不集中、做小动作或窃窃私语的学生，用提醒的目光注视几秒钟，待双方目光接触后再移开，这样既起到了告诫的作用，又保护了学生的自尊心。

5. 忌不恰当的凝视。凝视学生，有时表示重视或关注。但是，当双方缄默无语，就不要再凝视对方的脸。因为双方无话题时，学生本来就有一种局促不安的感觉，如果此时教师一直注视学生，势必使对方觉得更尴尬。

有很多教师常犯此方面的错误：

——边改作业边和学生谈话，根本不看着学生。

——瞪着眼睛追问学生问题。

——后背对着学生正写着板书，嘴里却叫着某某学生的名字让他回答问题。

［资料来源］中国教育在线．教师的目光．http://teacher.eol.cn.

二、教师的微笑礼仪

微笑，是教师的一种积极肢体语言。微笑是教师最富有吸引力，最有价值的面部表情。教师的微笑拥有无穷的教育魅力。它表现着师生关系间友善、诚信、谦恭、和蔼、融洽等最为美好的感情因素，所以它

已成为教师理解、尊重学生的心理性“语言”。

教师的微笑是腼腆学生的兴奋剂，使他们得到大胆的鼓励，敢于去表达自己；教师的微笑是外向好动学生的镇静剂，使他们得到及时的提醒，意识到自己的言行需要控制和自律。教学工作中教师的微笑能够活跃课堂气氛，活跃学生思维，活跃学生的情绪；德育工作中教师的微笑是对不良行为的理解和宽容，能引起学生的自我反思和觉醒，是对良好行为的鼓励和赞许，能激励学生不断努力和进取。

（一）微笑的种类

研究显示，经常面露微笑的人，和别人沟通时就比较占优势，因为别人会认为他很友善和开明，对他所说的话，接受程度也会比较高。

微笑的种类有：

1. 自信的微笑——充满着自信的微笑，遇到困难或危险时能帮助你渡过难关。

教师对学生的微笑，应是眼、言、行结合一体的，发自内心的真诚的微笑。

2. 礼貌的微笑——懂得礼貌的人，会将这种微笑当做礼物慷慨地赠送与他人。

3. 真诚的微笑——真诚的微笑，能表现出对他人的尊重、理解和同情。

图 7-5　教师要面带充满自信的微笑

（二）微笑的效果

微笑要有效果，一定要与眼睛、语言、身体三者结合。

1. 与眼睛的结合——眼睛会说话，也会笑。微笑时，眼睛也要微笑，否则会给人皮笑肉不笑的感觉。学会用眼神与他人交流，微笑才会更传神、更亲切。

2. 与语言的结合——微笑着说“早上好”、“您好”等礼貌用语，

才显示问候的真诚，不要光笑不说或光说不笑。

3. 与身体的结合——微笑得好并非易事，除了要注意笑的表现形式外，还要进行心态调整。首先闭上眼睛调动情绪，回忆美好的过去或展望美好的未来，这时的微笑是源自内心、有感而发的；然而对着镜子练习，使眉、眼、面部肌肉、口形在微笑时和谐、统一。

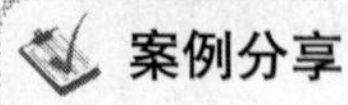

学生的心愿

有一个随机调查，31 个山村学生的新年愿望——希望有一位笑容甜美的女教师。研究显示，经常面露微笑的人，和别人沟通时就比较占优势，因为别人会认为他很友善、开放，对他所说的话，接受程度也就会比较高。成功学大师厄尔·南丁格尔说；“我们对生活的态度是由自己控制的，不管我们有没有意识到这一点。”

教师职业是否决定了教师应该一脸严肃去面对学生，否则会失去教师的威望？

用希望、自信、慷慨，还有爱去面对每一天吧！不久你将发现你正在选择走向快乐。你也将发现越来越多的人正在喜欢上你的脸。

（三）微笑的训练

微笑的要求是自然、大方，发自内心并显示出亲切的感觉。

微笑的基本做法是不发声，肌肉放松，嘴角两端向上微提起。首先要放松自己的面部肌肉，然后使自己的嘴角两端平均地、微微地向上翘起，让嘴唇略呈弧形，面含笑意。

第一种：对镜微笑训练法

1. 端坐镜前，衣装整洁，以轻松愉快的心情，调整呼吸自然顺畅；静心 3 秒钟，开始微笑：双唇轻闭，使嘴角微微翘起，面部肌肉舒展开来；同时注意眼神的配合，使之达到眉目舒展的微笑面容。如此反复多次训练，才能掌握微笑要领。

2. 取一张厚纸遮住眼睛以下部位，对着镜子，心里想着使你高兴的情景，鼓动双颊，做出微笑的口形。这时你的眼睛便会露出自然的微笑。然后再放松面部肌肉，眼睛也恢复原样，可眼光仍旧含笑脉脉，这就是眼神在笑。除此之外，还可两人相对训练，相互纠正，也可在众人面前训练，逐渐做到自然大方。

第二种：模拟微笑训练法

轻合双唇，两手食指伸出（其余四指自然并拢），指尖对接，放在嘴前15~20厘米处。让两食指尖以缓慢匀速分别向左右移动，使之拉开5~10厘米的距离。同时嘴唇随两食指移动速度而同步加大唇角的展开度，并在意念中形成美丽的微笑；并让微笑停留数秒钟。两食指再以缓慢匀速向中间靠拢，直至两食指相接；同时，微笑的唇角开始以两指移动的速度，同步缓缓收回。需要提示的是，训练微笑缓缓收住，这很重要，切忌不能让微笑突然停止。如此反复训练20~30次。

图7-6　学生喜欢会笑的老师

第三种：情绪诱导法

这是演员在训练中常采用的一种方法。就是将自己过去那些最愉快、最令人喜悦的情景，从记忆中唤醒，使这种情绪重新袭上心头，重享那惬意的微笑。情绪诱导就是设法寻求外界物的诱导、刺激，以求引起情绪的愉悦和兴奋，从而唤起微笑的方法。

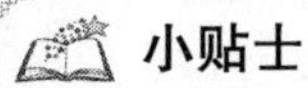

小贴士

微笑的技术性训练

- ✧ 第一步："念一"。
- ✧ 第二步：口眼结合。
- ✧ 第三步：笑与语言结合。

三、教师的倾听礼仪

一位好的教师，认真倾听每一位学生的倾诉，是对学生最起码的

尊重，是平等、友好的表示。心理学家指出，倾诉可以调整人的情绪，协调人体各个器官的功能。倾诉的主要目的是宣泄情绪，得到理解、支持和帮助，其根本是要走出困境。倾诉会在心理上出现一系列的变化：首先是感觉到自己终于被人理解，内心有一种欣慰之感，进而使孤独感得到消除，紧张情绪得到释放，心理上会感到一种解脱。

一位哲人说得好："善于聆听的人是智者。"

倾听，让教师放下架子，拉近与学生的距离，与学生为友；倾听，让教师走进学生的内心世界；倾听，沟通了感情，融洽了关系。

案例分享

随意的拒绝

学校举行重大活动，全校师生集中在操场。活动开展前几天，班主任柳老师一再嘱咐学生要准时参加集会，结果有一位男学生还是在集会时迟到了30分钟。柳老师非常生气，当着全班同学的面严厉批评了他。当时这位同学很想解释，但被生气的老师拒绝了。那位学生顿时泪流满面，脸上的表情包含着伤心、痛苦、失望和委屈。

柳老师事后从别的同学处了解到：迟到的同学是因为送母亲去医院治病才迟到的。柳老师很后悔自己当时的言行，老师随意的当众批评给这位男同学的心理造成了很大的伤害。

图 7-7 老师随意的当众批评给同学心理造成很大的伤害

（一）倾听的作用

据有关资料显示，人们进行沟通时，听、说、读、写四种方式，所占

的比例分别为53%、16%、17%、14%，可见“听”的功能比“说、读、写”要重要。心理学家认为：倾听者不是机械地“竖起耳朵”，在听的过程中要注意力集中，不但要跟上倾诉者的思路，还要对上情感，使用一些技巧，做到“耳、口、手、眼、心”协同发挥作用。

从学生的倾诉中，教师能实现：

1. 了解大量的信息，如事实、数据及想法。
2. 理解学生的思想、情感和信仰。
3. 了解学生的需求，以便改进工作方法，从而提高工作效率。
4. 增进师生双方之间的相互理解和友谊。

知识链接

好的倾听者

✧ 适当地使用目光接触。
✧ 对讲话者语言和非语言行为保持注意和警觉。
✧ 容忍并且不打断（等待讲话者讲完）。
✧ 使用语言和非语言表达来表示回应。
✧ 用不带威胁的语气来提问。
✧ 解释、重申和概述讲话者所说的内容。
✧ 提供建设性（语言和非语言的）的反馈。
✧ 移情（起理解讲话者的作用）。
✧ 显示出对讲话者外貌的兴趣。
✧ 展示关心的态度，并愿意倾听。
✧ 不批评、不判断。
✧ 敞开心扉。

（二）倾听的方法

专家的观点是：作为一名教师，你会不会“听”，能不能够“听”；你会不会“倾听”，能不能够“倾听”，直接决定着教师对学生的了解程度，直接决定着学生对教师的反应，直接决定着教师教育引导的效果。倾听的本意是在倾听的过程中，教师能够进入学生的心灵深处，把握学生的思想脉搏，调动学生的情绪发展。这才真正反映出作为倾听者的教师的调节技能与引导艺术。教师若能达到这种境界，才能真正体现出“倾听”的全部意义，即教师不仅能够创造条件让学生倾诉，更能够

对学生实施到位的教育和引导。

1. 以良好的精神状态接受学生的态度。学生的价值观念、信仰、理解问题的角度,以及思维方法、语言表达等方面都存在差异和问题,给教师倾听增加了难度。学会倾听,意指教师要掌握、会运用“听”这种沟通方式来了解学生,让学生在你的“倾听”中感受到被尊敬或被重视,并在你的“倾听”鼓舞下能够尽情“倾诉”。

2. 偶尔的提问、提示,给学生以鼓励。学生总是希望与教师交流,希望被教师理解。如果教师说“我可能没有听懂,你能否讲具体一点?”“还有哪些方面需要考虑的呢?”等提问,会使学生产生被教师理解、接受的感觉。

3. 及时反馈。教师用自己的语言复述对学生所表达的思想与感情的理解,给学生以反馈,从而表达出学生所发布的信息已被教师所接收。反馈的形式有逐字逐句地重复,除此之外,还有用自己的语言解释讲话人意思的方法。教师可以根据学生的谈话内容进行选择。

图 7-8 倾听增进师生双方之间的理解和友谊

四、教师的肢体语礼仪

注意教师在课堂上的各种肢体语言,并分析其起到的作用。

正如古希腊苏格拉底所述:高贵和尊严、自卑和好强、精明和机敏、傲慢和粗俗,都能从静止或运动的面部表情和身体姿势上反映出来。

姿势是信息传递和反馈的基本符号,人的身体的每一个姿势的变化通常都表现出社交双方的许多内在信息。姿势是传达人的情感的

"天线",它常常表现为一种"情绪语言"。人的身体的每一个姿势的变化通常都包含着交际者丰富的情感,在人际交往过程中,这类"情绪言语"所产生的效应,是一般自然语言无法比拟的。教师在教学活动中,既要注意并理解学生的肢体语反馈的信息,还要有选择地运用恰当的肢体语礼仪。

小贴士

很多肢体动作能表达心情、情绪或情感。如:

微笑——满意、理解、鼓励　　咬唇——紧张、恐惧、焦虑

跺脚——紧张、急躁　　绞手——紧张、焦虑、恐惧

前倾——关注、感兴趣　　双肩前弓——不安、被动

直立——自信、肯定　　摇头——不同意、震惊、不相信

拍肩头——鼓励、祝贺、安慰　　抓头——迷惑、不相信

脚抖动——不安、乏味、紧张、担心

皱眉——不同意、痛苦、愤怒、发愁

双手交叉胸前——愤怒、不赞许、保护自己、提防、咄咄逼人

第三节　教师的言谈沟通礼仪

引导案例:对不起,向你道歉

英国著名的戏剧家、诺贝尔文学奖获得者萧伯纳有一次在苏联访问,他在莫斯科街头散步时见到一位非常可爱的小女孩。萧伯纳和这个小女孩玩了很久,在分手时,他对小女孩说:"回去告诉你的妈妈,你今天和伟大的萧伯纳一起玩了。"小女孩也学着大人的口气说:"回去告诉你的妈妈,你今天和苏联女孩儿安妮娜一起玩了。"萧伯纳很吃惊,他立刻意识到自己的傲慢,并向小女孩儿道了歉。

现实生活中,你能做到放下架子、面子,真诚道歉吗?

语言礼仪让社会和谐温婉。懂得语言礼仪的人,说话一般比较有艺术,说话比较注意分寸,常常委婉地表达自己的意见,尽量找到赞美对方的词语。发自内心、实事求是、恰如其分的赞美语言,能给他人快

乐,从而有效地沟通人与人之间的关系。教师在与学生交谈时,要做到尊重对方、平等待人,善于用谦虚的口吻与学生说话,以平等的身份与学生商量。教师还要注意时刻不忘运用礼貌语、雅语与敬语;说话态度诚恳、语气亲切、语调平和;音量适中、音色清亮、音调柔和,展现着温文尔雅的教师风度。

一、教师言谈的方法

(一)明确表达目的

言语的表达是由思想到说话或写作的过程。不论是口头言语的表达,还是书面文字的组织,都反映了教师运用某种语言形式来达到其预定的目的和意图的过程。明确表达沟通的目的,它不仅反映了教师的言语能力,还反映了教师的思维水平、文化修养、道德修养和审美修养,甚至反映出作为现代教师的气质、性格和精神面貌。

(二)听出变形信息

语言中充满着变形信息,如果教师要准确地与学生或学生家长进行沟通,必须要听出语言中的变形信息并理解它的含义,以便及时调整沟通的话题和方法,达到言谈沟通的目的。沟通,是建立在理解的基础上,教师礼仪,应定位在教师与学生在教育过程之中实现双向沟通的一种最重要的沟通技巧。教师在进行语言沟通时,如果使用的词语含义与学生的需要和观点相同,师生的沟通就更有效。

(三)使用恰当的语言

交谈时,教师的语言要恰当,以便传达合适的信息。

选择积极的字眼,能振奋学生的情绪。反之,选择使用消极的字眼,就可能导致学生自暴自弃。批评是令对方不快,感到有心理压力的事情。没有人喜欢受到批评,涵养再高的人在内心里也是讨厌被批评的。心理学家研究表明,谁也不愿把自己的隐私在别人面前曝光,一旦曝光,就会感到难堪或恼怒。教师一般应避免触及学生的敏感处,必要时可委婉地暗示学生,你已经知道他的隐私或错处,点到为止,给学生造成某种压力即可。同时,要学会巧妙、及时地为学生提供一个“台阶”下。正因为如此,如果教师批评学生方式不当,就很容易给学生带来消极影响。教师真正做到恰到好处地遣词,巧妙地对学生进行批评无疑是一门学问。

图 7-9　巧妙地对学生进行批评无疑是一门学问

（四）掌握沟通技巧

1. 换位思考

教师要站在学生的位置来观察思考问题，通过主动接触学生，善于观察体谅学生，从而真正全面深入地了解学生的所思所想、所作所为，以求更好地与之交流沟通。

2. 重视学生

正确称呼学生；认真倾听学生的要求；实事求是、恰如其分地赞美学生等，都表现了教师对学生的重视。

3. 角色定位

教师要正确定位于“教育他人”与“服务于人”的角色，必须恪守本分，明确教师的教育者身份，绝不能凭兴趣、性格任意发挥不良情绪而伤害学生。在工作岗位上，教师的一切言行，都应以教育者的角色开展，均不得与教育人、培养人的宗旨背道而驰。

图 7-10　耐心倾听学生的谈话，注意尊重学生

尊重学生，就是尊重自己；教师的言行是学生的一面镜子。

知识链接

教师与学生谈心的注意事项

教师与学生谈心要注意礼仪礼貌,谈话时态度要诚恳、自然、大方。

1. 耐心倾听学生的谈话,注意尊重学生,不随便打断话语或随意插话,或自己做“鸿篇大论”。

2. 不要做不必要的小动作,不要不时发出“嗯、啊、噢”的声音。

3. 要学会倾听学生的谈话,要让学生把话讲完,要注意控制自己的感情,不要过于激动,等听完之后,冷静分析,做出自己的判断。

4. 不宜说话颠三倒四,毫无铺垫地从东跳到西,让学生无法领会。

5. 忌讽刺挖苦。与学生谈心不可咄咄逼人、讽刺挖苦、一声比一声高,让学生觉得你愤怒无礼。

6. 不宜问学生不愿回答的问题。

7. 不宜用太长时间谈论自己。

8. 不宜在交谈中,频频接、打手机。

9. 不宜在谈话中提及对方的伤心事。

10. 忌居高临下。教师跟学生谈心时,教师可弯腰或蹲下,双方应目光平视。学生如果扬着头听老师讲话,就会形成一种不平等的交往。

[资料来源]恒恩教育网.教师与学生谈心的注意事项.http://www.hn-teacher.com/a/jiaoshili yi/2010/1228/275.html.

二、教师教学言语礼仪

教师讲课应该语音清晰、口齿清楚、吐字准确、声音清脆、明确明白,这是教师的基本素质。学生只有听得明白,才能将知识储存在记忆里,溶化在脑海中。

教师的职业语言运用需要美化声音,美的声音能带给学生美的享受,提高课堂教学的效果。“声音美化”也就是“嗓音美容”,是指对声音进行美化和修饰,使之听起来富于感染力,并使听者产生审美愉悦。

教师想要具有磁石般的吸引力吸引学生,首先就要修炼自己的声

音。你的声音圆润、悦耳、动听、亮丽，就会具有强烈的吸引力，就会与学生发生强烈的共鸣，学生就会接纳你、喜欢你、认同你。优美的声音是一种享受，让人终生难忘。

教师可以通过声音美化的各种有效途径，改善自己的声音特质，使之更好地为教育教学服务。

小贴士

教师的教学语言修养在极大程度上决定着学生在课堂上脑力劳动的效率。

——苏霍姆林斯基

教师的语言，是什么东西也不能取代的感化学生心灵的一种手段。

——苏霍姆林斯基

（一）岗位礼貌用语

教师在工作岗位上所使用的礼貌用语，是指在教学过程之中，表示教师自谦恭敬之意的一些约定俗成的语言及其特定的表达形式。教师常见礼貌用语有以下几种：

1. 问候用语

主要适用于公共场合相见之初时，彼此间询问安好、致以敬意，或者表达关切之情。如“你好”、“各位学生好”、“晚安”、“节日快乐”等。

2. 迎送用语

主要适用于工作岗位上欢迎或送别交往对象。如“见到您很高兴”、“一路走好”、“多多保重”等。

3. 请托用语

主要是在请求帮助或是托付他人代劳时，适用的礼貌用语。如“请让一下”、“请稍等”、“拜托了”、“劳驾”、“请多关照”等。

4. 致谢用语

在得到他人帮助、支持、理解、赞美或者婉言谢绝时，都应及时使用致谢用语。如“十分感谢”、“太麻烦您了”、“谢谢您”等。

5. 征询用语

在工作中主动向交往对象进行征询，取得对方良好的反馈。如“可以这样吗”、“我能为你做点什么”、“需要帮助吗”、“你觉得如何”等。

6. 应答用语

在工作岗位上用来回应他人的召唤,或者答复其询问之时的礼貌用语。如"是吗"、"好的"、"我知道了"、"我明白了"、"我理解你的意思"、"我一定照办"、"您过奖了"、"没有关系"、"我不介意"等。

7. 道歉用语

在工作中,因种种原因而带给他人不便,或妨碍、打扰对方时,及时向对方表达歉意的用语。如"对不起"、"抱歉"、"请原谅"、"不好意思"、"很惭愧"、"请包涵"等。

其他还有赞美用语、祝贺用语和推托用语等礼貌用语。

图 7-11 师生之间相互问好是和谐校园的一大亮点

(二) 课堂口头用语

是指教师在其课堂教学中所使用的专门性用语,主要用以讲解与说明某些学术性、专业性、技术性问题。

1. 机智精炼

课堂上面对不同表现的学生,一定要善于察言观色、反应灵敏。既要准确判断学生理解时的情况,又要达到双向沟通的目的,在讲解知识或提醒、提示学生时,用语要精炼明确,尽量为学生所理解,提高课堂效率。

2. 标准规范

规范的课堂用语,主要是由专业术语与敬人之语两部分构成。

课堂专业术语要讲究规范、得体、适得其所,力求正确无误,实事求是,不可随意,以讹传讹。

课堂敬语要体现礼貌文明以及自谦,重在真诚真心,言行一致。千万不可在敬人之语上搞形式主义、虚假讨好之举。

知识链接

教师课堂用语十忌

一、粗言。教师若是不注意加强自身的道德修养，在课堂教学时讲粗言，潜移默化下，学生也难有什么礼貌语言。而且，在学生心目中，教师神圣的形象必然会蒙上一层污垢。

二、俗言。在课堂上，教师切忌片面地、过分地追求课堂气氛热烈而大讲特讲俗言，俚语。但如果俗言讲得过多过滥，则让人觉得俗不可耐，不但收不到应有的效果，反而会带来不少负面的影响。

三、冷言。有些教师偏爱那些品学兼优的学生，歧视所谓的“双差生”。他们对“双差生”不但不热情教导和耐心辅导，反而当着他们的面冷言冷语，嘲讽有加。有些“双差生”就因受不了教师的冷言冷语而辍学。教师的这种行为，既有违师德，又会挫伤学生的自尊心，易使其破罐破摔，甚至产生对立情绪。

四、恶言。一些教师，由于性情暴躁，或是年轻气盛，对自己的教学水平自视甚高，容不得他人(特别是学生)批评指责。当学生提出不同的意见便恼羞成怒，继而恶言相对。这样会降低自己在学生心目中的地位，损害自己的形象，而且，今后与学生沟通的难度也会因此而加大。

五、无言。少数教师，心胸狭窄，对个别学生曾“有意”或“无意”顶撞自己或令自己“出丑”之旧事，往往耿耿于怀。于是采取“冷战”之态度，不理不睬这些学生，上课时不提问他们，甚至在课后也不批改他们的作业，以此“惩罚”学生。其实，学生毕竟还是未成年人，教师怎能与他们斤斤计较呢！

六、胡言。有些教师，特别容易情绪化，往往把课堂当做个人在工作、生活中遇到不顺心、不如意之事的发泄场所，将自己的不满情绪借讲课之机发泄，更有个别教师，自以为无所不知，无所不能，感慨个人怀才不遇，进而胡言妄语。这样只会引起学生的反感。

七、戏言。教师，在课堂上对学生讲过的话一定要算数，承诺的事情一定要尽力兑现。如确实有困难而难以兑现的事情，应主动对学生讲清楚，及时解释。否则，言出不行，何来诚信？又让学生如何遵守诺言，讲求信用？

注意教师在课堂上的言语礼仪，并分析其起到的作用。

八、怨言。对学生因没按时完成作业,或是学校、班科任教师工作协调得不够的地方,或者是个人工作、生活上的问题,教师本人应该在课外积极想法解决,而不应在课堂上有过多怨言。不然,既会影响学生听课的情绪,又会使教师的讲课效果大打折扣。

九、秽言。教师若是不注意加强自身的道德修养,有时候,哪怕是一句秽言,恐怕也会让学生大为惊讶——原来老师也讲秽言啊!也许,在他们幼小纯洁的心灵中,教师神圣的形象会就此倒塌。

十、赘言。课堂教学用语,特别强调简明扼要,清楚明白。如果教师习惯重复啰唆,不仅浪费时间,也让人生厌。

[资料来源]关国强.教师课堂用语十忌.教学与管理,2003:13.

(三)教学书面用语

书面用语是指使用文字、符号来表达信息。教师使用书面用语,是为传授知识、交流信息,具有专业性、权威性、严肃性等特点。为此,正确无误,是对教师使用书面用语的首要要求,以示教师作为传授知识者的形象水平。同时,要求书面规范、工整清晰、简明扼要。

三、教师社交言语礼仪

(一)文明用语

所谓文明用语,是指在语言的选择、使用时,应当表现出其使用者良好的文化修养、待人处世的友善态度,是教师使用语言时应当遵守的基本规范之一。

1. 讲普通话。
2. 语调语气谦恭。
3. 用语文雅、准确。
4. 主题正确、清晰。
5. 灵活使用礼貌用语:您、请、您好、谢谢、再见、对不起、没关系、很抱歉、不客气、请稍等。

教师文明用语诀窍:请字当先,谢字收尾,少说否定语。

(二)愉快的话题

交谈,实质是人与人之间的合作,应尊重双向共感规则,不要妄自尊大,不可忽略他方的存在。要求在交流中所谈论的中心内容,应使彼此各方共同感兴趣,并能够愉快地接受,各方都能积极地参与。

常见的愉快话题：文艺、体育、旅游、时尚、习俗等。

交谈中要避免谈及的话题：个人隐私、非议旁人、倾向错误、令人反感等。

知识链接

社交活动的“八不谈”

不易涉及的交谈内容回避不谈。

泄露国家机密与职业机密的不谈。

对国家、民族和宗教横加非议的不谈。

对交谈对象的内政事务随意加以评论的不谈。

对自己的领导、同事、同行说三道四的不谈。

涉及庸俗话题的不谈。

涉及交谈对象本人的弱点、短处和不足之处的不谈。

涉及交谈对象个人隐私的任何话题不谈。

（三）方式恰当

1. 神态专注。古人曾说：“愚者善谎，智者善听”，听者要表现得神态专注，就是对“说”者最大的尊重。同时给予微笑、点头等动作表示支持、肯定或理解；也不妨以“嗯”或者“是”等字来表示倾听的态度，用语气呼应对方，适当引述对方刚刚所发表的见解，或者直接向对方请教高见。

2. 措辞委婉。社交中，不可措辞尖锐、刻薄，而伤害他人自尊心，措词上力求含蓄、委婉、动听，并留有余地、善解人意。

（四）礼让对方

社交中，务必争取以对方为中心，处处礼让对方，尊重对方，不始终独白、目中无人、独霸天下；同时不允许保持沉默，不置一词而导致冷场；他人说话时不在中途予以打断；在一般性的交谈中，应允许各抒己见、言论自由、不作结论，重在集思广益、活跃气氛、取长补短。

（五）适可适时

交谈也必定受制于时间，应适可而止，见好就收。小规模的交谈以半小时为宜，最长不宜超过一个小时；交谈时个人发言，最好不长于三分钟，至多五分钟，以免引起对方厌烦而留下不好的印象。

四、教师与学生家长的沟通艺术

家长是孩子的启蒙教师，学会与学生家长交流沟通，是教师教学教育工作的重要内容之一。

（一）沟通方法

教师面对的学生家长，是一个比较复杂的群体。作为一名合格的人民教师，要取得教学相长的良好效果，在日常工作中，必须注意与学生家长交流沟通的方式方法，懂得与学生家长交流沟通的艺术。

1. 学生家长来访要热情接待，无论是约定的还是主动来访的都应表示欢迎，不应有丝毫的冷淡，决不能把主动来访的家长堵在办公室门外问话。

图 7–12 教师切勿以教育专家自居，采取居高临下的态度来“教育”家长

2. 教师切勿以教育专家自居，采取居高临下的态度来“教育”家长、告诉家长应该怎样、必须怎样、不能怎样，更不能把学生的错误全部怪罪于家长的教育失误或失败。

3. 与家长沟通时态度要诚恳，友善，讲话音量适当，说话要实在、通俗，切忌虚张声势或故弄玄虚。

4. 要善于营造轻松的气氛，可以先讲一点班上有趣的事或说几句学校里近日的活动等，既可以使家长得以放松，又显得教师亲切、自然。

5. 与家长谈学生的缺点时，一定要注意方式，要根据情况区别对

图 7-13　与学生家长沟通时，教师切忌虚张声势或故弄玄虚

待。对比较熟悉的、直率的家长，教师可以直接一点谈；对不熟悉或自尊心很强的家长，教师应该采取委婉一点的方式和语言指出，以免给家长带来压力和产生不愉快。

回忆一下我们的学生时代，老师与我们的家长交流沟通中，给你留下印象最深的一幕。

（二）沟通的“四忌”

1. 有问题就找家长

不少教师不太重视与学生家长的交流活动，缺少计划性、系统性。经常是学生有了问题、犯了错误，才安排找家长。这种不科学的做法，使学生家长形成了思维定势，导致学生家长一接到老师通知，就认为是自己孩子又犯错了，否则老师是不会找家长的。这样极不利于教师与学生家长的交流沟通，往往使学生家长产生抵触情绪，达不到交流的目的和效果。要想取得家长有效的配合，教师必须注意统筹安排，有计划地开展与家长的交流活动。经常将学生的学习、生活、性格等情况系统地与家长交流。这样，有利于家长及时全面地了解孩子在校的情况，有利于家长协同配合教育。

2. 只谈论学生缺点

家长都希望孩子能成为有知识、有作为的人，他们最希望听到教师对自己孩子的赞扬。可是，不少教师在与学生家长有限的交流中，只谈学生的不足和缺点，直奔主题解决问题。于是，整个交流时间就是批评和告状。不少家长听到老师“告状”，心情不好，管理教育孩子方法简单粗暴，经常是“棍棒式”。以致造成不少学生怕老师找家长，以各

种方法阻拦老师与家长见面交流。

3. 一味地指责家长

学生家长的职业修养、家庭背景、知识水平等存在差异，有的懂教育，有的不懂教育。有不少教师在与学生家长沟通联系中，往往不注意学生家长的各自不同情况，不顾学生家长的实际承受能力，避开学校、教师、社会的责任不谈，只是一味地批评学生家长的不对，数落家长的不是，经常用“你家孩子在学校又怎么怎么了，你们家长管不管？”、“你们家长是怎么管教孩子的？”等指责学生家长。

图 7-14 指责学生家长等于在指责教师自己

4. 抓不住问题症结

培育学生健康成长是一门大学问，也是一项系统工程，家长有效地配合很重要，常常决定教育成败。教师在与学生家长沟通过程中，有不少交流活动起不到应有的效果，其中很重要的一个原因是教师与家长沟通没有抓住关键，只说表面现象，抓不住实质。不少教师只谈学生的问题，不交流合适的教育方法。

知识链接

美国中小学教师如何与学生家长交流和沟通

在美国家庭特点不断变化的今天，家长能否积极参与学校教育，在很大程度上取决于教师的态度及其与家长交往的能力和技巧。在交往态度上，教师要做到两点：一是以关心孩子的态度同家

长保持经常性接触；二是要表现出一种与家长合作的真诚愿望。下面介绍9种有效的交往技巧：

1. 介绍信。在学年伊始，教师写给家长一封介绍信是一种积极接触的良好形式。介绍信可以让家长明确他们对孩子成功所具有的重要作用，为建立学校和家庭的合作关系奠定基础。

2. 时事通讯。教师定期向学生家长发《时事通讯》，告诉家长有关学校教育情况及如何参与等方面的信息。

3. 好消息电话。当学生取得进步或在学校有突出表现时，及时给学生家长打个私人电话，是一种简单而有效的交往形式，是其他形式的有益补充。

4. 公告牌。公告牌要放在醒目的地方，保证学生家长到学校时能及时看到。

5. 快乐电报。快乐电报是一种对学生的积极行为和良好成绩进行表扬并及时与家长沟通的手段。

6. 个人便条。教师定期向学生家长发送个人便条，让家长认识到他们自己实际上就是教育者队伍中的一员，以及对孩子成长所发挥的重要作用。

7. 特殊情况卡。为了学生成长而发给家长的一张特殊情况卡，表达了教师对学生的关爱。

8. 家长角。家长角一般设在教室或学校其他建筑物内的一个角落，角内可包含一些书刊、杂志及其他资料，供家长浏览或借阅。

9. 非正式接触。教师在早上安排一定时间迎候学生及其家长，可以简单地了解学生晚上在家里的情况以及家长对学校教育活动的评论。

[资料来源] 梁章喜，刘俊提．美国中小学教师如何与学生家长交流和沟通．教育实践与研究，2003:9.

本章小结

道德的认知、情感、意志、行为是成为好老师的重要标准。教师礼仪行为的根本宗旨，就是全心全意地为学生服务，想学生所想，急学生所急。教师以善于理解学生、主动与学生交流沟通，作为教育者

与教育对象彼此之间进行有效施教的基本前提，是教师礼仪重要的实施体现。

表情是人体语言中最为丰富的部分，是内心情绪的反映。教师通过目光、微笑等表情礼仪来表达内心热爱教育事业、热爱学生的感情。语言是我们所知道的最庞大、最广博的艺术，是双方信息沟通的桥梁，是双方思想感情交流的渠道。教师言语礼仪在人际交往中占据着最基本、最重要的位置。语言谈吐作为一种表达方式，能随着时间、场合、对象的不同，而表达出各种各样的信息和丰富多彩的思想感情，同时也最能体现教师的素养。

思考与练习

一、自我测评（评判对错，检查自我）

1. 教师使用礼貌用语的原则：声音优美、表达恰当、言简意赅、表情自然、举止文雅。

2. 当学生正在发言时，教师不能急切地打断他们，或是把自己的观点强加于学生，或代替学生过早地下结论。

3. 在课余时间，为表现出良好的关系，教师可以叫学生的绰号。

4. 为了镇住调皮的学生，教师上课时要严肃，音量加大，而且不能有笑容。

5. 教师上课时，可以适时插入一些风趣、幽默的语言，以活跃课堂气氛，提高学生的学习兴趣。

6. 为了照顾学生的自尊心，学生有错误不能当面批评。

7. 教师与家长沟通时，应尊重家长的意见，切勿对家长说："您错了。"

8. 与家长交流时，不要谈论别的学生，也不要随意与别的学生进行比较，说长道短。

二、思考分析

你对以下"学生眼中的好老师"的12条认可吗？如果你要成为学生眼中的好老师，将会怎样做呢？

学生眼中的好老师

1. 友善的态度。"他必须喜欢我们。要知道，我们一眼就能看出他喜欢还是不喜欢教书。"

2. 尊重课堂内每一个人。“老师应对我们有礼貌。我们也是人。”

3. 耐心。“老师，请您耐心地听听我所提出的问题。在您听来也许可笑，但只要您肯听我，我才能向您学习做人。”

4. 兴趣的广泛。“她带给我们课堂以外的观点，并帮助我们去把所学到的知识用于生活。”

5. 良好的仪表。“我立刻就喜欢她了。她走进来，把名字写在黑板上，马上开始讲课。你能看得出她是熟悉教学工作的。她衣着整洁，事事都安排得有条不紊。她长得并不漂亮，但整节课瞧着她，我没什么反感。她尽力使自己显得自然。”

6. 公正。“老师，只要您保持公正，您对我尽量严格。表面上即使我反对严格，但是我知道我需要您严格。”

7. 幽默感。“他讲课生动风趣，幽默活泼，听他的课简直是一种享受。”

8. 良好的品性。“我相信她与其他人一样会发脾气，不过我从未见过。”

9. 对个人的关注。“老师只和好学生谈话，难道他不知道我也正在努力吗？”

10. 伸缩性。“老师，请您记得，不久之前您也是学生，您是否有时也会忘带东西，在班上您是否样样第一？”

11. 宽容。“她装着不知道我的愚蠢，将来也是这样。”

12. 有方法。“忽然间，我能顺利完成我的作业了，我竟然没有察觉这是因为她的指导。”

以上是美国著名教育家保罗·韦地博士花了40年时间，收集了9万封学生所写的“关于他们心目中喜欢怎样的老师”的信，从中概括出作为好教师的12种素质。要具备好教师的12种素质，礼仪教育是十分重要的。一名优秀的教师必须具备良好的礼仪素养。

［资料来源］百度文库．学生眼中的好老师．http://wenku.baidu.com.2010.12.

第八章 教师外在形象礼仪

学习目标

通过本章学习，你应该能够：

□ 理解教师注重外在形象礼仪的重要意义。

□ 掌握教师在仪容、仪表、仪态方面的礼仪规范。

□ 能够塑造教师端庄得体、符合职业规范的外在形象。

引导案例：不受欢迎的李老师

李民是某学校一位年轻教师，教学业务能力不错，为人朴实，工作努力，在该校教师中属学历较高者，领导对他抱有很大期望。可是，他来到学校教书快一年了，有些学生不喜欢他，甚至到校长那里提意见，要求更换老师。到底问题出在哪儿？原来，他是个穿衣随便，不修边幅的人，上课时喜欢把手插在衣兜里，喜欢留着长指甲，指甲里经常藏着很多"东西"，头发常常油腻腻，白衬衫衣领上有黑色的痕迹。他喜欢吃大葱、大蒜之类的刺激性的食物，和学生说话常"带味"，等等。

思考：这个案例中你得到什么启示？作为教师应该怎样塑造自己的外在形象？

有人曾做过教师形象对学生影响情况的调查，其中有这样一组调查数据：85% 的学生对教师上课时的仪表很注意，88% 的学生上课对教师言谈举止很注意，90% 的学生认为教师的表情姿态重要，82% 的学生认为教师的目光应与学生交流，84% 的学生认为教师大方而有特色的仪表能加深对所讲内容的回忆，65% 的学生认为自己对课程的学习兴趣与任课老师的形象有关。

可见教师的外在形象对学生的影响是不可忽视的。教师的一言一行，一举一动，都会引起学生的关注。教师讲课面带笑容，衣着得体，姿态优雅，语言举止文明有礼，给学生美好、亲切的印象，往往容易被学生接受，反之则不然，容易引起学生的反感，甚至是厌恶。从这个意义上讲，教师拥有良好的外在形象同拥有渊博的学识、出众的才华、优美的教学艺术一样重要，可以赢得学生敬佩和信赖。因此，每一名教师在教书育人中务必重视、规范、维护自己的个人形象，具体而言，要求从仪容、仪表、仪态等方面规范个人形象。

第一节　教师的仪容礼仪

仪容，是指一个人的外观与外貌。通俗地说，一个人的仪容就是指个人形体的基本外观，重点是人的容貌，包括发部、面部、手部、腿部等方面。仪容礼仪作为教师仪表美的重要组成部分，在教育活动中起着重要的作用。对于教师而言，仪容礼仪集中体现在仪容美，它有三个层面的含义：仪容自然美、仪容修饰美、仪容内在美。在三者之间，仪容的内在美是最高境界，仪容的自然美是人们的心愿，而仪容的修饰美

则是仪容礼仪关注的重点。教师在进行个人仪容修饰时，通常要注意发部、面部、肢体、化妆等方面礼仪。

一、教师的发部礼仪要求

良好的发型可使人仪表端庄，显得彬彬有礼，蓬头散发不只是对自己不尊重，也是对别人不礼貌。作为教师应高度重视发部的修饰。教师的头发修饰的基本要求是干净整洁、发型适宜、美观自然。

（一）干净整洁

教师个人要注意头发的养护、洗涤、梳理，做到勤于梳洗，定期修剪，认真梳理，使自己的头发经常保持健康、秀美、干净、卫生、清爽、整齐的状态，没有头皮屑，没有异味。每天，将头发梳理到位。

图 8-1 奇异的发式、颜色都不适合教师

思考：你能选择一款适合自己的发型吗？

小贴士

男教师通常需要半个月左右修剪头发一次，至少也要确保一个月修剪头发一次，求短忌长，但不能光头，长度以 6 厘米为佳，总的要求是前不覆额，侧不掩耳，后不及领。女教师可根据个人情况而定，若是短发，也要定期修剪。

（二）发型适宜

教师特殊的职业特点决定教师在发型选择上不能随心所欲。教师发型的总体要求是：美观大方、自然得体。在选择发型时，既要彰显教

书育人的职业特点，又要与性别、脸型、气质、性格、体型、年龄、着装、场合、季节等因素相适应，体现和谐的整体美。

知识链接

发型选择技巧

一、发型与脸形相协调

1. 椭圆形脸是东方女性的标准脸形，可选任何发型。

2. 圆形脸的，发型应尽量向椭圆形靠拢，顶发适当丰隆，两侧的头发要服帖，宜侧分头缝，以不对称的发量与形状来减弱脸形扁平特征，切忌留发帘。

3. 方形脸的发型应使脸形趋于圆形，故发型不要有棱角，用额前的刘海儿遮住前额，两侧的头发可以稍长一些，最理想的采用增多顶发，用翻翘的发帘来掩饰方形脸的缺陷。方形脸男士最好别理板寸，否则看上去好像一张扑克牌。

4. 长形脸的，发型可适当用刘海儿掩盖前额，一定不可将发帘上梳，头缝不可中分，在脸的两侧增多发量，尽量加重脸形横向，使脸看上去丰满些。适合留有发帘式的发型。

5. “由”字形脸（也称三角形脸）的，发型应力求上厚下薄，顶发丰满，尽量增加额头两侧头发的厚度，采用侧分来掩盖狭窄的额头。

6. “甲”字形脸（也称倒三角形脸）的，则发型应尽可能隐藏过宽的额头，双耳以下发容量适当增多，增加脸下部的丰满度。

7. 菱形脸的，发型应使两侧头发加大厚度，用刘海儿遮住前额。应尽量避免直长发，最好以“波浪式”为主，发廓轻松丰满。

［资料来源］胡成富．社交礼仪．北京：中国财政经济出版社，2009：107.

二、发型要与体形相协调

对于女教师来说，瘦高形身材不宜留短发，或者把头发高盘头上，一般适宜留直发、长发；矮小形身材不宜留长发、披肩发，适宜短发或盘发，给人一种增加体高和精神、活泼的感觉；高大形身材的发型适宜留直发或大波浪的卷发、盘发；矮胖形身材适宜随便一点儿的运动式发型或盘发等。

三、发型要与性别、年龄相吻合

从性别、年龄上来说，男教师不宜留长发，女教师的发型不可过

短。发型要与年龄相协调。通常,年长的女教师发型要求简朴、端庄、稳重,给人以温暖可亲的印象;年轻的女教师要注重整洁、美观、健康、大方,适宜短发、扎辫、盘发等。

四、发型与场合协调

一般说来,在工作场合,发型应当传统、庄重、保守一些;在社交场合,发型可适当有个性、时尚、艺术一些。

[资料来源]朱燕. 实用礼仪教程. 北京:清华大学出版社,2008:82-83.

二、教师的面部礼仪要求

美国有这样一句谚语:"清洁是仅次于圣洁第二重要的事,不管整齐是不是能使人更接近上帝,但它的确能拉近与人的距离。"教师要近距离地接触学生,要特别注意个人卫生,注意面部的修饰,其中最重要的是要做到面部干净、整洁,做到勤于洗脸刷牙,使面部干净清爽,无汗渍、无油污、无泪痕、无其他任何不洁之物,口气清新。

要使自己的面部仪容整洁,就要做好以下细节的自我检查:

1. 检查眼睛中是否有眼屎。

2. 鼻毛是否长出鼻孔之外,是否有不洁之物。

3. 面部是否干净、卫生、自然,无污垢、无汗渍、无分泌物,保持清新自然。

4. 用手遮住嘴巴,呼出一口气,然后闻闻有无异味。

5. 牙齿上有无残留物,是否发黄发黑。

6. 耳朵内外是否干净,是否需要修剪耳毛。

7. 男性教师是否已将胡须修剪整齐。

8. 女性教师的化妆是否得体。

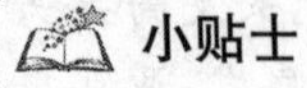

去除蒜味妙招

吃完大蒜后,喝一杯牛奶,可以有效去除蒜味。注意要小口慢咽,让牛奶在嘴里多停留一会儿,而且最好是温牛奶,这样效果会更好。

三、教师的肢体修饰礼仪要求

肢体修饰礼仪,这里主要指手臂、腿部的修饰礼仪。对于教师而言,手可谓是第二张面孔,在教学活动中手是使用最多、动作最多的一个部位,如板书、给学生面对面的指点、辅导等,手伸出去就会给人很深的印象,受到关注。腿部虽不如手部引人注目,但在近距离之内,腿部常常为他人所注视,在修饰仪容时自然不能忽略。

图 8-2　女教师不应蓄长指甲、涂抹彩色指甲油

(一) 手臂修饰礼仪

保持手臂、手、指甲的洁净,防止出现伤病,及时去除指甲周围的死皮,不蓄长指甲、不涂抹彩色指甲油。在教学或其他公务活动中,教师不宜穿无袖装,腋窝和肩部不应当裸露在衣服之外,不能让腋毛外现,否则,就是失礼。尤其是女教师,特别需要注意这一点。

知识链接

手部养护方法

手的养护应从以下几个方面进行:

1. 使用润手霜。手背上皮脂腺很少,肌肤易变得干燥粗糙,每次洗手后及时涂上润手霜,可以补充水分及养分。特别注意在用清洁剂做完家务后,需用柠檬水或食醋水把残留在手上的清洁剂里的碱性物质洗净,再抹润手霜。另外,选择润手霜时还应注意:如果手背肌肤有紧绷的感觉及少许细纹,宜选用一些性质较温和、含甘油的润手霜;如果肌肤出现瘆痒、脱屑等敏感性的症状,宜选用含有薄荷、黄春菊等舒缓成分及矿脂、甘油等滋润剂的润手霜。

2. 做简单的手指操。闲暇时不妨模仿弹钢琴的动作,让手指一曲一张地反复活动;也可使手握紧后张开,如此一张一合快速进行

数次，可以锻炼手部关节，健美手形。

3. 调理好日常饮食。平日应多吃富含维生素A、维生素E及锌、硒的绿色蔬菜、瓜果、鸡蛋、牛奶、海产品、杏仁、胡萝卜等食物，以避免肌肤干燥。除此，还应注意钙、铜等营养素的摄入，因为身体一旦缺钙、缺铜，就会引起指甲无光、脆弱易折断而影响双手健美。钙含量高的食品有奶类、豆类制品、海产品等，富含铜的食品有动物肝脏、贝类、坚果类、豆类制品及深色蔬果等。

4. 按摩双手，以促进血液循环，防止手部浮肿。按摩时最好涂上按摩膏或橄榄油，其方法为：以一手拇指和食指抓住另一手的手指两侧，轻轻从指根按摩到指尖。每根手指各做2~3次，左右手交替进行。

[资料来源]朱燕．现代礼仪学概论．北京：清华大学出版社，2006：79-80.

（二）腿部修饰礼仪

保持脚部清洁卫生，勤洗脚，勤洗勤换鞋子、袜子，保证脚部没有臭味，勤修脚指甲。注意腿部、脚部的遮掩，在正式场合教师的脚趾与脚跟通常不应露出，要穿上丝袜。

四、女性教师的美容化妆礼仪要求

化妆是女性的必修课，一张素脸只限于私下的生活空间。对女性教师来讲，得体的化妆，其意义不仅在于使自己更加美丽，光彩照人，让学生更加欢迎，而且让自己拥有良好的感觉，身心愉快、振奋精神，变得更加自信。因此提倡女性教师化妆上岗。

（一）化妆要求

女性教师在工作岗位上只宜选择淡妆，其特点是简约、清丽、素雅，切不可浓妆艳抹，脂粉气十足。如果浓妆艳抹，那就不仅极大地分散学生上课的注意力，而且还可能使学生盲目模仿，给学生造成不良影响。美观、自然、清新、优雅、整体协调是女性教师美容化妆的原则。

（二）化妆失礼行为

在办公室、教室等场所当着其他教师或学生的面化妆；妆化得过浓、过重，脂粉气十足，香气四溢，妨碍他人，或妆面出现残缺；借用他人化妆品；评论他人的妆容。

知识链接

化妆技巧

一、选用适合的化妆品

根据自己皮肤的性质选用相宜的化妆品。油性皮肤，面部油亮光泽，肌纹粗毛孔明显，易生粉刺，但不易起皱纹，宜选用使皮肤表面清洁的化妆品，如粉状粉底；干性皮肤，外观洁白细嫩，油脂分泌量少，毛孔不明显，不易长粉刺，但脸部无光泽，易起小皱纹，应选含有保湿成分的化妆品，如液状粉底；中性皮肤也称正常皮肤，油脂分泌量适中，皮肤表面油滑滋润，富有光泽，是比较理想的皮肤，可选择中性化妆品；混合型皮肤，额头、鼻子、下巴部位偏油性，其他部位偏干性，可混合使用适合油性和干性的化妆品。当然，随着季节和年龄的变化，皮肤的性质也会有所变化。一般在夏季皮肤普遍偏油性，冬季皮肤偏干性，皮脂分泌量相应减少。随着年龄的增长，皮肤的油脂分泌会逐渐减少，年轻时呈油性或中性皮肤，中年以后会逐渐转向中性或干性皮肤，并出现瑕疵，这时可选用膏状粉底等相宜的化妆品。

二、化妆的基本步骤与技巧

第一步：洁面护肤。根据肤质选用洗面奶清洁面部和颈部皮肤，水温不宜过高，可以早上用冷水，晚上用热水清洗；洁面后，涂上护肤类化妆品，如乳液、护肤霜、美容霜等；涂抹时要打圈按摩，一可润泽皮肤，二可起隔离作用，防止带颜色的化妆品直接进入毛孔，形成色素沉淀。

第二步：上粉底霜。粉底霜的颜色一定要匹配自己的真实肤色。上粉底霜的手法是将粉底抹在额部、鼻梁、两颊、下腭等处，由上到下均匀地涂抹至整个面部，以使皮肤细腻、柔润。

第三步：施定妆粉。粉底霜上好后，可用粉饼蘸少量香粉由上到下均匀、轻柔地涂抹在面部，起到定妆的作用。

第四步：修饰眼部。首先，要对着镜子设计与整个面部相协调的化妆眼睛的方案。其次，画眼线以增加生理睫毛的合理浓密程度，增强眼睛的神采。画眼线的原则是：宽形脸，眼线短粗；瘦长形脸，眼线细长。画眼线的方法是使用眼线笔紧贴睫毛由外眼角向内眼角方向描画，上眼线比下眼线重些。

第五步:描画眼眉。首先,修眉、拔眉、描眉。其次,沿着眉毛的根部,画好眼线。再次,利用睫毛膏、睫毛器,对眼睫毛进行“加工”、造型。最后,通过涂眼影来为眼部着色,加强眼睛的立体感。

第六步:打腮红。使用胭脂扑打腮红是为了修饰美化面颊,使人看上去容光焕发。涂好腮红之后,应再次用定妆粉定妆。

第七步:修饰唇形。先用唇笔描出口形,然后填入色彩适宜的唇膏,使红唇生色。

［资料来源］朱燕.现代礼仪学概论.北京:清华大学出版社,2006:85-88.

三、不同年龄教师的化妆技巧

1. 年轻女教师的化妆

年轻女教师妆容的特点是自然,给人以青春朝气和不加修饰之感。在化妆时宜突出两颊和嘴唇处,不宜描眉、涂眼影和涂较夸张的粉底。在技巧上,应清淡自然、似有若无,切忌浓妆艳抹,失去自然美。清新、自然是年轻女教师化妆的目标。

2. 中年女教师的化妆

中年正是保青春、延缓衰老的关键时期。这一时期的女教师除要注意皮肤的保养之外,还应借助化妆留住青春。中年女教师化妆的原则是:淡雅。具体操作时,则应视五官不同情况强调优点、掩饰缺点。选择稍带粉红色调的粉底,以增添面部的青春气息;香粉则应是淡紫色调的,可令皮肤色泽更柔、更白。涂搽胭脂时,宜面对镜子做微笑状,找出脸颊鼓起的最高处施以胭脂,胭脂的色调宜与自然肤色相近,以求淡雅效果。

3. 中老年女教师的化妆

由于中年女性面部普遍布有皱纹,因而化妆重在掩饰。可选用稍暗色调的粉底,在有皱纹地方轻轻涂抹,应沿着皱纹纹路的起向轻涂,垂直涂抹粉底会使之存留于皱纹之中,使皱纹更为明显。为了进一步掩饰皱纹,必须降低皮肤的亮度,所以应用质好细腻的香粉扑面。中年女教师的化妆宜突出自然、优雅之感。

［资料来源］李兴国,田亚丽.教师礼仪.上海:华东师范大学出版社,2006:10-11.

第二节　教师的仪表礼仪

引导案例：爱美的王老师

每天去学校上班之前，王老师都要在家里对着镜子精心修饰一番，平常喜欢穿庄重的职业套装或典雅的中式服装，并根据服装确定发式、发型，化素雅的淡妆。如果遇到学校有特别的活动如学校的运动会，她会穿一套运动服；和学生一起春游、秋游，她又会着一套休闲装，令人耳目一新。就是上课，王老师也很细心，不同的授课内容选择不同的服装，比如上《十里长街送总理》一课，她会选择简洁素雅的服装，上朱自清的《春》一课会选择穿得鲜艳活泼一点的服装。

思考：王老师为什么要如此注重自己的仪表？传递给我们哪些信息？

［资料来源］郭娅玲．中小学教师礼仪．长沙：湖南师范大学出版社，2001:36.

仪表礼仪是教师外在形象礼仪的重要组成部分。教师的仪表礼仪主要是指教师在不同社会活动中穿着服饰方面的礼节与规范。服饰不仅可以展示自己个性、修养、审美品位和生活情趣，正如莎士比亚所说的“服装往往可以表现人格”，而且服饰还是一种社会符号，具有反映社会分工，体现地位、身份差异的社会性功能。作为教师，只讲“穿衣戴帽，各凭所好”是远远不够的，应时刻提醒自己穿着打扮具有示范性，是无言的课本，直接影响着学生，决不可随随便便，要努力使自己的服饰具有教师职业所特有的为人师表的职业仪表特征，从而呈现给大家一个内在美与外在美兼备的完美职业形象。

一、教师着装的原则

一般来说，教师的服装应简洁而庄重、明快而得体，符合教师职业规范。基于教师职业特殊性的要求，教师在着装时应追求整洁和谐美、情趣高雅美，即总体上兼顾审美性和育人性两方面，具体而言，要遵循四个原则：

（一）协调性原则

要使着装协调，教师着装时要注意自己的身份，注意应时、应事、应景、应己，即与周围的环境气氛相协调、与自身的条件相协调，还要

考虑早晚、季节、时代这些因素,并与之相和谐。

特别要考虑不同的场合,不同场合着装见下表:

不同场合着装

场合	具体场合	基本要求	宜选服装
校园内外公务活动	办公、集会、教学、家访	庄重、保守、传统	制服、套装、套裙
	和学生郊游、劳动、活动	简便、轻盈	运动装、休闲装
社交场合	宴会、舞会、聚会	典雅、时尚、个性	时装、礼服、民族服装
休闲场合	居家、旅游、健身、购物	舒适、方便、自然	家居装、牛仔裤、运动装

知识链接

着装技巧

着装要和自己的性格特点相符,与年龄、肤色、形体、特点相符。如果将人与服饰看做是一个整体,就应该考虑与自身条件相协调,充分了解自身的特点,只有这样,才能达到扬长避短的目的。

一、要与自己身材相符

比如,身材有高有矮、体形有胖有瘦、肤色有深有浅,穿着应考虑到这些差异,扬长避短。体形较丰满的人,应选择小花纹、直条纹的衣料,最好是冷色调,以达到显“瘦”的效果,而不能穿横格的衣服。在款式上,胖人要力求简洁,中腰略收,后背轧一中缝为好,不宜采用关门领,以“V”型领为最佳。体形较瘦的人应选择色彩鲜明、大花案以及方格、横格的衣料,给人以宽阔、健壮的视觉效果。肩胛窄小的人可以选择有衬肩的上衣,颈短的人可选择无领或低领款式的上衣。

二、要与自己的年龄相符

在穿着上要注意与年龄相协调,作为教师,在打扮自己时要注意,不同年龄的人有不同的穿着要求。年轻人应穿得鲜艳、活泼、随意一些,这样可以充分体现出青年人的朝气和蓬勃向上的青春之美。而中老年人的着装则要注意庄重、雅致、整洁,体现出成熟和稳重,透出那种年轻人所缺乏的成熟美。如中老年妇女就不能像少女一样穿超短裙。

[资料来源]李兴国,田亚丽.教师礼仪.上海:华东师范大学出版社,2006:43.

思考:一位女教师,身材不太高却总是穿一身很长的大褂,显得很不利落,你能给她一个建议吗?

（二）整体性原则

要使着装具有整体美，一是要恪守服装本身约定俗成的搭配，如穿西装时，应配皮鞋，不能穿旅游鞋、凉鞋等；二是要使服饰各个部分相互适合，从头到脚的服饰整体和谐，包括上下、里外、色彩的搭配、款式的选择、面料的组合、饰品的佩戴等要协调。特别要注意，服饰给人最醒目的第一印象，就是色彩。因此不论是同种色、类似色的组合，还是对比色的搭配，都要有一个主色调，做到基调清晰、主次分明、相互辉映，以达到整体的和谐与完美。

小贴士

色彩巧搭配

1. 不知如何搭配着装色彩时，必须遵循全身不超过三种颜色。

2. 整体上以少为宜，颜色越少越能体现优雅的气质，给人利落、清晰的印象。

3. 统一法。配色时尽量采用同一色系进行搭配。

4. 点缀法。在统一法配色时，在某一局部小范围用其他不同色彩点缀美化。

5. 对比法。用两种特性相反的色彩进行组合，形成强烈反差。

（三）整洁性原则

不管在什么情况下，教师的着装都应整洁，避免肮脏或邋遢。衣服不能沾有污渍、油迹、汗味和体臭，衣领和袖口处尤其要注意整洁。不允许又褶又皱，不能有破洞，扣子等配件应齐全。

图 8-3 教师在工作岗位上不应穿短裤、拖鞋

（四）育人性原则

教师的服装要求整洁、端庄、朴实大方、得体，应该在整洁中透着美观，在大方中孕育着典雅，给学生一种亲切感和尊重感。学生有向师性的特点，教师的着装有一定的示范性，教师着装的色彩、款式等足以影

响学生的态度、注意力和行为方式。曾经有一位女教师在上一堂公开课时穿了一条花裙子走进教室,学生思绪不够集中,发言也没有平时出色,上课的效果没有预期中的好,下课一打听,才知道很多学生上课都在数她的裙子上到底有多少只蝴蝶。由此可见,教师着装,还要注意一些细节。一是不能穿新衣服直接进教室上课,而应在上课之前,到教室里走一走,让学生有一个适应的过程,尽可能地减少学生的新奇感。二是不能穿容易分散学生注意力的服装、特别是禁止穿奇装异服进课堂。三是不能穿与课堂气氛形成强烈反差的衣服,上课教师的着装还应与不同授课内容所营造的氛围相一致。

知识链接

美国形象大师罗伯特·庞德罗列的穿衣之忌

1. 买廉价衣服;穿破旧、过时的衣服;穿非自然材料、寒酸的衣服。

2. 看起来就是失败者;看起来很懒散,不修边幅。

3. 展示一维空间形象;衣着传递的信息让人困惑。

4. 加强你身体的缺陷(太胖、太瘦、太高、太矮);减弱你身体的优势;突出你的劣势,而不是优势。

5. 衣饰的搭配不合适;不适宜的装饰物,过分地耀眼而显得俗华。穿着无品位,过于平淡无奇,不让人感到振奋。

6. 穿廉价的鞋,戴廉价的首饰。把昂贵和廉价的服饰搭配起来,整体看起来则劣质、廉价,因为廉价劣质服饰总是突出醒目。

7. 穿着太伶俐,如同可爱的孩子,用过多的小玩意儿装饰。穿着与年龄不符,成熟的人穿着像个青少年,年轻者却穿得过于老成。

8. 当你需要穿着雅致、精细时,却穿着随便、休闲;陪同你的人穿着随便、不当。

9. 刻意让自己穿着随便,以为如此会让自己与大众融为一体,显得民主,但事与愿违,你在降低自己,也不尊重他人。

10. 做了时尚的奴隶,毫无思想地服从时尚。其中很多服饰并不适合你。

[资料来源] 英格丽·张. 你的形象价值百万. 北京:中国青年出版社,2008.

二、女性教师的着装礼仪

(一) 女性教师的着装规范

女教师上班时间的服装虽不要求像有的行业一样穿着统一的制服,但它同样应具有实用性、审美性和象征性等职业服装的基本特征,显得整洁、利落,大方、端庄,既能体现出教师的责任和义务,又能体现东方女性的美。女教师在校园里不能穿得过分性感、过分艳丽、过分奢华。服饰价格不求很高,但求协调,颜色、饰品等合理搭配,体现高雅、大方、端正的风度。一般西服套装、西服套裙、连衣裙、两件套裙都是女教师宜选的职业服装。

 **小贴士**

着装失礼行为

1. 穿黑色皮裙。
2. 在正式场合光腿或鞋袜不配套。
3. 裙子和袜子之间露出腿或穿抽丝、漏洞的袜子。
4. 服饰过于鲜艳、花哨。
5. 当众脱鞋、脱衣、脱袜。

图 8-4 女教师不应穿超短裙、短裤

(二) 女性教师着装禁忌

从职业的角度,教师着装有榜样导向的作用,女教师的着装有别于社会中其他女性,有其独特的着装礼仪。下面五类衣服女教师上班时间忌穿:过于暴露的服装;过于透明的服装;过于紧身的服装;过于怪异的服装;图案过于乱的服装。

知识链接

套裙的穿法

女士正宗套裙大多是由一件西装上衣和一条半截裙构成的两件套女装,套裙是女教师工作和日常基本的服装。西装配西装裙的职业套装更能显露女性高雅气质和独特魅力。

(一) 套裙的选择

1. 面料。以纯天然质地为好,讲究平整、柔软、挺括。

2. 色彩。以冷色调为主,至多不过两种。

3. 图案。图案和点缀宜少不宜多、宜简不宜繁、宜精不宜粗。

4. 类型。在造型上,套裙可分为"H"型、"X"型、"A"型、"Y"型,造型不同,风格不同,要根据自己条件选择。

5. 尺寸。套裙上衣最短齐腰,套裙的下裙最长可达小腿中部,最短不得短于膝盖以上15厘米;袖长以盖住手腕为宜。

(二) 套裙的穿法

1. 穿着到位。必须把上衣的衣扣一律全部扣好,衣袋的盖子要拉出盖住衣袋,拉链一定要拉好、到位。不可随便脱下上衣和解开扣子。

2. 搭配恰当。要与衬衫、内衣、衬裙、鞋袜搭配恰当。如衬衫,宜选择轻薄、柔软、色彩单一、无图案为佳,且与套裙色彩般配。鞋子以黑色、棕色的高跟或半高跟的船式或盖式的皮鞋为佳。袜子以肉色、深色、暗色为佳。

(三) 兼顾举止

女性教师在穿着套裙时,要注意举止,站、坐、行,都必须按规范要求去做,不可随心所欲。

[资料来源] 金正昆. 教师礼仪规范. 北京:中国人民大学出版社,2010:58-59.

三、男性教师的着装礼仪

(一) 男性教师的着装规范

男性教师上班时的着装也应突出其教书育人的职业特点,总体上要求正规、干净、整洁、文明,既要体现男教师的阳刚之气,又要体现时代的气息。我国的教师职业没有规定统一的工作服,一般作为男士正装的西装与中山装,都是男教师宜选的职业服装,对大多数男教师来说,职业服装与社交服装没有太大的区别。

(二) 男性教师着装禁忌

1. 胡乱搭配,过于混乱。不同类型、不同风格的衣服混穿、鞋袜搭配不当、色彩搭配不当。

2. 不修边幅,过于随意。不分场合,随意穿着短裤、背心,卷裤脚、敞扣子。

3. 不讲卫生,过于邋遢。衣服皱巴巴、脏兮兮,不烫不熨,鞋袜不净,污渍满身。

知识链接

男士西装的穿着礼仪

西装,起源于欧洲,造型优美、做工讲究,是目前世界上最流行的一种国际性服装。男士穿着西装的礼仪规范为:

1. 拆除商标

在正式穿西装时,西装袖口的商标一定要去掉。

2. 注意场合

西装有单件上装和套装之分。非正式场合,可穿单件上装配以各种西裤或牛仔裤等,但要力求和谐,以展示风度,讲究领带的选择与佩戴,以显示个性。半正式场合,应着套装,可视场合气氛在服装的色彩、图案上进行选择;正式场合,则必须穿颜色素雅的套装,以深色、单色为宜,以示庄重、自尊。

3. 讲究搭配

(1) 衬衫的搭配

与西装搭配的衬衫,应当是颜色素净文雅的正装衬衫,以单色无任何图案为佳,须挺括、整洁、无皱折,尤其是领口;大小合身,西装的袖长以达到手腕为宜,衬衣袖子应以抬手时比西装衣袖长出

1.5厘米左右为宜,领子应略高于西服领1.5厘米,下摆要塞进西裤。如不系领带,可不扣领口。

(2) 领带的搭配

领带是男士穿着西装时必不可少的配件,是西装的灵魂,处在最抢眼的位置。领带的颜色不要浅于衬衣,尤其不要黑衬衣白领带;领带必须打在硬领衬衫上,要与衬衫、西装和谐,其长度以到皮带扣处为宜。若内穿毛衣或毛背心等,领带必须置于毛衣或背心内,且西服下端不能露出领带头。领带夹是用来固定领带的,其位置不能太靠上,以衬衫的第4粒纽扣处为宜。

(3) 腰带的搭配

腰带的宽度应在2.5~3厘米之间,颜色要与鞋的颜色匹配,黑色皮腰带为首选。腰带扣不要太花,腰带也不能太旧。腰带上尽量不别挂任何东西。

(4) 鞋袜的搭配

穿西装时,一定要穿皮鞋。正式场合,系带的黑皮鞋或褐色皮鞋是最佳选择,且要上油擦亮,皮鞋的颜色要与西装相配套。袜子要与裤子、鞋子同类颜色或深色,切不可选白色袜子。

4. 系好纽扣

西装有单排扣和双排扣之分。在站立时西装要系扣,就座之后大都要解开。单排扣西装,一个扣的要扣上;两个扣的只需扣上面的一个;三个扣的,扣中间一个;平时可以都不扣。双排扣西装,通常情况下,纽扣全部扣上。或者全部不扣。

5. 保持平整

西装要干净、平整,裤子要熨出裤线,西装上衣两侧的两上衣袋不可装物,只作为装饰用,上衣胸部的衣袋可以装折叠好花式的手帕,手帕须根据不同的场合折叠成各种形状,插于西装胸袋;有些小的物品可装在西装上衣内侧的衣袋里。裤袋和衣袋一样,一般不可装物,裤子后兜可装手帕、零用钱。手帕应平整,叠得方方正正,一般使用白色或不太鲜艳的手帕,并准备两块。

6. 整体协调

西装配套是有讲究的,注重西装款式的选择要与人的脸型、体形、年龄和性格相适应,以显示个人的身份。西装整体的协调更重要,要使身份、场所、年龄、季节、性格相互协调;要使西装、衬衫、领

带、皮鞋、袜子和穿着方式相互协调。西裤长度以裤脚接触脚背为妥。穿西裤时，裤扣要扣好，拉锁全部拉严，应该使自己的服饰做到：有干净的衬衫，典雅大方的领带，裤线笔直的西裤，打油上光的皮鞋。

[资料来源] 金正昆．教师礼仪规范．北京：中国人民大学出版社，2010：56−57.

四、教师饰品佩戴的礼仪

饰品如同着装，是一种无声的语言；可借以表达佩戴者的知识、阅历、教养和审美品位，也向他人暗示了佩戴者的地位、身份、财富和婚恋现状。饰品佩戴有很大的学问，要考虑诸多因素，才能达到佩戴饰品的最佳效果。教师在佩戴饰品时，应注意下面礼仪规范：

（一）区分场合

教师只有在交际应酬时，佩戴首饰才最合适；上班时间以不戴或少戴首饰为好；从事劳动、体育活动和出席会议时也不宜戴首饰。

（二）适应身份

一般女教师可佩戴多种首饰，男教师适宜佩戴的只有结婚戒指一种。但女教师佩戴的饰品总量上不能超过三件，以少为佳。

（三）注意搭配

教师佩戴饰品时，要讲究协调性，追求整体效果。首先要考虑饰品的风格、外形、质地、色彩与服装的风格、质地、色彩、款式般配，其次佩戴饰品要考虑个人条件，与自己的性别、年龄、体形、脸形、肤色及发型协调一致。

（四）符合习俗

十里不同风，百里不同俗，教师在佩戴饰品时，要注意饰品寓意和遵循各地的风俗习惯。教师切勿随便犯忌。

知识链接

饰品佩戴方法

1．戒指

戒指不仅是一种重要的饰品，还是特定信息的传递物。虽然它

也有钻石、金银等不同质地,浑圆、方状及雕花、刻字等不同造型,但其佩戴的方法是一致的,表达的含义也是特定的。戴在食指上,表示求婚;戴在中指上,表示正在恋爱;戴在无名指上,表示已订婚或完婚;戴在小指上,表示欲求独身。女性一般只戴在左手,而且最好只戴一枚,至多戴两枚,戴两枚戒指时,可戴在左手两个相连的手指上,也可戴在两只手对应的手指上。教师不应佩戴过大过多的戒指,戴一只与手形相配的精致戒指就足够了。有的人为了炫耀财富手上戴了好几枚戒指,这在工作场合是不可取的。

2. 项链

项链是女性最常用的饰品之一。但假如对项链的色彩、质地、造型的各种功用没有一个正确的认识,效果就可能适得其反。一般来讲,珍珠项链高雅,金银项链富贵,珐琅项链神秘,景泰蓝项链古朴,玛瑙项链妩媚,骨质项链沉静,贝壳项链活泼,菩提项链珠纯真。有了合适的质地,还要考虑项链的造型与自己的体形、服装般配。如细小的金项链只有与无领的连衣裙相配才会显得清秀,而挂在厚实的高领衣装外,则会给人清贫寒酸的印象;一串长项链下垂到胸部,会使人感到长度,有助改变矮胖圆脸的体形,似乎增加了身高,加长了脸型;而脖子细长的人,以贴颈的短项链,尤以大珠项链最为适宜。

3. 耳环

耳环是女性的主要首饰,其使用率仅次于戒指。佩戴时应根据脸型特点来选配耳环。如圆形脸不宜佩戴圆形耳环,因为耳环的小圆形与脸的大圆形组合在一起,会加强“圆”的信号;方形脸也不宜佩带圆形和方形耳环,因为圆形和方形并置,在对比之下,方形更方,圆形更圆。面积较大的扣式耳环显然不适宜方型脸的女性佩戴,因为它会增加脸庞下部的宽度,而如果是下额较尖脸型的人佩戴则正好能弥补其缺陷。一般说,脸型较宽的女性适合佩戴体积较小、长形状的贴耳式耳环,这样可以加长和收缩脸型,而身材高大的女性适合佩戴大环形耳环。但教师在学校里要特别谨慎,如果不是特别需要的话,最好别戴,尤其不能佩戴造型过于夸张的耳环。

4. 围巾和帽子

围巾、帽子的色彩、款式的选择要与发型、体形、服装的整体造型紧密结合,围巾、帽子若与服装的风格一致,可增加整体的形象

美。在冬季，人们的服装色彩较暗，可以用颜色鲜艳的围巾、帽子点缀。如果服装颜色很艳丽，可用颜色素雅的围巾、帽子以求得一种色彩的平衡。帽子还可以用来修饰脸型，长脸形的人宜戴宽边或帽檐下垂的，脸宽的人则应戴小檐高顶帽。休闲运动装配以用松紧带固定在头上的鸭舌帽才完美。从室外到室内参加活动，应摘下帽子。

5. 手提包

一般要求手提包与服装相和谐。夏季拎包应轻巧，冬季提包的颜色可以鲜明些；草编的手提包配上运动衫或棉布便装就十分自然得体。女士用的提包不一定是皮包，但必须质地好、庄重，并与服装相配。不能拎纸袋或塑料袋。工作岗位上，不能背双肩背包，更不要只拿一个化妆包。

［资料来源］金正昆．社交礼仪教程．2版．北京：中国人民大学出版社，2006：58-59.

第三节 教师的仪态礼仪

引导案例：面 试

三位师范专业应届毕业生同时去某学校参加面试，学校领导让他们先坐在沙发上等候，就出去了。一见没人，左边的同学立刻仰靠在沙发上，腿也向前伸出；中间的则跷起了二郎腿，腿一抖一抖的；只有右边的同学上身挺直，保持正确的姿势坐好。一会儿，面试人员进来了，看到这种情形直接对左边和中间的同学说："你们的面试已经结束，可以走了。"

思考：你知道为什么只留下右边的同学参加面试？

用人单位是否小题大做了，为什么如此看重一个人的举止行为？因为一个人的气质、涵养学识、品质、性格、教养等往往从他的姿势、举止和动作中表现出来。一个人注意自己的仪态美，体现了对他人、对社会的尊重，表现出一个人的精神状态和对生活的热爱。作为塑造人类灵魂工程师的教师，他的一举一动，无时无刻不在学生最严格的监督之下，世界上除了教师没有人受着这样严格的监督。教师行为如何，对学生影响很大，因此教师更有必要注意自己在各种场合的仪态美，

善于运用仪表风度影响学生。这些站坐姿势、走路的步态、手势动作等行为规范,构成教师仪态礼仪。

一、教师的站姿

教师在学生面前表现得最多的姿势就是站姿。老师站着讲课,既是对学生的重视,更有利于用身体语言强化教学效果。

(一)教师的站姿要求

教师的站姿应给人以挺拔笔直、舒展大方、精力充沛、积极向上的印象。其基本要求是:头正、颈直、肩平、躯挺、腹收、腰立,下颌微收,双目平视,表情自然,腿直。

讲课时,教师站在教室的前中央为最佳位置,即讲台与黑板之间,这样做可以顾及大多数学生,同时便于板书,还可随时参阅教案,既节约时间又方便。但不要过于拘谨和呆板,要随时根据授课内容和课堂情景的变化调整站姿,适当走动,或到学生座位行间进行巡视,并运用恰到好处的动作和站姿来配合自己的语言表达。

知识链接

站姿的种类

1. 正步站姿。两脚并拢,两膝并严,两手可自然下垂。通常在正式的场合示礼前以及各种训练前的预备姿态时采用此种站姿,男女均可适用。

2. 分腿站姿。两脚左右分开,与肩同宽,脚尖朝前且两脚平行,手可交叉于前腹,也可交叉于后背,通常男子采用此种站姿,女子不宜采用。

3. 丁字步站姿。两脚尖略展开,一脚向前将脚跟靠于另一脚内侧中间位置,腰肌和颈肌略有拧的感觉。男子可一手前抬,一手侧放;也可一手侧放,一手后放。女子可两手交叉于腹前,身体的重心可在两脚上,也可在一只脚上,通过两脚的重心转移来减轻疲劳。

4. 扇形站姿。两脚跟靠拢,脚尖呈45~60度,身体重心在两脚上,男女均可适用。

(二)教师应避免的站姿

1. 忌背对学生或侧身而站。学生回答问题时,教师自己板书,背

对学生，这是对学生极不尊重的行为，学生也不能从教师的表情中判断自己的回答是否正确，是否需要继续回答。心理学研究表明，侧身而站和面向黑板而站说明教师的心理是封闭的，不利于阐述教学内容。

2. 忌重心移动太快。站立乃是一种相对静止状态，因此不宜在站立时频繁变动体位，重心忽左忽右，甚至浑身不停地转动，或手臂挥动频率过高，极大地妨碍学生的学习注意力。

3. 忌远离讲台。站在讲台的前左角或前右角、左右来回移动或者在学生座位行间踱来踱去，会扰乱学生思维，但在需要特别提示某些学生时可适当地走动。

4. 忌身躯歪斜。弯腰驼背、双脚叉开过大、无精打采、自由散漫，将手插在衣服的口袋内、或将双手支于某处、两手托住下巴等站姿都是教师应该避免的。

知识链接

从站姿看人的性格

美国夏威夷大学一位心理学家指出，不同的“站姿”可以显示出一个人的性格特征。

站立时习惯把双手插入裤袋的人：城府较深，不轻易向人表露内心的情绪；性格偏于保守、内向；凡事步步为营，警觉性极高，不肯轻信别人。

站立时常把双手置于臀部的人：自主心强，处事认真而绝不轻率，具有驾驭一切的魅力。他们最大的缺点是主观，性格表现固执、顽固。

站立时喜欢把双手叠放于胸前的人：性格坚强，不屈不挠，不轻易向困境压力低头。但是由于过分重视个人利益，与人交往经常摆出一副自我保护的防范姿态，拒人于千里之外，令人难以接近。

站立时将双手握置于背后的人：奉公守法，尊重权威，极富责任感，不过有时情绪不稳定，往往令人感到莫测高深。最大的优点是富于耐性，而且能够接受新思想和新观点。

站立时习惯把一只手插入裤袋，另一只手放在身旁的人：性格复杂多变，有时会极易与人相处，推心置腹；有时则冷若冰霜，对人处处提防，为自己筑起一道防护网。

站立时双脚合并，双手垂置身旁的人：诚实可靠，循规蹈矩而且

生性坚毅,不会向任何困难屈服低头。

站立时不能静立,不断改变站立姿态的人:性格急躁、暴烈,身心经常处于紧张的状态,而且不断改变自己的思想观念。在生活方面喜欢接受新的挑战,是一个典型的行动主义者。

[资料来源]谭洛明,徐红.礼仪与形象塑造.广州:中山大学出版社,2008:3.

二、教师的坐姿

教师的坐姿,是一种静态的造型,是教师体态美的重要内容。教师端庄优美的坐姿,能给学生优雅、稳重、自然、大方的美感,从而提高教学效果。

(一)坐姿的基本要求

教师的坐姿要求端庄、稳重、挺拔。正确的坐姿是头正、上半身挺直,两肩要放松,下巴向内收,脖子挺直,胸部挺起,并且上身与大腿、大腿与小腿均成直角,双膝并拢,双手自然地放在双膝上,或放在椅子扶手上。谈话时,可以侧坐,此时上体与腿同时转向一侧,要把双膝靠拢,脚跟靠紧。

(二)教师坐姿的类型

1. 正襟危坐式。正襟危坐式又称基本的坐姿或双腿垂直式,适用于最正规的场合。主要要求是:上身与大腿、大腿与小腿,都应当形成直角,小腿垂直于地面。双膝、双脚包括两脚的脚跟部,都要完全并拢。

2. 标准式坐姿。即在正襟危坐式的基础之上,女子两脚保持小丁字步,男子两脚自然分开45度,适合各种场合。

3. 双腿叠放式。双腿叠放式适合穿短裙的女士采用,主要要求是:将双腿完全地一上一下交叠在一起,交叠后的两腿之间没有任何缝隙,犹如一条直线。双脚斜放于左右一侧,斜放后的腿部与地面呈45度夹角,叠放在上的脚的脚尖垂向地面。

4. 双腿斜放式。双腿斜放式适用于穿裙子的女士在较低处就座所用。主要的要求是:双腿首先并拢,然后双脚向左或向右侧斜放,力求使斜放后的腿部与地面呈45度夹角。

5. 双脚交叉式。双脚交叉式适用于各种场合。主要要求是:双膝先要并拢,然后双脚在踝部交叉。需要注意的是,交叉后的双脚可以内收,也可以斜放,但不宜向前方远远地直伸出去。

6. 大腿叠放式。大腿叠放式多适合男性在非正式场合采用。主要要求是：两条腿在大腿部分叠放在一起。叠放之后位于下方的一条腿的小腿垂直于地面，脚掌着地；位于上方的另一条腿的小腿则向内收，同时宜以脚尖向下。

（三）禁忌的坐姿

1. 头部乱晃。东张西望、摇头晃脑、仰头靠背、闭目养神或者低头看地面。

2. 上身不直。前倾后仰、歪向一侧、上身向前倾都是非常失礼的表现。

3. 手位不当。如双手抱头、抱膝盖，以手摸脚等都会给人轻浮且缺乏修养的印象。

4. 腿部失态。双腿叉开过大，或坐后将双腿架在一起，或双腿直伸出去，都非常不雅观，显得放肆，缺乏修养。

5. 脚部乱动。两脚内八字形、脚尖朝天、脚尖指向他人。

知识链接

正确坐姿应该注意的事项

1. 注意顺序。若与他人一起入座，则入座时一定要讲究先后顺序，礼让尊长，即请位尊者先入座；平辈之间或亲友之间可同时入座。无论如何，抢先就座都是失礼的表现。

2. 先挪后坐。如果要移动椅子的位置，应当先把椅子移到欲就座处，然后坐下去。坐在椅子上移动位置，是有违社交礼仪的。

3. 左进左出。无论从正面、侧面还是背面走向座位，通常都讲究从左侧一方走向自己的座位，从左侧一方离开自己的座位。这是一种礼貌，简称为“左进左出”，在正式场合是一定要遵守的。

4. 落座无声。无论是移动座位还是落座、调整坐姿，都应不慌不忙，悄然无声，这本身也体现了一种教养。

5. 入座得法。入座前，应转身背对座位，如距其较远，可将右脚后移半步，待腿部接触座位边缘后，再轻轻坐下。着裙装时，通常应先用双手抚平裙摆，再随后坐下。

6. 坐姿端庄。落座后，应双目平视，嘴唇微闭，面带微笑，挺胸收腹，腰部挺起，重心垂直向下，双肩平正放松。在较为正式的场合，如有尊者在场时，一般只坐椅子的前 2/3 部分（至少是在前 10 分钟

左右的时间内),而不应将臀部全部实放于椅面。坐沙发时,一般只坐沙发的前2/3部分。

7. 离座谨慎。离开座位时要端庄稳重,不要突然跳起,惊吓他人,也不要弄出声响,造成紧张气氛,更不要带翻桌上茶具,以免尴尬被动。

[资料来源]金正昆.教师礼仪规范.北京:中国人民大学出版社,2010:86-87.

三、教师的走姿

教师在课堂适当走动,变换一下位置,可以改变学生注意教师的角度,减轻视觉疲劳,集中学生注意力,但如果走姿不当,走动频繁,只会适得其反。所以教师上课时要注意走姿礼仪规范就显得尤为重要。

(一) 走姿的基本要求

教师在课堂上的走姿应给人稳重、从容、优雅、落落大方、充满自信的印象。要求全身挺直、头正、肩平、挺胸收腹,重心稍前倾,双目平视,收颌,表情自然。跨步均匀,两臂摆动自然,两腿直立不僵,步伐从容,步态平稳,步幅适中均匀,两脚落地一线,步伐稳健有节奏感。

(二) 教师走姿禁忌

1. 腆起肚子,身板不直,走成外八字、内八字;或弯腰弓背,歪肩晃膀。

2. 东张西望,左顾右盼,或只低头看地,耷拉眼皮、面无表情。

3. 步子迈得过大,大甩手,扭腰摆臂;或步子迈得过小,显得拘谨。

4. 拖着鞋走路,行走中敞开衣襟,斜披衣服。

5. 课堂上走动过急过频,造成学生的注意力分散,视觉疲劳。

知识链接

正确走姿应该注意的事项

1. 步幅适度。即行进时脚步的大小。步幅的一般标准是一脚踩出落地后,脚跟离未踩出一脚脚尖的距离恰好等于自己的脚长,即男子每步约40厘米,女子每步约36厘米。

2. 速度均匀。正常的速度是每分钟60~100步。

3. 重心放准。重心落在前脚掌上。在行进过程中,应注意使身体的重心随着脚步的移动不断地向前过渡,而切勿让身体的重心停留在自己的后腿上。

4. 身体协调。走动时膝盖和脚腕都要富于弹性,要以脚跟首先着地,膝盖在脚落地时应当伸直,腰部要成为重心移动的轴线,双臂在身体两侧一前一后地自然摆动,使自己走在一定的韵律中,显得自然优美,否则会失去节奏感,显得浑身僵硬。

5. 造型优美。走姿要做到昂首挺胸,步伐轻松矫健,其中最为重要的是,行走时应面对前方,两眼平视,挺胸收腹,直起腰背。

四、教师的手势礼仪

教师讲课时,一般都需要配以适度的手势强化教学内容。教师得体、自然、恰如其分的手势,对传递思想感情,组织教育教学,提高教学效果起到十分重要的辅助作用。

(一) 教师手势的礼仪要求

1. 简洁适度

在教学,教师应注意手势幅度的大小、频率的高低。在课堂上,教师手势动作幅度不宜过大,次数不宜过多,做到简洁、精炼,善于用较少的手势动作去衬托、强调关键性内容,实现高精度、高效率的非语言信息交流。

2. 自然亲切

教师在课堂上,多用柔和的曲线手势,少用生硬的直线条手势,以求拉近师生间的心理距离。如低年级学生的情绪感染力比较强,教师可以自然地拥抱、抚摸他们,增加学生对教师的认可。此外手势应随情、随景而用,不可为了手势而手势。

3. 简洁准确

教师运用手势,首先要考虑适合教育对象,如学生的年龄、心理水平、文化特点;其次又要考虑教材、教学情境的需要,使用那些对学生理解教学内容具有补充和强调作用的手势;再次要使用有逻辑基础的手势,只有恰当的、准确无误的手势,才能加强表达效果,并激发学生的听课情绪。

图 8-5 教师上课时手插裤袋、手指乱晃很不礼貌

（二）教师的手势禁忌

1. 有失文雅的手姿

如当着学生的面搔头皮、掏耳朵、剜眼屎、抠鼻孔、剔牙齿、抓痒痒、摸脚丫等。这些动作会令学生极为反感，严重影响形象与风度。

2. 有失稳重的手姿

在教室内，如抱大腿、拢头发、玩弄粉笔等，都是应当禁止的手势。

3. 失敬于人的手姿

与学生交谈时指手画脚，手势动作过多过大，用手指指着学生，上课用手敲击讲台、黑板，或做其他过分的动作。

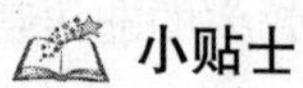

小贴士

手势的运用

1. 一般说，向上、向前、向内的手势表示成功、肯定、赞赏。

2. 向下、向后、向外的手势表示失败、悲伤、惋惜。

3. 谈到自己的时候，不用大拇指指自己的鼻尖，应用右手掌轻按自己的左胸。

4. 谈及别人、介绍他人、指示方向，应掌心向上，手指自然并拢，以肘关节为轴指示目标。

本章小结

本章讲授的是教师的外在形象礼仪规范。分别从教师仪容、教师仪表、教师仪态三个方面，对教师个人仪容修饰、着装要求、行为举止等方面礼仪进行规范，是教师为人师表时必须遵守的常规礼仪。教师外在形象礼仪的基本要求是：教师必须维护个人形象，并且规范个人形象。

思考与练习

一、思考题

1. 教师为什么要重视个人职业形象塑造？
2. 教师应从哪些方面维护自己的职业形象？
3. 教师在工作岗位上应如何着装？
4. 女性教师工作妆有什么要求？
5. 在学生面前怎样的举止才算得体？

二、站姿、坐姿、行姿训练

（一）站姿训练

1. 顶书训练

把书本放在头顶中心，为使书不掉下来，头、躯体自然会保持平衡。这种训练方法可以纠正低头、仰脸、歪头、晃头的毛病。

2. 背靠背训练

两人一组，背靠背站立，两人的头部、肩部、臀部、小腿、脚跟紧靠保持在一个水平面上，使训练者有比较完美的后身。

3. 背墙训练

把身体背着墙站好，使后脑、肩、腰、臀部及脚跟均能与墙壁紧密接触，如能接触紧密，说明站立姿势是正确的，假若无法接触，说明站立姿势不正确。

4. 对镜训练

每人面对镜面，检查自己的站姿及整体形象，看是否歪头、含胸、驼背、弯腿等。发现问题及时调整。

（二）坐姿训练

1. 入座动作练习

(1) 入座时，走到座位前面再转身，转身后右脚向后退半步，然后

轻稳地落座，收右脚。要求动作轻盈舒缓，从容自如。

(2) 站立在座位左侧，先左腿向前迈一步，右腿跟上并向右侧迈一步，走到座位前，然后左腿并右腿，接着右脚后退半步，轻稳落座；入座后右腿并左腿成端坐姿势，双手在虎口处交叉，右手在上，轻放在一侧的大腿上。

2. 腿部脚部造型练习

在上身姿势正确的基础上，练习腿部的造型，按要领逐一练习正襟危坐式、标准式、双腿叠放式、双腿斜放式、双腿交叉式、大腿叠放式等坐姿。

3. 离座动作练习

离座起立时，右腿先向后退半步，然后上身直立站起，收右腿。从左侧还原到入座前的位置。

(三) 走姿训练

1. 双肩双臂摆动训练。身体直立，以身体为柱，双臂前后自然摆动。注意摆动要适度，纠正双肩过于僵硬、双臂左右摆动的毛病。

2. 步位、步幅训练。在地上画一条直线，行走时检查自己的步位和步幅是否正确，纠正“外八”，“内八”及脚步过大、过小的毛病。

3. 顶书训练。将书本置于头顶，保持行走头正、颈直、目不斜视，纠正走路摇头晃脑、东张西望的毛病。

4. 走姿综合训练。训练行走时注意各种动作的协调配合，最好配上节奏感较强的音乐，注意掌握好走路时的速度并保持身体平衡。双肩摆动对称，动作协调。

要求：以上每项训练时间为5~10分钟。

三、自测题

1. 你是否能选择一款适合自己的发型？
2. 你是否重视着装问题？
3. 你平常着装是否会根据不同的场合选择不同的服装？
4. 你是否知道教师忌穿哪些服装？
5. 你的饰物佩戴是否得体？
6. 你觉得自己着装方面还有什么问题？
7. 检查自己还有哪些不雅的举止？
8. 你的坐姿、站姿、行姿是否合乎礼仪规范？

四、综合实训

举办一次教师职业形象风采比赛，参赛者要求化淡妆，演示站

姿、坐姿、走姿及常用的手势，展示职业装、休闲装，并进行知识抢答、口才展示等比赛项目。由各参赛选手展示自己身着职业装和休闲装的不同形象，体会它们的区别。学生评委评出最佳着装奖、最佳人气奖等。

第九章
教师工作环境礼仪

学习目标

通过本章学习，你应该能够：

□ 了解教师工作环境礼仪的基本内容。

□ 掌握教师在校园环境、教学过程中的礼仪规范。

□ 能够按相关礼仪要求，规范自己的行为，完善自我形象。

引导案例:小李被辞退

小李和小王同期毕业于某知名大学,同时进入一所私立学校任教,被寄予厚望。但刚上班没多长时间,小李就开始抱怨工作辛苦,大材小用,并把这种情绪带到工作中。课堂上对回答得不好或答不上问题的学生,他常说的就是“怎么那么笨啊”,“别说了,语无伦次,根本就不对”。学生不遵守纪律上课讲话,就说“你们给我老实点,吵什么吵,烦死人了”。对提问、要求辅导的学生常训斥:“书上不是写着吗?问那么多干吗?你的头脑干吗用的?猪脑啊。”诸如此类,常常讽刺挖苦学生,出口伤人,引起了学生强烈的反感。在办公室,他自以为是,同事们常常听他的牢骚,说这个不行,那个不行,整个一个“愤青”。他还常在办公室里抽烟,他的办公桌总是乱糟糟、脏兮兮的,常常找不到批改作业的红笔,就用其他颜色的。长此以往,引起很多同事、学生的极大不满。小王则工作认真,谨遵师德、依礼而行,严于律己,善待他人,从而赢得学生和同事的尊重。

思考:你认为教师在工作环境中怎样做,才符合礼仪规范呢?

转眼间一学期过去,学校对小李和小王进行考核,结果小李被辞退了,小王被安排到重点班任教并担任班主任。

荀子曾说过:“礼者,所以正身也;师者,所以正礼也。无礼,何以正身?无师,吾安知礼之为是也?”在他看来教师的所作所为都是他人学礼行礼之楷模。小李因其所作所为不合乎教师礼仪规范要求,对学生无礼,对同事无礼,而被辞退,小王则因依礼而行,严于律己,善待他人得到认可,委以重任。那作为教师在工作环境中应该遵守哪些礼仪?

第一节　校园环境礼仪

就时间和空间而言,教师的工作和活动大部分在校园内进行。在学生面前,教师的“身教”往往重于“言教”,因此教师应当检点个人行为,特别是在办公室、图书馆、各种会场等场合,教师必须严于律己、依礼而行。

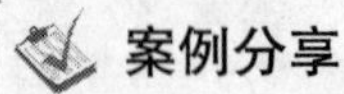

小张是某学校教师，她工作勤恳、认真，为人热情，但大家都不太喜欢她，她自己却不知道问题出在哪里，因此很烦恼，下面是两个情境片段：

思考：你能帮助小张分析"病因"吗？

场景一：

某天中午休息时间，小张冲了一杯咖啡送到王老师桌前，正巧王老师在电脑前修改女儿照片，小张马上抢过鼠标说："我看看，我看看，让我帮你。"她一边做，一边说："你女儿没你长得漂亮，长得这么胖。你先生怎么那么土气，看样子，你先生得了妻管严……"

场景二：

小张接到一个电话："帮我叫一下刘明老师。"小张听出是校长的声音，她赶紧把刘老师叫来，自己就在不远处竖起耳朵听电话，她听到刘老师说："好，我马上去你办公室。"于是，小张立即到隔壁周老师处汇报："刘老师被校长叫去了，听说他们夫妻俩正在闹离婚，他妻子都告到校长那里了……"

［资料来源］翁海峰．职业礼仪规范．北京：机械工业出版社，2009：113.

一、办公室礼仪

礼仪无需花费一文而赢得一切，赢得陌生人的友善，赢得朋友的关心，赢得同事的尊敬，从这个层面讲，教师了解、掌握并恰当地应用办公室礼仪，不仅能树立教师和学校的良好形象，也会关系到个人前程和事业发展。办公室最基本的礼仪是：约束自我，善待他人。

（一）约束自我

所谓"约束自我"，在此主要是要求教师严于律己，在办公室要注意个人美、环境美。

1. 个人美。具体而言要做到"四美"：一是仪表美，要求仪表端庄、仪容整洁，如着装、发型、化妆等符合教师礼仪要求。二是仪态美，要求举止优雅，坐姿、站姿、行姿得体。三是行为美，要求遵守办公室纪律，认真办公事，如备课、批改作业；处理事务要细致，一丝不苟，有耐心，努力钻研业务，做到精通业务。四是语言美，语言要得体，文明。

2. 环境美。保持个人办公桌干净，整洁，把作业等物品摆放整齐，

图 9-1　办公场所的整洁是教师应做好的礼仪

桌面无杂物；不在办公室吸烟，保持空气清新，不随手扔杂物，及时清理废弃物，自觉保持办公室的卫生。

（二）善待他人

“善待他人”，主要指教师在办公室与同事、领导等人员相处时，要主动接受他人，尊重他人、理解并友善地对待他人，和同事和谐相处。

1. 教师与上级领导相处时，要尊重上级领导，服从管理，自觉维护领导的威信，不宜在背后议论、评论、指责领导，也不宜在大庭广众下顶撞、指责领导，要虚心接受批评。

2. 教师与同事相处，要主动接受他们，尊重对方，关心帮助同事，做到以诚待人，平等待人，虚心待人，宽容待人。年少者应虚心向年长者学习求教，年长者要关心爱护年少者，不能以自己的标准去苛求别人，要以大局为重，求同存异，搞好团结。但要注意分寸，男女同事要保持一定的距离，不要过于亲密。

 **小贴士**

办公室失礼行为

1. 过分注重自我形象。
2. 在办公室喧哗、说笑聊天或抽烟。
3. 非用餐时间在办公室吃东西。
4. 工作时间处理个人事务。

5. 工作时间长时间接打私人电话。
6. 随便挪用、翻看他人物品。
7. 偷听他人讲话，探视他人案头工作。
8. 领导、来宾进来，态度冷漠，无动于衷。

图 9-2 教师不应在办公室喧哗、说笑聊天或抽烟

二、集会场所礼仪

集会，即通常所说的开会，在各种形式的聚会中，集会是最为正规的一种，也是教师平日接触最多的一种，学校召开的报告会、研讨会、庆典会、班主任会、办公会、行政会等，教师都要参加。由于参加者多，场合正规，教师要格外注意会场礼仪。

（一）集会的基本礼仪

1. 教师作为发言者的礼仪

会议发言有正式发言和自由发言两种，无论哪种形式发言，发言者都是主角，引人注目，教师如是发言者，就必须注意这方面的礼仪。

教师在发言时，应尊重听众，控制时间，做到发言简短但观点明确、中心突出、态度鲜明，长话短说。不能只顾自己尽兴，要考虑学生的情况，会场中声音渐大，表明教师需要压缩内容，尽快结束发言。

案例分享

思考：这个案例对你有什么启示？

斯霞老师的开会原则

2007 年，我陪南京师范大学附属小学前校长杨林国老师、特级教师袁浩老师去斯霞故里浙江斯民小学，参加斯霞老师塑像揭幕典

礼,全体老师和学生与会。

会上各级领导依次讲话,超过了一个半小时,坐在主席台上的杨林国老师走到我身边低声说:“会开得太长,原定我和袁老师要发言,我们都决定不讲了。当年我们和斯老师在一起工作,她有一条原则:只要有小学生参加的会,都不得超过一个半小时;不管台上是什么领导人在讲话,只要超时,斯老师都会走上台去,请这位领导别再讲了,请他走下讲台。我们学校一直按斯老师的意见做。”斯霞一直认为,保护小学生的身体比听领导人讲话更重要。

我很想请“各级读者”都注意这个故事,我们能不能像斯霞老师那样站立,能不能像她那样去爱学生,最终可能取决于我们有没有她那真正教育者的信念和勇气。

[资料来源] 吴非.斯霞老师的一件事.新民晚报,2010-09-13.第4版.

2. 教师作为聆听者的礼仪

教师作为聆听者参加会议时应遵守纪律,准时到会,进出有序,依会议安排落座。开会时保持安静,专心倾听,不要与周围的人交头接耳,小声说话,关闭手机或将手机调为静音状态,不应在会场打手机。发言人发言结束,应鼓掌表示欢迎和支持,但不能鼓倒掌,喝倒彩。不得逃会,中途退场。

(二)教师参加学校常见集会的礼仪

1. 参加升(降)国旗礼仪规范

参加升降国旗仪式时,教师应衣着整洁,站在本班学生队伍后面,或专门的教师站列场地,整齐列队,脱帽、肃立、精神饱满,行注目礼,认真听取国旗下的发言。切忌教师之间谈笑风生、或自由活动、或东张西望、或心不在焉。唱国歌时,要立正站好,目视前方,神情庄重,歌词正确,音调准确,声音洪亮,带头唱好国歌,引导学生遵守升(降)国旗礼仪。

案例分享

星期五下午放学后,周老师和王老师忙完一天的工作,收拾好东西,两人说着话从办公室出来。在她们经过操场边的时候,正在举行降旗仪式,她们各自推着自行车一边走着、一边说着,直至出了

思考：请问这两位老师的做法是否符合礼仪规范？

校门口，便骑车而去。

［资料来源］郭娅玲．中小学教师礼仪．长沙：湖南师范大学出版社，2001：75.

知识链接

学校升（降）国旗礼仪次序

一、升旗仪式的程序

1. 列队：在仪式开始前，全体师生面向国旗列队站好。旗手、护旗手、主持人等做好准备。

2. 出旗：主持人宣布开始，全体肃立；旗手持旗，扛在肩上或举至肩，护旗手站在旗手两侧，齐步走向旗杆，悬挂完毕做好升旗准备。

3. 升旗：当《国歌》奏响时，升旗手与国歌同步将国旗徐徐升起至旗杆顶。教师和同学们行注目礼。

4. 唱国歌：礼毕后由仪式主持人宣布，全体师生共同高唱国歌。

5. 国旗下演讲：可由校长或其他教师、先进同学等作简短而有教育意义的讲话。

二、降旗仪式的礼仪

在仪式开始前，全体师生面向国旗列队站好。仪式主持人宣布降旗仪式开始。

1. 全体肃立。

2. 降国旗、奏唱国歌，行礼至国旗降至旗杆底端。

3. 退旗、奏乐。

4. 礼毕，全体师生稍息。

2. 参加庆典仪式的礼仪规范

庆典，是各种庆祝仪式的统称。学校常见的庆典活动有毕业典礼、开学典礼、学校成立周年庆典及获得某项荣誉的庆典等，教师参加这些典礼时要注意以下礼仪规范：

(1) 仪容整洁，举止优雅。

(2) 服装规范，既要显得庄重，又要带有喜庆色彩。

(3) 准时到会，遵守纪律，不无故缺席或中途退场。

(4) 认真聆听，全神贯注，切勿到处乱转、与周围人说话、发短信、

看报纸、听音乐、打瞌睡。

(5) 尊重嘉宾，态度友好，嘉宾发言之前和发言结束，要主动鼓掌表示欢迎和支持。

(6) 若有幸在典礼中发言，要满怀热情，认真对待，积极准备，礼貌发言，并在规定的时间结束。

知识链接

组织典礼的礼仪

一、确定出席庆典的人员名单

出席庆典的人员一般包括以下人员：上级领导、社会名流、大众传媒、合作伙伴、社区关系、全校师生。

二、精心布置会场

选择好适当的场所，安排好座位，配齐相关设备，挂好会标，适当摆放些鲜花、盆景，美化环境，做到既隆重、热烈，又庄重、严肃。

三、拟定好庆典的具体程序

拟定程序要注意控制时间，宜短不宜长，程序宜少不宜多。一般包括以下程序（以开学典礼为例）：

1. 在各方人员到安排好的位置就座后，主持人介绍出席开学典礼的嘉宾。

2. 主持人宣布开学典礼正式开始，全体起立，奏国歌、唱校歌。

3. 校长致辞。

4. 上级领导或来宾发言。

5. 文艺演出，这项程序可酌情安排。

6. 如有可能，可邀请嘉宾参观学校的办学设施。

四、做好嘉宾的接待工作

要热心细致地照顾好每一位嘉宾，做好迎送、引导、陪同、接待工作。比如入口处要有专人接待，要由专人负责为嘉宾带路，送到既定地点。决不能马马虎虎，出现招待不周或冷落嘉宾的现象。

［资料来源］李兴国，田亚丽．教师礼仪．上海：华东师范大学出版社，2006：142-146.

3. 教师参加校务会议的礼仪

(1) 衣着整洁、仪表大方，准时到会，按照会议安排落座，自觉维护

会场秩序,关闭手机或调到静音状态。

(2) 要满怀热情,认真对待,如需在会上发言,要积极准备发言内容。

(3) 认真倾听他人发言,应适当地进行笔记,尊重发言者,注视对方,用点头、微笑、鼓掌表示支持;对有不同观点的发言,切勿随意打断插话,或用戏言、恶言人身攻击。

(4) 在讨论、自由发言过程中,不能一言不发,沉默到底,也不要滔滔不绝,长篇大论,按照顺序,做到发言简短、观点明确。

(5) 对他人的提问,应礼貌作答。对他人的批评和意见应虚心、认真听取,即便是面对错误的批评,也不能失态。

案例分享

思考:请你指出案例中代表们哪些行为是不符合礼仪规范的?正确的做法应该怎样?

某学校召开教职工代表大会,会场按年级划分了座位,但一些代表进场以后,随意入座,有的则姗姗来迟,有的坐下后交头接耳,窃窃私语,有的在不停地发短信。会议进行过程中,手机铃声不断响起,不断地有人走动,出去接电话,有的则不停地抽烟。到了自由发言的时候,各位代表发言非常踊跃,有的话还没讲完,就被打断,随意插话,甚至在某些问题上争论不休。好几位代表提前退席,差点使会议无法正常进行下去。

[资料来源] 郭娅玲. 中小学教师礼仪. 长沙:湖南师范大学出版社,2001:76.

4. 教师参加班会的礼仪

班会是对全班学生进行管理、引导和思想品德教育的重要途径,又是培养和发展学生自我管理能力的有效方式,教师尤其是班主任对班会要高度重视,自始至终要指导参与班会。

(1) 确定班会要有针对性和预见性。

(2) 教师对班会要有指导,如主题、主持人、会场布置等。

(3) 准时到场,不要让学生等待,更不要找借口不参加。

(4) 信任学生,既充分发挥学生的主体作用,又不忽视教师的主导作用。

(5) 教师在班会上发言,应事先做好准备,不要每次都是那几句老话、套话,或者唠唠叨叨,占用很长时间。

(6) 教师在班会总结时，要实事求是，一视同仁，不偏不倚，对学生的观点、看法要及时的引导、提炼、总结。

(7) 班会结束，教师要督促、安排学生打扫卫生，归还所借物品。

5. 教师参加家长会礼仪

家长会是学校、老师与家长沟通的最主要、最直接的方式，也是家长了解子女在学校表现的重要途径。但是，现实中不仅是不少学生希望家长会尽量少开，最好永远别开，而且不少家长也害怕开家长会，本来家长会应该是一次很好的学校、教师、家长三方交流、协调的机会，为什么会出现如此现象？家长会怎么开，才能让学生、家长都满意，最重要的就是应该彼此尊重、理解，教师应严格遵守礼仪规范。

(1) 提前书面通知家长。时间宜选择多数家长有空的时间，要提前一至两周以书面形式通知家长，以便家长妥善安排。

(2) 精细准备，努力营造和谐氛围。教师在会前必须做好准备，如环境布置整洁，准备好欢迎标语、鲜花盆景、供家长翻阅的资料、班级指示牌、饮用水等，显示教师对家长会的重视、对家长的尊敬。

(3) 与家长要平等交流、友好协商。教师应尊重、理解家长，以亲切自然、温文尔雅的态度礼待家长，对问题进行协商和讨论，平等交流。特别要避免在大庭广众下点名批评，让家长难堪，造成尴尬局面。

(4) 多给家长发言的机会。教师要摆正位置，明确自己与家长是平等的教育伙伴之间的关系，应让家长有更多的时间发表言论，听取家长的意见，耐心答复家长的询问。

(5) 重视会后信息反馈。要重视对家长会后的信息收集、了解，对反馈回来的信息，要及时分析，认真处理，并把相关的处理结果，尽可能反馈给家长，增强家长对学校、教师的信任。

知识链接

召开家长会的禁忌

1. 临时通知。避免出现“明天叫你家长来学校开家长会”的情况。

2. 只重视准备学生的成绩材料，把全班同学的各科成绩一一列出，排出名次，张贴在教室。这样只会给排在后面的同学及家长压力、难堪，造成师生关系紧张。

3. 态度傲慢，居高临下。在家长会上用给学生上课的口气，以居高临下的态度对家长讲话，前面开成表扬会，后面开成批评会，公

开点名批评，甚至训话，埋怨家长，让家长大丢面子，结果只能使家长迁怒于孩子，回家把孩子怒斥一顿甚至加以拳脚。一次家长会，伤了一批家长和学生的自尊，造成很多学生怕开家长会，很多家长也怕开家长会。

4. 从开始到结束，一人滔滔不绝讲个没完，始终不给家长说话的机会，或者只和学习成绩好的家长交流，对成绩较差同学的家长冷面冷语，说“你那孩子，我没办法”、“我管不了，你还是自己管吧”、“子不教，父之过，你也该管管了”诸如此类伤人的话语。

5. 后续工作缺位，对会后的情况听之任之，只为完成任务而开家长会。

6. 教师参加学校运动会礼仪

一般学校每年都隆重举行一次全校师生参与的运动会。教师参加学校运动会要注意以下礼仪规范：

⑴ 教师作为观众时应遵守的礼仪规范

教师不要为了本班的分数荣誉，而忽略了“友谊第一”的原则，为运动员加油助威时，应一视同仁，持公正态度，对所有运动员的精彩表现都应报以热烈的掌声，不要只为自己班级的同学加油。对裁判的误判要正确引导学生，不要起哄，更不能出言不逊，避免引起混乱。对偶尔失误的运动员要予以谅解、鼓舞，不能一味地指责。

⑵ 教师作为运动员时应遵守的礼仪规范

遵守比赛时间，准时到达比赛地点。服从规则，尊重裁判，尊重对

图 9-3 教师的行为是学生的榜样

手，理智对待输赢，坦然接受各种可能出现的比赛结果。

三、校园其他场合礼仪

（一）阅览室、图书馆礼仪

学校阅览室、图书馆是公共场所，教师进入该场所，既是一名读者，又是老师，更有必要讲礼貌、讲公德，注意礼仪规范。

1. 遵守制度。借书、还书、阅览都要按章办事。借出阅读的图书读完后要及时归还，“热门书”应速看速还。

2. 举止文明。要爱护图书，借阅的图书要保持干净，不要乱画、卷角、折叠。保持馆内干净，不乱扔纸屑，不在馆内吸烟，自觉维护馆内秩序，讲“礼让”。

3. 保持安静，不要妨碍他人。进入图书馆脚步要轻，入座离座要轻，翻看书刊要轻，不随便与旁人说话，手机关机或调为振动。

（二）步行、骑车、驾驶汽车礼仪

1. 教师校园步行礼仪

教师在校园步行时要做到不吃零食、不抽烟，不乱扔废物，自觉维护环境卫生，爱护各种设施，切勿为了方便，踩踏草坪。

2. 教师校园骑车、驾驶汽车礼仪

遵守学校规定及交通规则，自觉接受管理，不随意按喇叭、超速，注意避让学生，在指定的地点存放车辆，不随意停放，妨碍他人。

知识链接

上下楼梯、进出电梯礼仪

一、上下楼梯礼仪

1. 上下楼梯，都应单行靠右侧而行。

2. 有女士、长者或幼者在场时，应礼貌谦让，或在旁边保护。若为其带路，则在前面导引，以示尊重。

二、进出电梯礼仪

1. 注意安全，耐心等待。超载铃声响起时，最后进的人要主动出来。

2. 注意顺序，依次进出。与熟人，尤其是尊者、女士、客人同乘电梯时，如果有人管理，应主动后进后出，如果无人管理，则应当先进后出，控制电梯。

3. 对人有礼,彼此照顾。站在按键处者,应主动帮忙,做好开关服务。

4. 勿碍他人,举止文明。在电梯间不应打手机交谈,不可抽烟,不要对镜整装、补妆。

第二节 教学环境礼仪

教学是学校的中心工作,也是一门艺术,要取得理想的教学效果,除了遵循教学规律,优化教学方法外,教师的礼仪也直接影响教学效果。如果教师衣着大方得体,讲课时面带微笑,语言举止合乎礼仪规范,与学生说话态度亲切和蔼,就会激发学生的学习积极性和参与教学的热情,反之则不然。因此,教师在课堂教学、课后辅导、批改作业等环节,应时时处处讲究文明礼貌,自觉规范自己的言行举止,以树立知书达理的谦谦君子形象。

一、课堂教学礼仪

课堂教学礼仪是教学活动的组成部分,是教师教书育人的重要辅助手段。教师在开展课堂教学时,要时时谨慎、处处垂范。课堂教学礼仪涉及面很广,包括仪容、仪表、仪态、语言等礼仪规范,这些可参看第七章、第八章相关内容,本节主要从课堂组织教学、提问、板书等方面规范教学礼仪要求。

(一) 课堂组织教学礼仪

1. 上课提前3分钟到教室,一是为学生树立按时上课,遵守纪律的榜样,二是为自己上课做好准备。

2. 面对学生起立向老师行注目礼,教师要面带微笑,用温和的目光环顾全体学生,以问好或鞠躬还礼。

3. 按时结束讲课,不应拖堂并应向学生致意告别。

4. 对上课时违纪的同学,教师既不能放任不管,也不能体罚或变相体罚,要艺术地处理学生在课堂上的违纪问题。

5. 要注重自己的语言谈吐,遵守语言规范,语言文明健康、干净利索、表达准确,讲究语言的艺术性。

6. 目光要合理分配,注意控制目光,切忌"目中无人"。

图 9–4　教师在任何时候都不能体罚学生

小贴士

上课学生违纪处理

1. 可以用语言提醒，如“请不要说话”、“有什么问题下课后再讨论”。“老师先讲完，等一会请你发言，好吗？”、“XX 同学，请问你有什么不同意见？”

2. 用目光、手势、表情、姿态等其他语言提醒。

3. 切记要尊重学生，不要让学生当众出丑。

（二）课堂提问礼仪

1. 一视同仁，机会均等

教师提问的机会要平均分配给全部同学，不要只向少数课堂表现积极的学生或学习成绩优秀的学生发问，对中等生和较差学生同样要给予发问机会，促进后进学生的学习热情。

2. 目标明确，难度适宜

问题的设计必须紧扣本节的教学目标，围绕教学内容的重点、难点和学生原有的知识结构，不能提一些又偏又怪的问题，或者为了提问而提问，避免课堂提问的随意性。对于问题的难易原则是：跳一跳，够得着。问题过难，学生谁也回答不出，最后只好老师自答；过浅、过易，学生不假思索就能对答如流，这样都没实际效果。

3. 对象随机，评价积极

提问不宜按照一定的顺序进行，否则学生轻易推出这个问题由谁来回答，其他学生就会不注意听讲或不再思考，所以不能有一定顺序，学生无法推断由谁来解答，就必须认真听讲。对学生的回答，教师要随时判断，作出评价。为保护学生回答问题的积极性，教师要以表扬为主，鼓励求异，批评也要体现爱心，不能伤害学生自尊心。

（三）课堂板书礼仪

板书是教师课堂教学的重要组成部分。教师有必要认真设计好每节课的板书，重视板书的礼仪规范。

1. 板书的文字要简明扼要，给人一目了然的感觉。

2. 板书的字迹要工整清楚，书写正确，大小适度。

3. 板书的布局、组织要合理，板书的图示应具有形象性和启发性，利用图示的直观性启发学生，降低教学难度，达到突出重点，突破难点的目的。

4. 板书的线条、符号、色彩搭配要恰当。

5. 做到板书与其他教学方法有机结合。如板书时同步口述其内容，让学生视觉听觉互补。

（四）课堂教学禁忌

1. 衣冠不整，不修边幅，过于随意或修饰过度。

2. 迟到、早退，上课没精打采、一脸厌倦，面部表情呆板，姿态松懈。

3. 上课接听电话，使用手机，学生看书、做作业时看报纸或做其他事情。

4. 信口开河，漫无边际，偏离教育内容，语言平淡或口头禅多，废话多。

5. 言语不当，在课堂里诋毁同事或发泄对领导、对学校、对社会的不满。

6. 对不遵守课堂纪律的现象，没有及时予以纠正。

7. 花大量时间进行纪律教育、批评不听讲的学生，为催后进学生交作业而动怒，对学生表现出无所谓的态度，上课缺少激情等。

8. 态度粗暴，缺乏耐心。例如，学生刚站起来，稍作思考，还没来得及回答，教师就说："不知道，你站着，听别人怎么说。"或者干脆说"我就知道你回答不出来。"学生还在断断续续地说，教师就急切地打断他："别说了，语无伦次，根本就不懂。"

9. 不尊重学生，讲话尖酸刻薄，出口伤人，讽刺、挖苦、谩骂学生。

10. 厚此薄彼，对那些品学兼优的学生偏爱有加，对那些所谓的“双差生”则冷眼相待，不是热情教导和耐心辅导，而是恶语相向，嘲讽有加，甚至体罚或变相体罚。

11. 心胸狭窄，自以为是。对于曾“顶撞”过自己的学生故意冷落他们，或故意让其出丑。上课不提问，下课不搭理，将其边缘化。对学生个性化的理解，不是鼓励，而是否定、讽刺。听不进学生的建议、批评，自以为是：“你们懂什么啊”、“瞧你那德行”、“我就这水平”，毫无宽容、谦虚、求实之态度。

图 9-5 教师上课时决不能接打手机

12. “满堂灌”。教学是师生双向交流的活动，课堂是师生双边活动的场所，讲课时切勿自己一人从头讲到尾，只管自己尽兴，始终不给学生发言的机会，把自己的观点强加给学生。

13. 板书文字书写不规范。简化字不规范，字体混乱、时正时草、时大时小、字迹潦草，难以辨认；随心所欲，杂乱无章；东写写，西画画，信手写完随手擦；缺乏连续性和整体性。

14. 不遵守上下课时间，上课常常提前，下课总是拖堂；随意调课。

思考：你知道女老师的情况是什么原因造成的吗？

案例分享

某学校七年级有一位非常热爱学生、恨铁不成钢的女老师。她十分敬业，每节课都提前到达教室，甚至没到上课时间就开始上课。

课堂上她讲课十分卖力，常常一个人从头讲到尾，生怕学生没听懂，有的问题讲了一遍又一遍。对学生上课稍有不认真听讲，她就会停下来批评教育一番，讲自己如何辛苦、花那么多精力备课、指责学生不领情，为了把浪费的时间补回来，她常常下课了还把学生留下上课，可她所教的学科成绩都不如其他科任教师。学生也不太喜欢她，不愿意学习她所教授的科目。她总是想不通自己的付出为何得不到收获。

二、课后辅导礼仪

课后辅导是教学环节的重要组成部分，是课内教学的辅助、补充形式，有利于教师了解学生情况、沟通师生情感、实行因材施教、解决统一教学与学生个性发展差异的矛盾，是提高整体教学质量、发现和培养学生个性特长的重要途径之一。课后辅导要收到预期的效果，教师的言行符合礼仪规范是非常有必要的。

（一）宜热情主动，忌态度生硬

学生对教师大多有畏惧心理，尤其是成绩落后的学生，他们在请教老师问题时常有顾虑，怕提出一个很简单的问题被教师嫌弃，被同学取笑；或者抓不住问题，不知道问哪个问题。这时教师如果态度生硬，语言刻薄，责骂或出口伤人，学生就是有学习问题也不敢问。因此，教师在辅导时，特别要注意态度，要主动热情，鼓励学生多提问题，主动帮助成绩落后的学生找出存在的问题，引导帮助他们解决问题，增强学习信心，提高学习积极性。

图 9-6 对成绩平平或成绩落后的学生表现很冷淡是教师没有修养的表现

（二）宜一视同仁，忌厚此薄彼

一般说来，“补差”和“提高”是课后辅导的工作重点，但有的教师往往只盯上几个尖子生，对他们提出的问题热情有加，且能做到循循善诱；而对成绩平平或成绩落后的学生，则很冷淡，对他们的辅导敷衍了事。长此以往，势必会使大部分学生对教师失去信任，与教师产生对立情绪，进而发展到不愿意学习这门课程，造成恶性循环。学习成绩落后常常跟非智力因素有关，所谓的补“差”先要补“心”，教师在对成绩落后学生辅导时更要注意消除其自卑感，多给予鼓励和激励，使他们对教师产生好感和信任，从而提高学习兴趣。

（三）宜循循善诱，忌简单了事

在辅导时，学生常会问：“这个问题怎么回答？”“这个题目怎么做？”这时，教师不宜简单直接回答，更不能越俎代庖，而要引导学生思考、分析。辅导中，面对学生这样或那样的错误，教师不一定都正面纠错，可以通过反问等其他方式，让学生认识到出错的根源，从中得到启迪，知其然，还知其所以然。对部分学生提出一些超前或离奇的问题，教师不能用简单的“还没学到”、“超纲了”、“这个不需要知道”等随便应付了事，更不能讽刺挖苦、伤害学生的自尊心，应给以鼓励和引导，积极培养学生主动性思维，增强学生探求科学的兴趣。

三、作业批改礼仪

作业不单是学生复习巩固知识的保障，也是反馈教学信息的重要渠道，还是师生交流的平台。教师通过批改作业，可以了解学生掌握知识的情况，以及教学中存在的问题，以便及时矫正失误，弥补缺陷。教师在批改作业时，要善于灵活运用恰如其分又情深意切的个性化评语，使教学信息在传递与反馈中产生最佳效果，最大限度地调动学生学习的主动性、积极性和创造性，使教学工作取得事半功倍的效果。

（一）批改作业的礼仪规范

1. 操作要规范

批改作业一律使用红色墨水，批改符号原则上应求一致，圈画规范，自成体系，一目了然，在答案的结尾打钩；所给分数、批改日期，写在学生作业结尾的下一行里。

2. 批改需及时

每次作业教师应及时地进行批阅，并尽快发还给学生，并督促学生详加研读，使作业中的问题及时得到纠正，这不仅有利于学生进一

步巩固所学知识,也有助于培养学生按时完成任务的责任感和良好的学习习惯。

3. 批改并重

按照教学常规中各学科设置的作业,要求全批全改,批改并重,做到认真批阅,善于发现教学中存在的问题。对学生作业中出现的问题,不能只作简单的判断,教师应予订正,应指导学生重做或指导学生自行订正直至正确为止,对错题多的学生要进行面批。对于订正的作业,教师同样要进行批改,并标上批改时间。

4. 评语要恰当

批改作业,不只是对学生所做的作业作出正误判断,打个分数,还应有针对性地为不同层次的作业写上批语,这不仅能传递教师对学生学习的要求和指导意见,使学生及时获得反馈信息,而且有利于融洽师生感情,强化学习动机,激发学习兴趣。写评语的基本要求是:简洁、明了、自然、亲切,充满期望,富有启发性。

5. 字迹应工整

教师批改作业,批语要注意书写工整,认真仔细,既是对学生的尊重,也是为学生树立榜样。

小贴士

好评语举例

✧"方法太好了,可要细心呀!"
✧"你肯定有高招,因为你是我的骄傲!"
✧"你准行!""你的进步很大,因为你付出了劳动。"
✧"看到你的进步,我非常高兴,希望继续努力。"
✧"还有更好的解法吗?""爱动脑筋的你肯定还有高招!"
✧"你很聪明,如果字再写得好一点,那就更好了!"
✧"结果正确,但格式正确吗?"
✧"聪明的你,一定能发现简便方法!"
✧"搬开你前进的绊脚石——粗心,奋勇前进!"
✧"和细心交朋友!"
✧"你的字写得真漂亮,要是能提高正确率,那肯定是最棒的!"
✧"太棒了!""太妙了!"

（二）批改作业的禁忌

1. 反馈时间过长

作业批改的周期过长，学生作业中出现的问题就不能及时发现。批改信息滞后，实际上已经失去了批改作业的信息价值，从而影响了教学质量。

2. 反馈信息量过小

批改作业如果是“蜻蜓点水”式的，只作简单的对错判断，等作业发下去，学生看到的只是对错号，却不明白错在哪里，这样作业的利用价值就不大，教师应该对每个学生的作业进行认真的指导。

3. 校正措施不力

如果反馈时间过长，或只有对错符号，作业返回到学生手中时，学生已没时间回头检查和校正作业，造成前面的学习问题遗留，这样做违背循序渐进的学习规律。

4. 评价过于随意

大方无度，有的教师为了讨好学生或省事，只要学生作业及时完成，就一律以“优”定论，“优”级泛滥。有的教师以“严格要求”为宗旨，学生作业稍有错误或书面不整洁，便与“优”无缘，“优”级吝啬。有的教师情绪化：心情好，随便给高分；心情不好，只要作业稍有不满意处，便红“×”满目。这些现象均不可取，教师批改作业时一定要做到评价适度。

扩展阅读

教师言语艺术集锦

1.“再想想，办法总比问题多。”

有些学生对稍微复杂的学习题目就懒得动脑思考，他们的理由是“我不会”，“我不会”就成了他们逃避问题的挡箭牌。这时候，不能让他们轻易放弃，而是经常鼓励他们说：“让‘我不会’埋进坟墓吧，动动你的脑子再想想，办法总比问题多，坚信自己：我行，我行，我一定行。”

2.“问题的三分之一已被你解决了，你别急，再想一想，你会答得很好。”“你可能因为紧张答错了，平静一下情绪，你一定能回答得非常好。”

适用于学生回答问题不完全的时候对其进行鼓励启发。当学生回答问题时，有时候由于各方面原因学生表达得不是很清楚，教师急，学生更急，这种时候教师不应直接让学生坐下，可以加以鼓励，消除学生的紧张感。

3.“你们看，这个问题提得多好，老师都没想到过。”

用于鼓励学生提问，培养他们勇于质疑的精神，教师适当示弱。

4.“多问，多看，相信你会解决这个难题。”

学生遇到难题没有信心继续研究的时候，不但要以一些简单的问题引导学生，还应对学生进行鼓励，对学生已经完成的部分进行肯定。

5.“你一定行，你能做好，别灰心，老师很愿意帮助你。”

学生在学习或者生活中遇到困难时，教师应及时发现，并充分相信学生自主解决问题的能力，适当地加以帮助，给学生做后盾，充分激励学生。

6.“你的发言给了我很大的启发，谢谢你！”“你的问题很有价值，看来你读书时是用心思考的。”

适用于当老师提出问题，学生回答比较独具匠心，能够从不同角度、不同思路来解决问题时老师给予的评价，这样能够增强他们自觉读书的信心。

7.“哇！好棒啊！老师真为你们骄傲。”

适用于课堂和各项活动的比赛活动中对一个小团体的激励。激励他们团结奋斗，共同进步。

8.“老师还有一个问题，大家帮帮老师，好吗？”“谁能把你的想法与大家一起分享？”

在课堂上，需要学生回答的问题很多，学生可能会产生厌倦的心理，要调动学生学习的积极性，这时教师可以用此语言。本质是抓住学生的好奇心，为调动学生学习的积极性服务。

9.“谁都可能会有错误，只要我们能改正，仍然是好学生。”“人非圣贤，孰能无过，过而能改，善莫大焉。”“期待你下次表现得更好！”

这些话适用于学生犯了错误，教师在批评之后适时地予以安慰，让学生既意识到自己的错误，还能有信心把其他的事情处理得更好，不至于产生心理压力，影响学习。

10.“你进步真快，老师发自内心地为你高兴！”

这句话适用于学习成绩中等或落后的学生取得较好的成绩时，在全班同学面前给予表扬，可以增强他学习的劲头和信心。

11.“与你们合作真是件快乐的事。”

适用于学生与老师一起完成一项活动、任务，甚至结束一堂课时进行总评，能够激发学生学习的热情。

12.“尽自己最大的努力，老师相信你！”

这句话用在当学生遇到困难放弃目标停滞不前时；或者面临考试、比赛而胆怯、心慌时，教师用它鼓励学生相信自己，勇往直前！

13.“在老师的心目中，你一直是个好孩子！”

可用在学生犯了错误之后，在教师进行批评教育之前，以此先温暖、打动他的心灵，然后再进行批评教育。

14.“你们还有另外一种想法吗？”

当一学生回答问题不够准确时，可以避开这个学生的过错，让其他学生表达另外一种想法，当其他学生表达正确时，再纠正错误，或给予委婉的提醒。

15.“你的想法真有创意，你愿意进一步说说你的构思吗？让同学与你一起分享。”

适用于学生用自己独特的观点简单分析问题后，想让其他学生好好听一听他的想法时教师给予的评价。

16.“你分析问题这么透彻，老师也不如你。”或“老师也学到了新知识。”

教师在课堂上看似“不知所措”，其实可能已“胸有成竹”，教师在学生面前贬低了自己，检讨了自己，也正反衬了学生的“英明”。教师及时给学生一个赞许，一次鼓励，看似平淡、无痕，但在学生的心里却能够感受到被“赞许”和“激励”的幸福，感受到成功的喜悦。在学生面前，老师丢面子了吗？没有，相反，教师收获的是学生的信任与教育的成功。

［资料来源］百度文库．教师语言道德集锦．http://wthku.baidu.com.

四、教学研讨活动礼仪

为了切实提高教师的专业素质，增强教师的课程实践能力，学校

或相关部门会组织教研活动，来探讨教育教学过程中教师所面对的各种具体的问题，它对全面提高教师的教学水平，提高教学质量起到重要的作用。教研活动的形式多样，如互动式听课、研讨会等。教学研讨会要遵守以下礼仪：

1. 态度端正，认真对待，积极参加，主动承担教研任务，如果被安排上示范课、研讨课，要精心准备。

2. 严守时间，准时到达现场，不迟到，不早退，遵守各项要求。

3. 听课时要尊重上课的教师，专心听讲，做好记录，切忌在下面与其他教师窃窃私语，悄悄议论，或指指点点。

4. 积极参加评课，做到实事求是，评议语言中肯。不能为考虑对方的面子，只说好听的，你好、我好、大家好；也不要自以为是，只看见不足之处，甚至是贬低他人。

5. 在讨论过程中，不能一言不发，沉默到底，也不要滔滔不绝，长篇大论，要按照顺序，做到发言应简短、观点明确。

6. 认真倾听他人发言，尊重发言者，注视对方，用点头、微笑、鼓掌表示支持；对有不同观点的发言，切勿随意打断插话。

7. 对他人的提问，应礼貌作答。对他人的批评和意见应虚心、认真听取，即便是面对错误的批评，也不能失态。

本章小结

本章讲授教师工作环境中的礼仪规范。主要从校园环境、教学环境两个方面对教师在办公室、各种集会场所、公共场所等场合及教师在教学、辅导、批改作业等环节的礼仪进行规范。要求教师在规范自己行为时，要严于律己，依礼而行。

思考与练习

一、思考题

1. 在办公室人际关系中，应以什么样的礼仪对待上级、下级或同事？

2. 在课堂教学过程中要注意哪些礼仪规范？

3. 在辅导和批改作业时怎样才符合礼仪规范？

4. 升国旗要遵守哪些礼仪？

5. 组织班会要注意哪些礼仪?

6. 家长会有哪些礼仪需要注意?

二、自测题

1. 不在背后议论、评论、指责领导,也不在大庭广众下顶撞、指责领导。

2. 升国旗时,未入队列的教师应原地站好,面对国旗行礼,直至仪式完毕才离开。

3. 提问的机会平均分配于全部同学。

4. 为运动员加油助威时,一视同仁,持公正态度,对所有运动员的精彩表现都应报以热烈的掌声,不是只为自己一方加油。

5. 我已经掌握了召开班会的礼仪。

6. 我已经掌握了参加教研讨论会礼仪。

7. 我已经掌握了参加教研讨论会的禁忌。

8. 我已经掌握了家长会的禁忌。

9. 耐心倾听学生的回答,不随意打断学生的回答。

10. 试卷讲评遵循讲评原则,尊重学生,关注学生的发展。

11. 批改作业及时,一律使用红色墨水。

12. 我已经掌握了写评语的基本要求。

第十章
教师社交环境礼仪

学习目标

通过本章学习,你应该能够:

☐ 了解教师社交环境礼仪的基本内容。

☐ 掌握教师见面、拜访、馈赠、宴请、晚会的礼仪规范。

☐ 能够按相关礼仪要求,规范自己的行为,掌握常规的交际技巧。

引导案例:王老师的疏忽

王老师出席朋友宴请。在宴会上,王老师经朋友介绍认识了小李,小李非常礼貌地向王老师问好,并热情地将自己的名片递给王老师。王老师随手接过名片放在餐桌上,继续与其他朋友交谈。宴会上还有一位陌生客人,王老师就主动向他索要名片,恰巧那位朋友没带,于是王老师就直接将这位朋友的信息写到小李的名片上,之后把名片收起来,放进裤兜里。宴请结束,王老师热情地与小李握手,并邀请小李下次再聚,但小李却非常冷淡,王老师很纳闷。

思考:王老师哪些行为是失礼的?

[资料来源] 翁海峰. 职业礼仪规范. 北京:机械工业出版社,2009:28.

你知道小李为什么对王老师前后有截然不同的态度吗?正是由于王老师的行为,让小李感觉到自己不受尊重,在对方心目中不重要。作为教师,不可能置身于社会交往之外,要使社会交往顺利进行,取得预期的效果,教师在进行社会交往时,就应遵守社交礼仪。社交礼仪是指人们从事交往、交际活动的行为标准和规范,是社会礼仪体系中一个重要的组成部分,也是教师礼仪的重要组成部分。社交礼仪涉及面广,本章主要就见面、拜访、馈赠、宴请、晚会等方面对教师的社会交往礼仪进行规范。

第一节 见面礼仪

见面施礼是表示尊重和友好的心意,是交际活动成功的起点。教师在与人见面时,要想给对方留下良好的第一印象,就要掌握并恰当地运用见面礼仪。通常称呼、问候、握手、介绍及名片交换等,都属于教师应当掌握的见面礼仪。

一、称呼礼仪

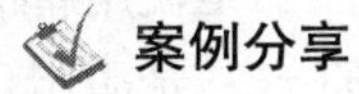

案例分享

周老师受朋友之托,给朋友公司一个老客户送生日礼物。在一个豪华的小区,周老师敲开了客户的门,出来一位大约40岁的女士,

思考:为什么周老师热情地给客户送生日礼物,客人反而不开心呢?

周老师微笑着将礼物双手奉上,并且说:“夫人,这是某某公司赠送给您的一份礼物,请您收下。”可这位女士显得不高兴,把礼物一手接下,就转身进屋,并将门重重地关上了。周老师脸上的笑容都僵住了,一头雾水,刚才出来还满面笑容,怎么一下就变了脸色?

[资料来源]梁新,韦振墨等.礼仪规范教程.北京:航空工业出版社,2009:41.

交往的前提首先是尊重别人,尊重别人首先要尊重别人的姓名和称呼。称呼是人际交往中所使用的称谓语,称呼不但直接反映一个人的修养和对他人的尊重程度,而且还反映彼此之间的关系与整个社会的风尚。作为教师,在人际交往中,切莫疏忽大意。

(一)称呼的规则

根据社交礼仪规范,称呼他人要遵循一定的规则,教师称呼他人应遵守的规则主要有两项:一是优先考虑相互之间的关系。彼此之间关系不同,称呼自然不同;二是兼顾所处的具体场合。所用的称呼与场合相符,如同样一种关系的人,在不同场合所用称呼往往有所不同。

(二)称呼的种类和用法

1. 正规称呼。主要用于初次交往、公务交往、对外交往等正规场合,体现对被称呼者的谦恭与敬意,其特点是庄重、正式、规范。教师使用的正规称呼大致有:一是以职务、职称、职业相称;二是以学衔、军衔、警衔相称;三是以“同志”、“同学”、“女士”、“先生”、“小姐”、“夫人”等大众化称呼相称。四是以“您”相称。

2. 非正规称呼。主要适用于各类非正式场合,且多用于亲朋好友之间的称呼,体现与被称呼者的亲近、随和,其特点是亲切、自然。非正规称呼大致有:一是以“您”或者“你”相称;二是以姓名相称;三是以“老”或者“小”加上姓氏相称;四是以名字或小名相称;五是以辈分相称。

(三)称呼的禁忌

有所为,就有所不为,在社交时称呼他人要注意避免以下几个方面问题:一是使用错误的称呼;二是使用歧视性的称呼;三是使用庸俗低级的称呼;四是使用过时的称呼;五是滥用地域性称呼;六是滥用行业性称呼;七是没有称呼的称呼。

知识链接

毁誉不一的"老"字

西方礼仪崇尚自由平等，在礼仪中，等级的强调没有东方礼仪那么突出，而且西方人独立意识强，不愿老，不服老，特别忌讳"老"。因为在西方"老"就意味着"精力不济，走下坡路"，意味着"死亡"，"老"成了不中用的代名词。人们自然不乐意被别人尊称为老人，不愿意说自己老，也不愿意谈老。假如按照中国的礼仪满怀敬意地用"老"字称呼一些西方人，效果可能会适得其反。

然而在中国，情况恰恰相反，由于几千年的优良传统，大多数人都能尊敬老人，老人也享有特权，老人不怕老，而且中国的老人多能以自身丰富的阅历来帮助年轻人。"老"在中国就成了智慧的代名词，"老"成了经验丰富的象征，如：老师、老板、老师傅、老张、老总等。这些词对"老"并没有什么特定的年龄内涵，只是借"老"来表明说话人的敬意。在我国那些德高望重的人都被尊称为"×老"，如"叶老"、"吴老"。称年事已高的先生为"老伯"或"老大爷"等。在这里一个"老"包含了这些人在某一种领域或某一个方面所获得的了不起的成就，也包含了对长者和长辈的尊敬。

［资料来源］张曲．从委婉语与禁忌语看东西方文化差异．成都大学学报，2007(4).

思考：你能正确称呼他人吗？

二、问候礼仪

问候，俗称问好或者打招呼。适用于人们见面之初，用以向他人询问安好、表达关切或者致以敬意。在与熟人见面时，理应互相问候，否则，就是很失礼的表现。在问候他人时，教师要注意以下方面礼仪：

（一）问候的顺序

见面问候顺序规则是：男性先向女性问候，年轻人先向年长者问候，未婚者先向已婚者问候，下级先向上级问候，即"地位低者先行"。不过，现实生活中，不必非要等对方首先开口不可，双方均要主动问候对方。如果是与多人见面可以由尊而卑，依次问候，也可以统一问候对方，如"大家好"。

(二) 问候的态度

教师在问候他人时,态度要热情友善,切莫显得傲慢冷漠,敷衍了事。具体的做法是:起身站立,面含微笑,迎向对方,做到话到、眼到、心到,认真对待。

(三) 问候的方式

问候要根据见面的时间、地点、对象,使用不同的问候语。在一般情况下,人们常用的一些问候语是约定俗成的,按照内容区分,大致可分为三类:一是问好型,如"您好"、"早上好"、"大家好"等。此类问候语最为正规,适用范围最广。二是寒暄型,如"吃了没有"、"去哪里啊"、"忙什么呢"等,在中国,熟人之间,人们习惯用此类问候语,不管对方怎样回答,双方都是点头而过,在跨文化交往中要慎用。三是交谈型,此类问候语多用于公务场合,在问候他人时直接找个话题。

(四) 问候注意事项

在问候他人时要注意避免以下几个方面问题:避免不分场合纠缠对方,令人生厌;避免招呼过头,给人以轻浮之感;避免距离尚远就高呼其名,令对方尴尬窘迫。

知识链接

大相径庭的问候语

日常打招呼,中国人大多使用"吃了吗?""去哪里?"或是"你干什么去?"等,大家都习以为常,而且彼此心里也清楚"去哪里?"只是友人在路上相遇时说的一句客套话,体现了人与人之间的一种亲切感,并非真是想了解对方到哪儿去或做什么事去,人们可以随便给个回答。可是对西方人来说,"吃了吗?"的问候语是有请客的意思,当问完这句话后,如果对方回答"还没有",就应该请客吃饭。而"上哪去?"这种打招呼的方式西方人会感到突然、尴尬,甚至不快。因为西方人会把这种问话理解成为一种"盘问",感到对方在询问他们的私生活。在西方,这种问候他们只说一声"Hello",或者简单地招呼一声"hi",或按时间来分,说声:"早上好!"、"下午好!"、"晚上好!"就可以了。西方人最常用的问候语大多有两类:第一,谈天气。如英国人见面说:"今天天气不错呵!"试想英国终年受西风带的影响,大西洋吹来暖湿气流,天气无常,就连天气预报也没准,因此人们最关心天气。第二,谈近况。但只局限于泛泛而谈,

不涉及隐私，可以说："最近好吗？"初次见面总要说："认识你很高兴！"之类的客套话。

[资料来源]新浪博客. 中西方礼仪差异 .http://blog.sina.com.cn/s/blog_621cf40f0100fizi.html.

三、握手礼仪

握手是世界上使用最为普遍的见面礼节。在日常生活里，握手虽然是司空见惯之事，但要正确行握手之礼，教师需要在握手的时机、握手的顺序、握手的方式、握手的禁忌四个方面注意礼仪规范。

(一) 注意握手的时机

通常，与人初次见面，熟人久别重逢，告辞或送行均以握手表示自己的善意。有时在一些特殊场合也习惯上以握手为礼，比如以下场合：向人表示理解、支持、肯定、鼓励、祝贺、感谢、慰问时；双方交谈中出现了令人满意的共同点时；或双方原先的矛盾出现了某种良好的转机或彻底和解时。

(二) 遵循握手的顺序

握手的顺序讲究"尊者居前"，即由地位较高者先行伸手。长辈、上司、女士主动伸出手，晚辈、下属、男士再相迎握手。当客人抵达时，主人率先伸手，以示欢迎；客人告辞时，由客人率先伸手，以示请主人留步。如果需要和多人握手，可由尊而卑或由近而远依次进行。但无论什么人如果他忽略了握手礼的先后次序而已经伸了手，对方都应不迟疑地回握。

(三) 讲究握手的方式

1. 起身站立，手位正确。行握手礼时，双方均应起立，迎向对方，彼此之间最佳距离约 1 米，上身稍向前倾，两足立正，伸出右手，手掌垂直于地面，四指自然并拢，并微微指向下方，拇指微微张开与对方的手交握。这种平等而自然的握手姿态，是一种最普通也最稳妥的握手方式。

2. 用力适度，用时适中。握手时用力过轻被对方认为缺乏热情，用力过猛被对方误认为是挑衅、示威，要掌握好力度，以 2 公斤左右为好；时间太短，好似敷衍，时间过长，显得热情过度，3~5 秒钟为宜，特别是与异性握手，更要注意。

3. 神态友好,稍事寒暄。握手的时候,应面带微笑,眼睛要注视对方,神态专注、热情、友好而自然,配合语言的问候、交谈;若是东张西望,面无表情,一言不发,都会给人不专心、不友好的感觉。

(四) 避免握手的禁忌

教师在行握手礼时应努力做到合乎规范,避免下述失礼行为:

用左手相握;与多人交叉握手;戴着手套或墨镜握手;握手时另外一只手插在衣袋里或拿着东西;握手时面无表情、不置一词或长篇大论、点头哈腰、过分客套;握手时手不洁;握手后有意无意地擦拭手掌;对初次交往之人、尤其对方是女性握手用力过猛,时间过长,双手相握;仅仅握住对方的手指尖,好像有意与对方保持距离;握手时把对方的手拉过来、推过去,或者上下左右抖个没完;拒绝和别人握手。

案例分享

金老师和同事张老师一起参加新春音乐会。在会场上,金老师意外地遇上他多年未见面的一个老同学,他非常高兴,就大声地叫道:“哎呀!这不是李梅吗?”并一把将老同学的手拽过来,用力地握住她的手,直到他的同学大声说:“哎哟!”他才不好意思地松开手。金老师向李梅介绍说:“这是我的同事张老师。”李梅热情地伸手与张老师握手,说道:“认识您很高兴!”张老师什么也没说,只是冷冷地把手伸了过去,摊着掌一动不动地停在对方手里,毫无反应。

思考:这两位老师哪些表现是失礼的?

四、介绍礼仪

介绍是社交场合彼此不熟悉的人们互相了解的基本方式,是开始交往的起点,如果熟知介绍礼仪,介绍得体,有利于社交活动进一步拓展。在社交场合中使用较多的介绍方式有两种:介绍他人和介绍自我。

(一) 介绍他人礼仪

介绍他人,又叫第三方介绍,通常是介绍者作为第三方,为彼此不相识的双方进行介绍,或把某一个人引见给其他人。教师为他人作介绍,要特别注意介绍的顺序礼仪。

为他人作介绍时必须遵守“尊者优先了解情况”规则。先要确定双方地位的尊卑,然后先介绍位卑者,后介绍位尊者。具体做法是:先将年轻者介绍给年长者;先将职务低者介绍给职务高者;先将男士介

绍给女士；先将家人介绍给同事、朋友；先将主人介绍给来宾；先将未婚者介绍给已婚者；把后来者介绍给先到者。

特别提醒：公务活动中，谁是“尊者”的第一判断首先基于职务，而非年龄及性别等因素。

知识链接

介绍不可疏忽的细节礼仪

一、介绍者注意事项

一是介绍之前，应先了解双方是否有相识的意愿，不要贸然行事；二是介绍内容得体，掌握分寸，实事求是，不可涉及私人生活；三是介绍的程度一般应是双向对称，不要一方很详细，一方很简略；四是介绍的内容真实、准确，实事求是；五是态度热情友好，面带微笑，表情大方、自然，手势动作文雅，使用右手，掌心朝左上，四指并拢，拇指张开，胳膊略向外伸，指向被介绍的一方，并向另一方点头微笑，上体前倾15度，不可用手指指点点。

二、被介绍者注意事项

一是被询问是否有意认识某人时，一般要欣然应允；二是被介绍给他人时应起立(贵宾、女士、年迈者、残疾者例外)，应表现出很愿意结识对方，主动热情，面对对方，面带微笑，点头致意，待介绍人介绍完毕后，被介绍双方应握手致意，彼此使用“您好”、“很高兴认识您”、“久仰大名”、“幸会”等问候对方。

［资料来源］胡成富．社交礼仪．北京：中国财政经济出版社，2009:44-45.

思考：假如你要去拜访一位陌生的学生家长，如何自我介绍？

(二) 介绍自我礼仪

在社交活动中，教师如欲结识某些人或某个人，而又无人引见，就有必要进行自我介绍，即可向对方自报家门，自己将自己介绍给对方。教师在进行自我介绍时要注意以下礼仪规范。

1. 掌握时机，灵活运用

一般下面三种情形，都需要作自我介绍：本人希望了解、结识他人；他人希望了解、结识本人；本人想要他人了解或结识自己。要想自我介绍收到预期的效果，有必要选择适当的时间点进行，如对方空闲、情绪较好时，有兴趣、有要求时，等等。

2. 内容有别，繁简得当

自我介绍的内容，应顾及交际的实际需要、所处的场景，具有鲜明的针对性。面对不愿与之深交者，往往只介绍自己姓名即可；在工作场合的介绍内容要规范，其要素缺一不可，包括本人姓名、供职单位及其部门、职务或从事的具体工作等；在社交活动中，希望与交往对象进一步交流与沟通，本人的姓名、工作、籍贯、学历、兴趣及与交往对象的某些熟人的关系都在介绍之列。一些正规而隆重的场合，除介绍本人姓名、单位、职务等，同时还应加入一些适当的谦辞、敬辞。

3. 注意分寸，讲究艺术

要做到以下几点：

(1) 简明扼要，控制时间。自我介绍时简洁，以半分钟左右为佳。为了节省时间，可利用名片、介绍信加以辅助。

(2) 讲究态度。进行自我介绍，态度一定要自然、友善、亲切、随和；落落大方，彬彬有礼；语速要正常，语音要清晰。

(3) 真实诚恳。进行自我介绍要实事求是，真实可信，不必过度谦虚，再三贬低、否定自己，也不可自吹自擂、夸大其辞。

案例分享

一天王老师家来了两位女客人，她们互相不认识，王老师需要介绍两位客人认识，她们的社会地位不相上下，不能用"先低后高"的方式；她们对王老师来说，都同样重要，不能用"先次后要"的方式；她们的年龄虽然有差距，但也不宜用"先少后老"的方式，可王老师随即想出一个办法，皆大欢喜。

［资料来源］郭娅玲．中小学教师礼仪．长沙：湖南师范大学出版社，2001：143.

思考：王老师想的办法是什么？你遇到这样的问题将怎么办？

五、名片使用礼仪

名片是人们社交中的重要工具，它既是一种有效而简单的"自我介绍信"，又是与他人维持联系的"联谊卡"，教师在人际交往中，不论自己是否拥有名片，都应重视名片的使用礼仪。一般使用名片的礼仪涉及递送、接受、交换三个环节。

（一）递送名片礼仪

1. 做好递送前的准备。将名片放在易取之处，如名片包、名片夹、公文包中，以便随时使用。

2. 掌握递送的时机。递送名片大多在见面之初，互相介绍之后递上名片。

3. 考虑递送顺序。递送名片要讲究尊卑有序，当与多人交换名片时，应依照职位高低的顺序，或是由近及远依次进行，切勿跳跃式进行，以免对方产生厚此薄彼的误会。

4. 态度诚恳，毕恭毕敬。向对方递名片时，应面带微笑，注视对方，将名片正面对着对方，用双手的拇指和食指分别持握名片上端的两角送给对方。如果是坐着的，应当起立或欠身递送，递送时说一些："我叫×××，这是我的名片，请笑纳"、"您好，我是××，请多指教"之类的客套话。

（二）接受名片礼仪

1. 乐意接受，点头致谢

接受他人递过来的名片时，应尽快起身，面带微笑，用双手拇指和食指接住名片下方的两角，并说："谢谢"、"能得到您的名片，深感荣幸"等。

2. 专心诵读，加深印象

接过后，不要立即收起来，一定要认真读一遍名片上的文字，以示敬重。

3. 妥为存放，礼貌回赠

认真阅读他人名片后，不能随便乱放。应放在专用的名片包、名片夹里，或上衣口袋内。同时把自己的名片及时地回赠对方。如果自己没有名片或没带名片，应当首先向对方表示歉意，再如实说明理由。

交换名片的顺序，一般是"先客后主、先低后高"。即地位低者、晚辈、客人先向地位高者、年长者、主人递送名片。

第二节 拜访礼仪

无论是公务交往还是私人交往，拜访都是社交活动中一种重要形式，也是社交的一种重要手段。教师常常要拜访他人，或接待他人拜访，主宾双方都应该遵循一定的礼仪规范，从总体上讲，教师充当客人拜访他人时，要客随主便；教师充当主人接待他人时，要主随客便，具

体而言要注意以下礼仪：

一、拜访礼仪

拜访礼仪，这里是指上门拜访他人为客一方的做客礼仪，其核心之处是客随主便，尊敬主人。教师拜访他人的礼仪规范，具体要求如下：

（一）事先预约

拜访他人，要事先预约，不宜当不速之客，做客礼仪中最重要的一条便是事先预约，包括约定时间、约定人数、约定地点。

1. 约定时间

约定拜访时间，即双方协商议定到访的具体时间及逗留时间长短。优先考虑主人提出的具体时间，一般情况，公务性拜访应该选择对方上班时间；私人拜访，以不影响对方休息为原则，尽量避免在吃饭、午休或者晚间的10点钟以后登门。

2. 约定人数

在约定拜访时，宾主双方均应向对方通报前往的人数及各自身份，并征得对方的同意，避免出现对方不欢迎的人物。

3. 约定地点

地点的选择，通常公务性拜访在上班时间选择在办公室或公共场所；私人拜访可以在家中，也可以是公共娱乐场所，比如茶楼，咖啡厅等。

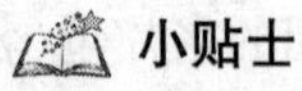
小贴士

公务拜访时间选择

公务性拜访不宜选择在星期一、星期五、刚上班、快下班、异常繁忙、正在开重要会议等时候进行。

（二）如期而至

约定了拜访的具体时间，拜访者应如期而至，既不早到，让对方措手不及（提前3~5分钟赴会是最佳时间）；也不要迟到，让对方等待。因故不能赴约，必须尽快通知对方，诚恳道歉，并解释原因；遇到特殊情况不能及时到达，要告诉对方自己预计到达的时间，并对自己的迟到表示歉意。

（三）登门有礼

1. 注意形象

拜访前对自己的仪表要作适当的修饰，特别是着装要进行认真的选择，正式的公务拜访，穿着要整齐大方、干净整洁，身着高雅庄重的职业装。

2. 先行通报

无论是到办公室还是寓所拜访，倘若无人迎候，应该先敲门或按门铃，待到有回音或有人开门相让，才可以进门，不要冒失地随意进入。敲门宜用食指轻叩两三下即可；按门铃的话，让铃响两三声。如无应声，过一会可再重做一次。

思考：假如你要拜访一位家长，怎么做才合乎拜访礼仪规范？

3. 施礼问候

与主人见面时，要主动向对方问好，与对方握手，有其他人员在场也要主动问好，初次见面应主动自我介绍。前往私人居所，携带的小礼物，可在进门之初向主人奉上。

4. 举止文雅

入室前，有鞋垫要先在鞋垫上擦净鞋底，不要把脏物带进室内。应邀进入室内，要主动脱下外套、摘下帽子、墨镜、手套，放于适当之处。就座谦让，在指定位置与主人一起落座。当主人上茶时，应欠身双手相接，并致谢。喝茶应慢慢品饮，不要一饮而尽。不要随便抽烟并把烟灰、纸屑等污物随意扔在地上或茶几上。未经允许，不要随意参观，不要随便动他人物品。冒失邋遢的客人都是不受欢迎的。

5. 言谈得体

拜访者的语言要适度，表达准确，不夸大其辞，也不要过于谦卑。特别是要使用敬语、谦语、雅语。略作寒暄后，谈话要直奔主题，不要跑题。尊重主人的个人隐私，不随意打听在座各位的私人关系。

（四）适时告退

拜访时间不宜过长，一般性拜访应以一小时为限，初次拜访不宜超过半小时。通常，即便主人挽留，也应果断离去，告辞时，要向主人表示“打扰”之歉意。出门后，回身主动伸手与主人握别，说：“请留步”。待主人留步后，走几步，再回首挥手致意：“再见”。从对方的公司或家中出来后，切忌在回程的电梯或走廊里窃窃私语，以免被人误会。

案例分享

思考：请你分析同学们的表现有无不符合礼仪的地方。若有，请指出，并指出正确的做法该怎样？

根据事前约定，某高校的师范专业同学20人，跟随陈老师到某中学实习。同学们到实习学校的办公室里等待校长与教务主任的见面会谈。这时有位工作人员给同学们倒茶水，同学们表情木然地看着她忙，带队的陈老师走向前说："谢谢了，我们自己来。"工作人员面带微笑对陈老师说："老师您请坐，这是我的工作。"

门开了，中学校长和教务主任进来和大家打招呼，同学们依然坐着没有反应，陈老师忙站起来与校长问好，同学们这才稀稀拉拉地跟着站起来。见面礼节完后进入主题，教务主任向同学们介绍学校的概况及实习班级的状况，陈老师在认真地记录，校长见同学们没记，就吩咐工作人员去拿一些笔记本分给同学，这时同学们才不好意思地说："谢谢校长！"带队的陈老师看着同学们的表现，一脸无奈。

二、接待礼仪

接待礼仪，是拜访期间作为主人方应遵守的待客之道。其核心之处是主随客便，以礼待客。具体要求有三个方面：

（一）细心准备

与来访者约定后，主人就要开始做必要的准备工作，主要有两方面工作：一是搞好卫生，美化环境，同时注意修饰个人形象，体现对来客的重视；二是备好待客用品，如饮料、水果、香烟，报刊、图书等。

（二）迎送有礼

1. 迎接。重要和初次来访的客人，主人必要时亲自或派人去迎候。对远道来访的客人，要去车站、机场等处迎接，应提前到达，恭候客人的到来，决不能迟到，让客人久等。迎送本地客人，宜在大门口、楼下、办公室或居所的门外，以及双方事先约定的地点。对于常来常往的客人，一旦得知对方抵达，应立即起身相迎于室外。

2. 问候。与客人见面之初，要面带微笑，向对方亲切问好，热情握手，表示真诚欢迎，自己一方有其他人员在场，主人要主动介绍。

3. 让座。客人到了之后，主人要尽快将其让至室内，并安排客人在显眼的位置就座，就是通常所说的"上座"，为了表示对客人的敬意，

主人应请客人先行入座。

4. 有序。是指在与客人握手、问候、让座以及奉茶时，要按照惯例“依次而行”。接待多方、多位来宾时，在态度和行动上一视同仁。

5. 送别。客人告辞时，主人应婉言相留，客人确实再无留意时再送。对远道来访的客人，可送到车站、机场等处；迎送本地客人，则送到大门口、楼下、办公室或居所的门外。与客人告别时，要与之握手，并道“再见”，目送客人离去。等对方离开之后，主人方可离去。

（三）热情相待

1. 真诚相待。接待客人时，一定要做到时时、处处以客人为中心，尽心尽力对其照顾有加，切莫有意无意地冷落客人。面对客人的时候，或面无表情，爱理不理；或精神萎靡、大打哈欠，或自顾看书看报、听广播看电视；或忙于处理其他事情，或左顾右盼、频频看表，凡此种种，都表现出对客人的轻视与无礼。

2. 热情交谈。在待客之际，主人应热情饱满，对宾主双方的所言、所行表现出极大的兴趣。在与客人交谈时，主人既是“主持人”又是听众，要认真倾听客人的讲述，不能使宾主之间的交谈冷场，以致尴尬。

3. 主次分明。一是指待客时，来宾作为主人的活动中心，主人的私人事务均从属于来宾接待这一中心；二是指主人应将正在接待的客人视为自己最重要的客人，如果有客人同时到场，可以合并一起接待，或是先请他人代为接待后来之客，安排好或接待完其他客人再来接待。对于后到的客人既要妥善接待，又不能冷落当前正在接待的客人。

案例分享

学校宣传部干事小李和王教授约好下午三点半到他家采访。下午两点三十分，小李就敲响了王教授家的门。当时，王教授正在和来拜访的学生讨论论文。不一会儿，王教授亲自来开门，一看是学校宣传部干事小李提前来了，虽然心里很不高兴，但还是很客气地把小李请进客厅，并为小李和学生做了简单的相互介绍。学生看到老师有客人来访，在与客人打过简单招呼后，即向老师提出告辞离开了。

［资料来源］梁新，韦振墨等．礼仪规范教程．北京：航空工业出版社，2009：56.

思考：案例中谁违反了礼仪？谁的做法比较恰当？为什么？

第三节 馈赠礼仪

教师在日常活动中,礼尚往来,相互馈赠或接受礼物,是常常遇到的。通常馈赠礼仪包括礼品赠送和礼品接受两方面。

一、赠送礼仪

馈赠作为一种非语言的重要交际方式,以物表情,礼载于物,起到寄情言意的"无声胜有声"的作用。得体的馈赠,恰似无声的使者,给交际活动锦上添花,给人们之间的感情和友谊注入新的活力。要使馈赠在交际中真正发挥重要作用,就要从以下六个方面考虑周到,符合礼数。

(一)赠送的对象是谁

由于民族、生活习惯、生活经历、宗教信仰以及性格、爱好、兴趣的不同,不同的人对同一礼品的态度是不同的,或喜爱或忌讳或厌恶等,这就需要事先对受礼方的性别、年龄、婚否、职业、教养、国籍、民族、宗教信仰以及性格、爱好、兴趣等有所了解,这样才能投其所好、避其禁忌。另外还要考虑受礼者与自己的关系,如恋人与一般异性朋友,所送礼物是有区别的。

(二)赠送的目的是什么

馈赠礼品有各种各样的目的,或表示尊敬友好,或为结交友谊,或为祝颂庆贺,或为酬宾谢客,或为其他。只有明确了送礼的目的,才能有的放矢。如酬谢馈赠是为了答谢他人的帮助,因此在礼品的选择上可侧重考虑其物质价值。

阅读美国作家欧·亨利小说《麦琪的礼物》,讨论:这个故事对我们有什么启发?

(三)选择什么作礼品

选择什么样的物品作为礼品,首先要认真考虑赠送对象的情况,因人而异,避开禁忌,投其所好;其次顾及赠送的目的,即具有针对性,注重真情;最后兼顾礼品的纪念性、独创性、时尚性、实用性。富有意义、耐人寻味、品质不凡却不显山露水的礼品是最极致的礼物。

小贴士

针对不同受礼对象选择礼品的原则

1. 对家贫者,以实惠为佳。
2. 对富裕者,以精巧为佳。

3. 对恋人、爱人、情人,以纪念性为佳。
4. 对朋友,以趣味性为佳。
5. 对老人,以实用为佳。
6. 对孩子,以启智新颖为佳。
7. 对外宾,以特色为佳。

(四)在什么时间赠送

掌握不好送礼的时机,会让人莫名其妙,所以,一定要有一个合适的时机。中国人很讲究"雨中送伞"、"雪中送炭",要注意把握好馈赠的时机,包括时间的选择和机会的择定。对于教师而言下列情形都可以赠送礼品:交往对象有可喜可贺之事时,如结婚、开业、生日等;重要的节庆之日,如春节、中秋节等;初次登门拜访;亲朋好友分别远行之时;酬谢他人;慰问探访他人。

案例分享

国际著名影星奥黛丽·赫本十分爱狗。多年来一直豢养着一只叫杰西的长耳罗塞尔种的小猎犬。白天,杰西那无忧无虑和温柔的品性,令赫本感到平和亲情,夜晚杰西暖融融地依偎在赫本的脚旁,伴她入睡。然而,有一天,杰西误吃了毒药,很快就死了,赫本爱犬心切,竟无法控制自已,一连数日,终因悲伤过度而一病不起。这时,她的朋友克里斯多夫·格里文森托人给她送来了一只长耳罗塞尔狗,它叫彭妮,小巧玲珑,毛色白亮,十分可爱。彭妮给了赫本无限的慰藉,赫本说:"彭妮不仅使我恢复了健康,也赐给我无限的幸福,它真是来自天堂的宝贝。"

[资料来源]中国礼仪网.馈赠的原则.http://www.welcome.org.cn/zengsongliyi/2008-3-23/kuizengdeyuanze.html.

思考:这个案例对你有什么启发?

(五)在什么场合赠送

赠礼场合的选择,是十分重要的。要根据馈赠的对象、目的、礼品情况,灵活选择,或在公开场合或在私人场合。通常情况下,当众只给一群人中的某一个人赠礼是不合适的;给关系密切的人送礼也不宜在公开场合进行,只有礼轻情重的特殊礼物,如锦旗、牌匾、花篮等,才适

宜在大庭广众面前赠送,因为这时公众已成为真挚友情的见证人。

(六) 怎样赠送礼品

向他人送礼,要重视方式、方法。要精心包装,处理好相关单据,除去价格牌;最好亲自送达(也可请人代送,邮寄);态度恭敬,双手奉上,认真说明,如送礼原因、礼品寓意、礼品功能等。

知识链接

送礼忌讳之物

思考:你能举例说说,在数字和颜色、物品的寓意方面都有哪些禁忌?

1. 违法、违规之物。指与国家法律、法规相抵触的物品。如涉毒、涉黄、盗版等物品。

2. 低俗、有害之物。指对他人工作、学习、生活、身体健康有害的物品,如香烟、低俗书刊等物品。

3. 犯忌之物。指与某些重要规矩相抵触的物品。由于民族、宗教信仰、风俗习惯的差异,赠送礼物有许多禁忌,如触犯宗教、民族、地方、行业、个人等禁忌的物品不能赠送。一般要注意物品的寓意、颜色、数字方面的禁忌。如白色虽有纯洁无瑕之意,但中国人比较忌讳,因为在中国,白色常是大悲之色和贫穷之色。不能给老人送钟,因送钟与送终谐音,是不吉利的。

4. 废旧、残次之物。赠送他人的礼品,虽讲"礼轻情意重",但也不能将残次性的物品送人,如将自己使用过的、过期失效的、淘汰废弃的、次品等物品送人,就是对受礼者的不尊重,教师在赠礼时一定要注意。

[资料来源] 金正昆.教师礼仪规范.北京:中国人民大学出版社,2010:230.

二、接受礼品礼仪

(一) 欣然接受

一般情况下,对他人诚心相赠的礼品,要大方地欣然接受,不应当拒绝受礼。接受礼品时,要面带微笑,双手捧接,小心收放。如果觉得送礼者别有所图,应向他明示自己拒收的理由,态度可坚决而方式要委婉。

(二) 诚心致谢

接受礼物时,不管礼品是否符合自己的心意,都应表示对礼物的

重视，向对方表示道谢。对贺礼以及精美礼物，应当面打开欣赏，并赞美一番。

（三）礼尚往来

"来而不往，非礼也"，接受了他人的馈赠，应予以回礼。但要注意还礼的时间和还礼的方式，时间上，不宜当场回赠，否则会显得俗气，也令送礼者难堪，但也不要拖延过久，在方式上可选择适当的时机和适当的场合，可选择以礼物回赠、也可选择宴请或其他方式，向对方表示感谢。

知识链接

泾渭分明的送礼礼仪

送礼，是人际交往的一种重要形式，中外人士都讲究送礼。然而，中国人和西方人在礼品选择及馈赠礼仪上却各有千秋。

在我国，虽然大家都会说："千里送鹅毛，礼轻情意重。"但在现实生活中，不少人在选购礼品时，为了面子或迫不得已，挑价格高的买，不惜破费甚至举债。而多数送礼者对礼品的包装却不太在意。

西方人送礼讲究礼品的文化格调与艺术品位。如送同事一本装帧精美的好书，或献给女主人一束美丽的鲜花，或带给朋友一瓶名酒、一件别致的工艺品等。在一般情况下，他们不送过于贵重的礼品，当然也不送廉价的东西。但却普遍重视礼品的包装，即便是很普通的礼品，他们也会用彩纸包装，用丝带包扎，力求包装尽善尽美，借此展示其深情厚谊。

在接受礼品时，中国人和西方人的习惯做法更是泾渭分明。我们中国人收礼时，通常会客气地推辞一番。接受礼品时，一般不当面拆看礼物，以免对方因礼轻而难堪，同时亦显示自己不贪财，等客人走后再欣赏也不迟。

西方人受礼时一般不推辞，而是先对送礼者表示谢意，接过礼品后总是当面拆看礼物，并对礼物赞赏一番。他们认为，赞扬礼物宛如赞扬送礼者。

第四节 宴请礼仪

宴请不仅已成为最常见的交际活动之一，而且宴请本身作为一种

礼仪形式,只是一种手段,其背后真正的目的是交际,对宴请活动的组织者和赴宴者而言,宴请都是礼节性的社交活动,因此,从宴请活动的组织到参加宴会活动的行为举止都应考虑周到,合乎礼仪。在日常交往中,教师经常会以宴请的形式招待客人,也常常应邀赴宴,有必要熟悉并遵循宴请礼仪。

一、宴请组织礼仪

宴请对宾客而言是一种礼遇,必须认真筹划和精心准备,按有关宴请的礼仪规范组织。成功的宴请需要成功地组织,一般来说,宴请的组织工作主要包括:

(一) 确定宴请的对象、范围

宴请的对象、范围要合适。组织者应根据宴请的目的、性质、主宾身份、国际惯例等多重因素,确定好拟请哪些人、多少人、己方由什么人出席作陪。一般以“少”、“适”为原则,在人数上以偶数为佳,避免邀请平日对立者同时赴宴。

(二) 确定宴请的形式、规格、规模

宴请的形式、规格、规模,应根据宴请的性质、目的、主宾身份等因素决定,同时兼顾经费开支。如采用正式宴会还是非正式宴请,是用中餐宴请还是西餐宴请,或其他形式,要根据宴请缘由、被邀请主宾的职务身份、宴请对象的风俗习惯确定。

(三) 确定宴请的时间、地点

宴请的时间,应选择主宾双方都合适的时间。除了特定庆典纪念日、客人来访等,宴请时间最好事先与主宾商定。一般不要选择重大节日、假日、对方有重要活动和禁忌的日子。地点选择,要考虑宴请规格、费用、餐饮特色、环境情调、交通及服务水准等因素。一般应选择在卫生、便捷、优雅的宾馆、饭店、风味餐馆等地设宴。

(四) 分发请柬邀请

发出邀请应及时、规范。凡正式宴请须发请柬,这既是礼貌,也是对客人的提醒备忘。请柬要至少提前一周送达,以便被邀请者及早安排。为周到起见,在宴请活动前,可电话确认一次,对被邀请者是否收到请柬和能否出席宴会予以确定。一般不可当天临时邀请。

(五) 拟定宴请菜单

宴请的酒菜应根据宴请的性质、目的、形式、规格和经费预算等因素确定,同时兼顾主宾的口味、禁忌、年龄、健康等因素。具体安排菜

单时，既要兼顾上述因素，又要体现特色与文化。一般宴席的菜肴包括冷菜、热炒菜、大件菜、点心、水果。中餐上菜习惯依次是冷盘、热炒、主菜、点心和汤、水果拼盘等。

小贴士

西方人用餐有六不吃

1. 不吃动物内脏。
2. 不吃动物的头和脚。
3. 不吃宠物，尤其是猫和狗。
4. 不能吃珍稀动物。
5. 不吃淡水鱼，淡水鱼有土腥味。
6. 不吃无鳞无鳍的鱼、蛇、鳝等。

（六）席位安排

席位的排列是宴请礼仪中一项十分重要内容，它关系到来宾的身份和主人给予的礼遇，因此要注意恰当安排赴宴人员的座次。总的原则是既要按礼宾次序，又要有一定灵活性，考虑客人间的关系、语言沟通、专业和志趣，使座位安排有利于宾主间的交谈，增进友谊。

小贴士

宴席桌次和座次

在中国，宴席桌次高低次序一般为：中心为上、远门为上、近主为上、以右为上。

宴席席位次序与桌次大体相似：以主人为中心，近主为上、以右为上，面门为上。

（七）宴请程序及现场工作

1. 迎客礼仪

宴请开始前，主人应提前到场，在门口迎接来宾，也可以有少数其他主要人员陪同主人列队迎宾。客人抵达后，与之握手问好，随即由工作人员将客人引领至休息厅小憩，休息厅内由相应身份的人员陪同宾客，并以茶水待客。主宾抵达后，主人陪同进入宴会厅，全体宾客入座，

宴会开始。

2. 宴会开始礼仪

贵宾入座后，若有正式讲话，多安排在热菜之后，甜食之前，由主人先讲，主宾后讲，也可一入席双方即致辞并祝酒。

3. 席间主持礼仪

宴会开始前，主人要给不相识的客人作介绍，不要让任何一个客人受到冷落。上菜前，主人要先向客人敬酒，致简短的欢迎辞，渲染气氛。每上一道菜，主人应酌情介绍这道菜的特色并热情地请客人品尝，如要分菜应注意用公筷先分给长者或主宾，但切勿将菜硬分到客人碗里。积极利用敬酒机会消除冷落、沉默的气氛。席间要根据气氛随时调整谈话内容，使所有的宾客都加入到谈话中，既吃得好，又谈得融洽。

4. 宴会结束礼仪

吃完水果，主人与主宾起立互相致谢，宴会即告结束。客人告辞，主人送至门口，热情握手话别。较正式的场合，原迎宾人员按顺序排列，与客人握手告别。

知识链接

截然不同的宴请语

宴请是一种联络感情、增进友谊的方式，东西方人都乐于此道。但是，同样是请客，中国主人和西方东道主致辞风格却截然不同。

中国人请客动筷子时，往往客气地说：“没什么菜，请随便用。”一些西方客人听了此话好生奇怪，明明是满满一桌子菜，主人怎么说没什么菜呢？西方客人之所以疑惑不解，皆因不熟悉中国人的生活习性。中国人一向认为“满招损，谦受益”。因此，视谦虚为美德的中国人说话时十分谨慎，甚至过分谦虚。相比之下，西方人待客时不做很多菜，但却振振有词：“这是我的拿手好菜。”但这恰恰体现出西方人的热情与直爽。中国人请客时，桌子上的食物若被客人一扫而光，主人就觉得很没面子。因为，这表明饭菜不够丰盛。而西方女主人见此情景，定会感到欢欣鼓舞。她若瞧见盘子里还剩不少菜，反而会垂头丧气，因为剩菜说明其烹调水平有待提高。

二、赴宴礼仪

教师无论是作为组织的代表，还是以私人身份赴宴，无论是去吃中餐，还是去吃西餐，都应注重礼仪规范，这不仅有利于塑造良好的自我形象，而且更体现了对主人的尊重。一般要注意以下几方面：

（一）尽早答复

接到宴会邀请后，不论能否出席，都应尽早给主人以明确的答复，以便对方妥善安排。一旦确定，不宜随便改动，万一临时因故无法出席，应尽早向主人告知，深表歉意并作必要的解释。

（二）适时抵达

按时到达是礼貌的最基本要求，迟到、早退、逗留时间过短都是失礼的表现。具体而言，主宾可正点或稍晚一点到达，但晚到至多不超过5分钟；其他客人可略早一两分钟或正点到达。到达宴请地点后，应主动向主人问好致意，而后随主人或迎宾人员引领步入休息厅或宴会厅。

（三）依次就座

不论是中式宴请还是西式宴请，桌次和座次的排列摆放都非常讲究。教师出席宴请活动，入席时一定要按序入座，不可随意乱坐，入座时要从椅子的左侧进入，如果男士的邻座是年长者或女士，应主动为其拉开椅子，协助他们先坐下。

（四）文明用餐

就座后，要注意餐桌举止，做到温文尔雅。坐姿要端正，不可用手托腮或双肘放在桌上。不要随意翻动菜单，摆弄餐巾和餐具，以免给人急不可待的印象；不要整理服饰或者随意脱下上衣，摘掉领带，卷起衣袖，给人一种要大吃一顿的感觉。频频起立、离席，或频挪座椅；头枕椅背打哈欠，伸懒腰，揉眼睛，挠头发等动作都是不可取的。取菜时，要注意礼让，依次进行，不可争抢，取菜适量，更不能挑挑拣拣，夹起来又放回去。

（五）积极交际

大凡宴请，其主要目的是交际，所以在用餐前后、席间，应适当地进行交际活动，有所谈笑，以增强宾主之间亲切、热烈和欢乐的气氛。注意多谈些愉快、健康、轻松的话题。但不要一个人夸夸其谈，说话时比比划划，手势幅度过大或边说边用餐具指点人，嘴里正咀嚼食物时同人说笑；或者一言不发，静坐无声或是只顾“埋头苦干”，都是失礼的。

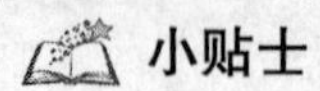

小贴士

餐桌用语

吃鱼时，不要说“翻过来”，这会被认为不吉利；用饭后不可说“我吃完了”而应该说“我吃饱了”。

（六）祝酒碰杯

祝酒一般由主人与主宾先开始，然后主人与其他客人一一碰杯。祝酒时，一般要起立举杯。在主人或主宾致辞祝酒时，作为客人应暂停进餐和交谈，注视致辞祝酒者并专心倾听。在主桌未祝酒时，其他桌不可先起立祝酒或串桌祝酒。相互敬酒能表示友好，活跃气氛，碰杯时应目视对方致意，酒杯杯口比对方酒杯杯口略低，以示敬意。人多时可同时举杯示意，不必一一相碰，交叉碰杯是必须避免的。但饮酒量应控制在本人日常酒量的70%以内，以免失言、失态，影响个人形象和宴会气氛。

（七）致谢辞行

宴会举行当中，要尽量避免中途离席，若确实需要早退，应向主人进行解释，表示歉意，而后悄悄离去，不要惊动太多客人，使宴会气氛受影响。一般要等到主人示意可以散席，方可退席，告辞时，应向主人致谢握别。

知识链接

参加宴请30戒

1. 用餐时响声大作
2. 剔牙时毫不掩饰
3. 随处乱吐食物残渣
4. 一次入口食物过多
5. 用餐时满脸开花
6. 咳嗽、打喷嚏、吐痰
7. 在用餐时吸烟
8. 在就餐过程中当众“宽衣解带”
9. 在餐桌上整理发型或补妆

10. 口含食物与人交谈
11. 替人夹菜
12. 对他人不断劝酒
13. 饮酒之时找人划拳
14. 直接下手去取应该用餐具取用的菜肴
15. 站起身来取菜
16. 对食物挑三拣四
17. 用餐时餐具铿锵作响
18. 用餐具指点他人
19. 乱用餐具
20. "品味"餐具
21. 同人抢菜
22. 端着碗、盘用餐
23. 拣食掉出来的食物
24. 一边行走一边吃喝
25. 乱吹、乱搅汤或饮料
26. 双手乱动、乱放
27. 在用餐期间不搭理任何人
28. 在别人致祝酒词时表现得迫不及待
29. 非议饭菜
30. 大谈特谈让人"浮想联翩"的事物

[资料来源] 金正昆. 教师礼仪规范. 北京:中国人民大学出版社,2010:193-198.

三、自助餐礼仪

自助餐礼仪,主要是指在以用餐者的身份参加自助餐时所需要具体遵循的礼仪规范。

(一) 依次取菜

用餐者吃自助餐时讲究先来后到,排队选用食物,不允许乱挤、乱抢、乱加食物,更不允许不排队。在取菜之前,先要准备好一只餐盘。轮到自己取菜时,应以公用的餐具将食物装入自己的餐盘之内,然后迅速离去。原则上按照冷菜、色拉、主食、甜点、水果的顺序取菜。

因此,在取菜时最好先在全场转上一圈,了解一下情况,然后再去取菜。选用牛排、猪排、鱼排等食物时,需遵循西餐的礼仪食用。

(二) 少取多次

适量地取自己爱吃的品种,一次取 2~3 样,多取几次无妨。盘子如果堆得太满,会给人贪吃的印象,更不要在用餐完毕后把食物携带回家。

(三) 送回餐具

在一般情况下,自助餐要求用餐者在用餐完毕后,自行将餐具送回指定位置。

(四) 礼让他人

在参加自助餐时,要对自己的举止表现严加约束,与他人和睦相处,以礼相待。在排队、取菜、寻位等行动期间,对其他用餐者要主动谦让。

(五) 积极交际

参加自助餐,要主动寻找机会进行交际活动。首先,应当找机会与主人攀谈;其次,与老朋友叙叙旧;最后,还应当争取多结识新朋友。

案例分享

王老师在参加国际学术会议期间,有机会出席主办单位举行的晚宴,形式是自助餐。王老师到达的时候,离宴会正式开始的时间还有半小时,餐厅里除了他一个客人外,其他人都没有来。当大家陆续来了的时候,他才发现他的便装是多么的不合时宜,在座的女士都穿着晚礼服,男士则是西装革履。他学着别人的样子拿刀叉把牛排切好,然后用叉把切好的肉一块一块地送进嘴里。在吃面包的时候,他是用手拿着面包吃。为了怕经常去取食物,他一下子装了一大盘的食物,当觉得自己已经吃饱的时候,盘子里还剩余一些食物。

[资料来源] 郭娅玲. 中小学教师礼仪. 长沙:湖南师范大学出版社,2001:160.

思考:王老师在这个过程中有哪些地方是失礼的?

第五节　晚会礼仪

晚会,是社交活动中为庆祝节日或重大意义的纪念日而举行的娱

乐性活动形式。教师往往需要参加或组织一些不同形式的晚会。晚会的形式多种多样,不同的晚会由于其本身的特殊性,其礼仪要求也有不同。这里着重介绍教师参加晚会时,必须遵守有关晚会的基本礼仪规范,具体而言需要考虑以下五个方面的问题。

一、着装礼仪

在着装方面,出席晚会时,要求着装典雅、时尚、大方。一般不允许着便装,或过于随意,在实际中,礼服、时装、中山装套装、西服套装、旗袍、连衣裙或西服套裙等都是不错的选择。

二、入场礼仪

必须提前进场,一般情况下,在晚会开始前一刻钟左右,应进入晚会场所。一方面是便于自己寻找座位,熟悉环境。另一方面则是为了维护秩序,不影响其他观众,也是对演员的尊重。如迟到,应在中场休息时入场,尽量不要打扰他人,遇到他人让路要道谢。

三、就座礼仪

凡要求凭票入场、对号入座的晚会,教师要自觉遵守,持票排队入场,凭票对号入座。此外,一些细节也要注意:不可踩踏或跨过座位;需从已经落座的观众前面通过,应当先说一声“对不起”,随后面向对方侧身而过,尽量不要与对方的身体接触,若碰了对方,须立即道歉;不可与人争抢座位,如果自己的座位上有他人就座,应当主动出示自己的门票,请对方让开;落座无声,坐姿优雅,切不可将座椅弄得“吱吱”直响,或是坐得东倒西歪,前仰后合,甚至将脚乱伸、乱踏;一旦落座,就不宜再进进出出,乱调、乱占其他座位,更不允许在走道上、舞台上或乐池里就座。

四、观看礼仪

(一)不影响他人

如果是参加文艺晚会,在观看演出时,有任何妨碍演员的表演,影响其他的观看行为,都是很失礼的。所以,教师在观看演出时,应尽量做到不走动、不吸烟、不打电话、不说话、不聊天,即使与亲密的人一起观看,也不要把头靠在一起,以免影响后排观众的观看。要表现得专心致志、全神贯注。

（二）尊重演员

当演员登台表演或演完退场时，应当热情、友善地向演员鼓掌，以示欢迎或感谢。若演员表演欠佳或在表演中出现失误，对此观众应予以谅解。不要动不动便对自己不喜欢的演员或节目鼓倒掌、吹口哨、哄赶人。演员演出结束，登台谢幕时，应当起立，鼓掌再次表示感谢，切不可熟视无睹，扬长而去。

小贴士

观看文艺演出最招人烦的五种行为

手机铃声不断、窃窃私语聊天、吃零食、迟到、演出时走来走去，这是观看文艺演出最招人烦的五种行为。

（三）照顾同伴

在演出过程中，对自己的同伴，尤其是长辈、女士、客人，需要主动地加以照顾。入场时，最好与自己的同伴一起行动。进场后若要存放衣帽，领取或购买节目单时，应当主动替同伴代劳。寻找座位时，若无领位员相助，应主动走在前边，为同伴带路，并请同伴在较好的座位就座。

（四）不随意拍照

未经主办方允许，不要随意拍照，乱用闪光灯，或是任意进行摄像。否则，轻则影响他人观看，严重的可能会侵犯演出方的权益。当然学校的文艺演出一般内容不涉及侵犯权益问题，但也不能影响他人观看。

五、退场礼仪

在观看演出期间，不允许观众提前退场。只有当演出结束后，观众方可依次退场，做到井然有序。切不可争道抢行，制造混乱。

本章小结

人要生存，就不能置身于社会交往之外。在进行社会交往时，要使社会交往顺利进行，取得预期的效果，就应遵守社交礼仪。社交礼仪涉及面广，本章节主要就会面中的称呼、问候、介绍、握手、名片使用礼

仪，拜访中做客和接待方面礼仪，馈赠礼品与接受礼品礼仪、宴请与出席宴请礼仪、晚会礼仪等方面对教师的社会交往礼仪进行了规范。

思考与练习

一、自我测评

1. 在与人交往过程中，注意使用尊称。
2. 在与人交往过程中，注意区分场合来称呼他人。
3. 在与人交往过程中，注意尊重异性。
4. 在与人交往过程中，掌握握手的时机。
5. 在与人交往过程中，掌握握手的禁忌。
6. 在与人交往过程中，掌握为他人介绍的顺序。
7. 收到名片后首先念对方的职务。
8. 我已经掌握馈赠礼品的礼仪。
9. 我已经掌握接受礼物的礼仪。
10. 我已经掌握拜访他人的礼仪。
11. 我已经掌握接待客人的礼仪。
12. 我已经掌握宴请的座次席位安排礼仪。
13. 我已经掌握参加宴请的30条戒律。

二、情境题

一天，某某学校来了几位西北客人，校长让办公室赵老师安排客人的食宿事宜。11点，赵老师提前去宾馆宴会厅，11点半，校长亲自陪同客人来到宾馆，赵老师在宾馆门口等候。此时楼上正在装修，宴会厅有很多人在吃饭，还不时传来包间的歌声。赵老师站在客人的外侧，伸出右手，掌心向上："这边请。"众人向宾馆宴会厅走去。客人中有一两个人悄悄相互说："真够乱的。"

入座时，赵老师帮客人抽出椅子。赵老师将客人安排在包间的门口，让客人坐在一起，校长等本学校教师坐在一边。

宴会开始，服务员小姐不断端上菜来，报菜名："扒猪脸、烧猪手、藕炖排骨……"赵老师问旁边的男士："钱先生，您怎么不动筷子？"钱先生不好意思，"我……"旁边的周总说："我忘了介绍，我们钱副总是回民。"校长说："真不好意思，我们考虑不周，赵老师让餐厅的经理给我们换几个菜。"赵老师："对不起，是我工作不细，我马上去点几个菜。"

不一会服务员小姐不断端上菜来,报菜名:“罐焖牛肉、羊肉萝卜盅……”赵老师非常热情地用自己的筷子给客人夹菜:“周总您尝尝这道牛肉,……钱先生您尝尝这道羊肉萝卜盅。”……

请你用学过的礼仪知识,分析上述情景中有无不符合礼仪的地方,若有,请指出,并指出正确的做法是怎样的?

参考文献

[1] 班华．让教学成为道德的事业．教育研究,2007(12).

[2] 班华．中学教育学．北京:人民教育出版社,1992(12).

[3] 曹孚．外国教育史．北京:人民教育出版社,1979.

[4] 常建坤．现代礼仪教程．天津:天津科学技术出版社,2005.

[5] 陈玉．礼仪规程教程．北京:高等教育出版社,2005.

[6] 宫黎明,龙文祥．从“表征”到“实质”——试论中小学学生学业评价机制的转变．现代中小学教育,2004(3).

[7] 郭娅玲．中小学教师礼仪．长沙:湖南师范大学出版社,2001.

[8] 胡成富．社交礼仪．北京:中国财政经济出版社,2009.

[9] 胡锐,边一民．现代礼仪教程．杭州:浙江大学出版社,2004.

[10] 黄向阳．德育原理．上海:华东师范大学出版社,2000.

[11] 贾群生．回归生活的中小学教育评价．杭州:浙江大学出版社,2004.

[12] 蒋波．中小学生品德评价的误区与对策．教学与管理,2002(7).

[13] 蒋建洲．发展性教师评价制度的理论与实践研究．长沙:湖南师范大学出版社,2000.

[14] 蒋璟萍．礼仪的伦理学视角．北京:中国社会科学出版社,2007.

[15] 教育部师范教育司．中小学教师职业道德规范学习手册．北京:高等教育出版社,2008.

[16] 金正昆．教师礼仪规范．北京:中国人民大学出版社,2010.

[17] 金正昆．社交礼仪教程.3版．北京:中国人民大学出版社,2009.

[18] 金正昆．政务礼仪教程.3版．北京:中国人民大学出版社,2009.

[19] 李定仁．教学思想发展史略．兰州:甘肃教育出版社,2004.

[20] 李嘉珊．实用礼仪教程.2版．北京:中国人民大学出版社,2006.

[21] 李晶,刘根义,隋桂英,翟敏,宋煜炜．中小学教师人际关系与心理健康的相关性研究．济宁医学院学报,2003(3).

[22] 李莉．实用礼仪教程.2版,北京:中国人民大学出版社,2006.

[23] 李荣建,宋和平．现代礼仪教程．北京:首都经济贸易大学出版社,2008.

[24] 李树培．教学道德性的偏失与回归．教育发展研究,2009(10).

[25] 李树青、薛德合．礼仪与教师职业道德的价值实现．道德与文明,2002(1).

[26] 李小融,唐安奎．多元化学校教育评价．杭州:浙江教育出版社,2009.

[27] 李兴国 . 教师礼仪 . 上海:华东师范大学出版社,2006.
[28] 李镇西 . 教有所思 . 上海:华东师范大学出版社,2003.
[29] 梁新,韦振墨 . 礼仪规范教程 . 北京:航空工业出版社,2009.
[30] 林斯坦 . 教育评价的一个重要形式与内容——论教师的自我评价 . 教育理论与实践,1987(3).
[31] 刘次林 . 幸福教育论 . 南京:南京师范大学出版社,1999.
[32] 刘金同,陈永顺 . 实用社交礼貌礼仪教程 . 北京:北京大学出版社,2007.
[33] 刘万海 . 关于教学道德性的原点审思 . 全球教育展望,2007(1).
[34] 刘维俭,王传金 . 现代教师礼仪教程 . 南京:南京师范大学出版社,2006.
[35] 刘志军 . 对国外教育评价模式的价值取向评析 . 教育理论与实践,1993(4).
[36] 陆纯梅,范莉莎 . 现代礼仪实训教程 . 北京:清华大学出版社,2008.
[37] 马捷莎 . 论人的自我价值 . 北京师范大学学报(社会科学版),1993(1).
[38] 马振海 . 教师礼仪 . 开封:河南大学出版社,2001.
[39] 苗元江,龚继峰 . 超越主观幸福感 . 内蒙古师范大学学报(哲学社会科学版),2007(5).
[40] 诺丁斯 . 学会关心——教育的另一种模式 . 北京:教育科学出版社,2003.
[41] 彭林 . 中国传统礼仪读本 . 杭州:浙江文学出版社,2008.
[42] 钱焕琦 . 教师职业道德 . 上海:华东师范大学出版社,2008.
[43] 孙菊如,王燕,高红娟 . 新时期教师职业道德与专业化发展 .2006.
[44] 谭洛明,徐红 . 礼仪与形象塑造 . 广州:中山大学出版社,2008.
[45] 王辅成,史文校 . 教师职业道德修养 . 北京:北京理工大学出版社,2008.
[46] 王毓,王旬 . 教育爱的涵义 . 中国教育学刊,2001(4).
[47] 韦克俭 . 现代礼仪教程 . 北京:清华大学出版社,2006.
[48] 翁海峰 . 职业礼仪规范 . 北京:机械工业出版社,2009.
[49] 吴清晰 . 新课程实施中的中小学教师自我评价 . 教育探索,2006(6).
[50] 徐爱琴 . 实用礼仪学 . 杭州:浙江大学出版社,2005.
[51] 杨超,沈玲 . 中小学教师职业道德规范(2008 年修订)培训读本 . 北京:中国轻工业出版社,2009.
[52] 杨清 . 教师同行评价的文化分析 . 江西教育科研,2007(4).
[53] 于淑云,黄友安 . 教师职业道德、心理健康和专业发展 . 北京:首都师范大学出版社,2007.
[54] 张岩松 . 新型现代交际礼仪实用教程 . 北京:清华大学出版社,2008.
[55] 张焕庭 . 西方资产阶级教育论著选 . 北京:人民教育出版社,1964.
[56] 周建平 . 追寻教学道德——当代中国教学道德价值问题研究 . 北京:教育科

学出版社,2006.

[57] 朱敬先.教学心理学.台北:五南图书出版公司,1988.

[58] 周霄,穆容.新编实用礼仪教程.北京:清华大学出版社,2008.

[59] 朱明山.教师职业道德修养:规范与原理.北京:华龄出版社,2006.

[60] 朱燕.实用礼仪教程.北京:清华大学出版社,2008.

[61] 亨德里克·房龙.宽容.上海:生活读书新知三联书店.1985.

[62] 约翰·麦金太尔.教师角色.丁怡,马玲,译.北京:中国轻工业出版社,2002.

后 记

教师职业道德是在调整教师与社会、与同事、与学生、与自我等之间关系中产生的行为准则，是一定社会或阶级对教师职业行为的基本要求。教师职业道德涉及道德义务、道德良心、道德公正、道德荣誉、道德幸福等诸多范畴，具体表现在教学、交往和评价等过程中。教师职业道德是教师综合素质结构中的重要组成部分，它包括教师对所从事的职业的情感、责任心、对规范的认同和遵守等。加强教师职业道德建设，培养和造就优秀的教师队伍，历来为我们党和政府所重视。1984 年教育部曾颁布《中小学教师职业道德要求(试行草案)》，1991 年颁布了《中小学教师职业道德规范》，1997 年、2008 年又分两次修订了规范。在师范生的培养和教师职后培训中，教师职业道德都作为重要的学习内容。

教师礼仪是指教师在教书育人的岗位上表现出来的应有的气质和风度。"什么样的老师是好老师？""什么样的老师是有魅力的老师？""什么样的老师是值得尊敬的老师？"对这些问题的回答既涉及教师职业道德的问题，也涉及教师礼仪的问题。毋庸置疑，一个富有魅力的教师将对学生的成长产生长远的影响。因此，教师不仅要关注职业道德修养的提升，还应关注自身外在形象的塑造。教师礼仪的核心是对人的尊重和关爱，所以礼仪不仅是教师自身良好职业道德修养的表现，更重要的是，礼仪使教师职业道德成为一种重要的教育力量。

国内已出版的众多教师职业道德的教材基本分为两类，一类注重理论性，力图使学习者对教师职业道德的概念、原理、原则、要求等有比较清楚的认识。另一类注重操作性，大都属于对《中小学教师职业道德规范》修订稿的解读。现行诸多版本的教师礼仪教材，注重详细介绍教师礼仪的基本原则和操作技巧，但较少涉及教师礼仪与教师职业道德的关系问题。

本书力求在注重把理论和实践、原则性和操作性相结合的同时，也将教师职业道德和教师礼仪相结合，揭示两者互为支撑的关系。道德与礼仪的关系，说到底是善与美的关系。亚里士多德曾经说过："美是一种善。"普罗提诺则说："善在美后面，是美的本质。"可见道德与礼仪关系之密切。教师良好的职业道德是良好礼仪的内在根基，而礼仪则既是道德规范体系中最基本的行为规范，也是道德的外在表现形式。两者相互联系、相互依存、不可偏颇。教师只有在注重职业道德修养的同时注重礼仪修养，才能真正体现"身正为范"的要求。

本书的第一章是教师职业道德和教师礼仪概述，第二章至第六章是教师职业道德范畴和教师在各个工作环节中的道德要求，第七章至第十章是教师礼仪的基本要求。各章撰稿人分别为：第一章第一、二节周建平，第三、四节吕鸿；第二章、第五章李黎；第三章石学斌；第四章金建生；第六章杜海平；第七章吕鸿；第八章、第九章、第十章鲍跃华，文中插图由丽水学院艺术学院马闯老师制作。全书教师职业道德部分由李黎拟定大纲与统稿，教师礼仪部分由吕鸿策划、拟定大纲并统稿。本书在编撰过程中借鉴和吸收了国内外学术研究的相关成果。高等教育出版社的张忠月编辑对本书的出版付出了辛勤的劳动。值此付梓之际，一并谨致谢忱。

编 者

2011年5月